名家谈诗词

叶嘉莹 主编

陈斐 执行主编

一代宗师、方家泰斗讲给大家的诗词课

词的真伪与高下

唐圭璋 著

王兆鹏 编选 导读

生活·讀書·新知 三联书店 生活書店 出版有限公司

图书在版编目（CIP）数据

词的真伪与高下 / 唐圭璋著；王兆鹏编选、导读 .—
北京：生活书店出版有限公司，2021.10
（名家谈诗词 . 唐圭璋卷）
ISBN 978-7-80768-348-3

Ⅰ . ①词… Ⅱ . ①唐… ②王… Ⅲ . ①词学—诗词研究—中国—文集 Ⅳ . ① I207.23-53

中国版本图书馆 CIP 数据核字 (2021) 第 034012 号

责任编辑　廉　勇
装帧设计　罗　洪
责任印制　常宁强

出版发行　生活書店出版有限公司
（北京市东城区美术馆东街 22 号）
邮　　编　100010
印　　刷　北京顶佳世纪印刷有限公司
版　　次　2021 年 10 月北京第 1 版
2021 年 10 月北京第 1 次印刷
开　　本　880 毫米 ×1230 毫米 1/32　印张 13.375
字　　数　280 千字
印　　数　0,001-5,000 册
定　　价　65.00 元
（印装查询：010-64052612；　邮购查询：010-84010542）

总序

叶嘉莹

我从小喜欢读诗、背诗，1945年大学毕业后就开始登上讲台教授古典诗词。我所以一生以诗词为伴，不是出于对学问的追求，而是古典诗词生发的精神力量对我的感动和召唤，这一生命感发蓄积着古代伟大诗人的心灵、智慧、品格、襟抱和修养。我一生经历很多苦难和挫折，在外人看来，我一直保持乐观、平静的态度，这与我热爱古典诗词实在有很大关系。

诗歌价值在于滋养精神和文化。中国古代伟大诗人往往是用生命谱写诗篇、用生活实践诗篇，他们把自己内心的感动写了出来，千百年后的我们依然能够体会到同样的感动，这就是中国古典诗词的生命力。古典诗词凝聚了中华文化的理念、志趣、气度、神韵，是我们民族的血脉、中华儿女的精神家园。

读诗、讲诗有三个层次。第一个层次是直觉的、感性的。比如李商隐“无题诗”到底说些什么，你可能不懂，可是你一读，觉得它意象很美，声音也很美，这就是你对一首诗的直觉感受。第二个层次是知性的、理性的，即考察一首诗的历史、背景、思想。第三个层次则完全从读者接受角度来读，我们对一首诗的诠释不一定是作者原来的意思。意大利学者墨尔加利就曾经提出来一个术语“创造性背离”，即我们对一个作品的阐释有自己的创造，这个创造很可能不同于作者原意。像王国维在《人间词话》中以古人写爱情的小词说明“成大事业大学问”的三种境界，就是这样一个例子。也就是说，当你在读诗或词时，不仅探讨作者原意，更读出一种真正属于你自己的、从你内心兴发出来的东西。

其实这就是中国古老的、孔子说诗的方法。孔子说诗可以“兴”，是说诗可以给读者兴发感动，引起读者更多感发和联想——这样的感发正是诗歌强大的生命力所在，这样讲诗词才是真正的诗教传承。

我一向认为，“兴”是中国诗歌精华所在，使你内心涌动生生不已的活泼的生命。几千年来，中国有这么多伟大诗人留下这么多诗篇，让千古之下的我们读过之后内心震动，从而豁然兴起，这是一件多么美好的事情！

今天我们诵读诗词，如果只为能背会写，无异于买椟还珠。诵诗读诗，重要的是体会一颗颗诗心，与古人生命情感发生碰撞，进而提升自己当下修为。我的老师顾随先生也曾经讲过“中国说‘诗教’，不是教作诗，是使做好人”。今天我们提倡中华诗教，就是要透过诗词，用今人的生命体悟和古人交流，用诗人的生命品格滋养今人的生命质地，这个过程本身将产生强大的感发作用，使作者、讲者与听者都得到生生不已的力量。在这种以生命相融会、相感发的活动中，自有极大的乐趣。

这些年有关部门和机构推进《中国诗词大会》、“中华经典诵读工程”，2019年开始举办“迦陵杯·诗教中国”诗词讲解大赛。比赛以我的别号命名，专门面向全国中小学语文教师，鼓励古典诗词的读诵与讲解。去年暑期，虽然我还在病中，但仍然和决赛选手们在南开大学见面，与大家一同齐声高诵我的小诗：“中华诗教播瀛寰，李杜高峰许再攀。喜见旧邦新气象，要挥彩笔写江山。”我衷心希望这个大赛能选拔出一批优秀语文教师，大家一起把古典诗词薪火传续下去。如闻一多先生指出的：“诗人对诗的贡献是次要问题，重要的是使人精神有所寄托”，我们这些诗教传薪者的使命，就在于发掘古典诗词中的感发力量，让中国古典诗词成为更多人生命中的指路明灯。每一代人有每一代人的责任，学人文科学的人更应该担当起传承民族精神命脉的责任。

此时此刻全球抗疫，不知道有多少人可以从中华诗词中获得慰藉和勇气。作为一位96岁的老人，我一生经历过很多苦难。记得2007年冬季我因肺炎住院，病愈后曾写过一首和友人的小诗：“雪冷不妨春意到，病痊欣见好诗来。但使生机斫未尽，红蕖还向月中开。”数千年来，中华优秀传统文化代有承传，千百年来传诵的古典诗词也必将滋养一代代中华儿女的精神世界。

（本文由南开大学文学院教授张静整理，原题为《红蕖还向月中开》，初刊于2020年3月20日《人民日报》。经叶老授意，作为本丛书总序。）

附记：

余初学诗，读叶嘉莹先生以兴发感动解说诗词的论著，甚为心契。后来读顾随、俞陛云等先生的说诗文字，读《唐诗解》

《山满楼笺注唐诗七言律》等明清诗解、诗说，才慢慢明白，由叶嘉莹先生发扬光大并注入新质的说诗理路，在我国由来已久。当我自己也走上诗词研究之路、对学界状况有所了解后，又恍然觉得：这种真正能够接续中华诗词命脉的说诗理路，在当下面临着严峻的传承危机。盖说诗和引诗不同，引诗可以断章取义、各取所求，说诗则必须符合诗词自身的表意规则及互文语境。诗词表意具有含蓄性、暗示性和跳跃性，“语码”系统更为独特，不像散文语言那样直白、连贯、易解，更与日常生活中使用的社会话语相去甚远。《文心雕龙·知音》云：“夫缀文者情动而辞发，观文者披文以入情。”作诗是抒志摛文、将情志外化为文字的“编码”过程，而说诗则是沿波讨源、通过文字探求情志的“解码”过程。现代学术将“研究”与“创作”断为二事，部分学者的国学功底相对比较浅狭，且缺乏创作体验，对诗词这套独特的“语码”系统不甚了解，难以还原互文语境，故其说诗，难免隔靴搔痒、支离破碎。而一切研究，不管选题、理论、方法如何，都应该奠基于对文本的准确解读之上，否则无异于空中楼阁。欲提高对诗词文本的感悟力和解读力，除了学习写诗丰富创作体验外，揣摩擅于说诗的名家的理路、方法，亦必不可少。

我把自己的这个“杞忧”说给叶嘉莹先生和三联书店的郑勇先生，并提议编选一套“名家谈诗词”丛书，对近代以来国学功底深厚且研究与创作兼擅的名家的诗词研究成果进行梳理、总结，得到了他们的鼎力支持。具体来说，“名家谈诗词”丛书拟分辑陆续推出，每辑十家，每家一本。每一名家，均邀请对其治学比较熟悉的门生弟子或与其研究领域相近的领军学者进行编选：从该名家的所有说诗文字中撷取精华篇章都为一集，以普及性为主，兼顾学术性和代表性。每本卷首，由编选者撰写一篇“导读”，介绍该名家的生平和说诗理念、方法、特点、成就、影响等。整体而言，“名家谈诗词”丛书既由点成线，串联起了近代以来诗词研究的学术史，同时也撷英采华，凝聚了近代以来诗词研究的成果精华，非但普通读者可藉此走近、了解中华诗词的“正脉”，专家学者也能由此揣摩路数，提高感悟力和解读力。

“名家谈诗词”丛书从动议到编选都受到叶嘉莹先生的关心、指导。王兆鹏、刘跃进、陈水云、蒋寅四位先生欣然出任丛书编委并进行把关。葛晓音、罗时进、张伯伟、彭玉平、戴伟华、曹辛华、缪元朗等先生愉快地接受编选邀请，他们不仅在选目上精心斟酌，而且撰写了精彩的“导读”。这些“导读”，既通俗扼要，亦不乏学术洞见，有些已先期在《文学遗产》《清华大学学报》等重要学术期刊上发表，颇受好评。丛书策划动议与三联·生活书店一拍即合，郑勇、廉勇等先生为丛书的出版费心费力，他们不放过任何细节、精益求精的精神令人感动。对于以上诸位先生的支持与付出，谨致以诚挚的谢意！

好诗凝聚了人生最美好的心志和情感，读诗可以变化气质、涵养灵魂。中华诗教也就在这“好峰随处改”的快意阅读中传承、光大，社会风气也就在这“润物细无声”的陶冶煦育中好转、净化。希望大家喜欢这套多方殊胜因缘共同襄赞而成的“名家谈诗词”丛书，一起欣赏好诗，共同创造美好的人生和世界！

陈 斐

2020年8月

唐圭璋先生青年时留影

1984年6月，先生在南京

先生八十五寿诞时留影

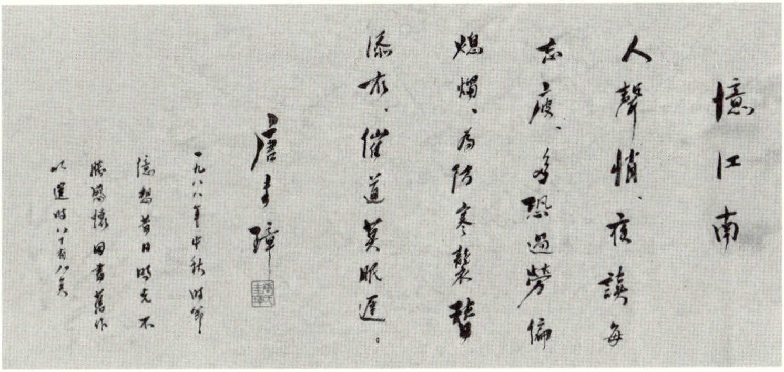

先生手迹

（忆江南　人声悄，夜读每忘疲。多恐过劳偏熄烛，为防寒袭替添衣。催道莫眠迟。　唐圭璋　一九八八年中秋时节，忆想昔日时光，不胜感怀，因书旧作以遣。时八十有八矣）

目　录

导　读 …………………………………………………… 王兆鹏 1

词集版本考

宋词别集叙录（节选）…………………………………… 30
宋词总集札记 ……………………………………………… 46

词集校订辑佚

《云谣集》杂曲子校释 ………………………………… 52
《云谣集》杂识 …………………………………………… 83
佚词零拾 …………………………………………………… 85

词作真伪考

宋词互见考（节选）…… 92
李白词之真伪 …… 103
张昪与孙浩然互见《离亭燕》词辨 …… 104
岳飞《满江红》词辨伪 …… 106
朱淑真《生查子》词辨讹 …… 108
文天祥《念奴娇》词辨伪 …… 111
《学海类编》所收词话辨伪 …… 115
《词选》及《续词选》之误 …… 116
金本《花草粹编》之误 …… 118
《词林纪事》《历代诗余》多误不可引用 …… 119
《宋人轶事汇编》不可引用 …… 121
引书须用原始文献 …… 122
引书不应舍本逐末 …… 123

词人事迹考

柳永事迹新证 …… 126
李清照改嫁辨 …… 141
陈亮三事考辨 …… 145
邓光荐生卒年考 …… 150
邓光荐愧对文天祥 …… 151
词林偶记 …… 153

词作技法论

论词之作法 …… 158
古词不宜轻易改字 …… 186
明人妄改苏轼《念奴娇》词 …… 187
诗词曲中使用叠字举例 …… 189
说李煜的“独自莫凭阑” …… 194

词人个性论

温韦词之比较 …… 198
李后主评传 …… 202
屈原与李后主 …… 214
柳词略述 …… 222
从《东坡乐府》里看苏轼和农民的情谊 …… 229
秦观其人其词 …… 234
李纲咏史词 …… 239
读李清照词札记 …… 244
《张于湖评传》序 …… 249
民族英雄陈龙川 …… 251
南宋词侠刘龙洲 …… 255
姜白石评传 …… 261
论梦窗词 …… 279
女词人张玉娘 …… 287

纳兰容若评传 …… 291
蒋鹿潭评传 …… 306
唐宋两代蜀词 …… 317

词学家述评

端木子畴与近代词坛 …… 348
回忆吴先生 …… 350
回忆词坛飞将乔大壮 …… 356
记任中敏《唐艺发微》…… 359
赵万里对词学研究之贡献 …… 360

词作简析

炼字琢句，运化无痕
——读周邦彦《满庭芳·夏日》…… 364
亡国之音哀以思
——赵佶词《燕山亭》鉴赏 …… 368
时彦词《青门饮》鉴赏 …… 372
纳兰性德词《蝶恋花》鉴赏 …… 375
蒋春霖词鉴赏 …… 377
唐宋词简释（节选）…… 385

导读

王兆鹏

本书是先师唐圭璋先生的词学论文选。谨介绍其为人为学的几个侧面，以便读其书想见其为人。

一

唐师一生，始终是读书、教书、著书。庚子赔款那年，也就是光绪二十六年十二月初四（公历1901年1月23日），他生于南京一位私塾教师的家庭。六岁上私塾，读《幼学琼林》《古文观止》和《唐诗三百首》，奠定了古典文学的初步基础。七岁时父亲不幸去世，不久母亲又病故，从此他孤苦无依，只得寄居舅父家。舅父开杂货店，想让他当学徒，可年幼的唐师自有主见，不愿当学徒，想读书，十二岁，进南京市立奇望街小学就读。他的勤奋好学，感动了校长陈荣之先生，陈校长爱护他如子侄，资助他一切费用。少年老成又聪慧懂事的唐师更加刻苦攻读，从早到晚，手不离书本。小学毕业时，获得南京市会考第一名。

十五岁小学毕业后，唐师考入南京江苏省立第四师范学校，又得到校长仇埰先生的赏识和鼓励。读师范期间，除学习自然科学和英语之外，他特别爱好古典文学，饱览《诗经》《楚辞》及唐诗宋词原典，进一步夯实了古典文学的基础。英语也学得特别棒，后来他翻译过美国欧·亨利的小说《波斯智者的礼物》，发表在1929年12月21日的《中央日报》副刊上。欧·亨利小说的英文原标题是*The Gift of the Magi*，近些年国内语文教材多译为《麦琪的礼物》，或译为《圣诞礼物》，这两种翻译，都不准确。因为Magi是指耶稣诞生时波斯拜火教的法师（Magician），英文缩写为Magi。随着基督教的发展，波斯拜火教法师被改为智者（Wise Man）。八十多年前唐师的翻译，比时下的翻译还要高明准确，可以想见当年唐师的英语水平相当了得。

五年师范毕业，唐师留在学校附属小学当老师。1922年，考入东南大学（后并入中央大学）中文系。因南京著名画家梁公约的推荐，唐师受到系主任陈中凡先生的照顾。梁氏曾致信陈先生说："唐君圭璋，即在贵校肄业。此君孤露，志学甚坚。可否乞公设法，使每日写讲义二三张，为补助学费计，千万注意为祷！"[1]陈先生也慨然应允，安排唐师勤工俭学，并请他到家里给自己的子女做家教，给予经济上的资助。孤苦伶仃的唐师，求学期间总能得到师长的特别眷顾，命运之神给他关闭了一扇门，又给他开启了另一扇门。

1923年，词曲大师吴梅先生从北京大学到东南大学任教，

[1]　吴新雷：《记唐圭璋先生的嘉言懿行》，钟振振编：《词学的辉煌——文学文献学家唐圭璋》，南京大学出版社2001年版，第95页。

原来偏爱诗文的唐师，跟随吴梅先生学习词曲。在吴先生的引导下，唐师走上了词学研究之路。读大学期间，曾汇辑《纳兰容若词》，后来书稿交给神州国光社，因出版社停办，遗失了。吴先生不仅仅是学者，还精通昆曲，既能创作剧本，也能当导演、做演员，更能吹笛伴奏。受吴梅先生的熏陶和指点，唐师也学会了唱昆曲和吹笛箫。课余时间，老师唱曲，学生伴奏，其乐也融融。吴先生又组织词社，指导学生填词，还常常带领学生外出寻幽探奇，寻找诗材词料。唐师天赋既高，又勤奋好学，加上吴先生的精心点拨，词的创作水平日益提高。吴梅先生对唐师也赞赏有加，寄予厚望，曾在日记中写道："余及门中，唐生圭璋之词，卢生冀野之曲，王生驾吾之文，皆可传世行后，得此亦足自豪矣。"[1]

1928年大学毕业后，唐师在江苏省立第一女子中学教语文，又在中央军校教历史。教学之余，致力于词学研究，先后编成《全宋词》和《词话丛编》等巨著，并发表一系列的词学论文。1937年，抗日战争全面爆发，唐师随中央军校西迁成都，途经九江、武昌、长沙、宜昌，一路尝尽颠沛流离之苦。

1939年，唐师应汪辟疆先生之邀，辞去中央军校教职，到重庆中央大学任讲师，两年后升副教授，1943年晋升教授。1945年11月，毛泽东的《沁园春·雪》在重庆《新民报·晚刊》上发表，引起轰动。国民党当局颇为恼怒，一方面组织人写同调词试图压过其风头，一方面组织学者写文章来讨伐其词的所谓帝王

[1]《吴梅全集·日记卷（下）》，河北教育出版社2002年版，第667页。

思想。唐师因出版《词话丛编》《全宋词》和在《词学季刊》上发表系列词学论文，早已是有相当影响的词学专家，故而当时任国民党图书杂志审查委员会审查专员、《时事与政治》杂志社社长的易君左，两次邀约唐师写文章参与“围剿”、讨伐。唐师不便断然拒绝，于是用“拖”字诀。唐师曾就此事征询过他的老师汪辟疆先生的意见，汪先生也支持唐师不写，更坚定了唐师的决心。事情过了一个多月后，唐师才于1946年8月4日策略性地回信给易君左：

君左仁兄先生：

前在校时曾奉六月廿六日手书，嘱为《中国之词》一文，本拟勉应尊命，奈系务（师范学院国文系归并中文系）及新生考试事先后萦心，遂致不获稍安握管，有负雅望，慨歉奚如。今小休此间，如可宽假时日，当及此补过也。

匆复。并颂

著安

弟唐圭璋顿首

八月四日

土桥清华中学周光午先生转，月底则返中大。[1]

唐师以为此信可以平息易君左的不满。没想到，易君左是奉国民党中央宣传部的旨意，唐师的拒绝，得罪的不止是易君左，而且是国民党当局。所以，1946年回到南京后，他就被中央大学解

[1] 载《名家书简》，万象图书馆1949年版。另参张增泰《三生有幸识唐老》，载《词学的辉煌——文学文献学家唐圭璋》，第138页。

聘。当时中央大学中文系主任伍叔傥，是国民党政府教育部长朱家骅的连襟，他不动声色地按照上峰的意图将唐师解职。唐师失业后，幸好同学卢冀野帮助，介绍他到南京通志馆任编纂。

1949年，中央大学中文系主任伍叔傥随国民党逃走后，胡小石先生接任主任，于是聘唐师回校任教。1950年，中央大学改名南京大学，执行对旧知识分子的思想改造政策，送唐师到苏州华东革命大学政治研究院学习。学习期间，唐师曾悄悄地去听过友人讲佛学，不料被人告发，说他政治学习期间去听佛学，思想意识有问题。1951年2月结业时，唐师因此被分配到长春会计专科学校任教。一位年过半百的著名学者、古典文学教授，被发送到苦寒的大东北去教会计，唐师自然明白这意味着什么。他虽然身高一米八，但极瘦弱，体重只有七十多斤，到了冬天，无法忍受长春的严寒，无奈只能苦熬。好在天无绝人之路。唐师教语文课时，教学生写词，表扬过一位女学生的习作，这位女生将自己写的词拿回去给哥哥看，说是老师唐圭璋很欣赏她写的词。女生的哥哥是东北师范大学校长成仿吾的秘书，听说唐圭璋的名字后，大为惊讶，起初还不相信，确认之后，就把唐师在会计学校任教的消息告诉了成仿吾校长。成校长早闻唐师的大名，于是把唐师调入东北师范大学任教。在东北师大不久，唐师实在吃不消长春的寒冷气候，就提出调回南京。他的老师陈中凡将他推荐给南京师范学院中文系主任刘开荣教授。成仿吾校长念及唐师的实际困难，同意唐师调到南京师范学院。1953年秋天，唐师终于回到南京。此后，一直在南师教书育人，直到1990年11月28日仙逝。

唐师在南京师范大学任教近四十年，培养了不少词学人才。中国词学研究会名誉会长杨海明、中国韵文学会会长钟振振、中国词学研究会会长王兆鹏、中国词学研究会副会长刘尊明、夏承焘词学奖一等奖得主肖鹏等，都是唐师的嫡传弟子。中国词学研究会副会长赵维江、孙虹，中国词学研究会常务理事王晓骊、刘东海、刘荣平、宋秋敏、张幼良、张再林、郁玉英、姚蓉、高峰、钱锡生、曹辛华、董希平、路成文、谭新红、薛玉坤等，都是唐先生的再传弟子。

二

唐师一生，命运极坎坷。七岁时父亲病逝，十一岁时母亲病故，三十六岁时妻子一病不起。五十六岁时次女病亡，六十七岁时长女又因病离世。少年丧父母，青年丧妻，晚年丧女，这些人世间的深哀巨恸，他都一一经受。

从小就经受的苦难，磨炼了他坚毅的性格。唐师治学，强调“五心”：雄心、决心、信心、恒心、虚心。这“五心”，是他一生治学精神的总结，也是他坚毅性格的体现。他三十一岁就立志编《全宋词》，足见其雄心。无论遇到什么困难，都痴心不改，足显其决心、信心和恒心。三十四岁时一度失业，又遇师母卧病在床，他一边照顾病人，一边继续搜罗整理宋金元人词作。师母病故后，他强忍心中的悲痛，编成《全宋词》，成就亘古伟业。

唐师既专于业，又深于情，一生重情重义。尤其是对师母生死不移的爱恋，动人心魄、感人肺腑！

唐师母姓尹，是大户人家的闺秀。唐师二十四岁就读东南

唐圭璋先生与尹夫人

大学期间，因为长相好、品德好、学识好而被尹家选中，入赘尹府。婚后两人感情十分融洽，家庭生活充满艺术情趣。唐师填词吹箫，师母随声拍节和唱。唐师《望江南》组词回忆道："人眠后，吹笛夜凉天。丽曲新翻同拍节，芸香刚了又重添。谁复羡神仙？"节假日，一同外出游赏，至晚兴尽方归："花丛外，艇系小红阑。细语生憎风水乱，夜凉多恐着衣单。戴月踏莎还。"唐师病了，师母亲为调药护理，无微不至："帘栊静，几日病缠绵。素手纤纤劳敷药，柔情脉脉立灯前。痛苦亦心欢。""痛苦亦心欢"，道出了唐师与师母心心相印的惬意与满足。

可好景不长，师母后来患病瘫痪，唐师日夜守护料理，访尽名医也无力回天。1936年除夕，师母受尽病痛的折磨后，留下三个幼女而与世长辞。师母病逝后，唐师无法摆脱心灵的怆痛，常常独自到师母的坟上哭泣、吹箫，一吹就是一整天。那回荡云天、凄凉哀怨的箫声，饱含着唐师多么大的痛苦，寄托着唐师多么深的情意！唐师的痛苦中夹着自责与内疚，自恨无力拯救、挽回师母的生命。他在《忆江南》词中伤心地哭诉："绵绵恨，受尽病魔缠。百计不邀天眷念，千金难觅返生丹。负疚亦多端。"带着对师母深沉执着的爱和"多端"的内疚，唐师立志不再娶。他用后半生五十四年的独居生活，书写了对师母生死不移的爱恋。元稹写完悼亡诗"曾经沧海难为水，除却巫山不是云。取次花丛懒回顾，半缘修道半缘君"不久就移情别恋，跟唐师执着永恒的爱情相比，简直判若云泥。

唐师爱师母，爱子女。师母去世时，三个女儿尚幼。唐师为了不让她们受委屈，终生不续弦。五十六岁时，二女儿病逝，唐师将两个年幼的小外孙接来亲自抚养。六十七岁时，长女也因病离世，留下十四岁的独生女，唐师又接到身边养育成人。年近古稀，还要代女儿抚养外孙女。

他对学生的爱也是无微不至，每逢佳节，总要请门生到家中餐叙。即使是晚辈后学，也关怀备至。广东东莞的中学教师杨宝霖，因经常与唐师通信请教词学问题而与唐师相识。1982年，他到南京图书馆查资料，时逢端午，唐师特地嘱家人持便条请他到家中餐叙："每逢佳节倍思亲。君客中寂寞，今日端阳节，务请于今晚六时惠临舍下便饭。"1984年春节，杨宝霖在北京查校典籍，唐师知悉后又致函其早年的学生予以关照：

伯先仁弟：

我的好友杨宝霖同志来京校《全芳备祖》，春节不回东莞故乡。杨君治学，艰苦已极，我深深仰佩，也深深念其在外寂寞，举目无亲，因盼弟与静珍留其在尊处一过春节，就如我来尊处。杨君在我处如家人，想至弟处亦如家人，随茶便饭，寒士本色。我不客气与弟言，望弟亦勿客气待客。附诗一首：

杨君治学滞都门，万里关山劳梦魂。

客舍寂寥谁问讯，敢烦梁孟赐春温。

唐圭璋拜

一月十七日[1]

其情殷殷，读之动人！对一位没有任何师友渊源的学界友人尚如此关爱，其大爱无疆，不难想见。

唐师之尊师，也令人动容。王季思先生说他“著作等身，声华日盛，而乐于称扬师德，奖励后生，自视常若不足，更是并世学者所少见的”[2]。他对老师吴梅先生终身感念。1937年，吴梅先生客居湘潭，唐师特地前往拜望。他的《吴先生哀词》写道：“予过长沙，尝买舟谒先生于湘潭柚园，兵间相遇，几疑梦寐，在先生则喜闻足音，在予则快接光风。然予见先生白发苍颜，冻

---

[1] 杨宝霖：《十年恩德　没齿难忘》，《词学的辉煌——文学文献学家唐圭璋》，第151—152页。

[2] 王季思：《高风亮节　永耀词林》，《词学的辉煌——文学文献学家唐圭璋》，第41页。

足蹒跚，心窃忧之。是夕酒阑灯灺，倾谈不倦，言念国家，欷歔无限。”“翌日，予拜别，先生执手丁宁，既盼有暇重来，复期鸿雁勿疏，衡门久伫，弥深缱绻之情。”[1]两年后，吴先生不幸病逝，唐师闻之，悲痛不已，特撰《吴先生哀词》以哀悼，感恩吴先生对自己的培养和鼓励：“计予从先生十六载，勉予上进，慰予零丁，示予秘籍，诲予南音，书成乐为予序，词成乐为予评。”唐师对吴先生的感情，日久弥深。晚年跟门弟子辈谈及吴先生，总是满怀深情，并不断写文章回忆吴先生。八十岁以后，每次写文章回忆自己的学词经历、治学道路，都会浓墨重彩书写吴先生对自己的教导。1982年写的《自传及著作简述》、1985年写的《我学词的经历》，都用相当的篇幅回忆了吴先生的教学风格和对自己学词治词的引导。唐师对吴先生的感恩、尊敬，不仅是在文章里回忆，而且在行动上落实。每年3月17日是吴先生的忌日，这天唐师都要吃斋，以表达对吴先生的怀念。1980年，华东师范大学马兴荣先生告知，吴先生在苏州蒲林巷的故居被人分占，吴先生的儿媳仅住一间阴暗潮湿的小房间，生活十分困苦。时年八十岁的唐师知道后，与省政协同人吴白匋等先生联名提案，要求归还吴先生之屋。此事解决后，唐师才释然。1984年11月，唐师与同门任中敏、万云骏教授努力争取，苏州市举行了吴梅先生百年诞辰（1884—1984）纪念活动，恢复故居，迁建墓址。唐师从不为个人的事情向单位提要求，而为筹办吴先生的纪念活动和恢复其故居，则竭尽所能，不遗余力。

---

[1] 唐圭璋：《词学论丛》，上海古籍出版社1986年版，第1039页。

不独对吴梅先生，唐师对其他老师也是敬重有加。抗战初期，唐师和他的老师陈中凡先生都随学校西迁成都。陈先生在金陵女子大学执教，住市区内；唐师在中央军校任教，住远郊。陈先生喜唱昆曲，而无人伴奏。唐师为慰藉陈先生客居异乡的寂寞，每逢节假日必带箫笛，进城为陈先生伴奏。胡小石先生也是唐师的老师，唐师每年春节都要到胡先生家拜年。胡先生去世后，唐师仍然每年去给胡师母拜年，一直坚持到辞世的前两年。

唐师是学者，也是词人。其悼亡词，尤为动人，有纳兰容若风调。如："昏灯照壁，轻寒侵被，长记心头人影。几番寻梦喜相逢，怅欲语、无端又醒。"（《鹊桥仙·宿桂湖》）"经岁分携共渺茫。人间无处话悲凉。三更灯影泪千行。　袅娜柳丝相候路，翩跹衣袂旧时妆。如何梦不与年长。"（《浣溪沙》）真可谓"字字回文如血吐"（《蝶恋花》）。抗日战争期间写的词，或沉郁，如《行香子·匡山旅舍》："狂虏纵横，八表同惊。惨离怀、甚饮芳醽？忍抛稚子，千里飘零。对一江风，一轮月，一天星。　乡关何在？空有魂萦。宿荒村、梦也难成。问谁相伴，直到天明？但幽阶雨，孤衾泪，薄帏灯。"或劲健，如《浪淘沙·抗战期间过夔门作》："天际雾初收，峡束江流。狂涛如雪阻行舟。断壁摩崖千仞立，万古悠悠。　烽火乱神州，消息都休。便无猿啸也生愁。自念江南憔悴客，不是英游。"风格多样，而自成一家。

年轻时，唐师还尝试写过新诗。1927年9月12日《盛京时报》转载过他的一首《浔阳曲》：

一片江月，/照着枫叶芦花。/可笑他江州司马，/千呼万唤那商妇的是他，/泪湿了青衫的也是他，/他倒是歌哭无端的司马！//说起了江州司马，/却不能不怪他。//你听听琵琶也罢，/不该又问她飘泊的伤心话。/你只听琵琶，/会使你忘却迁谪在天涯。/你听她细诉根芽，/你的青衫泪湿不是你自家？//说起了江州司马，/却也不能怪他。/他便不听琵琶，/不听伤心话，//他一掬辛酸泪，/也要向江天的月儿洒，/便不向江天的月儿洒，/怕瑟瑟的枫叶芦花，也不由他。

此诗旧曲翻新，既有新诗的韵致，又有古诗的格调。1931年3月8日和15日，唐师又在《中央日报·中央画刊》分别发表《易水悲歌》和《西台之泪（拟谢皋羽）》：

你们的嘱咐我已领了，/我的酒也喝够了；/听听这西风萧萧，/看看这易水滔滔；/我便要独上咸阳道。//此去咸阳道：/成也好，/败也好；/手刃了祸国的奸雄，/一了百了。//说甚么去去归来早，/说甚么万古姓名标；/谁希望侥幸归来早！/谁要讨后世一声好！//别了别了，/请你们莫再唠叨！/须知道：/荆轲的匕首只一把！/荆轲的心肠只一条！

国破身亡，/一身飘流，/何处安顿我这孤囚？/有酒难浇万斛愁，/有剑难斩匈奴头，/莽天涯，没个知心友！/寒风起塞外，落日挂西楼；/睁裂了星眸，/敲碎了如意，/问何时恢复旧神州？

这两首诗跟《浔阳曲》一样，都是从旧题材中翻出新意境。稍后他又在1931年4月12日的《中央画刊》发表《落日》：

千仞山，/独立苍茫，/看落日下平冈。/放射出万缕霞光，/染红了枯枝，/染红了鸟翮，染红了天外的云水乡。//似大火在烧，/似鲜血在流；/血——/是离人的眼中血？/是沙场的战士血？/是糁合在一齐流？//有多少/登楼长啸，/把栏干敲遍；/有多少/荒村古道，/一鞭直向天涯袅；/更多少/军营炊煮，/马鸣风萧萧。

这几首诗，风格比较统一，都渗透着一股古典的韵味。而情绪高昂，是血性男儿的手笔，可以想象当时诗人的意气风发。

青年时代的唐师，兴趣广泛，唱昆曲，吹笛箫，写诗词，译小说。他不是关在书斋里埋头做学问的书呆子，而是满身散发着才情的艺术型学者。

三

唐师毕生研究词学，自成体系。其词学研究的体系，包含词体、词作、词人、词史、词论和词学史这六大层次。

词体，指词的文体特性和形式层次，主要包括词源、词乐、词律、词韵四个部分。词源，是探讨词的起源。唐师尝说："词的起源，为研究词史的第一个问题。""词的起源是和音乐有密切的关系，我们不能离开音乐而谈词的起源。"[1]词起源于隋唐燕乐，词乐是燕乐的重要组成部分。词乐研究的对象，是词的音律，涉及的问题有宫调、旁谱等。由于词乐失传，词的音律、音谱也都随之亡失。后人所作词律、词谱，考究的并非音律、音谱，而是文字格式。有关词的文字格式研究，主要是词调和词体。词调研究，又包含词调来源、词调类别、词调演变和词调谱式四个方面。词体研究，则涉及体式变格、分段、字法、句法、

[1] 唐圭璋：《词学论丛》，第811—812页。

章法和平仄四声等。本书所选《论词之作法》，对词的字法、句法、章法，有十分精彩而细致的例举分析。词韵问题，主要是研究韵部与韵法，唐师对唐宋词中的用韵方法多有探究[1]。

词作，指词的作品文本。词作研究，包含词作的整理考订和词作的鉴赏批评两大层面。词作的整理考订，可分目录版本、校勘、辨伪、辑佚和笺注五端。这五个方面，唐师都有卓越的成果。1940年所撰《宋词版本考》，将历来书目所载及传世词集版本汇聚一处，俾承学之士探源穷流，察其完缺，辨其优劣，开宋词目录版本研究的先河。本书所收《宋词别集叙录》，考叙九十九家宋词别集的版本源流，比较各本的优劣异同，凡卷数之分合、词数之多寡、序跋之有无、文字之正误，都一一考述，是词集版本目录研究的力作。词集校勘，是词学研究的重要课题，因为词集流传，或辗转抄写，或屡经重刻，常有讹误。唐师早年曾用力校释敦煌《〈云谣集〉杂曲子》，而其《全宋词》的校勘之功，更迈越前贤，不仅校正误，而且补阙、辑佚和祛伪，在晚清王鹏运《四印斋所刻词》和朱祖谋《彊村丛书》的基础上，将词集校勘水平提升到一个前所未有的高度。唐师穷毕生之力，考辨宋词真伪，《宋词互见考》之外，还曾考辨李白、孙浩然、岳飞、朱淑真、文天祥词的真伪，并探索出明先后、察源流、考本事、据题序、参和作、依题跋、验方言等一套系统的辨伪方法。至于词作辑佚之功，也无人出其右。《全宋词》收有姓氏可考的作者1493人，词作21055首。其中原有词集传世者197家，时贤辑录

[1] 参见唐圭璋《词学论丛》，第751—752、666—667页。

568家，唐师自辑925家，超过了有集传世者和他人补辑的总和。《全宋词》初版之后，唐师仍不遗余力地搜罗宋人佚词，本书所收《佚词零拾》即可见一斑。词集笺注之作，则有《宋词三百首笺注》和《南唐二主词汇笺》。

《宋词三百首》，大家都知道是20世纪最风行的宋词选本，但未必知道此书的流行主要得力于唐师的笺注。朱彊村所选原书，1924年刊行，但印数有限，影响不大。1934年唐师的《宋词三百首笺》由神州国光社出版后，才广为流传。笺注本1947年再版，1948年重印。1958年中华书局上海编辑所重版后，更是风行海内外，上海古籍出版社、香港中华书局、台湾中华书局、广文书局、华正书局、学生书局、西南书局、北一出版社、明伦出版社、文史哲出版社、台北汉京文化事业公司等多家出版社一再翻版重印。程千帆先生《圭翁杂忆》曾回忆此书轶事说："朱古微《宋词三百首》为近代影响极大之选本，霜厓（吴梅）师尤重视之。翁早岁即斐然有著述之意，因博采词话，旁及小说杂记，以为之笺。书成，辟疆师为推荐于神州国光社印行，以时主该社者为师早岁弟子王礼锡也。书既出，风行海内，重版多次。乃该社办事不周，竟忘致稿酬。抗战发生，该社停办，翁遂一无所获。在成都时，偶然提及，一笑而已。以是知翁之雅量高致也。"[1]

唐师以词籍文献整理见称于世，其实他也擅长词的鉴赏批评，而且对词的鉴赏有一套完整的理论方法。他认为，鉴赏词，

[1]《词学的辉煌——文学文献学家唐圭璋》，第46页。

须先读词。而读词的步骤是，初当读选本，以博其趣；继乃读专集，以精其诣。鉴赏词作，须领会词之结构如何，词之命意如何，词之衬副如何，以及承接转折、开合呼应之法如何。《论词之作法》用具体实例，做了很好的欣赏示范。而其《唐宋词简释》，也是注重从结构、命意、章法角度赏析唐宋词的典范。

词作鉴赏，主要是就一首词而言；词作批评，则多是就一家词或数家词而言。如何着手对一位词人词作进行全方位的批评，唐师金针度人，指出可从风格个性、价值意义、弊病、渊源、影响五个方面切入。他善于用比较方法论析词人风格的异同。《温韦词之比较》就从写人与写境两个方面比较分析了温韦词的艺术个性，其他论秦观词、姜夔词和吴文英词，都是多方比较，以突显词人的个性。批评，既要揭示词人的优长，也要指出其缺失。《纳兰容若评传》就说纳兰词“以任情抒写，少加锤炼，故长调多不叶律，短调亦有平衍之处”。对词人艺术渊源的探析，唐师也时有独到的发现。如说“梦窗运意用笔出清真；而妍炼字句，则出贺方回；驱使灏瀚流转之气，则出于柳（永）耳”（《论词之作法》），即为前人所未道。

批评，不仅要有方法，还要有正确的态度。前代批评家，往往以主观好恶随意轩轾，抑此扬彼。如清代浙派，尊南宋而轻北宋；常州派，则尊北宋而轻南宋；尚小令者往往忽视慢词，尚自然者常常轻议凝炼。这些都是门户之见。“不知一时代有一时代之所胜，一体有一体之所胜”（《论梦窗词》）。“各运其妙，各具真价，不可执此以议彼，入主而出奴也”（《姜白石评传》）。唐师提倡“会通”与“求是”，他既推崇辛弃疾、陈亮、刘过等英雄豪侠气魄雄伟、精光外铄的词风，也重视姜夔、吴文英等人或传神于虚、或气潜于内的凝炼密丽之词。

词人研究，既要考察其外在的人生经历，又要分析其内在的情感态度。考察人生经历的内容包括姓氏、籍贯、世系、生卒、经历、交游等。词人姓名字号，史有明载，似乎不成问题。然而，词人同名或同字者较多，常被混淆，以致词主误植。如北宋晏幾道字小山，南宋萧泰来亦字小山，其兄字大山。《翰墨大全》载《满江红》（七十人稀），题作《寿大山》，署名"小山"，乃萧泰来所作。《历代诗余》不知小山为萧泰来，而径改作晏幾道，后人辑晏幾道《小山词》，不辨其误而收入。唐师首予辨明。词人生卒年，关涉到对词史的理解。如柳永的生卒年，一直不明，前人皆以为其年少于张先和晏、欧，故20世纪60年代以前的词史、文学史论著，无论是分期，还是评论，都视柳永为晏、欧、张先的后辈。唐师1957年发表《柳永事迹新证》，推断柳永约生于太宗雍熙四年（987），实年长于张先和晏、欧，从而确定柳词是始出，张先词是继出；柳在先，张在后；柳是主，张是辅。柳永生卒年的推定，改写了词史进程。

唐师注重探究词人的内心世界、人格个性与其创作的关系。《屈原与李后主》从天性、情感、精神、生活、态度、思想六个方面比较了二人内在情感世界的异同。他还注意到词人的禀赋、兴趣和环境对创作个性的影响："各人之禀赋不同，环境不同，兴趣不同，故其所表现之作品，亦各有异。"（《姜白石评传》）《李后主评传》《南宋词侠刘龙洲》《纳兰容若评传》《蒋鹿潭评传》等都注意结合创作主体的性情禀赋与客观历史环境来论析其词的艺术个性。

词史，是对词人词作的综合研究。唐师注重从个体词风的变化探索一代词风的演进，如论白石、梦窗词，就细察其源流正变。《唐宋两代蜀词》，旨在彰显一地词风之盛；考察宋人父子、兄弟能词的现象（参《词林偶记》），意在突出一门词风之盛，为词史研究提供了独特的视角。

词论，是词的理论与批评。唐师一方面搜集整理词论文献，辑成词林巨制《词话丛编》，一方面努力辨词话之误。清人词话著作，多系辗转抄撮而成，错讹极多。唐师在历辨清人词话之误后告诫，《古今词话》和《历代诗余》《词林纪事》《词苑萃编》等所引宋人之书，必须查考宋人原始材料，决不可信清人之误引。

唐师既注重对前代词论文献的整理，也注意自己的理论建构，在前人创作实践的基础上提出新的理论。唐师曾提出"雅""婉""厚""亮"四字，作为词的审美理想。所谓"雅"，是清新纯正，"婉"是温柔缠绵，"厚"是沉郁顿挫，"亮"是名隽高华（《论词之作法》）。这是继清人提出的"重""拙""大"理论之后，又一具有理论蕴涵的审美范畴。

词学史，目的是总结已有成果的得失和进展，为今后的词学研究提供借鉴。唐师评介吴梅、任中敏、赵万里等先生的词学成就和学术贡献，既是怀念与致敬，也是对我们后学的激励与期望。

四

唐师和龙榆生、夏承焘三位先生，是学界公认的词学大师。

这三位大师有何气度？治学有哪些特点？回顾他们的治学历程，可以发现他们都有“四气”：锐气、大气、傻气、和气。

三位大师治学，都具有开拓、创新的锐气。二十多岁，就开始学术研究，起步早，起点高。唐师二十六岁时，在《东南论衡》发表《温韦词之比较》，谓温、韦词一浓一淡，异趣同工，认为温词“溶情于境，遣词造境，着力于外观，而藉以烘托内情，故写人极刻画形容之致，写境极沉郁凄凉迷离惝恍之致。一字一句，皆精锤精炼，艳丽逼人”；而韦词“抒情为主，境系于情而写，故不着力于运词堆饰，而惟自将一丝一缕之深在内心，曲曲写出，其秀气空行处，自然沁人心脾”。温、韦并称，始于明代，王世贞《艺苑卮言》说“温、韦艳而促”，胡应麟《诗薮》也说“温、韦虽藻丽，而气颇伤促，意不胜辞”。而唐师是第一个用现代学术理念和思维方式分析温韦词风格和艺术表现异同的人。发表此文时，唐师只是一位大学四年级的学生，足显其锐气。

龙榆生（1902—1966）先生二十九岁时，就在《暨南大学文学院集刊》发表成名作《清季四大词人》。清季四大词人的名号，从此成为定论。而夏承焘（1900—1986）先生自学成才，1932年就写出难度极大和学术含量极高的学术论文《白石歌曲旁谱辨》，发表在当年的《燕京学报》。

由于唐先生和夏先生都很高寿，所以有人觉得大师是“活”出来的，只要能活到八九十岁，自然就被尊奉为大师。其实不然。大师的学术地位固然要等到晚年或身后才被普遍认可，但大师的学术成就，是年青时候就已取得的。大师是青年时代“干”出来的，不是“活”到晚年“等”出来的。

唐师的鸿篇巨制《全宋词》《全金元词》和《词话丛编》，都是年青时完成的。《全宋词》编成于1937年，唐师时年三十七岁；《词话丛编》初印于1934年；《全金元词》与《全宋词》同时完成，因条件所限，未能同时出版。而唐师的其他名作如《两宋词人时代先后考》《宋词互见考》《宋词版本考》《两宋词人占籍考》（后结集为《宋词四考》）都是三四十岁时写成发表的，《宋词三百首笺》和《南唐二主词汇笺》也是早年的著述。

此外，唐师的理论分析文章，如《蒋鹿潭评传》《李后主评传》《南宋词侠刘龙洲》《民族英雄陈龙川》《宋代女词人张玉娘》《论词之作法》《论梦窗词》《屈原与李后主》《姜白石评传》《纳兰容若评传》《评〈人间词话〉》等著名论文，也都是四十五岁以前的作品。

可以说，唐师的学术成就和学术地位，在三四十岁时就已获得认可。1936年，著名藏书家、目录版本学家潘承弼（号景郑）在《制言》杂志第8期盛赞唐师《全宋词》说：

> 宋贤遗词，自汲古阁辑成六十家，至彊村始臻美备。彊村所据，多系善本，其校辑之功，远胜毛刻。然所收词集一百十二家，宋贤菁英，犹未尽也。外此如江氏灵鹣阁、王氏四印斋、吴氏双照楼，并有刊辑，惜皆一鳞半爪，未快人意。曩岁赵君斐云，校辑前贤所遗，复得宋词五十六家，余读其书而服其用力之勤。今唐君圭璋，复有《全宋词》之辑。综其所得，已逾千家，集诸家之大成，创亘古之伟业，毅力宏愿，钦佩何似！

“集诸家之大成，创亘古之伟业”之誉，非一家之私言，乃四海之公言。程千帆先生亦谓:“《全唐诗》之纂辑，由明代胡震亨、季振宜导其先路，至清康熙卒命词臣撰成之。而《全宋词》则成于一介寒儒圭翁一人之手。虽篇幅若有大小，然其难易相殊，尽人可知。”“近贤始以清儒治经史之术治词，于词之纂录、表谱、笺疏、校勘、辑佚、目录、版本诸端，皆有博稽之功，此可总称之曰词学文献学。翁则可谓此学一大师也。”[1]王季思先生亦赞道:“以一人一手之功，由博返约，钩沉探微，完成《全宋词》《词话丛编》等十几部宏伟著作，环顾海内词林，并世能有几人!”[2]

龙榆生、夏承焘先生词学研究的代表作，也基本上是青年时代写就的。龙先生三十一岁创办《词学季刊》，主编兼主笔，每一期压卷的长篇大论都是龙先生亲自撰写。如《词体之演进》《选词标准论》《词律质疑》《研究词学之商榷》《两宋词风转变论》《今日学词应取之途径》《东坡乐府综论》《清真词叙论》《漱玉词叙论》《南唐二主词叙论》等鸿文，都刊载于1933至1936年《词学季刊》的头条。这些论文，开启了20世纪词学研究的方向，界定了现代词学研究的疆域，建构出词学研究的格局体系，从而奠定了龙榆生先生后来作为词学大师的学术地位。

夏承焘先生代表性的词学论著，也大多是青年时代写成的。他的名作《张子野年谱》《贺方回年谱》《冯正中年谱》《白石道人行实考》和《白石歌曲旁谱辨》《白石道人歌曲考证》《白石歌

---

[1] 程千帆:《圭翁杂记》,《词学的辉煌——文学文献学家唐圭璋》，第46—47页。
[2] 同上书，第41页。

曲旁谱辨校法》《重考唐兰〈白石歌曲旁谱考〉》《白石道人歌曲斠律》《俞理初易安居士事辑后案》《乐府补题考》《令词出于酒令考》都是三十八岁以前发表的。他的两部经典性著作《唐宋词人年谱》和《唐宋词论丛》，虽到五十五岁后才结集出版，但其中的篇章都是青年时代完成的。词学大师夏承焘，也是青年时代造就，只是到晚年才广被认同而已。

三位大师治学，都是大格局、大气象，眼界开阔，气魄宏大。唐师三十一岁立志编纂《全宋词》，就体现出非凡的雄心壮志。同为断代总集的《全唐诗》，是清代康熙年间十多位词臣奉敕编成的。他们有钱——朝廷出资，有书——皇家藏书可以便利取用，有团队——包含彭定求、汪绎两位状元和沈三曾、徐树本、车鼎晋、潘从律、查嗣瑮等翰林院编修。而三十出头的唐师，竟敢以一己之力编纂《全宋词》，这需要何等的勇气与毅力！当时唐师只是江苏省立第一女子中学的普通语文老师，要钱没钱，要书没书，要团队没团队，可他硬是下定决心独立编纂。没钱没书，就每天在教课之余，到南京图书馆查阅丁丙八千卷楼原藏的善本词书，花两角钱在馆里吃顿午饭，继续查书到傍晚。没团队，自己一人担当。原来计划与同学任中敏一起编纂，因任先生专办教育，没能继续编下去，而唐师则坚持原计划，努力搜讨诸家所刻词集，并旁采笔记小说、金石方志、书画题跋、花木谱录、应酬翰墨及《永乐大典》诸书所载零星词作，终将宋人词统汇为一编。

更具宏规远略的是，唐师编纂《全宋词》的同时，还广泛搜集金元词和历代词话著作，编成《全金元词》和《词话丛编》。

又汇考词集目录版本，校勘笺注词集，辑佚补遗，考订词人生平和词作真伪。故程千帆先生谓唐师“于词之纂录、表谱、笺疏、校勘、辑佚、目录、版本诸端，皆有博稽之功”。

夏承焘先生治学，也有大气魄。他自学成才，二十八岁开始从事词学研究时，就显示出大家治学的非凡气度，计划撰写系列词学著作，包括《词学史》《词学考》《词林年谱》《词林年表》和《词林续事》《学词问话》《历代名家词评》《名家书牍》等。他先从词人生平事迹考据入手，而着眼于整个词学史的变迁。他将唐宋金元明清词人一并纳入视野之内，半年内就写出晚唐五代温庭筠、韦庄、南唐二主，宋代陈亮、张孝祥，金代吴激、蔡松年，元代王奕、赵文以及明代唐寅、谢应芳等五十八家词人年谱初稿。后来在此基础上整理成《唐宋词人年谱》。这些年谱，被誉为“可代一部词学史。此彊村未为之业，不但足吞任公而已”。他不断地思考探索，力图建构现代词学研究的格局体系。1939年12月22日在日记中说：“拟扩大词史范围为词学六书：一词史，二词史表，三词人行实及年谱，四词例，五词籍考，六词乐考。”[1]这词学六书，涵盖词史、词人、词作、词籍、词乐等五大层次，构筑起词学研究的基本框架。

龙榆生先生治词，同样有大气魄。实践层面，他创办《词学季刊》，广泛团结词坛耆宿和词学新锐，齐心协力开创词学研究的新局，实实在在地推进词学的发展。理论层面，他自觉建构

[1] 夏承焘：《天风阁学词日记》（二），《夏承焘集》第六册，浙江古籍出版社、浙江教育出版社1997年版，第159页。

词学研究体系。其著名论文《研究词学之商榷》，就从图谱之学、词韵之学、词史之学、校勘之学、声调之学、批评之学、目录之学等方面，建构现代词学研究的体系，体现出开创新局的领袖气魄和理论自觉。

夏承焘先生曾说，治学要“笨”，就是要下笨功夫，下苦功夫，下真功夫。我觉得，三位大师治学，都有“傻气”。所谓“傻气”，是一种超功利的治学态度，只是纯真地探索学问，不考虑名利得失。做学问，如果精于名利算计，时刻考虑付出多少就要有多少回报，甚至像投资一样，力求最少的投入获得最大的回报，那一定做不好学问，更不可能做出大学问。做学问，要有一股傻劲，只问耕耘，不问收获。只求把学问做好做大，不考虑学问能带来多少实际利益。当年唐师着手编纂《全宋词》时，只是一介中学语文老师。编《全宋词》，对他而言，没有任何现实功利，既不能像现在这样作为晋升评职称的资本，也不可能获得多少稿费。1934年10月，他自费印《词话丛编》，正是他失业在家、生计艰难之时。可为了追求远大的学术目标，为了自己钟爱的词学事业，他宁可贴钱赔钱，也要把耗费多年心血搜集整理出来的《词话丛编》印成书，以供学界利用。

夏承焘先生1928年开始研究词学时，是浙江严州中学的一位教师，做学问，写论著，完全没有现实功利的考虑。他治学的根本目的，是追求自我人生价值的实现，是为人生寻求一个“安心立命”之处：“念治学不可精力旁骛，年来为《词人年谱》、《姜白石词考证》及拟作《述林清话》等，虽自谓不轻心掉之，然究非第一等著作，当更为其精者大者，为安心立命处。日来读声韵书，又见猎心喜。第恐方面太多，不能专一耳。”[1]

三位词学大师，对学术的追求坚定执着，不因生活环境、经济条件的改变而动摇。没有衣食之虞时潜心于著述，经济上有了危机，也仍然痴心不改。20世纪30年代初，龙榆生先生主编《词学季刊》时，家大口阔，生活拮据，家人常常向夏承焘先生借钱度日。夏先生感叹道：“榆生食指甚繁，每月须三百金始可维持，亦诚苦矣！”[2]生活上的困境，并没有影响《词学季刊》的发展和龙先生本人学术研究的激情，他既当主编，又当主笔，把《词学季刊》办得风生水起。而主办《词学季刊》，全是“义务劳动”，没有任何报酬。主编是义务编辑稿件，作者是义务投稿。《词学季刊》创刊号《投稿简章》第五条说：“投稿经揭载后，由本社酌奉本刊或其他新刊词籍藉酬雅意。”作者的论文刊发后，所得回报只是样刊或其他新刊词籍而已。当时的主编龙榆生先生和作者们，就是凭着一股傻劲傻气，把《词学季刊》办成了造就词学大师、大家、名家的特色名刊，在20世纪词学史上留下一道夺目的辉煌。

大师都有相互支持、相互协作的气度。大师不是“独立”师，而是“协同”师。唐师在《我学词的经历》中特别强调了“师友的切磋支持”。其中说道：“同学赵万里、卢冀野、任中敏和词友龙榆生、赵叔雍、夏瞿禅、王仲闻等不弃浅薄，热诚指教，积极帮助，亲切鼓励，也是可感可敬、不能忘情的。”“万里

[1] 夏承焘：《天风阁学词日记》(一)，《夏承焘集》第五册，第323页。

[2] 夏承焘：《天风阁学词日记》(一)，第481页。

借我影宋本《梅苑》参考，并给我《截江网》《翰墨大全》《永乐大典》中词，皆他处所未见。我辑《词话丛编》《全宋词》时，冀野曾为我多方搜集资料，鼓励我奋勇前进。中敏知我辑《全宋词》，便将他个人所藏诸家词集全部送我，我至今不忘。书出之后，他又通阅一遍，指出错误……榆生从彊村老人治词，主编过《词学季刊》，我和他经常通信论词，对我编《全宋词》积极帮助。”“瞿禅自学功深，心仪已久。我辑《全宋词》时，陆游《剑南诗稿》中有《渔歌子》五首，《平阳县志》中有石刻宋词，都是他告诉我的。叔雍为况蕙风先生高足，他在宁时，曾为我撰《南唐二主词汇笺》序，并借给我《清初百名家词》过录。我们相约，他见宋词给我，我见明词给他，共同治词，相互研讨。仲闻为静安先生次子，家学渊源。我辑《全宋词》，曾先将目录分发全国各地，广泛征求意见。他提出很多宝贵意见，并把自己所作的宋词长编借给我参考。他为我重新修订《全宋词》，六年辛勤，全力以赴。”这里，唐师只称道同学友人对他的帮助，其实，他也为同学友人提供了许多帮助和资料。唐师曾经将自己从《道藏》里搜集整理的金元道家词悉数给夏先生参考。后逢“文革”，夏先生被抄家，词稿下落不明。唐先生只得重新辑录，也因此故，与《全宋词》差不多同时、在1937年就编成的《全金元词》，直到1979年才由中华书局出版。

据夏承焘先生《天风阁学词日记》记载，1931年12月，唐师致信夏先生，说正在着手撰写《南唐二主词汇笺》《宋词三百首笺》《词苑丛谈校注》《纳兰词校笺》，希望他提供相关资料。夏先生即寄奉自己收藏的纳兰容若和顾贞观手迹及纳兰像片。次年5月，夏先生作《彊村丛书》校补，唐师应夏先生的请求，把自己搜录增补的《彊村丛书》各家词抄寄给夏先生。当时，唐先生作有《续词林纪事》书稿，夏先生辑有《词林补事》，于是两人计划将分头所作的《续词林纪事》《词林补事》“并为一书”。他们互相提供资料，彼此真诚合作。大师，就是在这种相互协作中炼成的！

五

本书主要选录唐师理论阐释性的论文和篇幅相对短小的考证论文。他的考据名作《宋词版本考》《两宋词人时代先后考》《两宋词人占籍考》等因篇幅过大，未予选录。《宋词互见考》部分节选。论文主要来源于上海古籍出版社1986年出版的《词学论丛》，大部分篇目是原题照录，少数篇章改变了原题和结构，重新做了编排。个别篇章，据原刊有所增补，比如《李后主评传》，据原刊《读书顾问》版增补还原了《词学论丛》等受时代氛围影响删除的千余字。《〈张于湖评传〉序》，以前的论文集皆未收录。唐师八十岁以后，虽体衰力弱，但读书不辍，写长篇大论已力不从心，于是写些短章札记，以记录读书时的心得，曾分别以《读词札记》《读词续记》《读词三记》《读词四记》《读词五记》为题在期刊上发表。因为是读书札记，有感即发，有得即录，故话题不集中。这次编选，将原来五篇札记的次序打散，分别按论题的近似性进行重编，并新加了题目。《宋词总集札记》《〈云谣集〉杂识》《佚词零拾》《词林偶记》以及《李之仪和李白〈忆秦娥〉》（即本编《李白词之真伪》）以下至《引书不应舍本逐末》等短文，都出自这五篇读书札记。首篇《宋词别集叙录》，原题《〈全宋词〉跋尾》。

论文大体上以类相从。前面数篇，是版本叙录、校勘、辑佚、辨伪、正误；《柳永事迹新证》以下六篇，是词人事迹和词史问题的考订。《论词之作法》以下五篇，主要论词的艺术手法。而《温韦词之比较》以下数篇是个体词人的评论。"词学家述评"五篇，是对师友的回忆与纪念，具有学术史价值。最后则是对词的赏析。

这些论文，记录着唐师一生在词学研究领域耕耘的足迹。最早的论文是《温韦词之比较》，1926年发表于《东南论衡》；最晚的论文《诗词曲中使用叠字举例》，1985年在《河北师院学报》揭载。唐师治词生涯长达六十年，这在20世纪以来的词学研究者中，首屈一指。

今天是先师的忌日。去年此日，曾为商务印书馆所编唐师《词学探微》写后记，今日又为三联生活书店《名家谈诗词》之唐师卷写完导读。唐师虽然离世已三十年，但出版界还在不断推出他的词学著述，表明他的学术生命还在延续，并将永恒地延续延展！

2019年11月28日于武汉南湖之滨

词集版本考

宋词别集叙录（节选）

《全宋词》跋尾

国立编译馆既印拙辑《全宋词》草目，俾众观览，予复将《全宋词》跋尾，汇集一处，就正方家。关于版本之取舍与夫字句之订补，藉是亦可以觇其略焉。圭璋识。

张先《子野词》

《子野词》一卷，有明钞本，为侯刻《名家词》之底本。粟香室覆刻侯本，词共一百三十首。《四库全书·安陆集》一卷，用葛鸣阳辑本，词仅六十八首。鲍氏知不足斋本《子野词》二卷，用绿斐轩钞本，共一百六首。又补遗二卷，乃鲍氏从侯本及诸家采辑，共七十八首，合计得词一百八十五首。朱氏《彊村丛书》用黄锡禧校知不足斋本，最为完善。末附苏轼、鲍廷博、黄锡禧诸跋，并有朱氏校记及跋语。兹取朱本，而增入赵补二首。至《满庭芳》“红蓼花繁”一首、《醉桃源》“湘天风雨破寒初”一首、《浣溪沙》“锦帐重重”一首，并少游词。《虞美人》“画堂新霁”一首乃冯延巳词。《更漏子》“星斗稀”一首乃温飞卿词。《蝶恋花》“槛菊愁烟”一首、《诉衷情》“数枝金菊”一首，并晏殊词。《生查子》“含羞整翠鬟”一首乃欧公词。《菩萨蛮》“哀筝一弄”一首乃晏幾道词。《菩萨蛮》“牡丹含露”一首乃唐人词。《阮郎归》“歌停檀板”一首乃山谷词。《三字令》“春欲尽”一首乃欧阳炯词。《夜厌厌》“昨夜佳期初共”一首乃谢绛词。

晏殊《珠玉词》

毛本《珠玉词》一百三十一首，不分卷。但《蝶恋花》“六曲阑干”一首乃冯延巳词，因删去。又据《花庵词选》补《破阵子》“燕子来时”一首、《玉楼春》“绿杨芳春”一首，故《珠玉词》为一百三十二首。许氏鉴止水斋藏明钞本《珠玉词》在毛本先，其间多出之《浣溪沙》“青杏园林”一首、《诉衷情》“海棠珠缀”一首、《蝶恋花》“玉碗冰寒”一首、“梨叶疏红”一首、《渔家傲》“粉笔丹青”一首、《蝶恋花》“南园春半”一首，皆非珠玉词，毛本删之是也。毛斧季校本，据宋本补此六首，则知明钞本，亦出自宋本。惟毛本较多《清商怨》“关河愁思”一首，则毛氏据《庚溪诗话》增补也。原刻《渔家傲》“当年拾翠曾相过”，毛校本“过”作“遇”；《清平乐》“酒阑人散草草”，毛校本“草草”作“忡忡”；《喜迁莺》“画楼残照两三声”，毛校本作“画楼残点两三声”。或以韵叶，或以义长，殊令人称快不置。至晏端书刊本《珠玉词钞》一卷，从《历代诗余》辑出，而以毛本补钞，可谓本末倒置矣。又《名臣录》称殊词名《珠玉集》，张子野为之序。今传之《珠玉词》，并不见子野序，则不知有子野序之一本，视今本之同异为何如也。（今《诗渊》又多出三首。）

欧阳修《近体乐府》《醉翁琴趣》

双照楼景印宋本欧阳修《近体乐府》三卷，共二百零四首。卷端有乐语，卷二有金陵阙名跋、朱松跋，卷三有罗泌跋。每卷之末，略有校记，毛本《六一词》即从此出，目次亦同，惟不分卷。又删去《长相思》一首、《清商怨》一首、《蝶恋花》五首、《渔家傲》十四首、《应天长》一首，共二十二首。兹取宋本二百零四首，而删去与他人相混之词三十五首，实存一百六十九首。又宋本《醉翁琴趣外篇》六卷二百零三首，删去重复及误入者一百三十首，余七十三首，即以补《近体乐府》，共得二百四十二首。复从《能改斋漫录》补《少年游》“阑干十二”一首，欧词之可信者，具在于是矣。

柳永《乐章集》

《汲古阁秘本书目》载柳公《乐章》五本，注云：“今世行本俱不全，此宋板特全。”然其所刻只一卷，粗率异常，非所藏之宋本柳公《乐章》也。清常道人赵元度校焦弱侯本及梅禹金藏明钞本、鉴止水斋藏明钞本，皆系三卷，汲古刻本似从之出，惟不分卷耳。《四库全书》及吴仲饴覆刻毛本，并未为善本。毛斧季用含经堂宋本及周氏、孙氏两钞本校正，卷末续添曲子，乃宋本所无。词共二百零六首，较汲古所刻多十四首。然文字之间，陆纯伯所藏毛校本与劳巽卿所钞毛校本，颇有乖违，意其间或经后人点窜者。杜小舫校《词律》、徐诚庵编《词律拾遗》，并举宋本，又与毛校不符。则毛校本之非宋椠，或可信也。缪小珊、曹君直合陆氏藏宋本、梅禹金传钞本及诸选本一再校勘，厥功甚伟。《彊村丛书》用劳钞本，并以焦本及诸本校，惟是之从，亦称精当。兹辑即用《彊村本》。又从《类编草堂诗余》补《爪茉莉》“每到秋来”一首、《十二时》“晚晴初”一首、《女冠子》“火云初布”一首，从《花草粹编》补《凤凰阁》“匆匆相见”一首。至曹元忠所补《江梅引》“年年江上”一首乃王观词，《三台令》“鱼藻池边”一首乃王建词，《白苎》“绣帘垂”一首乃紫姑词，《绛都春》“融和又报”一首乃丁仙现词，《女冠子》“同云密布”一首乃周邦彦词，兹并删去。

晏幾道《小山词》

晏幾道《小山词》，《文献通考》作一卷，并录黄山谷序。赵氏星凤阁藏明钞本《小山词》，亦作一卷，卷端有黄山谷序，卷末有无名氏序。毛本《小山词》一卷，较赵藏本少《浣溪沙》“飞鹊台前”一首，毛氏以其为山谷词而删之也。前无山谷序，后有无名氏序。序云“补亡一编”，似幾道词本名“补亡”也。惟许氏鉴止水斋藏明钞本，分上、下两卷，目次与毛本同，卷端有山谷道人序及无名氏序。陆敕先、毛斧季手校《小山词》，亦作二卷，并补“飞鹊台前”一首。《彊村丛书》用星凤阁本，而以毛本斠讹，最称善本。惟无名氏一序移置卷后，附有朱氏校记，词共二百五十五首。删去赵德麟《蝶恋花》“卷絮风头”一首、“欲减罗衣”一首，王观《生查子》“关山魂梦长”一首，补入《探春令》“绿杨枝上”一首，共得二百五十三首。至晏端书刊《小山词钞》，系从《历代诗余》及毛本辑录，所多出之《真珠髻》“重重山外”一首，见《梅苑》，乃无名氏之作。又《满江红》“七十人稀”乃萧泰来之词，并不足信也。

苏轼《东坡词》

《宋史·艺文志》载东坡：“词一卷。”《直斋书录解题》：“《东坡词》二卷。”卷数不同，当非一本。汲古阁刊坡词一卷，共三百二十首，毛跋谓所本乃“金陵本子”，未详所自。毛斧季校本分上、下二卷，又拾遗一卷，则非直斋之本。士礼居旧藏毛钞本亦有拾遗一卷，当即斧季取校之本。末有曾慥跋，似毛钞亦从宋本出也。元延祐刊本《东坡乐府》二卷，先后经也是园、士礼居、艺芸书舍、海源阁收藏，四印斋始重刊之。此本共二百八十一首，较毛本多十三首，而少六十首。近《彊村丛书》有编年本《东坡乐府》三卷，盖以毛本校补元本。元本二百八十一首中，删去《点绛唇》“醉漾轻舟”“月转乌啼”两首，《浣溪沙》“风压轻云”一首，《醉落魄》“醉醒醒醉”一首，实采二百七十七首。从毛本补六十首，从《诗集》补《渔父》四首、《醉翁操》一首。又元本、毛本《调笑令》误合为一，兹析为二，故彊村本所收共三百四十三首。但《永遇乐》“天末山横”一首、《虞美人》“落花已作”一首、《江城子》“银涛无际”一首，并叶石林词。《意难忘》“花拥鸳房”一首乃程书舟词，又当删去也。再合之赵补三首、拙补三首，共得三百四十五首。《诗集》施注及《岁时广记》所载之断句，亦附入焉。至《耆旧续闻》谓顾景繁曾注苏词，《直斋书录解题》又载傅幹《东坡词注》，金绛人孙安常亦有《苏词注》，惜并湮没不传云。

黄庭坚《山谷词》

《宋史·艺文志》载黄庭坚“乐府二卷”，今无此本。《直斋书录解题》：“《山谷词》一卷。”毛刻本及祠堂本并作一卷，词亦相同，疑即从之出。惟毛本删其误入之《醉落魄》“苍颜华发”一首、《虞美人》“波声拍枕”一首、《诉衷情》“珠帘绣幕”一首、《画堂春》“春风吹柳”一首、《浣溪沙》“西塞山边”一首，所删并确凿可信。斧季校本复从旧钞补此五首；盖意在存原来面目，亦未可厚非也。又毛本《浣溪沙》“飞鹊台前”一首，赵钞本《小山词》有之，似仍当作小山词。南宋闽刻本《山谷琴趣外篇》三卷，视一卷本仅得其半。黎、陶二家所景印之宋本《山谷琴趣》三卷，并与此同源，但题注较略耳。明钞本《山谷词》亦作三卷，即自宋本景写，惟末增《品令·茶词》一首。《彊村丛书》用闽刻本，而以祠堂本校订，计词共九十一首。但《丑奴儿》“夜来酒醒”一首乃少游词，固当删也。兹取此本，而以汲古阁本补八十九首，庶足以窥其全矣。（今《诗渊》多出二首。）

秦观《淮海词》

《直斋书录解题》：“《淮海集》一卷。”《传是楼书目》载《淮海琴趣》一本，今并不传。宋本《淮海居士长短句》三卷，今海内有两本：一无锡秦氏藏全集本，转入故宫；一潘氏滂喜斋藏单行本，转入吴湖帆家。两本并有缺叶。明刻全集本，先后有黄缵、张綖、胡民表、李之藻、段斐君、毛晋六家，而张、李、毛三本，最为通行。许氏鉴止水斋藏明钞本、黄荛圃校本、《四库》全集本、《四部丛刊》本，并沿张本。清康熙余恭刻本、乾隆何廷模刻本、道光王敬之刻本，并沿李本。同治秦元庆刻本，则沿段本之旧。毛晋自辑《淮海词》一卷，与诸家特异，首数既多十首，而目次亦淆。清康熙黄仪曾以宋本《琴趣》校之，《四库》词集本亦沿用之。近日《彊村丛书》用黄荛圃校本，文字最胜，此即荛圃据两宋本校者。今叶遐庵以两宋本合并刊之，当日荛圃所据之底本，竟复得入吾人之目，快何如之。叶氏并附《淮海词》版本系统表、经见各本概要表、各本字句异同表、两宋本比较表、两宋本校记及两宋本各序跋，贯串精密，尤有益于学者。兹即取此本七十七首。但《满庭芳》"北苑春风"一首，据《能改斋漫录》所述，确为山谷之作，因删去。又宋本误处亦改正之，如《梦扬州》换头"长记"二字误刻于上叠，"花密香稠"中"密"误作"蜜"，《雨中花》"在青天碧海"之"在"下原脱一"青"字，"满空寒白，玉女明星迎笑"中"白玉"二字误刻作"皇"，《满庭芳》"清谈挥麈"中"麈"误作"座"，"搜搅胸中万卷"中"搅"误作"揽"，"香生玉乳"中"乳"误作"尘"，《临江仙》"微波澄不动"中"微"误作"徵"，《菩萨蛮》"阴风翻翠幔"中"幔"误作"幙"，《阮郎归》"身有限，恨无穷"中"限"误作"恨"，凡此皆据他刻改正。至于补遗，伪作甚多，如《昭君怨》"隔叶乳鸦"一首乃赵长卿词，《如梦令》"门外绿阴"一首乃曹元宠词，《生查子》"眉黛远山长"一首乃张于湖词，《浣溪沙》"青杏园林"一首乃欧阳永叔词，《眼儿媚》"楼上黄昏"一首乃阮阅词，《柳梢青》"岸草平沙"一首乃僧挥词，《蝶恋花》“钟送黄昏”一首乃王晋卿词，《忆王孙》“萋萋芳草”一首乃李重元词。又《草堂诗余》所载《南乡子》“万籁寂无声”一首乃黄叔旸词，《花草粹编》所载《西江月》“愁黛颦成”一首乃晏小山词，共十首，皆非秦作，并删去。至其佚词可考者，《阳春白雪》中《木兰花慢》“过秦淮旷望”一首、《阮郎归》“春风吹雨”一首，《花草粹编》中《捣练子》“心耿耿”一首、《南柯子》“霭霭凝春态”一首、“楼迥迷云日”一首、“夕露沾芳草”一首、《夜游宫》“何事东君又去”一首、《菩萨蛮》“金风簌簌”一首、《画堂春》“东风吹柳”一首、《海棠春》“流莺窗外”一首、《鹧鸪天》“枝上流莺”一首、《青门饮》“风起云间”一首，汲古阁本《如梦令》“莺嘴啄花”一首、《醉乡春》“唤起一声”一首、《虞美人影》“碧纱影弄”一首，《草堂诗余》续集载《满江红》“越艳风流”一首，《草堂诗余》别集载《一斛珠》“碧云寥廓”一首，明杨端《琼花集》载《醉蓬莱》“见扬州独有”一首，《历代诗余》载《尾犯》“客里过重阳”一首，《钦定词谱》载《忆秦娥》“灞桥雪”一首、“曲江花”一首、《解语花》“窗涵月影”一首、《兰陵王》“雨初歇”一首，《皖词纪胜》载“长江滚滚”一首，共二十五首，恐不尽可信。（近日本有乾道高邮军刻本，此则叶氏所未见也。）

晁补之《琴趣外篇》

双照楼景宋本《琴趣外篇》六卷，一百五十七首。其间《朝天子》“酒醒情怀恶”一首乃冯延巳词，见《阳春集》，因删去。毛刻《琴趣外篇》六卷，亦与此合，惟错误颇多。如《凤凰台上忆吹箫》“千里相思”一首，末句脱“夜”字，《引驾行》“梅梢琼绽”一首，缺下半叠，又脱《江神子》《碧牡丹》《好事近》三首，《万年欢》“心忆春归”误作“春忆心归”，《洞仙歌》“今春闰好”误作“今春润好”，《千秋岁》“醉卧藤阴盖”脱“卧”字，《满庭芳》“乘槎心懒”之“心”下衍一“闲”字，《蓦山溪》“朱衣白面，公子似神仙”之“面”字下衍一“分”字，《西江月》“多离少会幽怀”中“离”误作“难”，《斗百草》“霏霏似雨”脱一“霏”字，凡此皆宋本特胜之处也。赵斐云又据《全芳备祖》补三首，余亦据《花庵词选》补《洞仙歌》“青烟幂处”一首，据《全芳备祖》补《洞仙歌》“江陵种菊”一首、“温江异果”一首，共得词一百六十二首，至足乐也。

周邦彦《清真词》

《宋史·艺文志》载：“周邦彦《清真居士集》十一卷。”词或附其中。《景定严州续志》载《清真诗余》，不详卷数。《直斋书录解题》载“《清真词》二卷，后集一卷”，今不见传本。又有《三英集》，乃与方千里、杨泽民和作同刻者。宋淳熙庚子，溧水刊本《清真词》二卷，共一百八十二首，卷端有强焕序，书亦不传，仅强序附见汲古阁刊本，此本或即直斋所录之前二卷也。《彊村丛书》刊本《陈元龙集注片玉词》十卷，分四时、单体、杂赋诸体，并注明宫调，卷端有嘉定辛未刘肃序，词共一百二十七首。双照楼续刻景宋本陈注《片玉词》，与彊村本同，惟多破体字及涂抹之处。元有钞本《清真集》二卷，明隆庆盟鸥园主人据之刊印。四印斋用明本，而以陈注本校订，文字最胜。别附集外词五十四首，乃王氏从毛氏汲古阁本辑录，而毛本之《锁阳台》三首及补遗十首，则并删去也。毛刻《片玉词》分上、下二卷，共一百八十四首，目次与陈注本、明钞本并异，亦不分类，卷端有强焕序。其间《水调歌头》“今夕月华满”一首，据《岁时广记》所云，确为何大圭之词。补遗十首，亦不尽可信。如《十六字令》“明月影”一首乃周晴川词，《浣溪沙》“小院闲窗”一首乃李易安词，《齐天乐》“疏疏几点”一首乃扬无咎词，并当删也。兹取四印斋《清真词》一百八十一首，补入毛本《锁阳台》三首、补遗七首，又从《能改斋漫录》补《烛影摇红》一首，共计一百九十二首。至毛氏汲古阁跋谓初得《美成长短句》及《清真集》，亦并不详所本。又谓“最后得宋刻《片玉集》二卷，计调百八十有奇，晋阳强焕为序”，可知毛本所据，乃强焕原本。疑强本原名《清真集》，自嘉定间陈少章改题《片玉》，后之翻刊强本者，遂亦从之改题，故毛氏所见，即有宋刊《片玉集》矣。郑叔问、曹君直、朱彊村诸氏讥毛本擅改名目，其实毛特沿用，非擅改也。

贺铸《东山词》

《直斋书录解题》载：“《东山寓声乐府》三卷。”《敬斋古今黈》载《东山乐府别集》，今并不传。今传残本《东山词》上一卷，虞山瞿氏藏陶氏涉园景印，共一百九首。知圣道斋藏汲古阁未刊本《东山词》上卷，首增《望湘人》一首，以下如宋本次序，后又杂辑数十首。清初侯文灿《名家词》刊本，即从之出。常熟张氏藏本同。劳巽卿传钞鲍渌饮钞本《贺方回词》二卷，共一百四十四首，与宋本同者仅八首。道光间，王惠庵汇辑《东山寓声乐府》三卷，补遗一卷，上、中两卷，即鲍钞原本，下卷即残宋本，补遗三十九首，乃王氏于选本中辑得。王半塘四印斋刻《东山寓声乐府》一卷，用汲古未刊残本，而以侯本校补，末附补钞，乃况夔笙从王惠庵本补录。朱古微《彊村丛书》刻《东山词》上一卷，《贺方回词》二卷，《东山词补》一卷，词上一卷用残宋本，词二卷用鲍钞本，《词补》一卷用吴伯宛辑本，言贺词者，殆以此本为最善矣。兹取《东山词》上一百九首，去其已见《方回词》者八首，实得一百一首。《方回词》一百四十四首，词补三十八首，中间《柳梢青》“子规啼血”一首乃蔡伸词，《眼儿媚》“萧萧江上”一首乃于湖词，《浣溪沙》“一色烟云”一首，乃高竹屋词，《点绛唇》“红杏飘香”一首乃东坡词，实得三十四首。三种合计，得词二百七十九首，再加赵补三首，共得二百八十二首。以残宋本《东山词》计之，则知其散佚犹多，必不止于此数也。

张元干《芦川词》

双照楼刊景宋本《芦川词》二卷，共一百八十五首，其间《江神子》“银涛无际”一首乃叶石林词，实得一百八十四首。黄荛圃谓向藏毛钞本《芦川词》作一卷，与此本多不同。但汲古阁所刊《芦川词》一卷，差近于此本。仅毛氏羼入张翥《踏莎行》“芳草平沙”一首，吕渭老《豆叶黄》“轻罗团扇”一首。又《花草粹编》卷四载芦川《阮郎归》“长杨风软”一首，乃王之道词，

《词林万选》卷一载芦川《惜分钗》一首、《鼓笛慢》一首，并吕渭老词，兹删去不录。

叶梦得《石林词》

毛刻《石林词》一卷，凡九十九首。《四库》收《石林词》，即用此本。戈顺卿尝得裔孙光复新刊本，亦九十九首，似以毛刻为祖本，而以意分上、下二卷。书中讹误甚多，目次亦异。戈氏曾依毛本及戴竹友所藏旧钞本校勘一过。后叶廷琯重刊此本，叶氏及潘功甫并有补勘。戈氏并据《乐府雅词》补《南歌子》《菩萨蛮》二首，据《全芳备祖》补《卜算子》一首。潘氏又据《花庵词选》补《江神子》一首。以上补词除《卜算子》一首为坦庵词外，余并可信，共得一百三首。又毛刻《水龙吟》“梅楼横笛”一首中缺十五字，此本并不缺，是亦可贵也。予复自《大典》辑得二首，是又戈、潘二氏所未见矣。

辛弃疾《稼轩词》

《直斋书录解题》载长沙本“《稼轩词》一卷”，又载信州刊本“《稼轩词》十二卷”，今并不传。《文献通考》载《稼轩词》四卷，当别为一本。元大德广信书院刊本《稼轩词》十二卷，出自信州本，即四印斋翻刻之本也。明嘉靖间李濂评点本《稼轩词》十二卷，亦据大德本，但讹脱殊甚，且少十一首。汲古阁沿李濂本，特并十二卷为四卷。天津图书馆藏明吴讷《唐宋名贤百家词·稼轩词》四卷，有十四首为十二卷本所无，当即《文献通考》之四卷本也。双照楼续刊景宋本《稼轩词》甲、乙、丙三卷，与吴本同源，但缺其一卷。赵斐云又据吴本补丁集一卷。嘉庆间，辛启泰自《永乐大典》辑词三十六首，即《彊村丛书》所覆刊之本。但其间《洞仙歌》“寿叶丞相”一首，已见十二卷本，《鹧鸪天》“天上人间”“有个仙人”两首，则误采朱敦儒《樵歌》，皆当删去。兹取四印斋刊本《稼轩词》五百七十三首，加入辛辑本三十三首、四卷本十五首、《草堂诗余》二首、《清波别志》一首，共得六百二十四首。（今《诗渊》又多三首。）

张孝祥《于湖词》

《宋史·艺文志》及《书录解题》并载于湖“词一卷”，今不传。毛晋刊《于湖词》三卷：第一卷就《花庵词选》所载二十四首录入，更辑四首益之，末系以跋，跋称“恨全集未见”。后二卷无目录，亦无跋，盖其后已得宋本《于湖词》，删其重复，另编二卷续之。今陶氏所刻《于湖词》六卷，即毛氏所见也。陶刻卷端，有汤衡及陈应行序，目下并注宫调，最为可贵。双照楼刊宋本《于湖全集·乐府》三卷，较陶刻溢出四十五首。两宋本题注，互有详略。兹以陶刻一百七十三首为主，而以集本补之。此外复据《花庵词选》补一首，据《全芳备祖》补二首，据《永乐大典》补一首，共得二百二十二首。至陶刻又载《生查子》“宫纱蜂赶梅”一首，乃朱翌词，《花庵词选》录《忆秦娥》“云垂幕”一首、“梅花发”一首，并朱熹词，毛刻《满江红》“斗帐高眠”一首乃无名氏词，因并删去。（今《诗渊》又多一首。）

陆游《放翁词》

汲古阁刻《放翁词》一卷，据《放翁全集》中之二卷长短句入录。别据《花庵词选》补《水龙吟》“摩诃池上”一首。又依调分列，与原集目次微异。双照楼景宋本《渭南词》二卷，共一百三十首，即毛氏所据之底本。兹取此本，复从《花庵词选》补五首、《耆旧续闻》补二首、《阳春白雪》补一首，共得一百三十八首。

陈亮《龙川词》

毛刻《龙川词》三十七首。四印斋刻《龙川词》补二十八首。所补《滴滴金》“断桥雪霁”一首、《清平乐》“银屏绣阁”一首，并已见毛刻。又赵补九首。予从《全芳备祖》及《永乐大典》补二首，共得七十四首，视诸本为备矣。至毛刻文字有误，亦据明钞本校正，如《贺新郎》“管精金只是铁”之“铁”上补“寻常”二字，“壮笔尽消人脆好”之“笔”改作“气”，《桂枝香》“是天公余香剩馥”之“公”改作“上”，《蝶恋花》“管今岁华”之“今”改作“个”，凡此皆毛刻不及钞本之处也。惜《宋史·艺文志》著录亮词四卷，今不传矣。

吴文英《梦窗词》

汲古阁刊本《梦窗甲乙丙丁稿》四卷，补遗一卷。初刊丙、丁二稿，续刊甲、乙二稿，刻非一时，故重复收者甚多。万历间张廷璋藏旧钞本《梦窗词集》一卷，分调目次，略同甲、乙稿，而小有出入，删去误入他人之作，凡得二百五十六首。标注宫调者六十四首，最为可贵。《彊村丛书》即用此钞本，别自诸书辑补八十四首。汲古本为《四库》沿用，杜文澜亦取之以校。顾如《玉蝴蝶》《绛都春》《玉漏迟》诸作，皆非吴作，杜删之犹未尽也。王半塘就毛、杜二本，定为五例，与朱古微同校《梦窗词》，刻入四印斋所刻词中。郑叔问亦有校议，综形、声、义三者，以衡毛、戈、杜、王诸家之得失，为世所重。彊村晚年，更有四校定本，刻入《彊村遗书》中，精审无遗憾矣。近《四明丛书》亦用毛、杜二刻为底本，而以他本校订，末附新词稿十六首，以朱存理《铁网珊瑚》旧钞本校，文字亦有胜处。兹取《彊村遗书》四校本《梦窗词》二百五十六首，并补以《彊村丛书》补编词八十四首，共得三百四十首。然《词旨》中仍有断句，则知其犹有佚词也。

张炎《山中白云词》

陶南村有手钞本《山中白云词》八卷，清初龚翔麟、曹炳曾先后刊行。《四库全书》本、《榆园丛书》本并用龚本。四印斋刊《山中白云词》二卷，未详所自。又补遗二百五十六首，系从《历代诗余》续补四十首，又从八卷本补，采辑琐碎，实非善本。江宾谷《山中白云词疏证》八卷，就龚本裁缀成帙。《彊村丛书》复刊江本，并补证五十余则。兹取朱本词二百九十六首，又据《词源跋》补《甘州》一首，据《大观录》补《齐天乐》一首，据《永乐大典》补三首，共得词三百一首，玉田之词，其尽于是矣。

蒋捷《竹山词》

朱本《竹山词》一卷，系用黄荛圃藏元钞本。缺《谒金门》《菩萨蛮》《卜算子》《霜天晓角》《点绛唇》十四首及下半首之《忆秦娥》，上半首之《昭君怨》。毛本并缺。间阅《永乐大典》，得上半首之《昭君怨》，意极欣然，惜其他缺处，未能尽补也。

王沂孙《花外集》

王沂孙《花外集》一卷，《知不足斋丛书》本，共六十五首。四印斋即取此本重加校订，未见有其他善本也。观《词旨》尚有断句数则，则知其词必不止于此数矣。近孙人和有校本，亦有可取处。

（原载《江苏省立国学图书馆年刊》第8期，1935年10月）

宋词总集札记

记《复雅歌词》

今传之宋人词选，有《乐府雅词》《阳春白雪》《花庵词选》《绝妙好词》《草堂诗余》诸书，顾《复雅歌词》一书，独不流传。据陈振孙《直斋书录解题》云："《复雅歌词》五十卷，题鲖阳居士编，不著姓名。末卷言宫调音律颇详，然多有调而无曲。"是直斋当时，亦不详此书为何人编也。惟明刻《重校北西厢记》引李邴《调笑令》，云出《复雅歌词》后集，可知此书分前、后集。岂前集二十五卷，后集二十五卷，共为五十卷耶？未可臆断也。又黄昇《花庵词选》序云："长短句始于唐，盛于宋，唐词具载《花间集》，宋词多见于曾端伯所编。而《复雅》一集，又兼采唐、宋，迄于宣和之季，凡四千三百余首，吁，亦备矣。"可见花庵当时已震惊此书之完备，而选词止于宣和，是编者亦南渡初年之人。赵万里先生尝辑《复雅歌词》，仅得十则，可谓大海一勺，安得此书重现于人间，亦大快事也。赵辑失收一首，兹补之。《词谱》卷二引《复雅歌词》无名氏作《忆王孙》云：

“湖上风来波浩渺。秋已暮、红稀香少。水光山色与人亲，说不尽、无穷好。　　莲子已成荷叶老。清露洗、蘋花汀草。眠沙鸥鹭不回头，似应恨、人归早。”此首不知何据，岂《词谱》曾见原书耶？

草窗词选之新发现

草窗周密选宋南渡以后诸人诗余，凡七卷，名之曰《绝妙好词》。原书失传已久，虞山钱氏秘藏钞本，柯子南陔亦得之，与其从父寓匏校刻以行。高士奇谓兹选共一百三十二人，与今传世者合。近日顾鹤逸藏汲古阁钞本《绝妙好词》多出李鼐一人，是诚惊人创获也。其词云：“乱云将雨。飞过鸳鸯浦。人在小楼空翠处。分得一襟离绪。　　片帆隐隐归舟。天边雪卷云游。今夜梦魂何处，青山不隔人愁。”此词原见卷二李泳下。泳有《定风波》一首，其下即此首。今本脱李鼐，后人遂误连为泳作，赵辑李氏《花萼集》亦收为泳作，并非是。瞿髯见告如此。今《诗渊》收有鼐词九首。

何士信编《草堂诗余》

日本清水茂教授惠赠影印《类编草堂诗余》前集二卷，后集二卷，全名为《增修笺注妙选草堂诗余》，半页十三行，行大二十三字，小二十九字，黑口，左右双栏，首总目，分春景、夏景、秋景、冬景、节序、天文、地理、人物、人事、饮馔器用、花禽十一类。下注“至正癸未新刊庐陵泰宇书堂”牌子。原书为狩野博士秘藏，赵万里谓此本仅存前半，检此本前、后集俱存，并非仅存前半，当系传闻之误。但此本前面脱页，因此不知编者姓名。北京图书馆藏元刊《类编草堂诗余》，其全名、分类、行款与狩野博士藏本完全相同，特目后有“至正辛卯孟夏双璧陈氏刊行”牌子。目下次行低五格有“建安古梅何士信君实编选”一行。按至正癸未为1343年，辛卯为1351年，相差七年，前者为庐陵刻本，后者为建安刻本。自有后者，我们始知最早的《草堂诗余》编者为宋人何士信。

记《全芳备祖》

是书为植物类书，又是诗文宝库，前集二十七卷，后集三十一卷，宋天台陈景沂于宝祐年间编辑，并经祝穆订正。前集为“花部”，后集一至九卷为“果部”，十至十二卷为“卉部”，十三卷为“草部”，十四至十九卷为“木部”，二十至二十二卷为“农桑部”，二十三卷至二十七卷为“蔬部”，二十八卷至三十一卷为“药部”。每一物分为事实祖、赋咏祖、乐府祖三类。事实祖为物之来源及生长情况；赋咏祖为大量咏物诗文；乐府祖为大量咏物之词作。惜此书国内无刻本，仅有抄本。往年治词者多自抄自校。余辑宋词时，曾借用陈匪石先生之抄校本，原书有错字，有脱漏，下注体例又不一致，或注人名，或注别号，或空白无注，故非校不能用。顷阅梁家勉（《学术研究》八一·六期）、吴德铎（《读书》八二·六期）两先生关于此书之论文，非常高兴，知日本尚有刻本，惟前集缺十三卷，后集亦缺四卷。余取日本刻本卷十四第一页与我国抄本第一页对校，发现刻本与抄本互有是非，例如卷十四“葵花”门，抄本云：“葵有三种：一取其花名蜀葵；一取其叶名蒲葵；一取其可食名葵菜。”刻本“三”作“二”，显然是刻本之误。抄本咏葵词有晏元献《菩萨蛮》云：“秋花最是黄葵好，天然嫩态迎春早。”查晏殊《珠玉词》及此书刻本，迎“春”早俱作迎“秋”早，此亦显然为抄本之误。又如抄本录王晋卿《行香子》咏蓼花上片云：“雨微烟淡，疏雨池塘。渐蓼花明，菱花冷，藕花凉。”下片云：“幽人已惯，枕单衾冷，任商飙、催换年光。”上片两“雨”字重复，刻本下“雨”字作“柳”字；下片“冷”字与上片“冷”字重复，刻本上片“冷”字则作“净”字，是又皆刻本胜抄本之处。为了存真，故余意应以刻本与抄本配齐影印。另外，倘综合刻本、抄本，详加校注，成一完善可读之本，付诸排印，则两美并具，庶无遗憾。即使以两宋人咏物词论，此书已收有千余首，可谓洋洋大观。据赵万里云：“余所见旧抄本凡五，以临清徐氏藏有祁国郡图书一印者为佳。”可否即从此抄本配日本刻本影印。刻本似为元刻而非宋刻，即使非宋刻，亦当源出宋本。

《全芳备祖》可纠正《乐府雅词》之误

《乐府雅词》卷下载李清照《醉花阴》云：“帘卷西风，人似黄花瘦。”但《全芳备祖》前集卷十二则作“帘卷西风，人比黄花瘦”。案：“似”，意是相等；“比”，意是胜过。故“比”字显示人更消瘦，情更凄苦。《词综》据以作“似”，后人皆从之，非是。又如《乐府雅词》卷下载清照之《如梦令》云：“常记溪亭日暮。沉醉不知归路。兴尽晚回舟，误入藕花深处。争渡。争渡。惊起一滩鸥鹭。”《全芳备祖》卷十一“荷花”门载此词，

“常”作“尝”，当从之改。“晚”作“欲”，亦是，上句已言“日暮”，下句不应又复出“晚”字，故“晚”字显然为“欲”字之误。鸥鹭原稳稳眠宿于荷花深处，由于争渡之人声、桨声打破宁静之荷塘，故惊起一行鸥鹭飞去，《备祖》作“行”，亦较“滩”字为胜，杜甫诗有“一行白鹭上青天”句。至二书对于“争渡”二字俱无异文，或谓“争渡”当作“怎渡”解，其实亦可不必，“争”作“怎”，诗词中虽是常语，但清照此词，正因争渡喧嚷惊起鸥鹭，固勿须另作“怎”字解释，妄生枝节。

（选自《词学论丛》，上海古籍出版社1986年版）

词集校订辑佚

《云谣集》杂曲子校释

杂曲子为唐人之词，以其出于隋唐杂曲，故曰杂曲子。杂曲乃乐曲之本体，杂曲子乃依曲拍所制之词也。《云谣集》为唐杂曲子之选集，即唐词之选集。其书既不传，其目亦不见著录。近日敦煌石室忽与其他之文化宝物，一并出现。是诚千载不传之秘籍，而研究词学者之大幸也。考唐宋词选集之以集名者：有《家宴》《遏云》《聚兰》《金奁》《兰畹》《尊前》《花间》诸集，而以今传之《花间集》为最古。至此集乃早于《花间集》，其可贵更不待言。集中所收词，共三十首。大率为唐代民间所流行之词。所用词调十三，除《内家娇》一调外，余十二调全见于崔令钦《教坊记》。令钦，唐玄宗时人，曾官著作佐郎。记中所载开元以来教坊乐曲，大曲四十六种，杂曲二百七十八种，共三百二十四种，可见当时乐曲发展之盛况。《旧唐书·音乐志》云："自开元以来，歌者杂用胡夷里巷之曲。"崔书所载，正与之合。而此集所收，亦自开元以来里巷之曲，所写范围与盛唐诗人所写征戍、闺怨一类相同。虽有俚俗之作，然亦有艳丽深厚之作，足与《花间》抗行。除此集外，敦煌石室复有唐词二十一首之发现，与此集并为瑰宝。

自唐词发现后，足以解决词学上之疑问甚多。如词为诗余之说，词起于中唐之说，慢词创自柳永之说，唐人无双调《望江南》之说，李白不能作《菩萨蛮》之说，杜牧不能作《八六子》之说，皆可以不攻自破。昔胡适之先生曾据苏鹗《杜阳杂编》、段安节《乐府杂录》，论崔书所列《天仙子》《倾杯乐》《菩萨蛮》《望江南》《杨柳枝》五调，皆起于中唐以后，因疑崔书不可信。今此集及其他唐词中，适赫然有此五调，则崔书之可信，与苏书、段书之不可信，俱可论定，而胡先生之疑当亦可以消释矣。宋王灼《碧鸡漫志》云："盖隋以来，今之所谓曲子者渐兴，至唐稍盛。"斯言最得其实。夫隋已有词之创作，更何疑于盛唐。况玄宗以文学而兼音乐之长，设梨园，置教坊，大倡胡夷之乐，亲制《春光好》《秋风高》《一斛珠》《雨霖铃》《霓裳羽衣》《凌波》诸曲，一时之盛，殆与当时文人所作不可歌之诗篇，不相上下。且乐工每采文人之五、七言诗以入乐，更足见乐府之声势，直凌驾近体诗之上矣。

汤若士《花间集序》云："古诗之于乐府，唐诗之于词，分镳并辔，非有后先。"证之此集，乃觉汤氏分镳并辔之说，毫无疑义。集中如《天仙子》《破阵子》《浣溪沙》《抛球乐》《渔歌子》诸词，皆与唐末五代词式相同。又敦煌别见之唐词中，如《南歌子》《望江南》《酒泉子》《杨柳枝》诸词，亦与后世流传之词式相同。长调如《内家娇》有一百四字，《倾杯乐》有一百十字，是知小令固起于盛唐，慢词亦起于盛唐也。特是文人自作不可歌之新兴近体诗，而不屑牵就胡夷里巷之杂曲，遂致不能继续发展。李白、韦应物、王建、刘禹锡、白居易之伦，悦其声调体式，偶一染指，无意专攻，必待历时既久，诗篇衰微，一时才士，心厌力疲，无径可辟，乃不得不重依旧曲，另铸新词。于是温庭筠以诗人而为词人，依调填词，大开风气。计其所依之八宫调十八曲，皆唐教坊中之曲也。其后柳永更以小令不足以铺叙尽致，乃依教坊之长调填词。计其所依之十七宫调一百五十三曲，亦皆沿教坊之旧曲，而自制新词也。

词经温、柳二氏之专攻，乃得重兴绝业，蔚为大观；诗则降为别支，词则俨然正统矣。有宋三百年间，词学盛极。然追溯其源，不得不归功温、柳二氏。但温、柳二氏之作，又源于开元里巷之曲。则此集为词中之大辂椎轮，讵容忽视？昔王静安先生尝谓以乐工方面言之，盛唐教坊，实早有《望江南》《菩萨蛮》曲调之名；以词人方面言之，或至李卫公及宣宗时始为其词。此因静安先生当时尚未尽见敦煌发见之唐词，故有此疑。今唐词五十一首俱出，则以词人方面言之，盛唐已有词人及作品之流传，亦可昭然大白矣。此集之本子，今有十种，实际为英、法及罗藏三本：

一、唐人写卷子本　敦煌石室旧藏，今藏伦敦博物院，卷首题“《云谣集》杂曲子共三十首”。其目为《凤归云遍》四首，《天仙子》二首，《竹枝子》二首，《洞仙歌》二首，《破阵子》四首，《浣沙溪》二首，《柳青娘》二首，末为《倾杯乐》，则但存其目，以下残佚十二首。

二、唐人写卷子本　敦煌石室旧藏，今藏巴黎国家图书馆。

其词共十四首，除《凤归云遍》二首，与伦敦本重出外；余十二首，皆伦敦本所无，合之适符三十之数。

三、《敦煌零拾》本　罗振玉刊本，共十八首，非伦敦博物院残本，有王国维及罗振玉二跋。

四、《敦煌掇琐》本　刘复刊本，共十四首，即巴黎图书馆残本。

五、传钞本　狩野传钞。其目为《凤归云》四首，《天仙子》二首，《竹枝子》以下，均未记首数，其所钞出之词，仅《凤归云》二首，《天仙子》一首。今伦敦博物院残本，于《竹枝子》以下五调，皆记首数。而狩野此本，则未记首数。是狩野所见，或别为一源。原钞本，有王国维跋。

六、校钞本　董康自伦敦抄得，并加校订，共十八首。原文与伦敦博物院残本，间有不同，疑亦采自罗本。

七、石印本　吴昌绶据董钞本石印。

八、《彊村丛书》本　朱祖谋用董、吴二本校印，其间况蕙风校订居多。

九、《彊村遗书》本　朱祖谋用董钞及《敦煌掇琐》重校足本，共三十首，其间有杨铁夫、龙榆生参校。前十八首文字，亦与《彊村丛书》本不同。

十、《世界文库》本　郑振铎校印，共三十首。据其跋云，用《零拾》本、《掇琐》本及朱本校订。然《零拾》本及《掇琐》本，讹误满纸；郑氏多仍其旧，而不从诸家改正，不悉何故。若谓保存原书真象，明知有误，亦不据改。然其中又有不尽然者，如《凤归云遍》“塞雁”二字下，《零拾》本及《掇琐》本皆不空格，而郑本从朱本空格。“不惮崎岖”句，《零拾》本及《掇琐》本，“不惮”皆作“不旦”，而郑本又从朱本，改作“不惮”。其他明明有误，如“泪的”为“泪滴”之误，“檮练”为“擣练”之误，“撩亮”为“嘹喨”之误，“烟眷”为“姻眷”之误，“笙篁”为“笙簧”之误，皆不从朱氏改正。既非存真，又不求是，殊觉校例不一致云。

以上各本，尝经多人校订；虽各有创获，然犹有未安之处。予因集合诸家之长，重为校订，其有涉及字形字音之讹者，更细为钩稽，以期其可读。所据之本，不主一种，而以是为归。但各本同异，皆一一校释于词下。俾学者于读词外，更可以窥察各本面目。末复就此期创制之词体，加以整理，庶足与后来之词比较观览，得其演变之迹焉。

《雲谣集》杂曲子共三十首

“雲”原作“云”，董校：“‘云’为‘雲’之省。”《丛书》本、《遗书》本、郑本并从之。“共三十首”四字，《丛书》本无，《遗书》本、郑本皆有。郑本于标题下，注“唐无名氏编”五字，系郑氏自加，他本皆无。又郑本无词目，《丛书》本目止于《倾杯乐》，《遗书》本目三十首最全，盖朱氏据巴黎、伦敦两本词所编订。

凤归云

征夫数载，萍寄他邦。去便无消息，累换星霜。月下愁听砧杵起，塞雁□行。孤眠鸾帐里，枉劳魂梦，夜夜飞扬。　想君薄幸，更不思量。谁为传书与，表妾衷肠。倚牖无言垂血泪，暗祝三光。万般无那处，一炉香尽，又更添香。

凤归云　《零拾》本“云”下有“遍”字，郑本从之。《掇琐》本调名下有“街”字，两朱本从董钞，皆无“遍”字。

砧杵起　各本“起”作“拟”。愚案：“砧杵拟”不可解，故董校疑“拟”字有误。龙校疑“起”字之误。“拟”“起”形似，“起”字可从。

□行　原本“行”上皆不空格。况校空格，各本从之。愚案：此两句七四句法，与下一首同，空格为是。

枉劳　原本“枉”作“往”。董校作“枉”，各本从之。愚案：“枉”“往”音同致误，董校是。

薄幸　各本皆作“薄行”。况校“行”疑“幸”，兹从之。

衷肠　《掇琐》本“衷”作“裹”。《零拾》本作“衷”。愚案：“衷”“裹”形近致误，各本从《零拾》本不误。

又

绿窗独坐，修得君书。征衣裁缝了，远寄边隅。想得为君贪苦战，不惮崎岖。终朝沙碛裹，只凭三尺，勇战奸愚。　岂知红粉，泪滴如珠。枉把金钗卜，卦卦皆虚。魂梦天涯无暂歇，枕上长嘘。待卿回故里，容颜憔悴，彼此何如。

绿窗独坐　《零拾》本“绿”上有“怨”字，《丛书》本、董本同。《掇琐》本“怨”字在调名“又”字下，《遗书》本从之，径删“怨”字。愚案：“绿窗独坐”四字，正与其余三首起句相同，当无“怨”字。

君书　《零拾》本“君”上有“为”字,《丛书》本、郑本同。《掇琐》本无“为”字,《遗书》本从之。愚案：以此调其余三首句法例之，当无“为”字。

边隅　各本“隅”皆作“虞”。况校“虞”疑“隅”。愚案：“隅”“虞”因音同而致误。敦煌所出《王昭君变文》有云：“明明汉使逢边隅。”正足为作“隅”之证。

不惮崎岖　原本“惮”作“旦”。董校作“惮”，各本从之。愚案：“旦”“惮”音同致误，作“惮”是。又董校云：“‘岖’原作‘驱’。”亦据之改正。

终朝　原本“终”作“中”,《丛书》本、郑本同。况校作“终”,《遗书》本从之。愚案：“中”“终”音同之误，况校是。

沙碛裹　原本作“砂碛里”，郑本从之。董校“砂”作“沙”,“里”作“裹”，两朱本从之。愚案：“沙”“砂”形近致误,“里”又为“裹”字之省，董校不误。

只凭　《掇琐》本作“已凭”,《遗书》本、郑本从之。《零拾》本作“山凭”，董校作“只凭”。愚案：作“山”误，作“只凭”较胜。

奸愚　各本作“奸愚”。杨校疑“单于”之误。愚案：“奸愚”或有误，然非“单于”之误。因《破阵子》中有“单于迷虏尘”之句，可见果为“单于”，不致误书也。

红粉　《掇琐》本作“红脸”。从《零拾》本改正。

枉把　原本作“往把”。各本从董校改正。

泪滴　《零拾》本作“泪的”。各本从《掇琐》本改正。

长嘘　郑本作“长虚”。《零拾》作“长嘘”，两朱本从之。愚案：此句上已有“卦卦皆虚”之“虚”字，此当以作“嘘”为是。

故里　　原本作“故日”，《丛书》本、郑本同。杨校作“故里”，《遗书》本从之。《掇琐》本于“卿回故里”上，更衍“公”字。愚案：作“故里”是，《零拾》本无“公”字，当删。

又

幸因今日，得睹娇娥。眉如初月，目引横波。素胸未消残雪，透轻罗。□□□□□，朱含碎玉，云髻婆娑。　东邻有女，相料实难过。罗衣掩袂，行步逶迤。逢人问语羞无力，态娇多。锦衣公子见，垂鞭立马，肠断知麽。

轻罗　　《零拾》本“轻罗”下未空格，郑本从之。况校空五格，两朱本从之。愚案：此调其余三首第三韵下，皆有五字一句，当空格。

知麽　　《零拾》本作“知磨”，郑本从之。董校作“知麽”，两朱本从之。愚案：“麽”“磨”形近致误，作“麽”是。

又

儿家本是，累代簪缨。父兄皆是，佐国良臣。幼年生于闺阁，洞房深。训习礼仪足，三从四德，针指分明。　嫁得良人，为国远长征。争名定难，未有归程。徒劳公子肝肠断，谩生心。妾身如松柏，守志强过，曾女坚贞。

皆是　　《零拾》本“是”作“事”，郑本从之。董校作“皆是”，两朱本从之。愚案：“事”字以音近而致误。

嫁得　　《零拾》本作“嫁得”，郑本从之。两朱本并作“娉得”。愚案：当作“嫁”。

曾女　　《零拾》本作“曾父”，郑本从之。况校作“曾女”，两朱本从之。愚案：下言“坚贞”，当从况校作“曾女”为是。

天仙子

燕语啼时三月半。烟蘸柳条金线乱。五陵原上有仙娥，携歌扇。香烂漫。留住九华云一片。　　犀玉满头花满面。负妾一双偷泪眼。泪珠若得似珍珠，拈不散。知何限。串向红丝应百万。

愚案：皇甫松有《天仙子》单叠一首，与此词上叠同。又宋人沈会宗有双叠一首，与此词全同。并录于下，以资比较：

踯躅花开红照水。鹧鸪飞绕青山嘴。行人经岁始归来，千万里。错相倚。懊恼天仙应有以。（皇甫松）

景物因人成胜概。满目更无尘可碍。等闲帘幕小阑干，衣未解。心先快。明月清风如有待。　　谁信门前车马隘。别是人间闲世界。座中无物不清凉，山一带。水一派。流水白云长自在。（沈会宗）

又

燕语莺啼惊觉梦。羞见鸾台双舞凤。天仙别后信难通。无人问。花满洞。休把同心千遍弄。　　叵耐不知何处去。正是花开谁是主。满楼明月夜三更，无人语。泪如雨。正是思君肠断处。

惊觉　　《零拾》本作“惊教”，郑本从之。况校作“惊觉”，两朱本从之。愚案：“觉”“教”音近致误，当作“觉”。

正是　　《丛书》本谓“是”原作“时”，从况校。愚案：此处当用仄声，作“时”误。

竹枝子

罗幌尘生，帲帏悄悄，笙簧无绪理。恨小郎游荡经年。不施红粉镜台前。只是焚香祷祝天。　　垂珠泪滴，点点滴成斑。待伊来，敬共伊言。须改往来断却颠。

笙簧　　《零拾》本作“笙篁”，郑本从之。董校作“笙簧”，两朱本从之。愚案：“簧”“篁”以同音而致误。

经年　　《丛书》本作“轻年”。龙校作“经年”，《遗书》本从之，郑本亦同。愚案：“轻”“经”以形近而致误。

泪滴　　《零拾》本作“泪的”，郑本从之。董校作“泪滴”，两朱本从之。朱校云：“‘垂珠泪滴’上疑有脱。”愚案：此调二首，字数及句法皆不同，此句上未必有误。又龙校云：“此调平仄两叶，‘泪滴’下疑脱‘罗裳里’三字，与上半阕‘理’字叶。”此亦臆说，不可信。

滴成斑　　《零拾》本“滴”作“的”。两朱本从董校作“滴”。唯郑本犹沿《零拾》本之误。

断却　　原本作“段却”，“段”疑误。《柳青娘》中亦有“断却”语。

又

高卷珠帘垂玉牖，公子王孙女。颜容二八小娘。满头珠翠影争光。百步唯闻兰麝香。　　口含红豆相思语。几度遥相许。修书传与萧娘。倘若有意嫁潘郎。休教潘郎再断肠。

颜容　　《零拾》本“颜容”二字作一“倾”字，郑本从之。恐非。

萧娘　　《零拾》本作“萧郎”。朱校疑作“萧娘”，但各本均未据改。愚案：下文有“嫁潘郎”之语，则此当作“萧娘”无疑。

再断肠　　各本“再”皆作“争”。愚案：上文有“几度遥相许”之语，故疑此处当作“再”字，与上文呼应。“争”“再”涉双声而误也。

洞仙歌

华烛光辉。深下屏帏。恨征人，久镇边夷。酒醒后，多风措，少年夫婿。向绿窗下，左偎右倚。　　拟铺鸳被。把人尤泥。须索琵琶重理。曲中弹到“想夫怜”处，转相爱，几多恩意。却在絮衷鸳衾枕，愿长与今宵相似。

多风措　　《零拾》本无“多风”二字，又“措”作“醋”。况校作“风措”，两朱本从之。郑本从朱本增“多风”二字，“醋”字未改。

琵琶　　《零拾》本作“瑟琶”，《丛书》本及郑本从之。龙校作“琵琶”，《遗书》本从之。愚案：“瑟”“琵”形近致误，似当作“琵”。

重理　《丛书》本谓“重”原作“从”，从况校。

恩意　《零拾》本作“思意”，《丛书》本、郑本从之。龙校作“恩意”，《遗书》本从之。愚案：“思意”不可解，“思”“恩”形近致误，龙校是。

絮衷　原作“绪克”，二字疑有误，各本因之。《零拾》本“绪”下更有“里”字，郑本从之。况校“绪”疑“絮”，兹从之。“克”疑为“衷”，形近致误。

今宵　《丛书》本谓“今”原作“金”，从董校。

又

悲雁随阳。解引秋光。寒蛩响。夜夜堪伤。泪珠串滴，旋流枕上。无计恨征人，争向金风漂荡。　擣衣嘹亮。懒寄回文先往。战袍待稳絮，重更熏香。殷勤凭驿使追访。愿四塞来朝明帝，令我夫婿，免教流浪。

串滴　《零拾》本作“串的”，郑本从之。董校作“串滴”，两朱本从之。愚案：“的”误，“滴”不误。

擣衣嘹亮　《零拾》本作“擣衣寮亮”，郑本从之。《丛书》本谓原本“擣”作“禱”，“嘹”作“寮”，从董校。《遗书》本亦从董校。愚案：郑本“嘹”误作“寮”。

夫婿免教　《零拾》本作此四字，郑本从之。两朱本并作“客休施”，愚案：郑本可从。

此调宋苏轼有八十三字一体，李元膺有八十五字一体，赵长卿有八十八字一体，康与之有八十七字一体，辛弃疾有八十四字一体，吴文英有八十二字一体、八十六字一体，皆与此词七十四字及上首七十六字不同，但上下叠结处皆同，可互观也。

上叠结句	下叠结句
攲枕钗横鬟乱。	暗中偷换。（苏轼）
约略颦轻笑浅。	醉红自暖。（李元膺）
别有出群标致。	定应来岁。（赵长卿）
三十六陂烟雨。	断肠凝伫。（康与之）
醉卧石楼风雨。	再三遮住。（辛弃疾）
袅袅垂香带月。	问谁优劣。（吴文英）
梅靥桃唇斗胜。	醉袍宫锦。（吴文英）

破阵子

莲脸柳眉休晕，青丝罢笼云。暖日和风花带媚，画阁雕梁燕语新。卷帘恨去人。　寂寞长垂珠泪，焚香祷尽灵神。应是潇湘红粉继，不念当初罗帐恩。抛儿虚度春。

休晕　　各本作“休韵”。愚疑“韵”乃“晕”之误。

莲脸　　《丛书》本谓原本“莲”作“连”，从董校。两朱本、郑本并作“莲”。

带媚　　各本作“戴媚”。朱校“戴”疑“带”，但朱氏两本俱未改字，兹从之改。

抛儿　　此上两朱本及郑本不缺字。郑本谓《掇琐》本缺十六字。愚案：《掇琐》本无此词，郑本误记，当为《零拾》本之误。

又

日暖风轻佳景，流莺似问人。正是越溪花捧艳，独隔千山与万津。单于迷虜尘。　　雪落亭梅愁地，香檀枉注歌唇。拦径萋萋芳草绿，红脸可知珠泪频。鱼笺岂易呈。

佳景　　《零拾》本作“住景”，郑本从之。况校“住”疑“佳”，但两朱本均未据改。愚案：此处二字，余三首皆作平仄，不作仄仄；况校“佳景”可从，“住”与“佳”盖形近致误。

正是　　《丛书》本谓“是”原本作“时”，从董校。各本皆从之作“是”。愚案：作“时”实误。

虜尘　　《丛书》本谓“虜”原本作“慮”，从董校。各本皆从之作“虜”。愚案：“虜”“慮”形近致误，当作“虜”。

枉注　　《零拾》本作“往注”，郑本误从之。两朱本从董校作“枉注”。

雪落亭梅　　各本“亭”作“停”。龙校疑当作“梅雪落停”，愚疑“停”为“亭”之误。

又

风送征轩迢递，参差千里余。目断妆楼相忆苦，鸿雁南来鳞迹疏。和愁缄去书。　　春色可堪孤枕，心焦梦断□初。早晚三边无事了，香被重眠比目鱼。双眉应自舒。

鸿雁南来鳞迹疏　　各本作“鱼雁百水鳞积疏”。朱校“水”“积”并误，但不辨何字之误。龙校“鱼雁百水”疑当作“鸿雁南来”，“积”疑当作“迹”。愚案：“百水”与“南来”，似是形近致误；“积”与“迹”，或为音同致误，兹从龙校。

缄去书　　两朱本作“封去书”。郑本从《零拾》本作“缄去书”。朱校谓原本“封”作“风”，从况校。愚案：《零拾》本作“缄”，不作“风”。可知朱氏所据之董钞本与《零拾》本，并非一源。

□初　　《丛书》本“初”上不空格。《遗书》本从龙校空格，郑本亦空格。愚案：此处余三首皆六字句，空格为是。

比目　　各本并同。惟朱校谓原本“目”作“翼”。但《零拾》本作“目”，不作“翼”。

又

年少征夫军帖，书名年复年。为觅封侯酬壮志，携剑弯弓沙碛边。抛人如断弦。　迢递可知闺阁，吞声忍泪孤眠。春去春来庭树老，早晚王师掃却还。免教心怨天。

军帖　　两朱本及郑本并作“堪恨”。《零拾》本作“军帖”。愚案：《零拾》本下句为“书名年复年”，书名于军帖，故觉“军帖”二字较胜。

书名年复年　　两朱本及郑本并作“从军千里余”。惟《零拾》本作“书名年复年”。朱校云：“‘千里’复，下句‘余’失叶，疑误。”愚案：朱校已疑“从军千里余”之误，但未及见《零拾》本，故亦无从校改。《零拾》本作“书名年复年”，“千里”既不复，而“年”字又叶韵，当从之。

为觅封侯酬壮志　　《零拾》本作此七字，郑本不从之，而与两朱本同作“为爱功名千里去”。愚案：上两句既从《零拾》本，此句亦当从之。

掃却还　　各本“掃”皆作“歸”。愚案：“歸却还”不可解，疑“歸”“掃”形近致误，当作“掃”。上言“携剑弯弓沙碛边”，下言“早晚王师掃却还”，意正相合。

此调李后主有六十二字一首，仅第二句较多一字。句法及叶韵皆同，唯平仄稍异。晏殊亦有一首，第二句亦多一字，此外句法、叶韵及平仄，则全同矣。并附录之：

四十年来家国，三千里地山河。凤阁龙楼连霄汉，玉树琼枝作烟萝。几曾识干戈。　　一旦归为臣虏，沈腰潘鬓消磨。最是仓皇辞庙日，教坊犹奏别离歌。挥泪对宫娥。（李后主）

燕子来时新社，梨花落后清明。池上碧苔三四点，叶底黄鹂一两声。日长飞絮轻。　　巧笑东邻女伴，采桑径里逢迎。疑怪昨宵春梦好，原是今朝斗草盈。笑从双脸生。（晏殊）

浣沙溪

麗景红颜越众希。素胸莲脸柳眉低。拟笑千花羞不拆，嬾芳菲。　　偏□□□□□□□，□□□□□□□。□引五陵思恳切，要君知。

浣沙溪　　《零拾》本“浣”作“涣”，董校亦谓原本作“涣”。各本改作“浣”。

麗景　　各本“麗”作“孋”。愚案：当作“麗”。

羞不拆　　《零拾》本“拆”作“折”，郑本从之。两朱本作不“拆”。愚案：“拆”字胜。

嫩芳菲　　《零拾》本“嫩”作“嫩”，郑本从之。两朱本作“嫩”，愚案：“嫩”字胜。

偏　　《零拾》本“偏”字连写，不空格。两朱本作“篇”。况校“偏”下缺十四字，各本从之。愚案：以此调下阕例之，当空格。

又

髻绾湘云淡淡妆。早春花向脸边芳。玉腕慢从罗袖出，捧杯觞。　　纤手令行匀翠柳，素咽歌发绕雕梁。但是五陵争忍得，不疏狂。

令行　　《零拾》本作“全分”，郑本从之。两朱本并作“令行”。愚案：《浣沙溪》换头，两句对举，“令行”与“歌发”正对，“全分”二字误。

素咽　　两朱本作此二字。郑本从《零拾》本作“素喉”。愚案：“喉”“咽”原皆可，但“喉”与相对之“手”字同部，疑作“咽”胜。

此调与毛文锡一首《浣溪沙》相同，附录于下：

春水轻波浸绿苔。枇杷洲上紫檀开。晴日眠沙鸂鶒稳，暖相偎。　　罗袜生尘游女过，有人逢着弄珠回。兰麝飘香初解珮，忘归来。

南唐李中主亦有一首，与此相同，后人或称中主之作为《摊破浣溪沙》，或称“南唐浣溪沙”。今据此词以观，可知此调既无“摊破”之名，更非创自南唐。

柳青娘

青丝髻绾脸边芳。淡红衫子掩酥胸。出门斜撚同心弄，意恛惶。故使横波认玉郎。　　叵耐不知何处去，教人几度挂罗裳。待得归来须共语，情转伤。断却妆楼伴小娘。

酥胸　　《零拾》本缺此二字。他本皆作“素胸”。况校“素”疑“酥”。愚案：此字不当作仄声，况校极是。

故使　　伦敦本、《零拾》本作“固使”。他本皆作“故使”。愚案：“固”“故”音同致误，当作“故”。

伴小娘　　此三字，只《零拾》本有，近人妄谓伦敦本存，观今照片，可知其妄。

又

碧罗冠子结初成。肉红衫子石榴裙，故着胭脂轻轻染，淡施檀色注歌唇。含情唤小莺。　　只问玉郎何处去，才言不觉到朱门。扶入锦□□□□，□殷勤。因何辜负少年人。

故着　　伦敦本、《零拾》本误作“固着”，他本皆不从之。

只问　　《零拾》本作“只教”。他本皆作“只问”，“问”字似胜。

少年　　《零拾》本作“倚阑”。他本皆作“少年”。

倾杯乐

忆昔笄年，未曾离过，生长深闺苑。闲凭着绣床，时拈金针，拟描舞凤飞鸾。对妆台重整嬉姿面。知身儿算料，岂教人见。又被良媒，苦出言词相诱訞。　每道说水际鸳鸯，惟指梁间双燕。被父母将儿匹配，便认多生宿姻眷。一旦嫁得狂夫，攻书业，抛妾求名宦。纵然选得，一时朝要荣华，争稳便。

倾杯乐　此下十二首词，《零拾》本及伦敦本并缺。

未曾离过　《掇琐》本作“未省离诰”，各本从之。杨校“诰”疑“合”，涉“阁”而误。愚案：据下首“貌超倾国”文字，此句亦应作仄平平仄。故疑“曾”“省”二字因形近而致误。“诰”字亦疑是“过”字误写。柳永有《古倾杯》词起句云：“冻水消痕，晓风生暖，春满东郊道。”与此比勘正合。其第二句，亦作仄平平仄也。

拟描　原作“拟貌”，当为形近之误。

闺苑　《掇琐》本作“闺菀”，郑本误从之。龙校作“闺苑”，《遗书》本从之。

水际鸳鸯　《掇琐》本作“水济鸳鸾”，郑本从之。杨校“水济”作“水际”，龙校“鸳鸾”作“鸳鸯”，《遗书》本并从之校改。愚案：“济”“际”“鸯”“鸾”，皆音近致误，作“水际鸳鸯”是。

姻眷　《掇琐》本作“烟眷”，郑本误从之。杨校作“姻眷”，《遗书》本从之。

攻书　《掇琐》本作“功书”，郑本误从之。《遗书》本从杨校，作“攻书”。

纵然　《掇琐》本作“众然”，郑本误从之。《遗书》本从杨校，作“纵然”。愚案：“姻眷”作“烟眷”，“攻书”作“功书”，皆形近致误。“纵然”作“众然”，则音近之误。

又

窈窕逶迤。貌超倾国应难比。浑身挂绮罗装束，未省从天得知。脸如花，自然多娇媚。翠柳书蛾眉，横波如同秋水。裙上石榴，血染罗衫子。　观艳質语软言轻，玉钗坠。素绾乌云髻，年二八久锁香闺，爱引猧儿鹦鹉戏。十指如玉如葱，凝酥体，雪透罗裳里。堪嫁与公子王孙，五陵年少，风流婿。

貌超　《掇琐》本“貌超”上下不空格，郑本从之。《遗书》本从龙校，空格。愚案：此词两首字句不一，不能确定有缺字。

应难　《掇琐》本作“难应”，郑本误从之。《遗书》本从龙校，作“应难”。

蛾眉　《掇琐》本作“娥眉”，郑本误从之。《遗书》本从杨校，作“蛾眉”。

裙上　《掇琐》本作“裙生”，郑本从之。朱校：“生”疑“上”，但两朱本皆未改。愚案：“上”字似胜。

艳質　各本“質”作“嬇”，愚案：当作“質”。

语软　《掇琐》本作“语载”，郑本误从之。《遗书》本从杨校作“语软”。愚案：“载”“软”形近致误，当作“软”。

年二八　《掇琐》本“年”作“时”，郑本从之。两朱本皆作“年”。愚案：“年”字胜。

久锁　《掇琐》本作“久锁”，郑本从之。杨校疑“久住”，龙校疑“久锁”，愚案：“慎”“锁”形近致误，从龙校。

鹦鹉戏　《掇琐》本“戏”作“钺”，郑本误从之。《遗书》本从杨校，作“戏”。

凝酥　《掇琐》本作“银藾”，郑本从之。《遗书》本空两格。杨校“藾”疑“蒜”。龙校疑“凝酥”。愚案：体不得谓之“银蒜”，龙校似是。

内家娇

丝碧罗冠，搔头坠髻，宝装玉凤金蝉。轻轻浮粉，深深长画眉绿，雪散胸前。嫩脸红唇，眼如刀割，口似朱丹。浑身挂异种罗裳，再熏龙脑香煙。　屐子齿高慵移步，两足恐行难。天然有灵性，不嫁凡夫。招事无不会解，烹水银，练玉烧金，别尽歌篇。除非却应奉君王，时人未可趋颜。

坠髻　《掇琐》本“髻”下衍一“鬓”字，郑本从之。《遗书》本从杨校，删“髻”字，但存“鬓”字。愚案：以下首例之，“坠”下衍一字无疑。唯搔头插髻上，疑当删“鬓”字。其上首有“玉钗坠。素绾乌云髻”句亦可证也。

朱丹　《掇琐》本作“珠丹”，郑校从之。《遗书》本从龙校，作“朱丹”。

龙脑香煙　《遗书》本谓“脑”原本作“瑙”，“煙”原本作“熛”，并从杨校。郑本亦作“龙脑香煙”，但注谓《零拾》本作“香熛”。愚案：《零拾》本无此词，郑氏误记，当为《掇琐》本之误。

屐子齿高　《掇琐》本“屐子”下原有“豈”字，郑本从之。《遗书》从龙校，误删“豈”字。愚案：从文意言，“豈”字当删。

不嫁凡夫　　《掇琐》本“夫”作“交”，《遗书》本、郑本并沿其误。愚案：“夫”与“交”乃形近致误，当作“夫”。

又

两眼如刀，浑身似玉，风流第一佳人。及时衣着，梳头京样，素質艷麗青春。善别宫商，能调丝竹，歌令尖新。任从说洛浦阳台，谩将比并无因。　　半含娇态，逶迤缓步出闺帲。搔头重慵惫不插，只把同心，千遍撚弄，来往中庭。应是降王母仙宫，凡间略现容真。

佳人　　《遗书》本谓原本“佳”作“住”，从杨校。郑本作“帏人”。愚案：作“帏”非。

素質艷麗青春　　各本俱作“素嫃艷孋情春”。愚疑非是。

缓步出闺帲　　《掇琐》本作“换步出闺帏”，郑本误从之。《遗书》本从龙校作“缓步出闺帲”。愚案：“帲”字当叶，“缓”“换”为音近致误，亦当作“缓”。

慵惫　　各本皆作“慵懚”，愚疑“懚”为“惫”之误。

拜新月

荡子他州去，已经新岁未还归。堪恨情如水，到处辄狂迷。不思家国，花下遥指祝神明，直至于今，抛妾独守空闺。　　上有穹苍在，三光也合遥知。倚屏帏坐，泪流点滴，金粟罗衣。自嗟薄命，缘业至于斯。乞求待见面，誓不辜伊。

点滴　　《掇琐》本作“点的”，郑本误从之。《遗书》本从杨校，作“点滴”。

于斯　　《掇琐》本作“于思”，郑本误从之。《遗书》本从杨校，作“于斯”。

又

国泰时清晏，咸贺朝列多贤士。播得群臣美。卿敢同如鱼水。况当秋景，蓂叶初敷卉。向登新楼上仰望，蟾色光迟回。　顾遇玉兔影媚。明镜匣参差斜坠。澄波美。犹怯怕衔半钩耳。万家向月下，祝告深深跪。愿皇寿千千岁，登宝位。

国泰　　《掇琐》本“泰”作“秦”，郑本误从之。《遗书》本从龙校，改作“泰”。

朝列　　《掇琐》本“列”上不空格，郑本从之。《遗书》本从龙校空格。愚案：以此调前首句法例之，当空一格。今照片似作“朝列”。

迟回　　《掇琐》本作“翅回”，郑本误从之。《遗书》本从龙校作“迟回”。

澄波美　　《掇琐》本“美”作“善”，郑本误从之。《遗书》本从龙校作“美”。

犹怯怕　　《遗书》本谓原本“犹”作“由”，从龙校。愚疑“怯怕”二字衍一字。“色光”“顾遇”亦各衍一字。

衔半钩　　《掇琐》本“衔”作“衝”，郑本从之。《遗书》

本从龙校作“衔”。愚案：半钩言月，当作“衔”。

抛球乐

珠泪纷纷湿绮罗。少年公子负恩多。当初姊妹分明道，莫把真心过与他。□□子细思量着，淡薄知闻解好麽。

负恩　　《掇琐》本作“负思”，郑本误从之。《遗书》本从杨校，作“负恩”。

姊妹　　各本作“姊姊”。愚疑下“姊”字乃“妹”字之误。

子细　　《掇琐》本此上不空格。《遗书》本从龙校空二格。郑本亦空二格。愚案：以此调下首例之，空格为是。

好麽　　《掇琐》本作“好磨”，郑本仍沿其误。《遗书》本从杨校作“好麽”。

又

宝髻钗横坠鬓斜。殊容绝胜上阳家。蛾眉不扫天生绿，莲脸能匀似早霞。无端略入后园看，羞杀亭中数树花。

莲脸　　《掇琐》本“莲”作“蝉”，郑本误从之。《遗书》本从龙校作“莲”。

早霞　　《掇琐》本作“朝遐”，郑本误从之。《遗书》本从杨校作“早霞”。

数树　　《掇琐》本“数”作“荻”，郑本误从之。《遗书》本从杨校作“数”。

此调冯延巳有四十字一体，仅第五句较少二字，余悉同。附录于下：

霜积秋山万树红。倚岩楼上挂朱栊。白云天远重重恨，黄叶烟深淅淅风。仿佛梁州曲，吹在谁家玉笛中。

渔歌子

睹颜多，思梦误。花枝一见恨无路。心哽噎，泪如雨。见便不能移步。　　五陵儿，娇态女。莫阻来情从过与。畅平生，两风措。若得丘山不负。

渔歌子　《遗书》本谓原本“渔”作“鱼”，从龙校。郑本亦作“渔”。

恨无　《掇琐》本“无”下有“河”字，郑本从之。《遗书》本从杨校删。愚案：以此调下首例之，此字当删。

娇态　《掇琐》本“娇”上有“恋”字，郑本从之。《遗书》本从杨校删。愚案：以此调下首例之，“恋”字当删。

风措　《掇琐》本“措”作“醋”，郑本从之。《遗书》本从杨校作“措”。

又

洞房深，空悄悄。虚把身心生寂寞。待来时，须祈祷。休恋狂花年少。　　淡匀妆，周旋妙。只为五陵正渺渺。胸上雪，从君咬。空把千金买笑。

周旋　《掇琐》本作“固施”，郑本误从之。《遗书》本从龙校作“周旋”。愚案：“周旋”与“固施”，乃形近致误，龙校是。

空把　《掇琐》本作“恐犯”，郑本误从之。《遗书》本从龙校作“恐把”。愚案：“犯”“把”形近致误，“空”“恐”亦声近之误。

此调双叠仄韵，后有孙光宪一首，与此悉同，并录以观：

泛流萤，明又灭。夜凉水冷东湾阔。风浩浩，笛寥寥，万顷金波澄澈。　　杜若洲，香郁烈。一声宿雁霜时节。经霅水，过松江，尽属侬家风月。

喜秋天

潘郎妄语多。夜夜道来过。赚妾更深独弄琴，弹尽相思破。　　寂寂更深坐，泪滴浓煙翠。何处贪欢醉不归，羞向鸳衾睡。

妄语　　《掇琐》本“妄”作“忘”，郑本从之。《遗书》本从杨校作“妄”，愚案：“妄”字较胜。

赚妾　　《掇琐》本“赚”作“湛”，郑本误从之。《遗书》本从杨校作“赚”。

泪滴　　《掇琐》本“滴”作“的”。郑本误从之。《遗书》本从杨校作“滴”。

浓煙　　《遗书》本谓“煙”原作“熛”，从杨校。郑本亦作“煙”。

又

芳林玉露催，花蕊金风触。永夜严霜万草衰，擣练千声促。　　谁家台榭曲。嘹亮宫商足。暮恨朝愁不忍闻，早晚离尘土。

擣练　　《掇琐》本“擣”作“禱”，郑本误从之。《遗书》本从杨校作“擣”。

台榭曲　　《掇琐》本“曲”作“菊”，郑本、《遗书》本并从之。杨校疑“曲”。愚案：下句为“嘹亮宫商足”，则此字似当以“曲”为是。

嘹亮　　《掇琐》本“嘹”作“撩”，郑本误从之。《遗书》本从杨校作“嘹”。

暮恨　　各本作“每恨”。杨校：“每”疑“夜”。愚案：各本固非，杨校亦误。“暮恨”与“朝愁”对举，当作“暮”。“每”“暮”盖涉双声而误也。

此调《词律》无之。但察其字数与句法，与《卜算子》相同，唯平仄稍异。徐俯平起一首，并平仄叶韵亦同，只末句较多一字。并录于下：

> 胸中千种愁，挂在斜阳树。绿叶阴阴占得春，草满莺啼处。　不见凌波步。空忆如簧语。门外重重叠叠山，遮不断愁来路。

以上《云谣集》三十首校毕。其间有怀念征夫之词，有怨恨荡子之词，有描写艳情之词，与《花间》《尊前》之内容相较，亦无二致。即有俚俗之词，尚不如当时民间流传之《五更调》《十二时》之甚。大抵已经文士润饰。至《花间》则为诗客曲子词，雕琢愈甚矣。综其所用之调，为《凤归云遍》《天仙子》《竹枝子》《洞仙歌》《破阵子》《浣沙溪》《柳青娘》《倾杯乐》《内家娇》《拜新月》《抛球乐》《渔歌子》《喜秋天》十三调。《词律》

无《竹枝子》《内家娇》《柳青娘》《拜新月》《喜秋天》五调。余如《凤归云遍》《洞仙歌》《倾杯乐》与后世虽不尽同，然演变之迹，犹可窥见。若《天仙子》《破阵子》《浣沙溪》《抛球乐》《渔歌子》五调，则与后世几全相同，尤觉一脉相承，源流有自。并非因诗加泛声之后，而后始有词也。此种初期创作特异之处颇多，奠词体之始基，开后世之先例。自此改造演进，遂代诗篇而大盛。今因归纳其要点如下：

一、调与题合　古词调即是题，题意与调名相合。后人填词，始别具题意，与调名无关。此集无题，正是初期词体。《花间》无题，则仍保存初期体制也。如《拜新月》有“万家向月下，祝告深深跪”之语，《喜秋天》有“芳林玉露催，花蕊金风触”之语，《破阵子》有“携剑弯弓沙碛边”之语，《竹枝子》有“垂珠泪滴，点点滴成斑”之语，《天仙子》有“五陵原上有仙娥”之语，《凤归云》有“待卿回故里”之语，《洞仙歌》有“华烛光辉。深下屏幢”之语，《柳青娘》咏柳青娘之美，《内家娇》咏内家之美，《浣沙溪》咏人如西子之美，皆题意与调名相合也。至于《倾杯乐》，最初当是咏夫妇倾杯之乐，《抛球乐》当是咏娼妓抛球之乐，《渔歌子》当是咏船上儿女之私情。此集《倾杯乐》怨夫妇分离，《抛球乐》怨公子负恩，《渔歌子》咏一般儿女私情，当是由原词引申。题意亦与调名有密切之关系也。

二、令、慢词兼有　昔人以词由律、绝变化，故谓初仅有令词。又见《花间》皆收令词，愈觉慢词后起。并疑杜牧当时不应有九十字之《八六子》。其实慢词，早与令词并行于世。此集有《凤归云》《洞仙歌》《内家娇》《倾杯乐》诸词可证。《花间》收令词，不过一时风尚使然，非无慢词也。

三、单、双叠兼有　《花间》收皇甫松《天仙子》单叠词，不知此集尚有双叠《天仙子》也。《渔歌子》张志和所作为单叠，孙光宪所作为双叠，此集亦作双叠。张作字句不同，孙作则全依此体。敦煌别见之《望江南》《南歌子》词，亦皆双叠，可以破除前人之迷惑甚多。《词律》谓《望江南》唐时皆系单调，至宋方加后叠。徐诚庵补注《词律》，亦信其说。今唐词出，乃知万红友说之误也。《词律》录《南歌子》举温庭筠、张泌单调为例，双叠则举欧阳修一首为例，注云："此比唐词加后一叠。"万氏不知《南歌子》早有双叠，不自宋人始也。毛熙震有双叠一首，正是倚旧曲以填词。

四、字数不定　唐人词律甚宽，盖以合乐为主，故可依乐增减。此集如《凤归云》第一首、第二首皆八十二字，第三首、第四首则七十八字。又如《竹枝子》第一首五十七字、第二首则六十四字，《花间》亦有同调不同字数之词，是知唐词往往如此，不似后世不能歌之词，一字不容出入也。

五、平仄不拘　此集如《喜秋天》两首，字数、句法皆相同，而平仄又有可以通融之处。第一首换头作仄仄平平仄，第二首换头则作平平平仄仄。《花间》类此之例亦多。后人填词，动言依平仄、守四声。不知初期词式，固不如后世拘执之甚。

六、韵脚不拘　唐词叶韵，亦不拘平仄。同是一调，或用平韵，或用仄韵。此集《拜新月》第一首用平声韵，第二首则用仄声韵。即一调之内，亦可自由变换。如《天仙子》第一首上、下两叠，皆用一韵，而第二首则上叠同用一韵，下叠又换一韵。

七、平仄通叶　东坡《哨遍》、方回《水调歌头》，皆有平仄通叶之例，盖由来已久。此集《洞仙歌》，“辉”“帏”“夷”与“婿”“倚”等字同叶，“阳”“光”“伤”与“上”“荡”等字同叶，皆同部平仄通叶之先例。

八、用方言　以方言叶韵，后人亦时有之。此集《柳青娘》“胸”与“芳”“郎”“裳”“伤”“娘”等字同叶，是“东钟”部之韵与“江阳”部混也。稼轩《一剪梅》亦以“窗”叶“中”，与此例同。又《洞仙歌》，“婿”与“倚”“理”“意”等字同叶，是“鱼虞”部之韵与“齐微”部混也。《柳青娘》“成”“莺”与“唇”“门”“勤”“人”等字同叶，是“庚亭”部之韵与“真文”部混也。此皆以方言入叶，故与韵书所载不合。

九、不限闭口韵　后人韵书，常将闭口一韵分开，词韵亦然。其实唐宋人作词，每不限定。此集如《凤归云》，“心”“深”与“缨”“臣”“明”“征”“程”“贞”等字同叶，即不限闭口之证。

十、入叶去、上　此集《渔歌子》“寞”字与“悄”“少”“妙”“渺”“咬”“笑”等字同叶，即入叶去、上之例。稼轩《贺新郎》《定风波》以“绿”叶“雨”，以“热”叶“夜”，韩玉《贺新郎》以“曲”叶“女”，亦同此例。

十一、上叶入　以上、去为主，则入可叶上、去，若以入为主，则上、去亦可叶入。此集《喜秋天》第二首用入声韵，而末一韵“土”字，乃上声韵，是以上叶入也。

十二、叙事　诗有叙事一体，词亦有之。欧阳修尝以《采桑子》咏西湖之胜，赵德麟尝以《蝶恋花》演述《会真记》。此集《倾杯乐》“忆昔笄年”云云，《凤归云》“儿家本是累代簪缨”云云，皆于一调之中，自叙个人经历，与欧、赵之联合十余首同调以叙一事者，亦有显著之关系。

此外敦煌所出唐词，如《望江南》《菩萨蛮》可证唐词原有衬字。《鹊踏枝》有两“语”字、两“里”字，可证唐词不避重复。《杨柳枝》用绝句，于每句之后，添入四字或五字，可证唐词有和声。《鹊踏枝》上叠人恨鹊语，下叠鹊答人语，可证唐词有自序，亦有对话，开曲之先例。词曲并源于隋唐音乐，故观此集，不独可辨词学演进之趋势，亦可窥词曲沟通之消息也。

（原载《中央大学文史哲季刊》第1卷第1期，1943年1月）

《云谣集》杂识

伯希和本《云谣集》

我国敦煌发现《云谣集》杂曲子共三十首，被斯坦因掠去原卷残本十八首，现藏伦敦博物馆，编号为斯一四四一；被伯希和掠去原卷残本十四首，现藏巴黎图书馆，编号为伯二八三八。两本去其重复二首，适符三十首之数，至为可宝。此外，伯希和个人藏有残本十八首，与伦敦本文字不尽相同，此本曾寄与罗振玉，罗氏刻入《敦煌零拾》。或疑此本完全不可信，文字有异，乃罗氏臆改。余谓罗氏明言："癸亥（1923）冬，伯希和博士为邮寄其全文，则存十八首，计《凤归云遍》四首、《天仙子》二首、《竹枝子》二首、《洞仙歌》二首、《破阵子》四首、《浣沙溪》二首、《柳青娘》二首，末为《倾杯乐》，则但存其目，以下残佚十二首，亟为印行，以传艺林。"罗氏岂能臆改？罗本《破阵子》上片云："年少征夫军帖，书名年复年。为觅封侯酬壮志，携剑弯弓沙碛边。抛人如断弦。""年"字叶韵，文字较胜。"军帖"两句，伦敦本作"堪恨从军千里余，为爱功名千里去"。王重民《敦煌曲子词集》及潘重规《敦煌云谣集新书》俱用伦敦本文字，对于罗本两句既不从之改，又不作异文校记，殊不合实事求是精神，即以为罗氏臆改，亦应说明，不应完全抹杀事实，掩盖真相。

敦煌摹本《云谣集》不可信

罗振玉《敦煌零拾》本《柳青娘》末句云："断却妆楼伴小娘。"王重民及潘重规俱谓从伦敦斯一四四一卷子作"伴小娘"。但余查伦敦斯一四四一卷子照片"伴小娘"三字实已模糊不清，看不出是"伴小娘"三字，只有斯一四四一摹本作"伴小娘"。原卷照片既已模糊不清，摹本又何从摹得？实际王、潘二本皆从罗本录入，所谓摹本并不足信。不仅王、潘本从罗本录入"伴小娘"三字，即《彊村丛书》本《云谣集》中"伴小娘"三字亦从罗本录入。伯希和寄赠罗本在1923年，《彊村丛书》本系由董康自伦敦带回十八首，刻出在1924年。董康带回十八首，《柳青娘》末句原亦无"伴小娘"三字，适见罗本有之，因据以补入。今日吾人既得见伦敦、巴黎、伯希和（寄赠罗振玉刻入《敦煌零拾》）三本，校记即应从三本进行考察，不应仅据伦敦、巴黎二本，完全不用《敦煌零拾》本。

（选自《词学论丛》）

佚词零拾

李纲抗敌词

李忠定公纲，忠肝义胆，发为诗余，亦慷慨沉雄。所作《梁溪词》五十首，有四印斋刻本。《云麓漫钞》尚载公《苏武令》一首，为刻本所无。词云："塞上风高，渔阳秋早。惆怅翠华音杳。驿使空驰，征鸿归尽，不寄双龙消耗。念白衣、金殿除恩，归黄阁、未成图报。　　谁信我、致主丹衷，伤时多故，未作救民方召。调鼎为霖，登坛作将，燕然即须平扫。拥精兵十万，横行沙漠，奉迎天表。"此词绍兴初盛传。初叙塞上荒凉景象，及国主蒙尘之惨。次叙孤臣报国忠忱，及救民宏愿。末叙受知领兵，决心抗敌，必无不胜之理。入则宰辅，出则大将，天下安危，系于一身，观词之吐露，可以识其精忠矣。

胡松年使虏词

南宋中兴名臣，如胡铨、赵鼎、李纲、李光诸人，皆有词集流传。独胡枢密松年无人知其有词。宋选集既未著录，明选集亦未著录，清朱、陶二氏《词综》网罗繁富，亦未辑及。间阅《云麓漫钞》，得悉胡公绍兴间使虏归，曾有《石州词》云："歌阕阳关，肠断短亭，惟有离别。画船送我熏风，瘦马迎人飞雪。平生幽梦，岂知塞北江南，而今真叹河山阔。屈指数分携，早许多时节。　　愁绝。雁行点点云垂，木叶霏霏霜滑。正是荒城落日，空山残月。一尊谁念我，苦憔悴天涯，陡觉生华发。赖有紫枢人，共扬鞭丹阙。"自述淹滞之久与行役之苦，真不减穷塞主之词云。

岳飞又一首《满江红》

岳武穆旧传《小重山》一首及《满江红》"怒发冲冠"一首。但从无人知武穆尚有《满江红》一首，乃登黄鹤楼有感而作者。词见武穆墨迹云："遥望中原，荒烟外、许多城郭。想当年、花遮柳护，凤楼龙阁。万岁山前珠翠绕，蓬壶殿里笙歌作。到而今、铁骑满郊畿，风尘恶。　　兵安在，膏锋锷。民安在，填沟壑。叹江山如故，千村寥落。何日请缨提锐旅，一鞭直渡清河洛。却归来、再续汉阳游，骑黄鹤。"墨迹原有二纸，一为送紫岩张先生北伐诗，一即此词，此在《岳鄂王集》及《金陀粹编》诸书俱无之。墨迹有元统甲戌（1334）谢升孙题跋及宋克、文徵明诸人题跋，或即宋克所藏者。

邵公序赠岳飞词

关于岳飞《满江红》词之真伪问题，论者颇多。偶阅明陈霆《渚山堂词话》卷一，其中有载宋邵公序赠岳飞《满庭芳》本事云："岳武穆驻师鄂州，纪律严明，路不拾遗，秋毫无犯，军民胥乐，古名将莫能加也。有邵公序者，薄游江湘，道其管内，因作《满庭芳》赠之云：'落日旌旗，清霜剑戟，塞角声唤严更。论兵慷慨，齿颊带风生。坐拥貔貅十万，衔枚勇、云槊交横。笑谈顷、匈奴授首，千里静欃枪。　荆襄。人按堵，提壶劝酒，布谷催耕。芝夫荛子，歌舞威名。好是轻裘缓带，驱营阵，绝漠横行。功谁纪，风神宛转，麟阁画丹青。'《鄂王遗事》云：'此词句句缘实，非寻常谀词也。'"案此词中"笑谈顷、匈奴授首"句，显然是隐括岳飞词"笑谈渴饮匈奴血"之句。

彭止词一首

宋词盛行，俊杰无限。间载逸词，为从来选本所未搜及者甚多。如《绍兴府志》载宋高宗词十五首，《温州府志》载王十朋词十八首，《嘉定镇江志》载仲殊词十三首，皆可贵。他如《景定建康志》载王淮词，《太平府志》载王去疾词，《光泽县志》载危昂霄词，《永春州志》载王识词，亦前所未闻。近阅《崇安县志》，复得宋彭止一首，颇清新有味。词云："夜来小雨三更作。近水处，小桃开却。玉女向晓掀朱箔。似与花枝有约。　绿池上、柳腰纤弱。燕子过、谁家院落。春衫试着香罗薄。无奈东风太恶。"止字应期，自号漫者，崇安人，尝以诗谒辛稼轩。《翰墨大全》载其《满庭芳·寿平交五十》一首，独无此首。近林子有辑《闽词征》，亦遗此首。

张炎题葡萄墨迹词

昔人书画题跋中，每见诗词出集本以外者，至可玩味。如吴昇《大观录》卷十五曾载张玉田题温日观葡萄墨迹一首《八声甘州》，即为《山中白云》所无者。王半塘曾据《莲子居词话》补入《双白词》，然犹不知出自《大观录》也。江宾谷《山中白云词疏证》卷一引玉田及沈钦词，不知此图尚有宋鄜州刘沆一首和作也。兹录出以补《疏证》。词云："爱累累、万颗贯骊珠，特地写幽芳。想黄昏云淡，夜深人静，清影横窗。冷澹一枝两叶，笔下老秋光。参透圆明相，日观开荒。　　最是柔髭修梗，映风姿雾质，雅趣悠长。更淋漓草圣，把玩墨犹香。珍重好、卷藏归去，枕屏间、偏称道人床。江南路，后回重见，同话凄凉。"

云南元人词

余辑宋词，无云南人词。辑元人词，仅段功妻高氏一词见《尧山堂外纪》卷七十四。顷承蛰存见示，《滇词丛录》有二首元人词，因查得《云南丛书》集部之十九，有张景云《减兰》云："华鬓如雪。十二楼寒深见月。翠袖香笼。细雨疏帘满院风。　　高亲情许。一掬香泥分种与。今日花前。恰好飞琼下九天。"词题为"谢人贻茉莉一株，植之盆中"。又一首为赵顺甫之《满江红》云："凭眺江山，勉抛谢、劳生行李。问往事，西番东爨，蠹残野史。望祭碧鸡人已去，来宾白马吾宁比。且经营、草昧彩云乡，存宗祀。　　汉丞相，宗祠峙。唐节度，丰碑圮。剩奥区幽宅，拓开田里。铜鼓渊渊良夜月，金沙浩浩朝宗水。看深潭、黝黑蛰龙蟠，乘雷起。"题为"至云南于役东西，感成此赋”。此两首皆钞自鹤庆王廉家旧杂录中，亦至可贵。张景云字天祥，中庆人。至正中，授临安府经历。赵顺甫名由坦，字顺甫，以字行，宋燕懿王之后。随宗人翰林学士与罴，赴元丞相伯颜军前讲解，被留。宋亡后，为云南副都元帅。爱鲁辟入滇，任帅府副使，遂定居剑川。

元杨维桢词

杨维桢，元末一大诗家。诸暨人，字廉夫，号铁崖，因善吹铁笛，又自称铁笛道人，所为诗即号铁崖体。所著有《东维子集》《铁崖古乐府》《复古诗集》等书。《新编南九宫谱》录其散曲有《夜行船》一套，但明清以来所有词选，俱未见录其词。沁君从《东维子文集》卷三十钞示杨氏词一首，表扬文献，匡余不逮，至为欣感。其词为《江城子》，题作“送史才叟迁上饶吏，代冯元赠”，词云：“一门三相两封王。见说郎。美文章。收拾长才，青眼是黄堂。柏府槐厅朝暮直，披玉雪，倚冰霜。　灵山怀玉郁苍苍。古城隍。带仙房。瑶草紫芝，随处发天香。尽道如今方外好，金缕唱，锦帆张。”

成容若《渔歌子》

成容若雍容华贵，而吐属哀怨欲绝，论者以为重光后身，似不为过。所作《饮水》《侧帽词》，皆非全稿。自来有徐健庵、张纯修、袁兰村、周稚圭、张诗舲、汪珊渔、伍崇曜、许迈孙诸刻本，互有异文，亦互有阙略。伍刻据汪刻校订，共三百四十二阕，最为完备。然余尚补得五阕，其一阕为《渔歌子》，风致殊胜。词见徐虹亭《枫江渔父图》。当时题者颇众，如屈大均、王阮亭、施愚山、彭羡门、严荪友、李劬庵、归孝仪及益都冯相国，皆有七绝咏之。惟容若题小令云："收却纶竿落照红。秋风宁为翦芙蓉。人淡淡，水濛濛。吹入芦花短笛中。"一时胜流，咸谓此词可与张志和《渔歌子》并传不朽。

（选自《词学论丛》）

词作真伪考

宋词互见考（节选）

丁仙现与柳永、吴文英

〔绛都春〕融和又报。乍瑞霭霁色，皇都春早。翠幰竞飞，玉勒争驰都门道。鳌山彩结蓬莱岛。向晚景、双龙衔照。绛绡楼上，彤芝盖底，仰瞻天表。　缥缈。风传帝乐，庆三殿共赏、群仙同到。迤逦御香，飘满人间闻嬉笑。须臾一点星球小。渐隐隐、鸣鞘声杳。游人月下归来，洞天未晓。

案此首丁仙现词，见至正本《草堂诗余》及《花草粹编》。毛本《梦窗词》误收，曹元忠补入柳永《乐章集》，亦误。

牛峤与李清照

〔菩萨蛮〕绿云鬓上飞金雀。愁眉敛翠春烟薄。香阁掩芙蓉。画屏山几重。　窗寒天欲曙。犹结同心苣。啼粉污罗衣。问郎何日归。

案此首牛峤词，见《花间集》，《词统》误作李易安词。

王诜与秦观

〔蝶恋花〕钟送黄昏鸡报晓。昏晓相催，世事何时了。万恨千愁人自老。春来依旧生芳草。　　忙处人多闲处少。闲处光阴，几个人知道。独上高楼云渺渺。天涯一点青山小。

案此首王诜词，见《花庵词选》。至正本《草堂诗余》不注名氏，类编本作秦观词，《花草粹编》亦作秦观，但《淮海词》不载，可证其非秦词。

王观与苏轼

〔卜算子〕水是眼波横，山是眉峰聚。欲问行人去那边，眉眼盈盈处。　　才始送春归，又送君归去。若到江南赶上春，千万和春住。

案此首王观词，见《能改斋漫录》卷十六。《词林万选》误作苏轼，《白香词谱》亦误作苏词。

王安国与王安礼、赵抃

〔点绛唇〕秋气微凉，梦回明月穿帘幕。井梧萧索。正绕南枝鹊。　　宝瑟尘生，金雁空零落。情无托。鬓云慵掠。不似君恩薄。

案此首王平甫词。《倦游杂录》载其本事云："平甫熙宁中判官告院，忽于秋日作《宫词·点绛唇》一解以示魏泰。泰曰：'断章有流离之思，何也？'明年果得罢，废归金陵。"《花草粹编》《词综》并作王安礼词。《历代诗余》又作赵抃词，并非是。

万俟咏与宋徽宗

〔雪明鳷鹊夜〕望五云多处春深，开阆苑、别就蓬岛。正梅雪韵清，桂月光皎。凤帐龙帘萦嫩风，御座深、翠金闲绕。半天中、香泛千花，灯挂百宝。　　圣时观风重腊，有箫鼓沸空，锦绣匝道。竞呼卢、气贯调欢笑。袖里金钱掷下，来侍宴、歌太平睿藻。愿年年此际，迎春不老。

案此首万俟雅言词，见《岁时广记》卷十一。《花草粹编》卷九误作宋徽宗词。曹君直辑《徽宗词》亦沿其误。

白居易与欧阳修、无名氏

〔长相思〕深画眉。浅画眉。蝉鬓鬅鬙云满衣。阳台行雨回。　　巫山高，巫山低。暮雨萧萧郎不归。空房独守时。

案此首白居易词，见《花庵词选》。《尊前集》则作唐无名氏词。又欧阳修《六一词》亦误收此阕。

左誉与阮阅、秦观

〔眼儿媚〕楼上黄昏杏花寒。斜月小阑干。一双燕子，两行归雁，画角声残。　　绮窗人在东风里，无语对春闲。也应似旧，盈盈秋水，淡淡春山。

案此首《花庵词选》作阮阅词，但《玉照新志》谓有名妓张秾，左与言颇顾之，如“盈盈秋水，淡淡春山”，皆为秾作。据此可信为左词也。《诗余图谱》谓“一题秦观词”，亦非。

朱敦儒与辛弃疾

〔鹧鸪天〕天上人间酒最尊。非甘非苦味通神。一杯能变愁山色，三盏全回冷谷春。　　欢后笑，怒时嗔。醒来不记有何因。古时有个陶元亮，解道君当恕醉人。

又　有个仙人捧玉卮。满斟坚劝不须辞。瑞龙透顶香难比，甘露浇心味更奇。　　开道域，洗尘机。融融天乐醉瑶池。霓裳拽住君休去，待我醒时更一杯。

案此二首见辛启泰所辑《稼轩集》，朱祖谋据以刻入《彊村丛书》。原词辑自《大典》，《大典》误采朱敦儒《樵歌》，以为辛词。今《樵歌》有此二首，可证确非辛词。

向滈与李清照

〔如梦令〕谁伴明窗独坐。和我影儿两个。灯烬欲眠时，影也把人抛躲。无那。无那。好个恓惶的我。

案此向滈词，见《乐府雅词》。《词统》以为李易安作，非也。

朱淑真与朱敦儒、李清照

〔生查子〕年年玉镜台，梅蕊宫妆困。今岁未还家，怕见江南信。　　酒从别后疏，泪向愁中尽。遥想楚云深，人远天涯近。

案《历代诗余》作李清照词，四印斋本《漱玉词》从之。《花草粹编》《词林万选》并作朱敦儒《樵歌》，但今彊村本《樵歌》未载。《诗词杂俎》注云："世传大曲十首，朱淑真《生查子》居第八调，入大石，此曲是也。"据此，当以朱淑真为是。

朱熹与张孝祥

〔忆秦娥〕雪垂幕。阴风惨澹天花落。天花落。千林琼玖，满空鸾鹤。　征车渺渺穿华薄。路迷迷路增离索。增离索。楚溪山水，碧湘楼阁。

又　梅花发。寒梢挂著瑶台月。瑶台月。和羹心事，履霜时节。　断桥流水声呜咽。行人立马空愁绝。空愁绝。为谁凝伫，为谁攀折。

案以上二首朱熹词，见《朱子大全集》。《中兴以来绝妙词选》卷二误作张孝祥词。

辛弃疾与陆游

〔恋绣衾〕长夜偏冷添被儿。枕头儿、移了又移。我自是、笑别人，却元来、当局者迷。　如今只恨因缘浅，也不曾、死恨伊。合手下、安排了，那筵席、须有散时。

二　病来自是于春懒。但别院、笙歌一片。蛛丝网遍玻璃盏，更问舞裙歌扇。　有多少莺愁蝶怨，甚梦里、春归不管。杨花也笑人情浅，故故沾衣扑面。

案以上二首，并辛弃疾词，见十二卷本《稼轩词》。《花草粹编》卷五误引作陆放翁词。

李璟与冯延巳、欧阳修

〔应天长〕一弯初月临鸾镜。云鬟凤钗慵不整。珠帘净。重楼迥。惆怅落花风不定。　绿烟低柳径。何处辘轳金井。昨夜更阑酒醒。春愁胜却病。

案此首南唐中主词，见《南唐二主词》，题云："先皇御制歌词。"冯延巳《阳春集》、《欧阳文忠公近体乐府》《醉翁琴趣外篇》及毛本《六一词》，并收此阕，皆误。

李煜与孙肖之、刘过

〔长相思〕云一緺。玉一梭。淡淡衫儿薄薄罗。轻颦双黛螺。　秋风多。雨相和。帘外芭蕉三两窠。夜长人奈何。

案此首李后主词，见《南唐二主词》。《阳春白雪》作孙肖之，或流传之误也。《浩然斋雅谈》又谓改之游富沙，与吴仲平饮于吴所欢吴盼儿家赋赠者，疑龙洲拈成语以赠也。

李煜与杜安世

〔菩萨蛮〕花明月暗飞轻雾。今朝好向郎边去。刬袜下香阶。手提金缕鞋。　画堂南畔见。一向偎人颤。奴为出来难。教君恣意怜。

案此首李后主词，见《南唐书》，又见《尊前集》。惟又见杜安世《寿域词》，盖传写之误。

李清照与魏夫人

〔临江仙〕庭院深深深几许，云窗雾阁春迟。为谁憔悴损芳姿。夜来清梦好，应是发南枝。　玉瘦檀轻无限恨，南楼羌管休吹。浓香吹尽有谁知。暖风迟日也，别到杏花肥。

案《花草粹编》收此首作李清照词，但《梅苑》作曾子宣妻词。据《草堂诗余》载清照别一首《临江仙》自序云："欧阳公作

《蝶恋花》，有‘深深深几许’之句，予酷爱之。用其语作‘庭院深深’数阕，其声即旧《临江仙》也。”是清照曾作数阕《临江仙》，此阕起处相同，或亦清照作也。

宋高宗与康与之

〔舞杨花〕牡丹半坼初禁雨，雕槛翠幕朝阳。娇困倚东风，羞谢了群芳。洗烟凝露向清晓，步瑶台、月底霓裳。轻笑淡拂宫黄。浅拟飞燕新妆。　杨柳啼鸦昼永，正秋千庭馆，风絮池塘。三十六宫，簪艳粉浓香。慈宁玉殿庆清赏，占东君、谁比花王。良夜万烛荧煌。影里留住年光。

案此首宋高宗词，见《贵耳集》。《贵耳集》云：“慈宁殿赏牡丹时，椒房受册，三殿极欢。上洞达音律，自制曲赐名《舞杨花》，停觞命小臣赋词，俾内人歌以侑玉卮为寿，左右皆呼万岁。”据此本事，可信为高宗作也。惟又载《康与之乐府》，当是误入。

汪藻与苏过

〔点绛唇〕新月娟娟，夜寒江静山衔斗。起来搔首。梅影横窗瘦。　好个霜天，闲却传杯手。君知否。乱鸦啼后。归兴浓如酒。

案《花庵词选》以此词为苏叔党词。题注云：“此词作时，方禁坡文，故隐其名以传于世。今或以为汪彦章所作，非也。”但《知稼翁词》注云：“彦章出守泉南，移知宣城，内不自得，乃赋词云：‘新月娟娟……。’公时在泉南签幕，依韵作此送之。”词云：嫩绿娇红，砌成别恨千千斗。短亭回首。不是缘春瘦。　　一曲阳关，杯送纤纤手。还知否。凤池归后。无路陪尊酒。”知稼翁与彦章同时，兼有和词，确然可据。花庵所言，未必然也。又王明清《玉照新志》、吴虎臣《能改斋漫录》并云汪彦章在京师作。

完颜亮与韩驹

〔昭君怨〕昨日樵村渔浦。今日琼川银渚。山色卷帘看。老峰峦。　　锦帐美人贪睡。不觉天孙翦水。惊问是杨花。是芦花。

案此首金主亮词，见《艺苑雌黄》及《夷坚支志》。《词综》作韩子苍词，恐误。

周邦彦与王诜

〔烛影摇红〕香脸轻匀，黛眉巧画宫妆浅。风流天付与精神，全在娇波转。早是萦心可惯。更那堪、频频顾盼。几回得见，见了还休，争如不见。　　烛影摇红，夜阑饮散春宵短。当时谁解唱阳关，离恨天涯远。无奈云收雨散。凭阑干、东风泪眼。海棠开后，燕子来时，黄昏庭院。

案此首周邦彦词，见《能改斋漫录》。毛本《片玉词》及四印斋、《彊村丛书》两本《清真集》并未载，当据以补入。《花庵词选》误作王诜词。王诜原作，徽宗喜其词意，犹以不丰容宛转为憾，遂令周邦彦增益其词，即此词也。

胡寅与朱熹

〔水调歌头〕不见严夫子，寂寞富春山。空留千丈危石，高出暮云端。想像羊裘披了，一笑两忘身世，来插钓鱼竿。肯似林间翮，飞倦始知还。　中兴主，功业就，鬓毛斑。驰驱一世人物，相与济时艰。独委狂奴心事，未羡痴儿鼎足，放去任疏顽。爽气动星斗，终古照林峦。

案《钓台集》作朱熹词，但江刻《晦庵词》无之。《渚山堂词话》云："严滩钓台有书《水调歌头》一阕，或谓朱晦翁所赋，然无可考证。予辑《草堂遗音》，置此词其中，姑依旧本，定为胡明仲之作。后有知者，或能是正也。"又《坚瓠六集》记朱文公云："顷年过七里滩，见壁间有胡明仲题词刻石，拈出子陵怀仁辅义之语，以励往来士大夫，为之摩娑太息。后舟过，石不复存，或有恶闻而毁之也。独一老僧能诵其词，为予道之，俾书之册。"据此，则非晦翁之作明甚。

黄庭坚与苏轼

〔鹧鸪天〕西塞山边白鸟飞。桃花流水鳜鱼肥。朝廷尚觅玄真子，何处如今更有诗。　青箬笠，绿蓑衣，斜风细雨不须归。人间底事风波险，一日风波十二时。

案此首山谷词。四印斋本《东坡乐府》亦收此词，盖误收也。补足元真子渔父词，坡、谷各有《浣溪沙》一首，而山谷晚年悔前作之未工，因别制此首。徐师川又因坡、谷有异同之论，别作《浣溪沙》《鹧鸪天》各二阕，词见《乐府雅词》中。山谷作此阕成时，东坡笑曰："鲁直乃欲平地起风波也。"语见徐师川词跋。

是此阕为山谷之词无疑，毛本删之，是也。

叶梦得与张元幹

〔鹧鸪天〕不怕微霜点玉肌。恨无流水照冰姿。与君着意从头看，初见东南第一枝。　　人散后，雪晴时。陇头春色寄来迟。使君本是花前客，莫怪殷勤为赋诗。

案此词既见《石林词》，又见《芦川词》。双照楼刻本及毛本《芦川词》并无题，惟《石林词》题云：“与幹誉赏梅。”《石林词》中数见幹誉，是此阕可信为石林之作也。《乐府雅词》正作石林。

欧阳修与朱淑真、秦观

〔生查子〕去年元夜时，花市灯如昼。月到柳梢头，人约黄昏后。　　今年元夜时，月与灯依旧。不见去年人，泪满春衫袖。

案此首欧阳修词，见《欧阳文忠公近体乐府》，又见《乐府雅词》。曾慥录词特慎，《雅词》序云：“当时小人或作艳曲，谬为公词，今悉删除。”此阕适在选中，其为欧词明甚。汲古阁《诗词杂俎》录入朱淑真《断肠词》，非是。毛本《六一词》注云：“或刻秦少游。”亦非。

苏轼与郭生

〔瑞鹧鸪〕乌啼鹊噪昏乔木。清明寒食谁家哭。风吹旷野纸钱飞，古墓累累春草绿。　　棠梨花映白杨树。尽是死生离别处。冥漠重泉哭不闻，潇潇暮雨人归去。

案此首苏轼词，见《东坡志林》。《花草粹编》误引作郭生词。此词盖东坡为郭生作，非郭生自作也。

无名氏与王雱

〔眼儿媚〕杨柳丝丝弄轻柔。烟缕织成愁。海棠未雨，梨花先雪，一半春休。　　而今往事难重省，归梦绕秦楼。相思只在，丁香枝上，豆蔻梢头。

案此首无名氏词，见至正本《草堂诗余》前集上。自陈钟秀刊本误涉前首作王元泽词，后之选本遂承其误。

（原载《词学季刊》第2卷、第3卷，1935年、1936年）

李白词之真伪

唐崔令钦记盛唐歌曲作《教坊记》，其中即有《菩萨蛮》一调。夫有其调即可能有其词，敦煌词中多有《菩萨蛮》亦可为证，其中所有《菩萨蛮》未必俱在晚唐。《尊前集》载有李白《菩萨蛮》“平林漠漠烟如织”一首，《邵氏闻见后录》载有李白《忆秦娥》“箫声咽”一首，北宋李之仪又有和李白一首《忆秦娥》：“清溪咽，霜风洗出山头月。山头月。迎得云归，还送云别。　　不知今是何时节？凌歊望断音尘绝。音尘绝。帆来帆去，天际双阙。”是北宋流传李白此二首词，已甚普遍，并无异议。南宋黄昇选李白此二首，以为“百代词曲之祖”，当得其实。至明胡应麟始据晚唐小说《杜阳杂编》以为《菩萨蛮》调，晚唐始有，李白不可能作《菩萨蛮》，明胡震亨又以为《忆秦娥》出于唐文宗宫人忆秦郎。余窃怪近人论李白词，何以不信记盛唐曲目之《教坊记》，反而信晚唐小说之《杜阳杂编》？又怪近人论李白词，何以不信两宋人之选录，反而信明人之臆说？

（选自《词学论丛》）

张昪与孙浩然互见《离亭燕》词辨

宋范公偁《过庭录》谓张昪（原误作昇）居江南时作《离亭燕》云："一带江山如画。风物向秋潇洒。水浸碧天何处断，翠色冷光相射。蓼岸荻花中，隐映竹篱茅舍。　天际客帆高挂。门外酒旗低亚。多少六朝兴废事，尽入渔樵闲话。怅望倚危栏，红日无言西下。"《全宋词》既从《过庭录》录作张昪词，又从楼钥《攻媿集》卷七十录作孙浩然词。案：《攻媿集》卷七十《跋王晋卿〈江山秋晚图〉》云："宋大夫闻襄王之梦，孙兴公见《天台山图》，皆想像为之赋，文章之妙如此。若丹青，非亲见景物，则难为工。晋卿固自名胜，然方其以金狨游冶都城嫩寒中，安知江山秋晚时事？不有南州之行，宁能尽写浩然词意耶？"

又《攻媿集》卷七十七《跋王都尉〈湘乡小景〉》云："国家盛时，禁脔多得名贤，而晋卿风流尤胜。顷见《雅集图》，坡、谷、张、秦，一时钜公伟人悉在焉。淮海词所谓'忆昔西池会，鸳鹭同飞盖'者。又有诗云'梦入平阳旧池馆，隔花猊口吐清寒'，皆为此也。尝画孙浩然金陵《离亭燕》词，'多少六朝兴废事，尽入渔樵闲话’，曲尽其妙。今又见《湘乡小景》，着身富贵，不以平阳池馆为恋，而乐荒闲之野。虽尝因谪居而见之。四时草木群飞，皆有生意，胸次可想而知。”

王晋卿名诜，开封人，能诗善画。熙宁二年（1069），选尚英宗女蜀国长公主，拜左卫将军、驸马都尉。据楼钥跋语，乃知王诜所画系用孙浩然词意。《过庭录》以为张昇作，实误。清朱彝尊《词综》及张宗橚《词林纪事》俱作张昇词，亦误。

（选自《词学论丛》）

岳飞《满江红》词辨伪

近人谓岳飞“怒发冲冠”为伪作，其理由有二：一、宋元人载籍不录此词。二、岳飞孙岳珂所编《金陀粹编》及宋陈郁《话腴》不录此词。余以为此二说，皆不足以证明此词是伪作。宋词不见于宋元载籍而见于明清载籍者甚多，如明陈霆《渚山堂词话》即载有宋邵公序赠岳飞之《满庭芳》词。又如宋赵闻礼所编《阳春白雪》词集八卷、外集一卷，久已失传。清朱彝尊编辑《词综》，集合多人搜集，“计览观宋元词集一百七十家，传记、小说、地志共三百余家，历岁八稔，然后成书”（汪森《词综》序）。但当时《阳春白雪》词集尚未发现，集中之词即无从录入。直至清道光时，《阳春白雪》始重现人间，陶梁因据以编《词综补遗》。我国古来私人藏书，往往自视为至宝，不欲使人知，故当其所藏珍籍尚未公之于世之时，虽有人尽量寻访，亦不可能备载无遗。《直斋书录解题》卷十八载《岳武穆集》十卷，久佚不传。因此，岳珂、陈郁书不载岳飞此词，不等于岳飞即不可能作此词。岳飞作此词，最初究为何人、何时、何地传出，由于文献不足，不能确定，但谓为伪作，却诚有如学初所云："难免有流于武断之嫌，似以审慎为宜"（见六二年《文史》第一辑），且岳飞另有一首《满江红》"遥望中原"词，亦不见于岳珂、陈郁二书，但其墨迹，经过宋魏了翁，元谢升孙、宋克，明文徵明等人收藏，流传至今。可见岳飞词翰犹有遗翰，亦不能谓之为伪作。至"怒发冲冠"词中所谓"胡虏、匈奴、贺兰山"皆借古喻今，并非实指，尤不足证其为伪作。

（选自《词学论丛》）

朱淑真《生查子》词辨讹

朱淑真《生查子·元夕》词传讹已久。首先，明杨慎《词品》卷二云：“‘去年元夜时，花市灯如昼。月上柳梢头，人约黄昏后。　今年元夜时，月与灯依旧。不见去年人，泪湿春衫袖。’辞则佳矣，岂良人家妇所宜耶！”杨氏以朱淑真《元夕》词标题，并诬朱淑真不宜作此类词。后明毛晋刻《诗词杂俎》，其中朱淑真《断肠词》亦收此一首，并以为是“白璧微瑕”。

清代词籍往往沿袭明人之误，以此首为朱淑真作，如《词综》卷二十五、《词苑丛谈》卷三、《词林纪事》卷十九、《白香词谱》卷四俱是。直至今日，古典文学普及读物还有以此首为朱淑真之作。久不澄清，积非为是，亦学术之弊。

其实此词为欧阳修之作，历来有人辨证，可是竟引不起注意，实为憾事。为了辨明是非，以免再误，特申述如下：

最早提出此词非朱淑真作者，乃清初王士祯。彼著《池北偶谈》卷十四云：“今世所传女郎朱淑真‘去年元夜时，花市灯如昼’《生查子》词，见《欧阳文忠集》一百三十一卷，不知何以讹为朱氏之作，世遂因此词疑淑真失妇德，记载不可不慎也。”王氏提出此词见欧集，是重要发现。其后《四库提要·断肠词》亦云：“杨慎升庵《词品》载其《生查子》一阕，有‘月上柳梢头，人约黄昏后’语，（毛）晋跋遂称为‘白璧微瑕’，然此词今载欧阳修《庐陵集》第一百三十一卷中，不知何以窜入淑真集内，诬以桑濮之行。慎收入《词品》既为不考，而晋刻《宋名家词》六十一种，《六一词》即在其内，乃于《六一词》漏注‘互见《断肠词》’，已自乱其例，于此集更不一置辨，且证实为‘白璧微瑕’，盖卤莽之甚。今刊此一篇，庶免于厚诬古人，贻九泉之憾焉。”从《提要》语可见是受《池北偶谈》启发写出。

《池北偶谈》及《四库提要》均以此词见于欧集，已足证此非朱淑真之作。况周颐更从宋曾慥《乐府雅词》及明陈耀文《花草粹编》证明非淑真之作。彼在四印斋所刻《断肠词》跋中云：“淑真《生查子》词，《钦定四库全书提要》辨之綦详，宋曾慥《乐府雅词》、明陈耀文《花草粹编》并作永叔。慥录欧词特慎，《雅词》序云：‘当时小人或作艳曲，谬为公词，今悉删除。’此阕适在选中，其为欧词明甚。毛刻《断肠词》校雠不精，跋尾又袭升庵臆说，青蝇玷璧，不足以传贤媛。”后况氏在其所著《蕙风词话》卷四中，又将此意著录，反复驳斥杨、毛二氏之说，为淑真辨诬。

宋《直斋书录解题》载朱淑真《断肠词》一卷，但世无传本。毛刻《断肠词》谓据洪武三年钞本，亦不知何人杂辑而成，其间错误不一而足，如《柳梢青》“玉骨冰肌”一首、“冻合疏篱”一首、“雪舞霜飞”一首俱见扬无咎《逃禅词》。《浣溪沙》

“玉体金钗”一首乃韩偓词，见宋人所编《尊前集》。又如《菩萨蛮》“秋声乍起”一首，据《南唐书》所载，乃南唐耿玉真词，亦不知何人羼改录入。由此看来，欧阳修《生查子》误入《断肠词》，正和上面词误入《断肠词》一样，而前人以欧阳修本集及曾慥《乐府雅词》（是书成于宋高宗绍兴十六年，1146）来辨证非朱淑真之作，确凿可信。

（选自《词学论丛》）

文天祥《念奴娇》词辨伪

为了实事求是地探讨学术问题，我觉得把过去一些以讹传讹的文学作品的作者纠正一下，是有必要的。如过去一直认为文天祥作的《念奴娇》词"水天空阔"一首，实际就不是他作的。原词云：

> 水天空阔，恨东风、不惜（嘉靖本《文山先生全集》作"借"）世间英物。蜀鸟吴花残照里，忍见荒城颓壁。铜雀春情，金人秋泪，此恨凭谁雪。堂堂剑气，斗牛空认奇杰。　那信江海余生，南行万里，属扁舟齐发。正为鸥盟留醉眼，细看涛生云灭。睨柱吞嬴，回旗走懿，千古冲冠发。伴人无寐，秦淮应是孤月。

这首词原来见文天祥《文山先生全集》的《指南后录》中。不过《文山先生全集》有两种刻本：一种是明嘉靖三十一年鄢懋卿的刻本，一种是雍正三年文天祥十四世孙的家刻本，这两种刻本卷数不同，编次不同，内容文字也有出入。后来沿袭鄢刻本的还有嘉靖三十九年罗洪先刻本、崇祯二年钟越刻本、康熙十年曾弘刻本。另外，沿袭雍正三年家刻本的还有乾隆二年刻本和道光十年刻本。嘉靖本录这首词，题作《驿中言别友人》，明清以来词选如明陈耀文《花草粹编》卷十、清朱彝尊《词综》卷廿三、清沈辰垣等《历代诗余》卷六十九、清张宗橚《词林纪事》卷十四以及江标刻的《文山乐府》，都根据嘉靖本定为文天祥的词，题目也完全相同。

可是雍正以来的家刻本录这首词，却题作《驿中言别》而旁注“友人作”三字，这就很清楚地告诉我们，这首词是文天祥的友人作的，而不是文天祥自己作的。在这首词的下面，接着是一首和词，正是文天祥和友人的，不然和作是和谁的呢？我们看和词云：

乾坤能大，算蛟龙，原不是池中物。风雨牢愁无着处，那更寒虫四壁。横槊题诗，登楼作赋，万事空中雪。江流如此，方来还有英杰。　堪笑一叶漂零，重来淮水，正凉风新发。镜里朱颜都变尽，只有丹心难灭。去去龙沙，江山回首，一线青如发。故人应念，杜鹃枝上残月。

其中“镜里朱颜都变尽，只有丹心难灭”正表明文天祥自己的心迹；另外，“故人应念，杜鹃枝上残月”也说明文天祥酬和友人的深情。嘉靖本把当年原有的词题删去“作”字，也就把真象掩盖起来了。我们就从原词中“斗牛空认奇杰”一语，也可看出这不是文天祥自己的口吻。

这首词既已证实不是文天祥的，那么，我们进一步考察一下，究竟是谁作的？

首先，我们从词题中的“友人”二字着手。在《指南后录》

中，就在这首词后面相隔数题的地方，找到一篇文天祥作的《东海集序》；在这篇序里，自始至终都用“友人”二字代替了《东海集》作者的名字。《东海集》是文天祥的同乡友人邓光荐客海南时所作，由文天祥在金陵狱中汇辑而成。邓光荐，原名剡，字中甫，号中斋。在《驿中言别》和《东海集序》两题之间，就附收了标明中斋作的《满江红》《浪淘沙》词和《行宫》诗等。这些线索不是明明告诉我们，“水天空阔”一首也是邓光荐所作的吗？

从这首词的背景来看，也和这个推断正相符合。邓光荐和文天祥同在广东被俘，同被羁囚在金陵。《东海集序》云：“同患难者数月，其自五羊至金陵所赋，皆余目击，或相唱和。”而且，我们知道：除了部属以外，和文天祥同行的友人，只有邓光荐一人。邓光荐又正是在金陵和文天祥分别的。文天祥在《怀中甫》（紧接在《念奴娇》词后面）一诗中自注云：“时中甫以病留金陵天庆观。”后来他在燕京狱中作集杜诗二百首，第一百三十七首以《邓礼部》（邓光荐曾为礼部侍郎）为题，有序云：“（邓）与余俱出岭，别于建康。呜呼！中甫祸难之惨不减余，而独免北行。”原词中写的“扁舟齐发”，也正是他们二人一同南来的事迹。

再从这首词的思想感情来看，不难发现作者是一位满怀怆痛、抑塞难平的慷慨悲歌之士，也是一位和文天祥交谊极深、相知有素的友人。有关材料告诉我们，邓光荐正是符合这两个条件的人。《东海集序》云：“海南诗而曰《东海集》者何？鲁仲连天下士，友人之志也。”又云：“凡十数年间，可惊可愕，可悲可愤，可痛可闷之事，友人备尝，无所不至。其惨戚感慨之气，结而不信，皆于诗乎发之。”《文山先生全集》中和中斋、中甫唱酬赠答之作，凡数见，其友谊可知。《怀中甫》一诗有“久要何落落”“死矣烦公传”等语。邓光荐在《送行》诗中，也正以为文天祥作传自任。

根据上述理由，我把《念奴娇》(水天空阔)一词，当作邓光荐的作品，该是可信的。

（原载《光明日报·文学遗产》第256期，1959年4月19日）

《学海类编》所收词话辨伪

《学海类编》一书，旧题曹溶编，为书四百二十二种，亦可谓洋洋大观。然伪本甚多。所收词话，如彭孙遹《词统源流》《词藻》，李良年《词坛纪事》《词家辩证》，皆非真本。案《词统源流》即《词苑丛谈》之“体制”门原文；《词藻》即《词苑丛谈》之“品藻”门原文；《词坛纪事》即《词苑丛谈》之“纪事”门原文；《词家辩证》即《词苑丛谈》之“辩证”门原文。是诸书皆自徐虹亭《词苑丛谈》中抽出一部，而伪题彭氏、李氏，炫人耳目。《四库全书提要》云：“以徐乾学《教习堂条约》、项维贞《燕台笔录》二书考之，一成于溶卒之年，一成于溶卒之后，溶安得采入斯集？或无赖书贾，以溶家富图籍，遂托名于溶欤？”就此数种词话观之，亦显然为书贾所假托。前商务印书馆印《丛书集成》，尝收《学海类编》中上述之词话，是尚未悉其底蕴而为书贾所蒙也。

（选自《词学论丛》）

《词选》及《续词选》之误

张惠言《词选》之误

张惠言开常州词派，所选词号称谨严，自来学者咸奉为圭臬。顾其间有误收者，学者不可不知也。如王元泽《眼儿媚》云："杨柳丝丝弄轻柔。烟缕织成愁。海棠未雨，梨花先雪，一半春休。　而今往事难重省，归梦绕秦楼。相思只在，丁香枝上，豆蔻梢头。"案《扪虱新话》云："王元泽一生不作小词，或者笑之。元泽遂作《倦寻芳慢》一首，时服其工……今人多能诵之。然元泽自此亦不复作。"观《新话》所载，知元泽平生，仅作《倦寻芳慢》一首，未作《眼儿媚》也。至正本《草堂诗余》载《眼儿媚》，原亦不注名氏，特其前为元泽之《倦寻芳慢》，于是陈钟秀本及类编本《草堂诗余》，遂涉前首而误作元泽。朱竹垞《词综》、张惠言《词选》俱未能辨。传诵后世，贻误不浅。又所选秦少游《生查子》"眉黛远山长"一首，亦沿《词综》之误，《淮海词》并无之。检此词见宋本《于湖居士长短句》，是秦词又于湖之误也。

董毅《续词选》之误

董毅，翰风先生外孙，词学承常州渊源。所作《续词选》，乃续张惠言《词选》者，亦尝与《词选》合刻。其间亦误选《满江红》一首，原词云："斗帐高眠，寒窗静，潇潇雨意。南楼近，更移三鼓，漏传一水。点点不离杨柳外，声声只在芭蕉里。也不管、滴破故乡心，愁人耳。　无似有，游丝细。聚复散，真珠碎。天应分付与，别离滋味。破我一床蝴蝶梦，输他双枕鸳鸯睡。向此际、别有好思量，人千里。"案董氏乃沿竹垞《词综》之误，《词综》则沿《草堂诗余》之误。此词既不见宋本单刻《于湖词》，又不见宋本《于湖文集》词，是非于湖之作也。至正本《草堂诗余》录此首，原亦不注名氏。顾其前一首乃于湖之《忆秦娥》词，陈钟秀本及类编本《草堂诗余》遂涉前者而误作于湖词。

（原载《江海学刊》1963年第2期）

金本《花草粹编》之误

明本《花草粹编》十二卷，或注人名，或注书名，或注字，或注号，漫无规律，然其来源，尚可辨识。咸丰间，金绳武活字本《花草粹编》，既析为二十四卷，又将不整齐之字号，一律改署姓名，而书名则删去。此不独迷厥本原，且多出伪作。如卷四《醉高歌》“十年燕月”一首，原署姚牧庵，乃姚燧之号，而金本改作姚镛。卷五《望汉月》“黄菊一丛”一首，原署李和文，乃李遵勖，而金本改作李龚。卷八《南州春色》“清溪曲”一首，原署汪梅溪，未详何人，而金本改作王十朋。卷十《高阳台》“红入桃腮”一首，原署僧皎如晦，而金本改作僧挥。卷十一《木兰花慢》“北归人未老”一首，原署陈参政，不详其名号，而金本改作陈与义。卷十二《望梅》“画栏人寂”一首，原署王圣与，而金本改作王梦应。原本虽不整齐，尚无错误。金本改之而有误，何如不改之为愈也。

（选自《词学论丛》）

《词林纪事》《历代诗余》多误不可引用

一

《词林纪事》载文天祥《南楼令》云：“雨过水明霞。潮回岸带沙。叶声寒、飞透窗纱。懊恨西风催世换，更随我，落天涯。　　寂寞古豪华。乌衣日又斜。说兴亡、燕入谁家。只有南来无数雁，和明月，宿芦花。”并引《耆旧续闻》云：“文信国被执北行，次信安，馆人供帐甚盛。信国达旦不寐，题词于壁。”案：《耆旧续闻》陈鹄撰，鹄，孝宗时人，何得见文信国被执？显然谬误。又案《历代诗余》引《中州乐府》语，谓冯子骏之词，不减文信国“雨过霞明”之句。检双照楼本、《彊村丛书》本《中州乐府》，均无此语。则知钦定官书，亦不可信。元《草堂诗余》引此词作邓光荐，自可无疑。且江刻《文山词》亦无此词，则尤不得以邓词诬文氏矣。

二

《历代诗余》卷一百十五引《高斋诗话》云：“少游自会稽

入都，见东坡。东坡曰：‘不意别后，公却学柳七作词。’少游曰：‘某虽无学，亦不如是。’东坡曰：‘“消魂当此际”，非柳七语乎？’坡又问别作何词，少游举‘小楼连苑横空，下窥绣毂雕鞍骤’。东坡曰：‘十三个字，只说得一个人骑马楼前过。’”案此事见宋黄昇《唐宋诸贤绝妙词选》卷二苏轼《永遇乐》题下注，原文云：后秦少游自会稽入京，见东坡。坡云：“久别，当作文甚胜，都下盛唱公‘山抹微云’之词。”秦逊谢。坡遽云：“不意别后，公却学柳七作词！”秦答曰：“某虽无识，亦不至是，先生之言，无乃过乎？”坡云：“‘消魂当此际’，非柳词句法乎？”秦惭服。然已流传，不复可改矣。又问别作何词，秦举“小楼连苑横空，下窥绣毂雕鞍骤”。坡云：“十三个字只说得一个人骑马楼前过。”秦问先生近著，坡云“亦有一词说楼上事”，乃举“燕子楼空，佳人何在，空锁楼中燕”。晁无咎在座云：“三句说尽张建封燕子楼一段事，奇哉！”可见《历代诗余》既割裂原文，又引用不全。

（选自《词学论丛》）

《宋人轶事汇编》不可引用

此书近人辑录，虽引用书多至五百余种，但多节录，不可引用。如据《青泥莲花记》记柳永事云："柳耆卿与孙何为布衣交。孙知杭州，门禁甚严，耆卿欲见之不得，作《望海潮》。往谒名妓楚楚曰：'欲见孙，恨无门路。若因府会，愿借朱唇歌于孙前。若问谁为此词，但说柳。'秋夕夜会，楚宛转歌之。孙即日迎耆卿预坐。"案《青泥莲花记》为明人梅禹金作，非第一手资料。故事传说原本宋《绿窗新话》卷下引杨湜《古今词话》，《汇编》辑者据《词林纪事》引《青泥莲花记》，是此事既误于明人梅禹金《青泥莲花记》，又误于清人张宗橚《词林纪事》，更误于近人《宋人轶事汇编》。

（选自《词学论丛》）

引书须用原始文献

明清人引宋人轶事往往有误，盖因明清人自由剪裁宋人载记，字句俱不符原文，故引用宋人说词之语，必须用宋人第一手资料。明人误引宋人书，清人又误引明人书，展转沿讹，贻害不浅。例如明人蒋仲舒《尧山堂外纪》记张文潜事云："张文潜十七岁，作《函关赋》。从东坡游。元祐中在秘阁，上巳日，集西池，张咏云：'翠浪有声黄伞动，春风无力彩旌垂。'少游云：'帘幕千家锦绣垂。'同人笑曰：'又将入小石调也。'因文潜作大石调《风流子》故也。"清代《历代诗余》卷一百十五又引《尧山堂外纪》此条。其实此条原始资料出自宋人胡仔《苕溪渔隐丛话》前集卷五十一所引《王直方诗话》，原文云："元祐中，诸公以上巳日会西池，王仲至有二诗，文潜和之最工云：'翠浪有声黄帽动，春风无力彩旗垂。'至秦少游即云：'帘幕千家锦绣垂。'仲至读之笑曰：'此语又待入小石调也。'然少游有'已烦逸少书陈迹，更属相如赋上林'之句，诸人亦以为难及。"可见原来笑者并非他人，乃王仲至，且亦未言张文潜作《风流子》。

（选自《词学论丛》）

引书不应舍本逐末

前见有人论岳飞《满江红》文，引《直斋书录解题》，谓转引自《爱国诗选》一书。案《直斋书录解题》并非僻书，何不直接查阅原书，而转引《爱国诗选》？且查《爱国诗选》中所引语，《直斋书录解题》中并无此则。错上加错，贻误更甚。最近见《光明日报》"文学"专栏载贺方回论文，谓贺云"吾笔端驱使李商隐、温庭筠，常奔命不暇"，转引自龙榆生《唐宋名家词选》。案《宋史》卷四百四十三《文苑》贺铸本传云："（贺铸）博学强记，工语言，深婉丽密，如次组绣。尤长于度曲，掇拾人所弃遗，少加檃括，皆为新奇。尝言：'吾笔端驱使李商隐、温庭筠，常奔命不暇。'"史有明文，何以不引，反而转引自近人词选，岂非舍本逐末？希望科学研究工作者本着实事求是之精神，查对古籍，寻出来历，不应图省事便利，随手引近人书为证。

（选自《词学论丛》）

词人事迹考

柳永事迹新证

柳永是北宋杰出的词家。他适应着当时都市的繁荣和广大市民的需要，突破了唐五代以来花间、南唐词人所制小令的局限，继承了唐代民间乐曲的传统，发展了唐代民间的慢词[1]，奠定了宋词昌盛的基础。尽管宋代有好多著名的词家，如苏轼、秦观、贺铸、周邦彦、辛弃疾、姜夔、吴文英、张炎、周密、王沂孙等，各标新境，各呈异采；但溯流寻源，却不得不归功于柳永以毕生精力，开拓了词的疆土，替他们准备了有利的条件。

《宋史·乐志》卷一百四十二，记宋太宗曾因旧曲创新声，作了三百九十曲。所谓旧曲，就是唐代的乐曲。柳永深习于唐代

[1] 宋翔凤《乐府余论》说慢词创始于柳永，这是不符事实的。早在柳永以前，如《花间集》所载薛昭蕴的《离别难》就有八十七字，《尊前集》所载李存勖的《歌头》就有一百三十六字，杜牧的《八六子》就有九十字，钟辐的《卜算子慢》就有八十九字，尹鹗的《金浮图》就有九十四字；在敦煌所发现的《云谣集》里，《内家娇》就有一百十字，《倾杯乐》就有一百十字。可见慢词早有，并不始于柳永。柳永不过为适应市民需要，在原有的基础上变化多方，进一步发展了它。

乐曲和民间流传的令词、慢词[1]，也可能受了宋太宗大创新声的影响，因而更进一步地运用当时民间的新声，为歌妓和乐工大量创制新词。他以明白如话的语言、宏伟的气魄，热烈地歌颂祖国都市的繁荣和祖国自然景物的秀丽；并尽情地铺叙他对歌妓的一往真挚、深厚的情谊和他自己漂泊天涯的苦闷心情。这就使得广大市民喜爱他的词，并同情他的遭遇。陈师道在《后山诗话》里，说他的词“天下咏之”，吴曾在《能改斋漫录》卷十六里，说他的词“传播四方”，叶梦得在《避暑录话》卷下里，记西夏的归朝官说：“凡有井水饮处，即能歌柳词。”而《高丽史·乐志》里也多载柳词；这都可见他的词在当时流传之广与影响之大。又，王灼在《碧鸡漫志》卷二里说：“今少年……十有八九不学柳耆卿，则学曹元宠。”又说，当时沈公述、李景元、孔方平处度叔侄、万俟雅言等作词源流都从柳氏来，这也可见宋人学柳的之多。后来话本有《柳耆卿诗酒玩江楼记》《众名妓春风吊柳七》；戏文和杂剧都有《柳耆卿诗酒玩江楼》；杂剧还有《钱大尹智宠谢天香》《风流冢》；院本还有《变柳七》：都写的是柳永故事。在《醉翁谈录》丙集卷二里，也有有关柳永的《花衢实录》。

虽然他的词为广大市民所喜爱，流传很广，影响也很大，可是当时从皇帝、宰相到一般文人学士都以为他是“多游狎邪”的浪子，轻视他“无行”，鄙视他的词俚俗。宋仁宗曾深斥过他

[1] 任二北《敦煌曲初探》中，认为柳词与《云谣集》里的慢词直接、间接有关的有《玉女摇仙佩》、《斗百花》次首、《画夜乐》前首、《大石调倾杯乐》、《凤衔杯》次首、《传花枝》、《慢卷细》、《征部乐》、《婆罗门令》、《法曲》第二、《古倾杯》次首、《少年游》八九两首等。

“浮艳虚华”，不取他为进士[1]；晏殊曾责备他作“彩线慵拈伴伊坐”一类的情词[2]；张先曾讥消他的早行词“语意颠倒”[3]；苏轼曾怪秦观沾染柳词作风[4]；李清照曾笑他“词语尘下”[5]；此外，如王灼、黄昇、沈伯时等无不诋毁他的词俚俗，王灼甚至说他是“野狐涎之毒”[6]。不过宋人也有称赞他的词的，如吴曾《能改斋漫录》卷十六引晁无咎的话说：“世言柳耆卿曲俗，非也。如《八声甘州》云‘渐霜风凄紧，关河冷落，残照当楼’，此真唐人语，不减高处矣。”[7]祝穆《方舆胜览》卷十引范镇的话说：“仁宗四十二年太平，镇在翰苑十余载，不能出一语咏歌，乃于耆卿词见之。”还有人以为柳词可比《离骚》的，如王灼《碧鸡漫志》卷二引前辈的诗说：“《离骚》寂寞千年后，《戚氏》凄凉一曲终。”

《戚氏》，就是柳永的词；也有人以为柳词可比杜诗的，如张端义《贵耳集》卷上引项平斋的话说：“学诗当学杜诗，学词当学柳词……杜诗、柳词皆无表德，只是实说。”可见宋人对柳永也有不同的看法，反对他的人并不能压倒一切，掩没他的词的真价。在宣和年间，刘季高因为反对柳词，竟遭到一位

[1] 见吴曾《能改斋漫录》卷十六。

[2] 见张舜民《画墁录》。

[3] 见阮阅《诗话总龟》卷三十二引《艺苑雌黄》。

[4] 见黄昇《唐宋诸贤绝妙词选》卷二苏轼《永遇乐》词注。

[5] 见胡仔《苕溪渔隐丛话》后集卷三十三。

[6] 王灼语见《碧鸡漫志》卷二，黄昇语见《唐宋诸贤绝妙词选》卷五，沈伯时语见《乐府指迷》。

[7] 赵令畤《侯鲭录》卷七作东坡语。

老宦者的攻击。当时老宦者拿了纸笔，跪在刘季高面前，请他作一首词看看，结果弄得刘季高无言可答。这也说明宋时人喜爱柳词的情况[1]。

可惜的是《宋史》没有柳永的传；当时文人学士的诗文集里也没有关于柳永的材料；宋人笔记里，偶有零星记载，但各书传闻异词，也不完全一致。现在我主要从方志方面搜辑他的事迹，并结合宋人笔记和他所作的《乐章集》来研究。

一 柳永的家世

在《福建通志》《福建建宁府志》和《福建崇安县志》诸书中，都有柳永的家世和柳永事迹的记载，但诸书详略不一，事实也有出入。今参合诸书，叙述他的家世梗概。

柳永是福建崇安县五夫里人（朱彝尊《词综》卷五误作乐安人）。他的先世由河东移来，住在崇安五夫里的金鹅峰下，从此就为五夫里人了。他的祖父名崇，字子高，十岁丧父，母丁氏亲自抚养他、教育他，后来长成，以儒学著名。当王延政据福建时，闻他的名，召补沙县丞，他以母老辞谢，终身不仕。南唐灭福建王氏，子柳宜、柳宣都入仕南唐；他们迎崇到建康，但崇自己却不愿推恩受封。宋灭南唐，柳宜、柳宣入宋，服官山东。宋太宗太平兴国五年，柳崇渡江到济州去看柳宜、柳宣二子。到了柳宣的济州官舍，忽患重病，遗嘱说："吾读圣人书，朝闻道，夕死可矣。毋得以浮屠法灰吾之身。"后来死了，柳宜奏请守孝

[1] 见徐度《却扫编》卷下。

三年，朝议不许（《八闽旧志》误以为柳宏事，柳宏这时还未登第）。当时人对柳宜守孝这件事，都很称赞。

柳崇有子六人——宜、宣、寘、宏、寀、察，都有官职：

柳宜：仕南唐，官监察御史（郑文宝《江表志》卷下，载柳宜官监察御史），入宋为沂州费县令。后登宋太宗雍熙二年梁灏榜进士，官至工部侍郎。

柳宣：仕南唐，官大理评事。入宋以校书郎为济州团练推官，后为大理司直、天太军节度判官。

柳寘：字朝隐，宋真宗大中祥符八年蔡齐榜进士。

柳宏：字巨卿，宋真宗咸平元年孙仅榜进士，历知江州德化县。天圣中，累迁都官员外郎，终光禄寺卿。

柳寀：官礼部侍郎。

柳察：年十七，举应贤良，待诏金马门。仕至水部员外郎。

柳永的父亲柳宜是柳崇的长子。柳永弟兄三人，柳永最幼。他和哥哥柳三复、柳三接都知名，当时号称“柳氏三绝”。

柳三复：宋真宗天禧二年王整榜进士。

柳三接：字晋卿，宋仁宗景祐元年张唐卿榜进士，与柳永同榜登第。官至都官员外郎。

柳永有子名涚，字温之，宋仁宗庆历六年贾黯榜进士，曾官著作郎及陕西司理参军。又柳永有侄名淇，字润之，柳三接之子，宋仁宗皇祐五年郑獬榜进士，官至太常博士。相传柳淇工书，李泰伯的《袁州学记》就是他手写的。

二　柳永的名字和登第时间

宋陈师道《后山诗话》、王辟之《渑水燕谈录》卷八、吴曾《能改斋漫录》卷十六、胡仔《苕溪渔隐丛话》后集卷三十九，都以为柳永初名三变，后来改名永。惟有叶梦得《避暑录话》卷三说，柳永初名永，后来改名三变。我以为柳永弟兄原来都以“三”字排行，兄名三复、三接，他名三变，正是初名如此；并且诸家记载柳永未登第以前的事迹，都称他为“三变”，而他自己也说“奉圣旨填词柳三变”[1]，可见他原名三变，后来因为宋仁宗“以无行黜之”，只好改名永以图进取。叶说改名三变是不可信的。《苕溪渔隐丛话》又说，“三变字景庄”，其他的书也没有提过。至于登第时代，《能改斋漫录》说在宋仁宗景祐元年（1034），《渑水燕谈录》说在景祐末年。按《避暑录话》记柳永在举进士后，曾为睦州掾官，并未说明何时举进士，但叶梦得在他所著的《石林燕语》卷六中，却说柳永于景祐中为睦州推官，可见叶氏也以为柳永登第在景祐元年。又按文莹《湘山野录》卷中说：

> 范文正公谪睦州，过严陵祠下。会吴俗岁祀，里巫迎神，但歌《满江红》，有“桐江好，烟漠漠。波似染，山如削。绕严陵滩畔，鹭飞鱼跃”之句。公曰：“吾不善音律，撰一绝送神曰：‘汉包六合网英豪，一个冥鸿惜羽毛。世祖功臣三十六，云台争似钓台高。’”

其中所歌《满江红》一首全词，今见柳永《乐章集》，可见范仲

[1] 见《苕溪渔隐丛话》后集三十九引《艺苑雌黄》。

淹谪睦州时，已有柳永的《满江红》词流传民间。又据范仲淹年谱，范仲淹于景祐元年四月被贬谪到睦州，正是柳永登第后，为睦州推官之时，《渑水燕谈录》所记柳永景祐末登第之说，显然不可凭信。只惜《严州图经》《严州府志》《桐庐县志》都不载柳永睦州事迹，以致除他曾在睦州为人民作过这首《满江红》的祀神词以外，其他就一无所知了。

三　柳永的政绩

一般人都以为柳永是浪子词人，方志也多半把他归入《文苑传》，却不知道他另一面也是注意民生疾苦的名宦呢！首先，在张津《乾道四明图经》卷七里，就记晓峰盐场在县西十二里，柳永曾为晓峰场盐官，并有《留客住》词石刻在官舍中[1]，后来罗濬《宝庆四明志》卷二十也有这样的记载。祝穆《方舆胜览》卷七，也记："名宦柳耆卿，尝监定海晓峰盐场，有题咏。"但他所谓题咏，并没有记下来。所幸元冯福京《大德昌国州图志》卷六，既载名宦柳永曾监晓峰盐场，并把柳永所作的一首《鬻海歌》也全记下来：

> 鬻海之民何所营。妇无蚕织夫无耕。衣食之原太寥落，牢盆鬻就汝输征。年年春夏潮盈浦。潮退刮泥成岛屿。风干日曝盐味加，如灌潮波溜成卤。卤浓盐淡未得闲。采樵深入无穷山。豹踪虎迹不敢避，朝阳出去夕阳还。船载肩擎未皇

[1]《留客住》词今存《乐章集》中，其中有"遥山万叠云散，涨海千里，潮平波浩渺"语，正写的是海滨景象。

歇。投入巨灶炎炎爇。晨烧暮烁堆集高，才得波涛变成雪。自从潴卤至飞霜。无非假贷充糇粮。秤入官中得微直，一缗往往十缗偿。周而复始无休息。官租未了私租逼。驱妻逐子课工程，虽作人形俱菜色。鬻海之民何苦辛。安得母富子不贫。本朝一物不失所，愿广皇仁到海滨。甲兵净洗征输辍。君有余财罢盐铁。太平相业何惟盐，化作夏商周时节。

诗中具体地叙述了海滨劳动人民制盐的过程和他们辛苦艰难的实情，充分表现了人道主义精神。另外，诗中也揭露了当时地主、官僚和奸商对人民进行残酷的剥削，这确是一篇很宝贵的文献，足以与白居易的“新乐府”比美。宋元方志把他列入名宦一类，不是偶然的。可惜宋人笔记中，既未提到柳永名宦的事迹，更没有记载他这一类富于人民性的诗歌。清朱绪曾《昌国典咏》卷五，极称这篇《鬻海歌》“洞悉民瘼，实仁人之言”，并有诗说：“积雪飞霜韵事添，晓风残月画图兼。耆卿才调关民隐，莫认红腔昔昔盐。”也能认识他是名宦。

结合柳永自己所作的词来看，他确也做过不少地方的官吏，例如《长相思》说：“又岂知名宦拘检，年来减尽风情。”《定风波》说：“奈泛泛旅迹，厌厌病绪，迩来谙尽宦游滋味。”《思归乐》说：“晚岁光阴能几许。这巧宦不须多取。”都可看出他对宦途的厌倦。实际在当时的封建社会，又哪能容许一个名宦久于其位呢？因此，他抒写了很多“游宦成羁旅”（《安公子》）的词，引起我们无限的同情。

四　柳永的行踪

柳永的少年光阴是在开封帝里度过的。我们看他的《戚氏》词说："帝里风光好，当年少日，暮宴朝欢。况有狂朋怪侣，遇当歌、对酒竞留连。"正说明他在开封时候的浪漫生活。在登第以后，他可能就离开开封，到东南一带来做地方官了。据《避暑录话》，我们知道他曾做过睦州掾官；据《乾道四明图经》，我们又知道他曾做过定海盐官；此外，我们就无法确知他曾在什么地方做过什么官了。不过，在方志和他的词里，我们还可以知道他到过下面这些地方：

杭州　他的《望海潮》词，首先描写杭州是"东南形胜，江吴都会"的繁华地区，然后写出杭州"市列珠玑，户盈罗绮"的繁华景象，再后又写出杭州有"三秋桂子，十里荷花"的美丽景色。正因为他写足当时杭州盛况，竟引起金主亮南侵的野心。（《鹤林玉露》卷十三）

苏州　柳永词中也不止一处提到苏州；他写苏州繁荣景象也和写开封、杭州一样地出色。如《瑞鹧鸪》说："万井千闾富庶，雄压十三州。触处青蛾画舸，红粉朱楼。"《木兰花慢》说："晴景吴波练静，万家绿水朱楼。"想见当日苏州繁华景象。

扬州　他没有具体描写扬州繁华景象，但他南来北往，扬州也是经常驻足的。如《临江仙》说："扬州曾是追游地，酒台花径仍存。"可见他到扬州不止一次了。

会稽　宋施宿《嘉泰会稽志》卷八，记广慈禅院在县南七十里，院中有会景亭，柳永曾题有"分得天一角，织成山四围"诗句，可惜全诗不传了。

建宁　在《建宁府志》中有柳永《题建宁中峰寺》诗说："攀萝蹑石落崔嵬，千万峰中梵石开。僧向半空为世界，眼看平地起风雷。猿偷晓果升松去，竹逼清流入槛来。旬月经游殊不厌，欲归回首更迟回。"足证柳永是到过建宁的。

长安　柳永词中也常提到西征，可能他是到过洛阳、襄阳和长安的。他的《少年游》词说："长安古道马迟迟。高柳乱蝉嘶。"又说："参差烟树灞陵桥。风物尽前朝。"都写的是长安风物。

此外，自然他还到过不少其他的城市，如万里桥就在成都，九疑山就在湖南，但由于词里未点明，其他的书里也未记明，那也就无法指明了。

五　柳永作《醉蓬莱》词的原因及时间

宋陈元靓《岁时广记》卷十七引杨湜的《古今词话》说，柳永因为"祝仁宗皇帝圣寿，作《醉蓬莱》一曲"。案《宋史·仁宗本纪》，仁宗于四月十四日生，而词里写的却是"素秋新霁"的景色，这显然不是祝仁宗的寿词。陈师道《后山师话》以为柳永听说"仁宗颇好其词，每对酒，必使侍从歌之再三"，因而作这首《醉蓬莱》词，希望能够进用。叶梦得《避暑录话》卷下又以为不是柳永要作这首《醉蓬莱》词，而是有人要帮助他进用，叫他作这首词应制的。至于在仁宗什么时期作这首词，他们都没有提到，不过他们都以为作在为屯田员外郎以前。我以为陈、叶所说都不具体，惟有王辟之《渑水燕谈录》卷八记的比较详明。首先，他以为这首词作在仁宗皇祐期间，而所以作这首词的是：因为天上出了老人星，仁宗非常高兴；当时入内都知史某怜他

"久困选调"，因乘仁宗高兴，叫他献词应制。柳永走笔写成，词名《醉蓬莱慢》。可是仁宗一看开头有"渐"字就不高兴；后来看到下面有"宸游凤辇何处"的语句，与御制的真宗挽词暗合，更感到不快；以下又看到"太液波翻"，便气着说："为什么不说波澄呢？"因把原词掷在地下，从此，柳永就再也不被进用了。

黄昇（号花庵）《唐宋诸贤绝妙词选》卷五，也录柳永这首《醉蓬莱》词，下面附注本事，大致与《渑水燕谈录》相同，可见他是剪裁《渑水燕谈录》附注的；不过他没有说皇祐年间作这首词，却说为屯田员外郎时作这首词。根据《渑水燕谈录》和《花庵词选》所说，可知柳永作《醉蓬莱》词是在皇祐间他为屯田员外郎之时。胡仔《苕溪渔隐丛话》后集卷三十九引《艺苑雌黄》也说，皇祐间，老人星出现，柳永应制作词，与《渑水燕谈录》适合。王阙之是英宗治平四年进士，《渑水燕谈录》作于哲宗元祐以前（见涵芬楼校印《渑水燕谈录》夏敬观跋），时代很早，所说当较可信。

六　柳永的葬地

关于柳永葬地，也有几种说法：祝穆《方舆胜览》卷十一，说他："卒于襄阳，死之日，家无余财，群妓合金葬之于南门外，每春月上冢，谓之吊柳七。"宋曾敏行《独醒杂志》卷四说他："风流俊迈，闻于一时。既死，葬于枣阳县花山，远近之人，每遇清明日，多载酒肴饮于耆卿墓侧，谓之吊柳会。"一说襄阳，一说枣阳，已不一致；清王士祯别有不同的说法，他在《池北偶谈》里说："仪征县西，地名仙人掌，有柳耆卿墓。"他并有诗说："江乡春事最堪怜，寒食清明欲禁烟。残月晓风仙掌路，何人为吊柳屯田。"当时吴骞《拜经楼诗话》就说："仪征实无其地，不知渔洋何据。"赵翼《瓯北集》卷二十六据《独醒杂志》说，以为柳墓不在仪征，而在枣阳。他并有诗说："一邱两地各争高，只为填词绝世豪。汉上有坟人吊柳，漳南多冢客疑曹。《金荃》名竟移沙渚，铁板声休唱浪淘。我趁晓风残月到，纵无魂在亦萧骚。"不过道光三十年《仪征县志》卷八引明隆庆元年申嘉瑞所修的《仪征县志》说，柳耆卿墓在县西七里，近胥浦。可见王渔洋也是根据过去的旧说。

我以为襄阳、枣阳、仪征之说，都是传闻，未必可信。据《避暑录话》说："永终屯田员外郎，死旅殡润州僧寺。王和甫为守时，求其后不得，乃为出钱葬之。"又据明万历《镇江府志》卷三十六说，他的墓在丹徒境土山（即北固山）下。志中并有较详的附注：

> 永字耆卿，始名三变，好为淫冶之曲。仁宗临轩放榜，特绌之，后易名永登第。文康葛胜仲《丹阳集·陈朝请墓志》云，王安礼守润，欲葬之，藁殡久无归者。朝请市高燥地，亲为处葬具，三变始就窀穸。近岁水军统制羊滋命军兵凿土，得柳墓志铭并一玉篦。及搜访摩本，铭乃其侄所作[1]，篆额曰："宋故郎中柳公墓志。"铭文皆磨灭，止百余字可读云："叔父讳永，博学，善属文，尤精于音律。为泗

[1] 高熙曾先生以为此人当系柳淇。《崇安县志》载柳淇为柳永之侄，且为书法家（见《皇宋书录》），则此墓铭，当出柳淇之手。

州判官，改著作郎。既至阙下，召见仁庙，宠进于庭，授西京灵台令，为太常博士。”又云：“归殡不复有日矣，叔父之卒，殆二十余年云。”

按，叶梦得曾在丹徒做过官，葛胜仲也是丹阳人，他们都说王安礼守润州（即镇江）时葬柳永，这是比较可信的。可惜王安礼原集及葛胜仲原集都已失传，不能考见营葬柳永的事。今《大典》本的王安礼《王魏公集》及《大典》本的葛胜仲《丹阳集》又都没有提到葬柳永的事，竟使我们找不出更多的材料来证实营葬柳永的详细经过。潘承弼先生以为柳永原来死在润州，王安礼把他葬到仪征，这也是揣测之词，并无根据[1]。

七　柳永生卒的推测

《能改斋漫录》卷十六引晁无咎的话，说张先与柳永齐名，可见柳永的生年与张先是差不多的（李易安并说张先是继柳永而起的）。按《鹤林玉露》卷十三说，孙何帅钱塘时，柳永曾作《望海潮》词送他。词中有“千骑拥高牙”语，正指的孙何。在这以前，杨湜《古今词话》也说，柳永与孙何为布衣交，孙何知杭州，门禁很严，柳永不得进见，因作《望海潮》词，托名妓楚楚歌于孙何座前，孙何听了，才迎柳永入座。《古今词话》所记，出于市井传闻，或不可信，但《鹤林玉露》记此事竟引起金主南侵，恐不是无因的。查《宋史》卷三百六孙何本传，知道孙何是宋太宗淳化三年进士，做过两浙转运使。宋真宗景德

[1] 见前北平研究院《史学集刊》第2期潘承弼《柳三变事迹考略》一文。

元年（1004）就死了，年四十四岁。由此上推，孙何应生于宋太宗建隆二年（961）。柳永就在孙何死的一年作《望海潮》词送他，至少也应是冠年了。由此可证，柳永约生于宋太宗雍熙四年（987），比张先大三岁，比晏殊大四岁[1]。储皖峰先生因晏殊曾称柳永为“贤俊”，就断定柳永年龄一定不会大于晏殊，这是不可靠的。古代主考官常称举子为“贤”或“贤俊”，不一定就是晚辈。例如张先比晏殊还大一岁，可是张先是晏殊知贡举时所取的进士，所以晏殊也称呼他为“贤”[2]。清宋翔凤《乐府余论》说：“耆卿蹉跎于仁宗朝，及第已老。”我觉得这话是可信的。如我所推测，柳永生于雍熙四年，到景祐元年登第（987到1034），时年四十七岁，也合宋氏“及第已老”之说。至于柳永卒年，我以为可能在仁宗皇祐五年（1053）。因为据嘉定《镇江志》卷十四说，王安礼于神宗熙宁八年（1075）守润，而柳永侄所作的墓志说，这时柳永已经死了二十余年。由此上推，当是他在皇祐间官屯田员外郎时，作了《醉蓬莱》词，忤旨不用，不久便死了。又储皖峰先生据《高斋词话》以为秦观曾亲从柳永学过词，因而断定他死于宋神宗元丰二年（1079）[3]，这是他引了误本《高斋词话》作出的论断，与当时事实是不符的。误本的原文说：

> 少游自会稽入都，见东坡。坡云：“久别当作文甚胜，都下盛唱公‘山抹微云’之词。”秦逊谢。坡遽云：“不意别后，公却从柳七学词。”少游曰：“某虽无识，亦不至是。先

[1] 张先和晏殊生年见夏承焘《唐宋词人年谱》。

[2] 见《画墁录》。

[3] 见前《浙江大学季刊》1卷1期储皖峰《柳永生卒考》一文。

> 生之言，勿乃过乎。”坡云：“‘销魂，当此际’，非柳七句法乎？”秦惭服。

这段事实原见黄昇《唐宋诸贤绝妙词选》卷二引东坡《永遇乐》词注，但并未言出《高斋词话》。其中，“从柳七学词”一语原作“学柳七作词”，以后如《古今词话》（沈雄编的）、《历代诗余》《词苑丛谈》《词林纪事》引用这事，也无不作“学柳七作词”。所谓《高斋词话》以及“从柳七学词”语显然都是错误的（宋人笔记有引《高斋诗话》的，却没有引《高斋词话》的）。《避暑录话》说，柳死后，旅殡润州僧寺，到熙宁八年，王安礼守润时，才出钱葬他。可见熙宁八年（1075），柳永已死了很久，更不会活到元丰二年（1079）了。

（原载《文学研究》1957年第3期）

李清照改嫁辨

改嫁说再议

关于李清照改嫁之说，自宋七家著录，似成定论。明徐[火+勃]首揭其伪，清卢雅雨、俞理初、陆心源、李莼客、况蕙风诸家反复研讨，皆辨此说为伪。乃近人复翻旧案，据谢綦崇礼伪启，凭主观臆测，多方罗织，横加诬蔑，以为李清照确曾改嫁。余以为，自来社会上妇女，因夫死而改嫁，原属常事，但必须实事求是，确有明证，方足以令人信服。清照果有改嫁之事，自不必为之隐讳；若实无其事，误信市井小人之谣言，诬蔑贤媛，亦系巨谬。余不揣愚昧，特再述浅见，以供参考。

清照为有宋一代杰出之女词人，品格高尚，心灵纯洁，文采精妙。自十八岁与赵明诚结婚以来，二人爱好金石书画，志同道合，考订不倦，日常节衣缩食，专心治学，出入必偕，奇文共赏，自古闺房之乐，未有胜于此者。不幸金兵入侵，国破家亡，举家出逃，金石书画大都散失。当明诚卧病建康之时，清照自池州乘舟，日夜行三百里往视；伉俪之情，一何深厚！观其所为诗如《浯溪中兴颂》及上韩肖胄、胡松年诗，皆悲愤郁勃，大义凛然。至其词之沉哀入骨，尤为世所称道。夫以如此坚强明智、素抱“虽处忧患困穷而志不屈”之人，何致有“忍以桑榆之晚景，配兹驵侩之下材”之语，更何致因病而改嫁，因对方诱惑而改嫁，因媒妇巧言劝说而改嫁？

清照才高遭忌，市井小人惯于不乐成人之美，好腾说浪言以资笑乐，以改嫁足以为清照致命之伤，于是广泛流传，人皆讪笑。此小人行径原不足道，不图一时文人亦不信清照自撰之生平实录，而反信小人谰言，其亦不思之甚矣。《金石录后序》为清照自作之文，真情流露，千古传诵，此为清照最详尽、最真实、最可信、最可贵之生平实录，读其文，察其人，亦可知清照断非忘恩忘义、弃旧恋新之人。观其词如“旧时天气旧时衣，只有情怀，不似旧家时”“试灯无意思，踏雪没心情”“物是人非事事休，欲语泪先流”，其凄苦之情正与《后序》相符。情深一往，生死不渝，清照绝不致忘怀明诚，另结新欢。

李清照绝无改嫁之事

近人多有以为李清照曾改嫁之说，众口铄金，为害甚大。察其理由，不外有二：

一、宋代有李心传、胡仔、王灼、晁公武、洪适、赵彦卫、陈振孙七人书中记载李清照改嫁。

二、李清照有《投内翰綦公崇礼启》，自言改嫁、离婚、下狱等事，时在高宗绍兴二年（1132）。

余谓李清照既是杰出词家，又是爱国志士，人格高尚，才华超群。当汴京沦亡，她坚决主张抗敌，反对投降，以中兴励君，以王导、刘琨励臣。其建炎年间所作《夏日绝句》“生当作人杰，死亦为鬼雄。至今思项羽，不肯过江东”“南渡衣冠少王导，北来消息欠刘琨”等诗，大义凛然，世所称颂。其自撰之《金石录后序》，首述十八岁时与明诚结婚，二人志同道合，搜采金石书画，不遗余力，载笑载言，一往情深。后述金寇南侵，明诚病死，孤身流亡，备极艰苦。通篇描绘细节，生动真切，哀乐毕陈，曲折淋漓。末云“今手泽如新，而墓木已拱”，其悼念明诚之深情，可以想见。明诚之表甥谢伋著《四六谈麈》云：“赵令人李号易安，其《祭湖州文》曰：‘白日正中，叹庞翁之机捷；坚城自堕，怜杞妇之悲深。’妇人四六之工者。”《后序》为李清照最真挚最可信之生平实录，作于绍兴五年（1135），据此，完全可以佐证李清照绝无于绍兴二年改嫁之事。

至于《投内翰綦公崇礼启》中“忍以桑榆之晚景，配兹驵侩之下材”之语，显然是别人诬蔑口吻，决非清照明知其下材，而宁甘以晚景配之。白雨斋断其伪作，余亦以为然。黄墨谷《〈投内翰綦公崇礼启〉考》（见《文史哲》一九八一年第六期）及《〈投内翰綦公崇礼启〉考辨——兼评黄盛璋〈李清照事迹考辨〉中的“改嫁新考”》（见《重辑李清照集》）二文，已辨其非清照原作。端木埰《四印斋重刊漱玉词序》云：“有宋以降，无稽竞鸣……越在偏安，益煽腾说。”市井小人好诬贤良以资笑谑，原不足道；不图文人竟亦不信清照自撰《金石录后序》之生平实录，反信市井小人散布之流言，颠倒是非，混淆黑白，致令清照千古蒙冤，可慨孰甚！

余以为李清照乃贫贱不能移、富贵不能淫、威武不能屈之女中丈夫，对赵明诚之感情，始终如一，生死不渝，绝无改嫁之事。

况周颐校越缦跋尾所记，为清照“改嫁”辨诬坚确有力之铁证，兹采于后，以结束全文：

> 易安如有改嫁之事，当在建炎三年明诚卒后、绍兴二年张汝舟编管以前。今据俞、陆二家所引，建炎三年七月，易安在建康，八月明诚卒，四年易安往台州，之越州，十二月至衢州，绍兴元年复之越，二年之杭。汝舟建炎三年知台州，四年复知明州，六月主管江州太平观，绍兴元年往池州措置军务，寻为诸军审计司，二年九月以增举入官，除名编管。此四年之中两人踪迹判然，何得有嫁娶之事？旧说冤谬不辨而明矣。因校越缦跋尾，书以广所未备。

（选自《词学论丛》）

陈亮三事考辨

一、宋乔行简奏请谥陈龙川、吕大愚劄子

《续金华丛书》本元人吴师道《敬乡录》卷十三，载有宋乔行简《奏请谥陈龙川、吕大愚劄子》一文。但清康熙四十八年，陈亮族裔孙等校刻《龙川文集》三十卷（聚星堂本），附录《宋乔行简奏请谥陈龙川劄子》，割裂原文，抽去吕大愚，妄删字句，湮没真相，殊觉不当。此后各本《龙川文集》附录，俱沿讹袭谬，未予改正。兹特录其原文如下，以明真相：

宋乔行简奏请谥陈龙川、吕大愚劄子

臣闻褒崇既往，所以激劝方来。乾道、淳熙之间，名儒辈出，其所植立，虽有不同，要皆有以垂于后。如朱熹、张栻、吕祖谦、陆九渊，既蒙国家锡以美谥，或录其子孙。而并时奋兴，其才学夐出前古，而乃有未经褒恤者二人焉。

臣伏见承事郎签书建康军节度判官厅公事陈亮，以特出之才，卓绝之识，而究皇帝王霸之略，期于开物成务，酌

古理今，其说盖近世儒者之所未讲。平生所交，如熹、栻、祖谦、九渊，皆称之曰："是实有经济之学。"所为文号《龙川集》，行于世。当淳熙之戊戌，三上书，极论社稷大计。孝宗皇帝览之感涕，召赴都堂审察，将以种放故事，不次擢用。左右用事亟来谒亮，欲掠美市恩，而亮不出见之，故为所谗沮而止。晚际光宗皇帝，亲擢居进士第一，曾未及小用而不禄。其遗文为世所珍重，其渊微英特之论，雄迈超脱之气，由晋、宋、隋、唐以后，自成一家，惜不究其所蕴，而仅见诸空言也。

承议郎大府寺丞吕祖俭，实祖谦之弟，少与其兄研穷经传，悉本家学。后祖谦死，凡诸生皆承事祖俭，吕氏之学益明。庆元间，韩侂胄用事，中外侧目莫敢言。祖俭时在下僚，独抗章殿陛，直指其失，谪高安以死。及侂胄益横，以罪诛灭，人固恨曲突徙薪乏谋，不早用也。

臣窃谓亮与祖俭之学，皆有遗文具存，学者同知所宗。至若亮当渡江积安之后，首劝孝宗以修艺祖法度为恢复中原之本，将以伸大义而雪仇耻，其忠与汉诸葛亮、本朝张浚相望于后先，尤不可磨灭。祖俭当时奸气焰熏灼之时，首建抑绝之义，其视东都名节诸贤，亦为无歉。

当今国家多事，所少者忠义名节之士，苟褒二臣，亦足以激昂人心。二臣者皆生于婺，臣少长接闻，取为模范。今独后死，遭时窃位，倘不引义一陈于上，使获表见于明时，非惟有愧于前贤，抑亦无以垂示于后学。况二臣者，非所谓一乡一国之士，乃天下之士，臣故敢冒昧以言。

臣窃照在法，声闻显著者，虽无官爵，特听令谥。又淳熙敕："勋德节义，声实彰著者，不以官品，特与命谥。"若亮与祖俭，识足以明义，气足以折奸，可谓节义彰著矣；学足以名家，文足以传后，可谓声闻显著矣。迹其所立，实应得谥。臣愚欲望圣慈，悯二臣之不遇，特颁睿旨，下有司定谥。庶几天下之士，知朝廷风劝之荣，翕然有所兴起。臣无任拳拳之至。

（清同治间，胡凤丹、宗廷辅对陈亮《龙川文集》都有辨伪、考异的札记，但由于二人都未见《敬乡录》所载原文，故尚不知纠正集中所附录乔行简劄子，乃篡改原文之劄子。今中华书局所印之《陈亮集》，亦未能辨明。兹录出原文，庶使后来校印《龙川文集》者，不致再附录篡改原文之劄子。）

二、陈亮送章德茂使金词时间

胡云翼选注《宋词选》（1962年，中华书局出版，现又重印），其中选陈亮《水调歌头·送章德茂（名森）大卿使虏》词，注引《金史·交聘表》云："金世宗大定二十六年三月己卯朔，宋试户部尚书章森，容州观察使吴曦等贺万春节。"按金世宗大定二十六年（1186），相当于宋孝宗淳熙十三年，因此，作者即以为陈亮送章森使金时间在淳熙十三年，以后说陈亮作这首词时间的书报，也往往以为是淳熙十三年。其实《金史·交聘表》所载时间，是章森到达金都时间，而不是陈亮送行时间。依照南宋每年使金惯例，一是正月贺正旦，二是三月贺生辰，时间总是在前一年的冬腊月启行，于次年的正月或三月到达。以《宋史·孝宗本纪》与《金史·交聘表》对照来看，启行与到达时间历历书明。《孝宗本纪》记淳熙十二年十一月，遣章森等使金贺金主生辰，《宋会要》职官部也记淳熙十二年十二月八日，遣章森使金贺金主生辰，十一月当是下令时间，十二月当是启行时间，这与《金史·交聘表》所记正相符合。复查宋杨万里《诚斋集》卷十九，也有送章森使金诗，诗中有“雪后闻君策马蹄”语，时间正排在乙巳（淳熙十二年）之末，与《孝宗本纪》《宋会要》俱合，足证陈亮《水调歌头》送章德茂使金时间是在淳熙十二年十二月，不在淳熙十三年三月。

三、《宋史·陈亮传》误记陈亮第一次下狱

陈亮一生曾两次被诬陷下狱，第一次是在宋孝宗淳熙十一年（1184），第二次是在宋光宗绍熙元年（1190）。对于陈亮这两次下狱之说，迄今都无异议。但目前有的书报以为陈亮第一次下狱是在乾道七年，因而有三次下狱之说，这是沿《宋史·陈亮传》而误的。《传》谓陈亮家僮杀人，被杀的人曾经辱骂过陈亮父亲陈次尹，因此死者家属就疑心是陈亮指使家僮杀的，官府逮捕了家僮和亮父次尹。《传》文接着说：“而属台官论亮，情重，下大理。”这次家僮和亮父被逮是事实，但陈亮也被逮不是事实。

按陈亮《祭妹文》云：“比我年二十有三（时乾道元年），而吾母以盛年弃诸孤而去。未终丧，而吾父以罥罣，困于囚系（时乾道二年，并非七年），我王父王母忧思成疾，相次遂皆不起（时乾道二年），三丧在殡，而我奔走以救生者。”在这篇祭文中，陈亮说“三丧在殡”，是指的他母亲和他祖父母都已死去。“而我

奔走以救生者”，是说他自己到处奔走，营救他父亲，可见陈亮这一次并没有下狱。

（原载《大公报·艺林》，1979年3月28日）

邓光荐生卒年考

刘辰翁《洞仙歌》寿邓光荐云："但细数齐年几人存。"是二人同年生。辰翁《百字令》自注云："仆生绍定之五年壬辰。"是邓光荐生于绍定五年（1232）。饶宗颐《补宋史邓光荐传》（见《选堂集林》）谓邓光荐生于绍定五年，是；谓卒于大德元年（1297），则非是。饶先生据《宋史·陆秀夫传》《广州人物传》及《香山县志》，谓邓光荐卒于大德元年，不知诸书皆不可信。查元程钜夫《雪楼集》卷二十四《题跋》有《书邓中斋名谢氏三子说后》云："至元戊子（至元二十五年，1288），余官南台时，邓公客于升，倾盖剧谈，互有所发。别去十五年，闻讣于武昌。又明年，谢君汝霖持其名三子说来，读之意核而悫，犹若对面语也。惟时汝霖齿发强壮，意悟飘洒，往来余二人之间。"据程钜夫此跋，则知邓光荐实卒于大德七年（1303）。

（选自《词学论丛》）

邓光荐愧对文天祥

元张宏范于宋祥兴二年己卯（1279，元至元十六年）二月灭宋，俘获宋丞相文天祥及宋礼部侍郎邓光荐，优礼劝降，二人不从；乃于四月二十二日送往元都燕京。二人患难与共，忠义相期，沿途唱和不绝。六月二十日至金陵。天祥囚狱中，为光荐《东海集》作序，极道十数年间“可惊可愕可悲可愤可痛可闷之事”，亦可见二人志同道合之情。八月二十四日，光荐以病留金陵，天祥独随护军北行。临行，二人依依不舍，光荐赠词有“伴人无寐，秦淮应是孤月”语，天祥和词有“故人应念，杜鹃枝上残月”语，弥见深情凄悲，令人感动。后天祥在燕京狱中，集杜句二百首，其第一百三十七首勉光荐留建康云：“呜呼，中甫（光荐字）祸难之惨不减予，而独免北行，幸而脱归，为管宁，为陶潜，不亦善乎！”然光荐竟不能为管、陶，乃为敌人之西席，殊孤负天祥之期望。至元十九年壬午（1282）天祥被杀，光荐易节为张宏范子张珪之师，并以《相业》一书授之，曰：“熟之，后必赖此用矣。”助敌画策，何以对天祥于九泉？邓光荐《宋史》无传,《宋史·文天祥传》中亦不载此事。惟元虞集《道园学古录》卷十四载张宏范庙碑，谓宏范灭宋后还京，至元十七年正月十日即卒，其嗣子张珪袭职，佩其军万户，镇金陵，礼邓光荐为师。又《道园学古录》卷十八载张珪墓志铭，亦谓张珪袭父职，佩其父符平盗，至元十九年盗平，军中无事，乃迎邓光荐师事之。从虞集所撰张宏范庙碑及张珪墓志铭可见邓光荐为张珪师，确是事实，时间在至元十九年至二十三四年间，地点在金陵。元揭傒斯作《程钜夫行状》，谓程钜夫于至元二十三年（1286）以侍御史行台至金陵，邓光荐曾有《烛影摇红》词贺其得子，亦可见邓光荐在金陵时间甚久，与郑所南、谢皋羽、汪水云等人迥不相侔矣。

（选自《词学论丛》）

词林偶记

宋词人高寿记

两宋词人，年在九十以上者有二人：其一，赵孟坚，年九十七，有《彝斋乐府》。其二，王庭珪，年九十二，有《卢溪词》。年在八十以上者，计有二十七人：其一，陈尧佐，年八十二，有词见《花庵词选》。其二，张先，年八十九，有《子野词》。其三，张昇，年八十六，有词见《青箱杂记》。其四，韩维，年八十二，有《南阳词》。其五，李之仪，年八十余，有《姑溪词》。其六，黄裳，年八十七，有《演山词》。其七，刘一止，年八十二，有《苕溪乐章》。其八，孙觌，年八十九，有词见《乐府雅词》。其九，张纲，年八十四，有《华阳老人长短句》。其十，米友仁，年八十，有《阳春集》。其十一，赵构，年八十一，有词见《绍兴府志》。其十二，吴芾，年八十，有《湖山集》。其十三，史浩，年八十九，有《鄮峰真隐大曲》。其十四，洪迈，年八十，有词见《绝妙好词》。其十五，杨万里，年八十三，有《诚斋词》。其十六，陆游，年八十六，有《放翁词》。其十七，王炎，年八十一，有《双溪词》。其十八，刘光祖，年八十一，有《鹤林词》。其十九，赵蕃，年八十七，有词见《花庵词选》。其二十，崔与之，年八十二，有词见《花庵词选》。其二十一，徐鹿卿，年八十，有《徐清正公集》。其二十二，陈韡，年八十三，有词见《阳春白雪》。其二十三，赵葵，年八十一，有词见《钱塘遗事》。其二十四，留元刚，年八十二，有词见《阳春白雪》。其二十五，刘克庄，年八十三，有《后村长短句》。其二十六，徐经孙，年八十二，有《矩山词》。其二十七，牟巘，年八十五，有《陵阳先生集》。此外，年在七十以上者，尤指不胜屈，亦可见两宋词人享大年者之众。

宋人父子能词

宋词风极盛，一门能词者亦众，兹记其概况如下：一，赵顼有词见《能改斋漫录》；顼十一子佶，有《徽宗词》；佶长子桓，有词见《可书》；佶九子构，有词见《绍兴府志》；构无子，立昚为皇太子，昚有词见《宝真斋法书赞》；昚孙扩，有词见《皱水轩词筌》。二，晏殊有《珠玉词》；子幾道有《小山词》。三，王益有词见《能改斋漫录》；子安石有《临川道人歌曲》；子安国有词见《花庵词选》；子安礼有词见《王魏公集》；安石子雱有词见《扪虱新话》。四，范仲淹有《范文正公词》；子纯仁有词见《忠宣公集》。五，韩琦有词见《能改斋漫录》；子嘉彦有词见《花草粹编》。六，曾布有词见《玉照新志》；子纡有词见《乐府雅词》；纡子淳有词见《花庵词选》。七，秦观有《淮海词》；子湛有词见《花庵词选》。八，晁冲之有《冲之词》；子公武有词见《阳春白雪》。九，米芾有《宝晋长短句》；子友仁有《阳春词》。十，葛胜仲有《丹阳词》；子立方有《归愚词》；立方子郯有《信斋词》。十一，胡舜陟有词见《苕溪渔隐丛话》；子仔有词亦见《苕溪渔隐丛话》。十二，朱松有词见《南溪书院志》；子熹有《晦庵词》。十三，曹组有《箕颍词》；子勋有《松隐词》。十四，韩世忠有词见《南溪书院志》；子彦古有词见《阳春白雪》。十五，洪皓有《鄱阳集》；长子适有《盘洲集》；季子迈有词见《夷坚志》。十六，韩元吉有《南涧词》；子淲有《涧泉词》。十七，周文璞有词见《绝妙好词》；子弼有词见《阳春白雪》。十八，牟子才有词见《花草粹编》；子巘有《陵阳词》。十九，周晋有词见《绝妙好词》；子密有《草窗词》。二十，冯取洽有《双溪词》；子伟寿有《云月词》。二十一，刘辰翁有《须溪词》；子将孙有《养吾斋集》。二十二，张枢有《寄闲集》；子炎有《山中白云词》。

宋人兄弟能词

予考宋人父子之能词者，复考宋人兄弟之能词者，以资研究词史者之探讨：一，王琪有《谪仙长短句》；弟珪有词见《华阳集》。二，苏轼有《东坡词》；弟辙有词见《栾城遗言》。三，曾巩有词见《梅苑》；弟肇有词见《过庭录》。四，孔武仲有词见《梅苑》；弟平仲有词见《能改斋漫录》。五，谢绛有《南阳词》；弟维有词附《南阳集》内。六，黄大临有词见《能改斋漫录》；弟庭坚有《山谷词》。七，秦观有《淮海词》；弟觏有词见《春渚纪闻》。八，晁补之有《琴趣外编》；弟冲之有词见《乐府雅词》。九，苏庠有词见《花庵词选》；弟祖可亦有词见《花庵词选》。

十，谢逸有《溪堂词》；弟薖有《竹友词》。十一，朱敦复有词见《过庭录》；弟敦儒有《樵歌》。十二，黄公度有《知稼翁词》；弟童有词附《知稼翁词》内。十三，楼锷有词见《词综》；从弟钥有词见《攻媿集》。十四，楼扶有词见《绝妙好词》；弟盘有词亦见《绝妙好词》。十五，李洪与弟漳、泳、淦、浉有《花萼集》。十六，陆淞有词见《绝妙好词》；弟游有《放翁词》。十七，吴渊有《退庵词》；弟潜有《履斋诗余》。十八，萧岃有词见《阳春白雪》；弟泰来，有词见《绝妙好词》。十九，严羽有《沧浪词》；弟仁有《清江欸乃》；弟参有词见《花庵词选》。二十，翁元龙有《处静词》；弟吴文英有《梦窗词》。二十一，李彭老有《筼房词》；弟莱老有《秋崖词》。

（选自《词学论丛》）

词作技法论

论词之作法

夫文章各有体制，而一体又各有一体之作法。不独散文与韵文有异，即韵文中之诗歌、词、曲，亦各有特殊作风，了不相涉。苟不深明一体中之规矩准绳、气息韵致，而率意为之，鲜有能合辙者。昔李易安谓："王介甫、曾子固，文章似西汉，若作一小歌词，则人必绝倒。"秦少游为词，出色当行，独步一时，但诗则靡弱，大类女郎。至若元曲本以白描见长，而明人则施以丽藻，失其精旨。此皆文人好奇务胜，不尊文体之故也。

词以两宋为极盛，治词各家，无不屏绝他业，殚精竭虑于一途，各树标帜，各放异彩。吾人欲学词，自当求其所以上不类诗、下不类曲之故，努力专攻。兹因先论作词之要则，次论词之组织，再次论词之作风，以供学者参证。作词之要则有三：

一、读词

作词必先读词，犹作文必先读文，作诗必先读诗也。唐人谚云："《文选》熟，秀才足。"杜诗云："读书破万卷，下笔如有神。”惟词亦然。不读词，不能解词，不能解词，何能作词？就一词论：一词之结构如何？一词之命意如何？一词之衬副如何？以及承接转折、开合呼应之法如何？俱非熟读深思，不能剖析精微，体察分明。就一家论：一家之面目如何？一家之真价如何？一家之弊病如何？以及渊源如何？影响如何？亦非熟读深思，不能真知灼见，融会贯通。使不熟读深思，但取古人词集，翻阅一过，必不能知古人之甘苦。古人之纤巧浅俗处，或且以为上品；而古人之惨淡经意、精力弥满处，反不能见及。以此评论，必不免颠倒黑白；以此创作，必不免乱杂无章。宜兴蒋香谷云：“作词当以读词为权舆。声音之道，本乎天籁，协乎人心。词本为乐府，可被管弦。今虽音律失传，而善读者，辄能锵洋和均，抑扬高下，极声调之美。其浏亮谐顺之调固然，即拗涩难读者，亦无不然。及至声调极熟，操管自为，其声响随文字流出，自然合拍。”观蒋氏之语，可知作词非先读不可。至所读之书，初当读选本，以博其趣；继乃读专集，以精其诣。选本若张惠言《词选》、周介庵《四家词选》、成肇麐《唐五代词选》、朱古微《宋词三百首》，皆至精当。专集则随人性之所近耳。

二、作词

未作词时，当先读词。既作词时，则当以用心为主。此荆溪周止庵之言也。周氏云：“学词先以用心为主，遇一事，见一物，即能沉思独往，冥然终日，出手自然不凡。次则讲片段，次则讲离合。成片段而无离合，一览索然矣。次则讲色泽、音节。”是知作词非用心不可。用心则精，不用心则粗，精则虽少无妨，粗则虽多无益。欲作一词，首须用心选调、选韵，其次布局铸词，无一不须用心。若须依四声之调，必字字尽依四声，决不可畏守律之严，辄自放于律外，或托前人未尽善之作以自解。若有字复、意复之处，更须用心琢磨，决不可苟简从事，为识者所讥。昔柳永作《轮台子·早行》词，颇自以为得意。其后张子野见之云：“既言‘匆匆策马登途，满目淡烟衰草’，则已辨色矣。又言‘楚天空阔未晓’何也？何语意颠倒如是？”此子野讥柳词之前后语意冲突也。又如宋子京之《好事近》词，上言“沉香帷箔”，下又言“珠帘”；梅尧臣之《苏幕遮》词，上言“嫩色宜相照”，下又言“翠色和烟老”；刘龙洲之《沁园春》词，上言“微褪些跟”，下又言“微尖点拍频”；周草窗之《曲游春》词，上言“暖丝晴絮”，下又言“乱丝丛笛”，此皆古人用字犯重，为后人所指出者。吾人若存苟完、苟美之念，而惮于用心结撰，则罅漏更不待言。其实凡为诗文，皆须用心，不独作词。特词法细密，词律严谨，词旨婉曲，更非处处用心，不能佳胜也。

三、改词

作词时须用心，词作成后，尤须痛改。往往一词初成，尚觉当意，待越数日观之，即觉平淡，若越数月或数年观之，更觉浅薄。故有人常焚毁少作之稿，即以此故。宋张炎《词源》亦尝论改词之要。其言曰：“词既成，试思前后之意不相应，或有重叠句意，又恐字面粗疏，即为修改。改毕，净写一本，展之几案间，或贴之壁。少顷再观，必有未稳处，又须修改。至来日再观，恐又有未尽善者。如此改之又改，方成无瑕之玉。”而近日临桂况蕙风更论及改词之法。其所撰《词话》云："改词之法，如一句之中，有两字未协，试改两字。仍不惬意，便须换意，通改全句，系连上下，常有改至四五句者，不可守住原来句意，愈改愈滞也。"又云："改词须知挪移法，常有一两句语意未协，或嫌浅率。试将上下互易，便有韵致。或两意缩成一意，再添一意，更显厚。"此皆金针度人之语，作词者所当深体实践也。近日词人若王、郑、朱、况诸家，无不几经锤炼，几经修改，始存定稿。未有出手无瑕，一成不易也。

词之组织，亦分三则：一字法，二句法，三章法。盖积字以成句，积句以成片段也。诗不分片段，词则有二片、三片、四片者，故其法与诗不同。又以词体之异于诗、曲，故用字缀句，亦迥异也。

一、字法

《词源》论用字云："词中一个生硬字用不得，须是深加锻炼，字字敲打得响，歌诵妥溜，方为本色语。"其后元陆辅之《词旨》云"炼字贵响"即本之立说。予谓此特就炼动字或形容字言之。他若虚字最足传神，代字妙有含蓄，叠字善于描摹，俱不可不注意也。至于去声字，极关音响，俗字大伤词格，尤不可不特加注意，以为去舍之资。

动字　词中动词最要，往往一字能表现一种境界。海宁王静安云："'红杏枝头春意闹'，着一'闹'字，而境界全出。'云破月来花弄影'，着一'弄'字，而境界全出矣。"可见一字之要。当时至称"红杏枝头春意闹尚书""云破月来花弄影郎中”，亦以一字警动之故。又欧公词“绿杨楼外出秋千”，晁无咎谓：“只一‘出’字，自是后人道不到处。”予谓晏元献公之“曲阑干影入凉波”，“入”字正堪与欧公“出”字匹敌。他若少游“华灯碍月，飞盖妨花”之“碍”字、“妨”字，美成“衣润费炉烟”之“费”字，白石“波心荡、冷月无声”之“荡”字，“千树压、西湖寒碧”之“压”字，梅溪“做冷欺花，将烟困柳”之“欺”字，皆响亮新隽之字，足以表现境界。而所用仄声字，大抵非去即入。

形容字　李易安之“绿肥红瘦”，甚为人所称。宋黄叔旸则云：“前辈尝称易安‘绿肥红瘦’为佳句，予谓此篇‘宠柳娇花’之语，亦甚奇俊，前此未有能道之者。”陆辅之《词眼》二十六则，此二则，即被甄录。实则形容浅俚，并非极胜之字。余如潘元质之“莺娇燕姹”，吴梦窗之“醉云醒雨”，杨守斋之“蝶凄蜂惨”，杨西村之“柳腴花瘦”，李秋崖之“渔烟鸥雨”，张东泽之“恨烟颦雨”，翁处静之“愁罗恨绮”，亦非佳妙之形容。惟所录梅溪之“柳昏烟暝”一则，足称警句。至竹山之“峰缯岫绮”，则过炼涩滞，亦不佳已。

虚字　句中虚字，传神极妙。如李后主词“往事只堪哀”，一“只”字即见万念俱灰，有不堪回首之痛。晏小山词“聚散真容易”，一“真”字亦见人生无常，懊恨之切。其在句首作领字者，往往直贯到底，神韵尤胜。如后主词云：“多少事，昨夜梦魂中。还似旧时游上苑，车如流水马如龙。花月正春风。”梦中盛况，只用“还似”二字缩住，灵动异常。又如柳永词云，“想佳人妆楼颙望，误几回天际识归舟。争知我倚阑干处，正恁凝愁”，一“想”字亦一气贯注，深情若揭。至如白石词云，“莫似春风，不管盈盈，早与安排金屋。还教一片随波去，又却怨玉龙哀曲。等恁时重觅幽香，已入小窗横幅”，所用虚字更多，“莫似”“不管”“早与”“还教”“又却怨”“等”“已”诸字，分着于每句之上，使每句自为开合，空灵夭矫，余韵无穷。梦窗词云，“念秦楼也拟人归，应翦菖蒲自酌。但怅望一缕新蟾，随人天角”，所用“念”字、“也拟”字、“应”字、“但”字，亦是运用虚字，笔妙如环。《词源》云：“词与诗不同。词之句语有二字、三字、四字，至六字、七八字者，若堆叠实字，读且不通，况付之雪儿乎？合用虚字呼唤，单字如‘正’‘但’‘甚’‘任’之类，两字如‘莫是’‘还又’‘那堪’之类，三字如‘更能消’‘最无端’‘又却是’之类。此等虚字，却要用之得其所。若能尽用虚字，句语自活，必不质实。”观此可知虚字足以流通质实，调畅气脉，然平声字少。《词旨》所载单字集虚，凡三十三字，其中平声，不过“嗟”“凭”“方”“将”四字而已。

俗字　词忌俗，故俗字亦当深恶痛绝之。宋沈伯时《乐府指迷》云：“下字欲其雅，不雅则近乎缠令之体。”故曲中俗字，如“你我”“这厢”“那厢”“哥奴”“姐要”“虽则是”“却原来”之类，皆不可用。宋人当筵游戏，爱作俳词，爱用俗字，即大家不免。然吾人作词，当取古人胜处，勿取古人最劣之作。山谷词云：“虫儿真个恶灵利，恼乱得道人眼起。”屯田词云：“但愿我虫虫心下，把人看待，长似初相识。”皆俗劣不堪。欧公亦多用俗字，如《渔家傲》之“今朝斗觉凋零瞅”“花气酒香相厮酿”，《宴桃源》之“都为风流瞅”，《减字木兰花》之“拨头憁利”，《玉楼春》之“冶风情天与措”，《迎春乐》之“人前爱把眼儿劄”，《宴瑶池》之“恋眼哝心”，《渔家傲》之“低难奔”，亦与山谷之用“躿”“㞞”俗字不殊。嘉兴沈子培疑为小人谬托，但少游、清真咸有之，是知一时风气使然，偶尔作戏，以为调笑之资耳。吾人不可不力避之。

叠字　词中叠字，足以增加形容之美。然不宜多用，多则不免纤巧也。梦窗作最长之《莺啼序》一词，仅用“晴烟冉冉吴宫树”一处叠字，则作短调，更不宜多用。大抵上片已用者，则下片可以不用；下片若用，则上片即须不用。至偶以叠字作对者亦可。如温飞卿之“一叶叶，一声声”，则三字对也。欧公之“寸寸柔肠，盈盈粉泪”，则四字对也。东坡之“山雨萧萧过，溪风浏浏清”，则五字对也。少游之“片片飞花弄晚，蒙蒙残雨笼晴”，则六字对也。子野之“锦帐重重卷暮霞，屏风曲曲斗红牙”，则七字对也。惟葛立方作《卜算子》，每句皆有叠字，虽是创制，确非高调。词云：“袅袅水芝红，脉脉蒹葭浦。淅淅西风澹澹烟，几点疏疏雨。草草展杯觞，对此盈盈女。叶叶红衣当酒船，细细流霞举。”又有四字两用叠字者，如“三三两两”“朝朝暮暮”“点点行行”“萧萧飒飒”“风风雨雨”之类皆是。然鲜有三用叠字者，李易安《声声慢》云：“寻寻觅觅，冷冷清清，凄凄惨惨戚戚。”竟七用叠字，偶然创意出奇，亦实非高调，不可效也。元人乔孟符效之，竟成曲矣。又有叠三字者，如《钗头凤》之“错错错”是也。

代字　用字不可太露，于是每用代字。《乐府指迷》言：“说桃不可直说破桃，须用‘红雨’‘刘郎’等字；说柳不可直说破柳，须用‘章台’‘灞岸’等字。又用事如曰‘银钩空满’，便是书字了，不必更说书字；‘玉箸双垂’，便是泪了，不必更说泪。如‘绿云缭绕’，隐然髻发；‘困便湘竹’，分明是簟，正不必分晓。如教初学小儿，说破这是甚物事，方见妙处。”盖恐一经说破，便直率无味也。至于用事，使人姓名，亦须委曲得不用说出。咏物之题字，尤忌说出，俱恐蹈浅露之失。予谓沈氏所言，正合修辞之例。“红雨”“绿云”“银钩”“玉箸”，皆以表象代其物。“章台”“灞岸”，则以产地代其物。“湘竹”以原料代其物。如用之适当，自具蕴藉含蓄之妙。惟用之不当，往往流于晦涩。王静安先生反对沈氏之说，以为词忌用代字，是根本不承认修辞之例，殊非确论。

去声字　万红友《词律》谓词中去声最要，“名词转折跌荡处，多用去声”。此语颇得倚声三昧，然亦本之《乐府指迷》。盖三仄之中，入可作平，上界平、仄之间。惟去声由低而高，最为响亮，故领头处，往往借以发调。如李白“灞陵伤别”之“灞”字，“汉家陵阙”之“汉”字皆是，读之最为警动。又如温飞卿“照花前后镜，花面交相映”两句，竟用五去声字。两句又适当换头之处，故觉疏宕异常。盖换头处另起，声响高朗，故辄用去声字。无论小令、长调，无论唐人、宋人，皆特重去声字，以增其跌宕飞动之美。柳词《夜半乐》一首，所用去声字尤多。起句“冻云黯淡天气”六字，即四用去声。二片换头“望中酒旆闪闪”、三片换头“到此因念”，皆用去声振起。此外如“乘兴离江渚。度万壑千岩……更闻商旅相呼。片帆高举。泛画鹢……数行霜树……败荷零落……岸边两两三三……避行客……绣阁轻抛，浪萍难驻。叹后约丁宁竟何据……断鸿声远长天暮”，或以去声字领句，或于协韵后用去声字转折。南宋白石、梦窗，用去声字振起之处亦多。梦窗有《惜黄花慢》二首，其十二句领头字，皆为去声，两首一一相同，可见守律之严。又去声字远扬，用在收处，极有余韵，故小令中如《渔家傲》《踏莎行》《蝶恋花》，多用去声收束，令人讽诵不厌。《渔家傲》如范希文之“将军白发征夫泪”，张子野之“为君将入江南去”，朱行中之“而今乐事他年泪”；《踏莎行》如大晏之“天涯地角寻思遍”“斜阳却照深深院”，欧公之“行人更在春山外”，少游之“为谁流下潇湘去”；《蝶恋花》如冯延巳之“惊残好梦无寻处”“乱红飞过秋千去”“平林新月人归后”“依依梦里无寻处”，耆卿之“为伊消得人憔悴”，小晏之“断肠移破秦筝柱”“夜寒空替人垂泪”，清真之“露寒人远鸡相应”，皆用去声字也。昔《指迷》但言去声字之要，万红友则言转折跌宕处多用去声，吴瞿安先生又言协韵后转折处多用去声，予则更谓换头处、收尾处，亦往往用去声也。至如去、上连用，亦不可用他声。如《齐天乐》四用去、上，《梦芙蓉》五用去、上，《眉妩》三用去、上是也。清真《花犯》，更十二用去、上，音律愈细矣。

二、句法

词为长短句，故句法变化极多。有单句，有对句，有叠句，有领句。又有设想句、层深句、翻案句、呼应句、透过句、拟人句，其用意深，用笔曲，皆足以促进词之美妙也。兹析论之：

单句 单句大率有七：一字句，惟《十六字令》首句有之。

二字句，换头首句或句中暗韵处有之，如少游《满庭芳》换头之“消魂”，梦窗《木兰花慢》之“金狨”是也。三字句，《三字令》有之，其他词中，亦多用之。四字句，亦普通句法，随处有之。五字句，《生查子》全用之，《菩萨蛮》则半用之，此外如《南歌子》《临江仙》及《水调歌头》起句，皆有五字句。六字句，《清平乐》下片，《风入松》末二句并用之，又有“折腰”一种，《江城子》《贺新郎》之末句皆是。七字句有二种：一为上四下三，如“棹沉云去情千里”之类。一为上三下四，如“金波淡玉绳低转”之类。

对句　三言对句，如“鬓云松，眉叶聚”。四言对句，如“小径红稀，芳郊绿遍”。五言对句，如“帘烘泪雨干，酒压愁城破”。六言对句，如“冠剑不随君去，江河还共恩深”。七言对句，如“隔苑兰馨趁风远，邻墙桃影伴烟收”。此外尚有一四句法之五字句对句，如“绣鸳鸯枕暖，画孔雀屏高”是也。又有三四句法之七字句对句，如“惊粉重、蝶宿西园，喜泥润、燕归南浦”是也。

领句　以一字或二字领起，谓之领句。其一字领三字者，如《水龙吟》之结尾是也。无名氏此句作“有和羹美”，东坡作“作霜天晓”，稼轩作“揾英雄泪”，他人亦多如此，可见此为正格。又柳永《八声甘州》之“倚阑干处”句，亦作一三。此句梦窗作“上琴台去”，玉田作“有斜阳处”，亦皆不作通常四字句。至以一字领四字，如“登孤垒危亭”；一字领七字，如“见步袜江妃弄明镜”。又有一字领三字对句，如“对宿烟收，春禽静”；一字领四字对句，如“爱停歌驻拍，劝酒持觞”；一字领五字对句，如“观露湿缕金衣，叶映如簧语”；一字领六字对句，如“有翩若惊鸿体态，暮为行雨标格”；一字领八字偶句，如“念小奁瑶鉴，重匀绛蜡；玉笼金斗，时熨沉香”。更有以两字领者，如两字领七字句，则有“何况旧欢新宠阻心期”句；两字领六字对句，则有“似觉琼枝玉树相倚，暖日明霞光烂”句；两字领四字对句，则有“望处旷野沉沉，暮云黯黯”句。当以一字、二字领起之句，亦不可混淆不分，致违律法。

叠句　词中常有叠句之例，如《思帝乡》之“花花”，则为一字叠句。《调笑令》之“弦管。弦管”，则为二字叠句。《如梦令》《江城梅花引》，亦皆有二字叠句。《忆秦娥》之“秦楼月。秦楼月”，则为三字叠句。《添字采桑子》之“点滴凄清。点滴凄清”，则为四字叠句。《东坡引》之“愁随烟树簇。愁随烟树簇”，则为五字叠句。《摊破丑奴儿》之“真个是可人香。真个是可人香”，则为六字叠句。

设想句　以上论单句、对句、领句、叠句，皆词之体式，以下更就作意方面，以论词人常用之几种句法。设想句，是设想如此，而不得如此，故颇有一种凄凉怨慕之感存乎其中。如东坡《水调歌头》云：“我欲乘风归去，又恐琼楼玉宇，高处不胜寒。”上句我欲如此，下句又恐，即不得如此也。类此之句法，并举数例如下：

> 拟把疏狂图一醉。对酒当歌，强乐还无味。（柳永《蝶恋花》）
>
> 欲买桂花同载酒，终不似、少年游。（刘过《唐多令》）
>
> 梦魂欲渡苍茫去，怕梦轻、还被愁遮。（周密《高阳台》）

待把宫眉横云样，描上生绡画幅。怕不是、新来妆束。（蒋捷《贺新郎》）

欲共柳花低诉，怕柳花轻薄，不解伤春。（黄孝迈《湘春夜月》）

李易安《武陵春》下阕云：“闻说双溪春尚好，也拟泛轻舟。只恐双溪舴艋舟，载不动、许多愁”，亦用此法，倍见宛转情深。此类句法，常有“拟”“欲”“待”等字与“只恐”“只怕”等字关合。

层深句　此类句法，常用“更”字、“又”字、“尤”字，以示层层深入之意。其在写景方面，如范希文《渔家傲》之“山映斜阳天接水。芳草无情，更在斜阳外”，欧阳永叔《踏莎行》之“平芜尽处是春山，行人更在春山外”，王碧山《长亭怨慢》之“水远。怎知流水外，却是乱山尤远”，皆描摹如画，含思绵邈已极。至抒情方面，如薛昭蕴《谒金门》之“早是相思肠欲断。忍教频梦见”，杜安世《卜算子》之“才欲歌时泪已流，恨应更、多于泪”，田为《江神子慢》之“此恨对语犹难，那堪更寄书说”，皆深揭内心，凄苦异常。又如：

叹西园、已是花深无地，东风何事又恶。（周邦彦《瑞鹤仙》）

落花已作风前舞。又送黄昏雨。（叶梦得《虞美人》）

已是黄昏独自愁，更著风和雨。（陆游《卜算子》）

庾郎先自吟愁赋。凄凄更闻私语。（姜夔《齐天乐》）

皆双层浮起，不嫌单薄。此外如张子野《青门引》下阕云：“楼头画角风吹醒。入夜重门静。那堪更被明月，隔墙送过秋千影。”

始言闻声而悲，继言见影更悲，亦用层深之法。王碧山《醉蓬莱》云“一室秋灯，一庭秋雨，更一声秋雁”，无名氏《青玉案》云“花无人戴，酒无人劝。醉也无人管”，皆用层深句法，写足当前环境，加重悲哀成分，故读之令人倍增感慨。

翻转句　撇去一层，另转一层，此词中翻转之法也。如东坡《水龙吟》云“不恨此花飞尽，恨西园、落红难缀”，两句用在换头，倍显怅惘之深。其后梦窗《高阳台》两效之，皆极其妙。其一云“南楼不恨吹横笛，恨晓风千里关山”，其二云“伤春不在高楼上，在灯前攲枕，雨外熏炉”，于境中见情，沉厚异常。程垓《水龙吟》亦有句云“不怕逢花瘦，只愁怕、老来风味”，语意亦佳。稼轩则更有豪放之语，如其《贺新郎》云“不恨古人吾不见，恨古人不见吾狂耳”，亦用此法抒愤，豪气凌云，一时无两。

呼应句　上句呼，下句应，最为灵动。兴化刘融斋谓方回词“试问闲愁都几许。一川烟草，满城风絮。梅子黄时雨”，好处全在“试问”句呼起。予谓李易安词“莫道不消魂，帘卷西风，人比黄花瘦”，好处亦在“莫道”句呼起也。此类呼应句，前人甚多，复举数例以观：

何处是归程。长亭更短亭。（李白《菩萨蛮》）

问君能有几多愁。恰似一江春水向东流。（李后主《虞美人》）

为问家何在，夜来风雨，葬楚宫倾国。（周邦彦《六丑》）

白石用此法尤妙。其《点绛唇》一阕，通首只写眼前景物，而结尾云“今何许。凭栏怀古，残柳参差舞”，感时伤事，只用“今何许”三字一呼，其下仅用“残柳”五字咏叹应之，其味无穷。又其《庆宫春》云“如今安在，惟有阑干，伴人一霎”，亦用此法。只用“如今安在”四字提呼，则吊古伤今之意俱明矣。

透过句 此种句法，多用“纵”字，意谓纵然如此，亦无可奈何，何况不如此也。透过一层立说，亦甚表心中哀伤之极也。此较层深句更加曲折。清真《夜飞鹊》云：“华骢会意，纵扬鞭，亦自行迟。”夫不扬鞭，固已行迟，即使扬鞭，仍是行迟，此所谓透过句法，更形容马意之苦。夫马意之苦犹若此，则人意之苦更甚矣。清真用重笔，往往如此。又其《解连环》云“纵妙手能解连环，似风散雨收，雾轻云薄”，亦深厚之至。类此之句法，宋人尚多。如云：

梦魂纵有也成虚，那堪和梦无。（秦观《阮郎归》）

便做春江都是泪，流不尽，许多愁。（秦观《江城子》）

便纵有千种风情，待与何人说。（柳永《雨霖铃》）

千金纵买相如赋。脉脉此情谁诉。（辛弃疾《摸鱼儿》）

纵豆蔻词工，青楼梦好，难赋深情。（姜夔《扬州慢》）

纵玉勒、轻飞迅羽。凄凉谁吊荒台古。（吴文英《霜叶飞》）

纵收香藏镜，他年重到，人面桃花在否。（袁去华《瑞鹤仙》）

如今处处生芳草，纵凭高不见天涯。（王沂孙《高阳台》）

所写皆沉痛无匹。总以心中有无限委曲，故有此沉痛之呼声。吾人如能善用此法，亦能生色不少也。

拟人句 以物拟人，使无情之物，化作有情之人，此修辞法也。用此法入词，饶有韵味。如鹿太保《临江仙》下阕云："烟月不知人事改，夜阑还照深宫。藕花相向野塘中。暗伤亡国，清露泣香红。"体会藕花情态，入细入微。末句尤凝重，真不啻字字血泪也。又如清真《六丑》"长条故惹行客。似牵衣待话，别情无极"，写蔷薇之长条，亦细切生动。南宋白石用此法，佳胜尤多。如《扬州慢》"自胡马、窥江去后，废池乔木，犹厌言兵"，将废池乔木之感觉都写出来，则人之感时伤乱，更可知矣。又如《念奴娇》云"高柳垂阴，老鱼吹浪，留我花间住"，写鱼柳留人，何等亲切。至其《点绛唇》云"数峰清苦。商略黄昏雨"，体会深山幽静之境，亦极微妙。"清苦"二字，写山容欲活。盖山中沉阴不开，万籁俱寂，故觉群峰都似呈清苦之色也。"商略"二字亦生动。盖当山雨欲来未来之际，谛视峰与峰间之状态，似商略如何降雨也。他如范石湖《霜天晓角》云"惟有两行低雁，知人倚、画楼月"，李易安《凤凰台上忆吹箫》云"惟有楼前流水，应念我终日凝眸"，韩元吉《好事近》云"惟有御沟声断，似知人呜咽"，皆将外物写得如知己也。小山云"绛蜡等闲陪泪"，清真云"败壁秋虫叹"，一"陪"字，一"叹"字，亦能将外物写得一往情深。

三、章法

词集句以成节，集节以成片。有单片无换头者，有两片、三片、四片者，而以两片为最普遍。大抵每一韵，即是一节。节与节之间，最要脉络分明，层次井然。无论小令、长调，莫不皆然。特长调更须前后调度，布置周密。例如温飞卿《菩萨蛮》云：

> 小山重叠金明灭。鬓云欲度香腮雪。懒起画蛾眉。弄妆梳洗迟。　　照花前后镜。花面交相映。新贴绣罗襦。双双金鹧鸪。

通篇写闺怨，层次极清，章法极密。首句写绣屏掩映，可见环境之富丽。次句写鬓丝缭乱，可见人未起之容仪。三、四两句叙事，画眉梳洗，皆事也。然“懒”字、“迟”字，又兼写人之情态。“照花”两句承上，言梳洗停当，簪花为饰，愈增艳丽。末句言更换新绣之罗衣，忽睹衣上有鹧鸪双双，遂兴孤独之哀与膏沐谁容之感。有此收束，振起全篇。上文之所以懒画眉、迟梳洗者，皆因有此一段怨情也。文情含蓄，无一字虚设。长调如柳耆卿《雨霖铃》云：

> 寒蝉凄切。对长亭晚，骤雨初歇。都门帐饮无绪，留恋处、兰舟催发。执手相看泪眼，竟无语凝咽。念去去、千里烟波，暮霭沉沉楚天阔。　　多情自古伤离别。更那堪、冷落清秋节。今宵酒醒何处，杨柳岸、晓风残月。此去经年，应是良辰好景虚设。便纵有千种风情，待与何人说。

此写别情，兼浑厚绵密之长。而中间层层叙述，亦一丝不乱。起三句，点明时地景物，盖从未别时写起，已凄然欲绝。长亭已晚，雨歇欲去，此际不听蝉鸣，已觉心碎，况蝉鸣凄切乎。“都门”两句，写饯别时之心情，极委婉，欲饮无绪，欲留不能，怅惘曷极。“执手”两句，写临分时之情事，更是传神之笔。“念去去”两句，推想别后所历之境。以上文字，皆郁结蟠屈，至此乃凌空飞舞，信有如冯梦华所谓“曲处能直，密处能疏”也。换头重笔另开，叹从来离别之可哀。“更那堪”句，推进一层，言己之当秋而悲，更甚于常情。“今宵”两句，又推想酒醒后所历之境，惝恍迷离，丽绝凄绝。“此去”两句，更推想别后经年之寥落。“便纵有”两句，仍从此深入，叹相期之愿难谐，纵有风情，亦无人可说，余恨无穷，余味不尽。纵观温、柳二家之作，可知小令宜含蓄，令人得言外之意为佳。长调则尤重布局，首尾换头，皆须匀称。唐宋名作甚多，难以悉举，但无不脉络明晰，归于浑成自然。兹复就“起”“结”“换头”三面论之。

起　词中起法，不一而足。然以写景起为多。如欧公之“候馆梅残，溪桥柳细”，晏同叔之“小径红稀，芳郊绿遍”，少游之“梅英疏淡，冰澌溶泄，东风暗换年华”，玉田之“接叶巢莺，平波卷絮，断桥斜日归船”是也。然此皆平平写起，尚有高空远望，极显外界伟大之气象与作者浩荡之胸襟者。如云：

> 青烟幂处，碧海飞金镜。（晁补之《洞仙歌》）
>
> 楚天千里清秋，水随天去秋无际。（辛弃疾《水龙吟》）
>
> 渺空烟四远，是何年、青天坠长星。（吴文英《八声甘州》）
>
> 山空天入海，倚楼望极，风急暮潮初。（张炎《渡江云》）

至东坡《念奴娇》起云“大江东去，浪淘尽、千古风流人物”，稼轩《永遇乐》起云“千古江山，英雄无觅，孙仲谋处”，则是将古今兴亡之感，尽融入景中也。至咏物则往往从物态写起，如徽宗写杏花，起云“裁剪冰绡，轻叠数重，淡著胭脂匀注”，梅溪《咏春雪》起云“巧沁兰心，偷黏草甲，东风欲障新暖”，梦窗《落梅》起云“宫粉雕痕，仙云堕影，无人野水荒湾”，玉田写荷叶起云“碧圆自洁。向浅洲远浦，亭亭清绝”皆是。写人则往往从容貌写起，唐五代人，多用此法。如飞卿云“蕊黄无限当山额。宿妆隐笑纱窗隔”，端己云“云髻坠，凤钗垂。髻坠钗垂无力”，李后主云“云一緺。玉一梭。淡淡衫儿薄薄罗。轻颦双黛螺”皆是。此外尚有以抒情起者，如方回之“厌莺声到枕”，清真之“怨怀无托”，鹏举之“怒发冲冠”，幹臣之“闷来弹鹊”皆是。惟以问语起，更表出内心之沉痛。如云：

春花秋月何时了。往事知多少。（李后主《虞美人》）

谁道闲情抛弃久。每到春来，惆怅还依旧。（冯延巳《蝶恋花》）

明月几时有，把酒问青天。（苏轼《水调歌头》）

更能消几番风雨，匆匆春又归去。（辛弃疾《摸鱼儿》）

此种起法，是从千回百折之中，喷薄而出。故包含悔恨、愤激、哀伤种种情感，读之倍觉警动。又有以叙事直起者，如李中主之“手卷真珠上玉钩”、飞卿之“梳洗罢，独倚望江楼”皆是。更有从闻声写起者，如子野云“数声鶗鴂。又报芳菲节”、介甫云“别馆寒砧，孤城画角。一派秋声入寥廓”、鲁逸仲云“风悲画角，听单于三弄落谯门”、白石云“空城晓角，吹入垂杨陌”皆是。

结　词中有以情语结者，有以景语结者。景语含蓄，较情语尤有意味。唐、五代词中，温飞卿多用景语结，韦端己多用情语结。温词如《遐方怨》结云：“不知征马几时归。海棠花谢也，雨霏霏。”韦词如《女冠子》结云：“觉来知是梦，不胜悲。”虽各极其妙，然温更有余韵。宋人以景结者，好语亦多。如晏同叔云“一场愁梦酒醒时，斜阳却照深深院”，清真云“断肠院落，一帘风絮”，方回云“厌厌睡起，犹有花梢日在”，李重元云“欲黄昏。雨打梨花深闭门”，袁宣卿云“唤觉来厌厌，残照依然花坞”，皆写庭院中景色，令人对之，怅惘不已。更有写远景至佳者，如云：

人面不知何处，绿波依旧东流。（晏殊《清平乐》）

更回首、重城不见，寒江天外，隐隐两三烟树。（柳永《采莲令》）

休去倚危阑，斜阳正在，烟柳断肠处。（辛弃疾《摸鱼儿》）

西山外。晚来还卷，一帘秋霁。（姜夔《翠楼吟》）

正碧落尘空，光摇半壁，月在万松顶。（张炎《迈陂塘》）

或于景中见怅望之情，或于景中寄忠爱之情，或于景中见闲适之情。至李白之“西风残照，汉家陵阙”，竟将怀古之情纳于八字之中，气象雄伟，冠绝今古。柳词气魄亦厚，并惯以景结，其《竹马子》结云：“极目霁霭霏微，暝鸦零乱，萧索江城暮。南楼画角，又送残阳去。”五句皆写景，将眼前境界，曲曲写出，可谓有声有色，大气包举矣。梦窗亦有两词，结尾云：

水涵空、阑干高处，送乱鸦、斜日落渔汀。连呼酒，上琴台去，秋与云平。（《八声甘州》）

溪雨急，岸花狂。趁残鸦、飞过苍茫。故人楼上，凭谁指与，芳草斜阳。（《夜合花》）

其劲气直达之处，盖从柳出。世谓梦窗出于清真，予谓梦窗运意用笔出清真；而妍炼字句，则出贺方回；驱使灏瀚流转之气，则出于柳耳。天祚斯文，成就一家，往往融贯诸家之长，而自具面目也。至以声音作结者，如少游之“正销凝。黄鹂又啼数声”，耆卿之“断鸿声远长天暮”，稼轩之“江晚正愁予。山深闻鹧鸪”，龙川之“正消魂，又是疏烟淡月，子规声断”皆是。又有以问语作结者，如欧公之“可惜明年花更好，知与谁同”，清真之“夜游共谁秉烛”，稼轩之“谁伴我，醉明月”，龙川之“谁为我，唱金缕”，李玉之“谁伴我，对鸾镜”。然此类问语，犹直率少余味。若清真之“酒已都醒，如何消夜永”，少隐之“明朝且做莫思量，如何过得今宵去”，则含哀更深，用笔更曲矣。然仍不及少游与白石。少游云：“郴江幸自绕郴山，为谁流下潇湘去。”白石云：“念桥边红药，年年知为谁生。”柔情宛转，令人叹惋。词之可以上通风骚者，此类庶足以当之。

换头　词之下片开端，即为换头。换头所领起之一片，与上片异。有上景下情者，有上情下景者，有上今下昔者，有上昔下今者；有上外下内者，有上去下来者，有上昼下夜者，有上问下答者，有上虚下实者，又有上下相连者，上下不连者，上下相反者，并举例明之：

上景下情。如范希文《苏幕遮》云：“碧云天，黄叶地。秋色连波，波上寒烟翠。山映斜阳天接水。芳草无情，更在斜阳外。　　黯乡魂，追旅思。夜夜除非，好梦留人睡。明月楼高休独倚。酒入愁肠，化作相思泪。”此首上片，即纯是一片空灵境界，下片则抒怀乡之情。清真《满庭芳》“风老莺雏”一首，上片亦只写江南景色，而下片则抒飘流之感。刘一止《喜迁莺·晓行》词，上片写晓行景色，下片则追念离别之情，并与范词同法也。荆公《桂枝香·金陵怀古》，亦用此法。

上情下景。如张子野《天仙子》云：“水调数声持酒听。午醉醒来愁未醒。送春春去几时回，临晚镜。伤流景。往事后期空记省。　　沙上并禽池上暝。云破月来花弄影。重重帘幕密遮灯，风不定。人初静。明日落红应满径。”此首上片，并写午睡醒来之愁情，下片则纯写晚来月出之境界。

上今下昔。如周清真《解语花》云：“风消焰蜡，露浥烘炉，花市光相射。桂华流瓦。纤云散，耿耿素娥欲下。衣裳淡雅。看楚女、纤腰一把。箫鼓喧，人影参差，满路飘香麝。　　因念都城放夜。望千门如昼，嬉笑游冶。钿车罗帕。相逢处，自有暗尘随马。年光是也。惟只见、旧情衰谢。清漏移，飞盖归来，从舞休歌罢。”上是清真在荆南时之上元，下是回忆当年在京城之上元。此种作法，换头往往用“因念”“犹记”一类字领起。

上昔下今。如陈简斋《临江仙》云：“忆昔午桥桥上饮，坐中多是豪英。长沟流月去无声。杏花疏影里，吹笛到天明。　　二十余年如一梦，此身虽在堪惊。闲登小阁看新晴。古今多少事，渔唱起三更。”上片言昔日之豪情，下片言今日之悲感。又如张抡《烛影摇红》一首，上片言去年京城元夜之盛，下片言今年流落他乡之悲，亦用此法。

上外下内。如贺方回《浣溪沙》云：“楼角初消一缕霞。淡黄杨柳暗栖鸦。玉人和月摘梅花。　　笑撚粉香归洞户，更垂帘幕护窗纱。东风寒似夜来些。”上片写外景极美。“楼角”一句，写残霞当楼，“淡黄”一句，写新柳栖鸦，于余红初消之际，有淡黄杨柳相映；而淡黄杨柳之中，更有雏鸦相映，情景已美。“玉人”一句，再写新月，月下玉人，月下梅花，相映愈美。下片写撚花入内，垂帘障寒，亦生动活泼，如闻如见。前乎此者，晏同叔《踏莎行》“小径红稀”一首，亦是上写外景，下写内景。

上去下来。如周清真《夜飞鹊》云：“河桥送人处，凉夜何其。斜月远，堕余辉。铜盘烛泪已流尽，霏霏凉露沾衣。相将散离会，探风前津鼓，树杪参旗。华骢会意，纵扬鞭，亦自行迟。　　迢递路回清野，人语渐无闻，空带愁归。何意重经前地，遗钿不见，斜径都迷。兔葵燕麦，向斜阳、影与人齐。但徘徊班草，欷歔酹酒，极望天西。”上片述送客去时情景，下片则述送客以后归来情景，去时缱绻难舍，来时凄寂难堪，融情入景，意致深厚。

上昼下夜。如韦端己《应天长》云：“绿槐影里黄莺语。深院无人春昼午。画帘垂，金凤舞。寂寞绣屏香一炷。　　碧天云，无定处。空有梦魂来去。夜夜绿窗风雨。断肠君信否。”上片写昼情，下片写夜景，景则幽绝，情则凄惋。

上问下答。如敦煌曲子中有《鹊踏枝》云：“叵耐灵鹊多满语。送喜何曾有凭据。几度飞来活捉取，锁上金笼休共语。　　本拟好心来送喜。谁知锁我在金笼里。欲他征夫早归来，腾身却放我向青云里。”上片问鹊何以无凭，下片鹊致答辩之辞。元刘敏中《沁园春》“石汝何来”一首，上片为石问，下片为石答，一时游戏，亦非正格。

上虚下实。如冯正中《长命女》云：“春日宴。绿酒一杯歌一遍。再拜陈三愿。　　一愿郎君千岁，二愿妾身长健。三愿如同梁上燕。岁岁长相见。”上片只虚说三愿，而下片则实说三愿。又稼轩《玉楼春》“有无一理”一首，上虚说“事言无处未尝无”之理，而下则实举伯夷、仲尼之事，以证其理。

上下相连。如晏同叔《踏莎行》云："祖席离歌，长亭别宴。香尘已隔犹回面。居人匹马映林嘶，行人去棹依波转。　画阁魂消，高楼目断。斜阳只送平波远。无穷无尽是离愁，天涯地角寻思遍。"此首为送别之作，自送别至别后，以次描摹，历历如画。上下片一意连贯，并无两两对照之意。又如张玉田《壶中天》"瘦筇访隐"一首，下片亦承上片叙述。换头处亦未用另起之法。

上下不连。如苏东坡《卜算子》云："缺月挂疏桐，漏断人初定。谁见幽人独往来，缥缈孤鸿影。　惊起却回头，有恨无人省。拣尽寒枝不肯栖，寂寞沙洲冷。"上片写夜境，下片则单就鸿说。又如东坡《贺新郎》"乳燕飞华屋"一首，上片写画景，下片则单就石榴说。《蝶恋花》"花褪残红"一首，上片写景，下片则另写佳人戏秋千之事。

上下相反。如吕本中《采桑子》云："恨君不似江楼月，南北东西。南北东西。只有相随无别离。　恨君却似江楼月，暂满还亏。暂满还亏。待得团圆是几时。"上片言"恨君不似江楼月"，下片言"恨君却似江楼月"，上下相反，亦是一法。

以上综论上下两片之作法，大抵以抚今思昔、即景生情之法为多。至于三片作法，则不取对照方式，而重在由浅至深，以次叙述。如柳永之《夜半乐》，第一片写道途所经，第二片写目中所见，第三片则极写去国离乡之感。清真之《瑞龙吟》，第一片写景，第二片写人，第三片则极写人面桃花之感。袁宣卿之《剑器近》，第一片写见，第二片写闻，第三片则极写寂寞怀人之感。至于四片作法，如梦窗之《莺啼序》，亦不外层深之法。其第一片写独处之情况，第二片回忆生离，第三片痛悼死别，第四片则尽情发抒哀感。又片与片间之衔接，即在换头。玉田《词源》谓换头“不要断了曲意”，并举白石词释之云：“‘曲曲屏山，夜凉独自甚情绪’，于过片则云‘西窗又吹暗雨’，此则曲之意脉不断矣。”盖上片自成一气，于歇拍处，不妨稍顿。至换头另起，则似断而实连，所谓气断意不断也。通常换头，往往平平叙述，似承似转。然亦有陡转拗怒，笔力极雄健者。如白石《一萼红》之换头云“南去北来何事，荡湘云楚水，目极伤心”，梦窗《夜合花》之换头云“十年一梦凄凉。似西湖燕去，吴馆巢荒”，皆语激声宏，魄力雄浑。

词之作风，略分四点论之：一曰“雅”，二曰“婉”，三曰“厚”，四曰“亮”。古人名作，无不具此四种作风。而后人词之所以不为人所称道，或竟遭人斥责者，亦以违反此四种原则也。兹更拈四字，申释其旨：

雅——清新纯正。

婉——温柔缠绵。

厚——沉郁顿挫。

亮——名隽高华。

雅

词之所以异于曲者，即在于雅。曲不避俗，词则决不可俗。故《蕙风词话》谓：“俗者，词之贼也。”观宋人词集，有《乐府雅词》《复雅歌词》《典雅词》《宝文雅词》《书舟雅词》《紫薇雅词》，知宋人为词，皆以雅相尚。山谷、耆卿，好作俗语，最不可学。惟须注意，所谓“俗”，是反对庸俗，不是反对通俗。庸俗是低级趣味，通俗是明白如话。词自避俗外，尤须避熟。盖熟亦俗也。予所谓清新者，即不熟。《词源》云“词以意为主，不要蹈袭前人语意”，亦戒人力避熟也。即如范希文云“都来此事，眉间心上，无计相回避”，意固清新而沉着，但李易安云“此情无计可消除，才下眉头。又上心头”。无名氏云“今宵眼底，明朝心上，后日眉头”，皆觉熟矣。又如牛松卿云“弹到昭君怨处。不抬头”，固写出弹者之姿态及弹者之无限幽怨。张子野效之云“弹到断肠时。春山眉黛低”，则觉熟矣。顾太尉云“换我心为你心。始知相忆深”，固甚新妙，但李之仪云“只愿君心似我心，定不负相思意”，徐山民云“妾心移得在君心。方知人恨深”，则皆熟矣。此犹就意熟说。至于字面，如“莲子空房”“人面桃花”“花自飘零水自流”“一样东风两样吹”之类，皆须避之。盖初创为美，继袭则熟，拾人唾余，才士不为也。此外若怪词、淫词，亦不可作。怪则不纯，淫则不正，不纯不正，亦非雅词。孙月坡《词径》云“牛鬼蛇神，诗中不忌，词则大忌”，此戒人不可作怪诞离奇之词也。金应珪论词有三弊：淫词、鄙词、游词是也。而淫词居其首，盖金氏亦深恶人之为淫词也。

婉

词之所以异于诗者，在于婉。诗有婉，有不婉，词则非婉不可。诗过婉嫌弱，词则不婉嫌率。故少游以婉为诗，则为元遗山所讥。而以婉为词，则为一代正宗。飞卿词云：“鸾镜与花枝。此情谁得知。”韦端己词云：“凝恨对斜晖。忆君君不知。”

柳耆卿词云："衣带渐宽终不悔。为伊消得人憔悴。"欧阳永叔词云："日日花前常病酒。不辞镜里朱颜瘦。"论其佳处，皆在于婉。少游远祖温、韦、冯、李，近承晏、欧，其词温柔缠绵，一往情深，既非急管繁弦之音，又非哀丝豪竹之音，一种和平悠扬之音，读之令人荡气回肠，哀乐不能自主，宜人称之为婉约之宗也。或谓词之质宜轻者，若少游之词，温婉深厚已极，其质岂果轻哉？若谓少游词小，愈小视少游矣。少游风神俊朗，寄慨遥深，谓其词精深华妙则可，谓之曰小，亦乌乎可？《艺概》云："叔原贵异，方回赡逸，耆卿细贴，少游清远，四家词趣各别，惟尚婉则同耳。"实则名家佳词，无不尚婉。苏、辛两家，天纵豪放，似不尚婉矣。然而二公性情深厚，百炼钢往往化为绕指柔，其词亦尚婉。苏词如云"秾艳一枝细看取，芳意千重似束"，辛词如云"试把花卜归期，才簪又重数"，又何婉丽耶！若豪放而不尚婉，则不免粗犷之失。此陈其年所以被人讥为粗才也。冯梦华论稼轩《摸鱼儿》《西河》《祝英台近》诸作，摧刚为柔，缠绵悱恻，尤与粗犷一派，判若秦越，可谓深知稼轩矣。

厚

厚与雅、婉二者，皆相因而生。能婉即厚，能厚即雅也。盖厚者薄之反，薄则俗矣。自常州派起，盛尊词体，谓词上与诗、骚同风，即侧重"厚"之一字。其后谭复堂所标"柔厚"之旨，陈亦峰所标"沉郁"之旨，冯梦华所标"浑成"之旨，况蕙风所标"重、拙、大"之旨，实皆特重"厚"字。惟拙故厚，惟厚故重、故大，若纤巧、轻浮、琐碎，皆词之弊也。明词之所以不振者在不厚，浙派之流弊，为人所诟病者，亦在不厚。坊间通行之《白香词谱》，所选多纤巧不厚之作，故非善本。况蕙风尝论词之大要：首曰“雅”，次曰“厚”，探原立论，至为精审。周止庵选碧山、梦窗、稼轩、清真四家词，而以清真为领袖，亦以清真之特长在浑厚也。清真词处处沉郁，处处顿挫，其所积也厚，故所成也既重且大，无人堪敌。实则不独清真，其他名家之作，无不皆然。温柔敦厚，诗词固一本也。

亮

止庵论温、韦云：“飞卿下语镇纸，端己揭响入云，可谓极两者之能事。”盖以温词为重，而以韦词为高也。重则潜渊，高则腾天，予之所谓“亮”，即高朗揭响之意也。亮者，哑之反，字句拖沓，音揭不起，斯为下乘。清音直揭，若鹤唳太空，斯为佳制。玉田谓作词要“字字敲打得响”，即词须亮也。而范石湖谓白石词“有敲金戛玉之声”，亦称白石词能亮也。词中所谓豪放、清空之说，俱不外一“亮”字。韦词之佳，在一“亮”字，白石词之佳，亦在一“亮”字，其他名家，亦无不具亮字之美。沉郁厚重之作，如有亮字以疏宕其气，则更极灵动飞舞之妙。清真、梦窗，不独厚重，音响亦亮也。清真如云“怒涛寂寞打孤城，风樯遥度天际”，梦窗如云“自怜两鬓清霜，一年寒食，又身在云山深处”，皆振拔警动，笔无沉滞。即为小令，亦不可不亮。试读韦词云“春水碧于天。画船听雨眠”，李后主词云“归时休放烛花红，待踏马蹄清夜月”，小山词云“斜月半窗还少睡，画屏闲展吴山翠”，白石词云“淮南皓月冷千山，冥冥归去无人管”，意境何等杳渺，而音响何等嘹亮，所谓名隽高华者，不其然乎！

以上雅、婉、厚、亮四种词风，皆消息相通，相因相济，学者守之，趋向自正矣。

（原载《中国学报》第1卷第1期，1943年1月）

古词不宜轻易改字

作旧体诗词，一般守诗词传统之韵，但亦有以方音叶韵，如毛泽东主席《西江月》末两句云：“黄洋界上炮声隆。报道敌军宵遁。”“隆”是“东冬”韵，“遁”是“真文”韵，湘人多将“东冬”韵读成“庚亭”韵或“真文”韵，毛泽东主席正是以方音叶韵，不得谓之失韵。《云谣集》中《天仙子》上片云：“燕语莺啼惊觉梦。羞见鸾台双舞凤。天仙别后信难通。无人问。花满洞。休把同心千遍弄。”冒鹤老校此词，以为“问”字失韵，改作“共”字。余以为此亦方音通叶，不宜改字。且此词上片平仄通叶，“梦”“凤”“洞”“弄”，湘人固读为“真文”韵，即“通”字平声，亦读为“真文”韵，不得谓之失韵云。

（选自《词学论丛》）

明人妄改苏轼《念奴娇》词

苏轼《东坡词》以宋曾慥本为最早，其中《念奴娇》云：“大江东去，浪淘尽、千古风流人物。故垒西边，人道是、三国周郎赤壁。乱石穿空，惊涛拍岸，卷起千堆雪。江山如画，一时多少豪杰。　　遥想公瑾当年，小乔初嫁了，雄姿英发。羽扇纶巾，谈笑间、强虏灰飞烟灭。故国神游，多情应笑我，早生华发。人生如梦，一尊还酹江月。”宋洪迈《容斋随笔》续集卷八云：“向巨原云：元不伐家有鲁直所书东坡《念奴娇》，与今人歌不同者数处，如‘浪淘尽’为‘浪声沉’，‘周郎赤壁’为‘孙吴赤壁’，乱石‘穿空’为‘崩云’，惊涛‘拍岸’为‘掠岸’，‘多情应笑我，早生华发’为‘多情应是，笑我生华发’，人生‘如梦’为‘如寄’，不知此本今何在也。”案洪迈记鲁直所书坡词，颇多异文，但并无“小乔初嫁，正雄姿英发”之异文。宋元旧本《东坡词》亦从无作“正雄姿英发”之异文，明天启壬戌（1622）梅庆生注《苏东坡全集》本作“小乔初嫁，正雄姿英发”，此乃明人妄改，决不可从。

据词律，此调下片开头三句，宋人有作六四五句法，亦有作六五四句法，歌者可以自由挪移，并无一成不变之格律。如辛弃疾《念奴娇》云："闻道绮陌东头，行人曾见，帘底纤纤月。"则是六四五句法。但如石孝友《念奴娇》云："莫厌笑口频开，少年行乐事，转头胡越。"周紫芝《念奴娇》云："闻道梦泽南州，日高初睡足，雅宜高会。"又皆是六五四句法，可见此处作六五四句法或六四五句法俱可，并非一定须作六四五句法。昔王闿运妄改"了"为"与"，郑文焯讥为哑凤。近人更有以为"了"字当属下句，或改"英发"为"映发"，均属无根之论，亦不可从。东坡此词，冠绝古今，不应妄改，偶见异说，特一辨之。

（选自《词学论丛》）

诗词曲中使用叠字举例

我国最古之诗歌总集《诗经·国风》为北方民歌。人民在日常生活中，就所见、所闻、所感，惯于使用叠字以表达外界自然环境及内心喜怒哀乐之情，如“关关雎鸠”则写鸟声之清脆，“灼灼其华”则写桃花之美丽，“杨柳依依”则写杨柳之茂盛可爱，“雨雪霏霏”则写气候严寒之可哀，“忧心悄悄”则写内心之苦痛，描绘如画，真情毕露，句式大多以四字句为主。尤其突出的是四字句连用叠字，如“河水洋洋，北流活活。施罛濊濊，鳣鲔发发。葭菼揭揭，庶姜孽孽”，将农村流水游鱼及农家于芦苇丛中扳罾打鱼情况，详尽叙述，极为生动活泼。

继北方《诗经》以后，南方《楚辞》兴起，我国最早之伟大诗人屈原，即受南方民歌影响写出《离骚》《九歌》《九章》等名著。由于楚物、楚语、楚声与北方不同，一般不以四字句为主，或用五字，或用七字，或用对仗，且每句中具有“兮”字。如《云中君》云“石濑兮浅浅，飞龙兮翩翩”，则为五字句。如《山鬼》云“雷填填兮雨冥冥，猿啾啾兮狖夜鸣。风飒飒兮木萧萧，思公子兮徒离忧”，则为七字句，每句两用叠字，此亦为《诗经》所无。至《悲回风》八句，连用六叠字；宋玉《九辨》十二句，连用十一叠字。此在后来辞赋中亦系少见。

汉魏六朝以来，五言诗盛行，《古诗十九首》中有一首云：

> 青青河畔草，郁郁园中柳。盈盈楼上女，皎皎当窗牖。娥娥红粉妆，纤纤出素手。

用六句五言诗，每句首二字皆叠字，顾炎武《日知录》卷二十一，以为此诗“连用六叠字，亦极自然，下此即无人可继”，可见赞扬之至。其实敦煌所发现之唐人词云：

> 霏霏点点回塘雨。双双只只鸳鸯语。灼灼野花香。依依金柳黄。　　盈盈江上女。两两溪边舞。皎皎绮罗光。轻轻云粉妆。（《菩萨蛮》）

宋人易立方词云：

> 袅袅水芝红，脉脉蒹葭浦。淅淅西风澹澹烟，几点疏疏雨。　　草草展杯觞，对此盈盈女。叶叶红衣当酒船，细细流霞举。（《卜算子》）

亦俱系句句使用叠字，足以与《古诗十九首》后先比美。

唐人律诗形成，无论五七言皆须对仗，名篇叠字，尤多佳胜，如王绩之“树树皆秋色，山山惟落晖”，崔颢之“晴川历历汉阳树，芳草萋萋鹦鹉洲”，王维之“漠漠水田飞白鹭，阴阴夏木啭黄鹂”，杜甫之“穿花蛱蝶深深见，点水蜻蜓款款飞”，皆为人所传诵之对句。《鹤林玉露》乙编卷之六更载有唐人诗用叠字之例云：“诗有一句叠三字者，如吴融《秋树》诗云‘一声南雁已先红，槭槭凄凄叶叶同’是也……有两句连三字者，如白乐天云‘新诗三十轴，轴轴金玉声’是也。”至韩愈《南山》诗云：

> 延延离又属，夬夬叛还遘。喁喁鱼闯萍，落落月经宿。訚訚树墙垣，巘巘架库厩。参参削剑戟，焕焕衔莹琇。敷敷花披萼，阖阖屋摧霤。悠悠舒而安，兀兀狂以狃。超超出犹奔，蠢蠢骇不懋。

则是十四句使用叠字，刻意出奇制胜，后亦无人仿效。

词应歌唱，字句长短不一，故又名长短句。自二字至七字，皆有使用叠字之例，如：

二字：“谁似临平山上塔，亭亭，迎客西来送客行。”（苏轼《南乡子》）

三字：“一叶叶，一声声，空阶滴到明。”（温庭筠《更漏子》）

四字：“寸寸柔肠，盈盈粉泪。”（欧阳修《踏莎行》）

五字：“玉漏迢迢尽，银潢淡淡横。”（秦观《南歌子》）

六字：“照野弥弥浅浪，横空暖暖微霄。”（苏轼《西山月》）

七字：“锦帐重重卷暮霞。屏风曲曲斗红牙。”（秦观《浣溪沙》）

宋才妇李清照作《声声慢》，一开头连用“寻寻、觅觅、冷冷、清清、凄凄、惨惨、戚戚”十四个叠字，最为人所称道。清人史震林《西青散记》中记载丹阳农家女子贺双卿曾作《凤凰台上忆吹箫》，自述身世之苦云：

> 寸寸微云，丝丝残照，有无明灭难消。正断魂魂断，闪闪摇摇。望望山山水水，人去去、隐隐迢迢。从今后，酸酸楚楚，只似今宵。　青遥。问天不应，看小小双卿，袅袅无聊。更见谁谁见，谁痛花娇。谁望欢欢喜喜，偷素粉、写写描描。谁还管、生生世世，暮暮朝朝。

通篇用叠字组合，似一片血泪凝成，极真挚，极悲痛，诚前所未见之伤心词篇。相传双卿十八岁时，适周姓农家子，日夜操劳家务，却受公婆夫婿之虐待，尝用粉写词于芦叶上，以寄其哀思。

在元人散曲中，通篇使用叠字，则有乔吉之《天净沙》云："莺莺燕燕春春。花花柳柳真真。事事风风韵韵。娇娇嫩嫩。停停当当人人。"此外更无他人。短篇写人物风流，声韵巧合，实亦不易。元人杂剧中，使用三字相叠最为新异，如"虚飘飘、暖溶溶、滴溜溜"之类，据清人梁廷枏《藤花亭曲话》所统计，竟有二百多种，大抵尽量使用人民口语，以表现当时之真情实感。王国维《宋元戏曲史》中，曾举元无名氏《货郎旦》剧第三折云：

（货郎儿六转）我则见黯黯惨惨天涯云布，万万点点潇湘夜雨。正值着窄窄狭狭沟沟堑堑路崎岖，黑黑黯黯彤云布。赤留赤律潇潇洒洒断断续续，出出律律忽忽鲁鲁阴云开处，霍霍闪闪电光星注。正值着飕飕摔摔风，淋淋渌渌雨，高高下下凹凹答答一水模糊，扑扑簌簌湿湿渌渌疏林人物，却便似一幅惨惨昏昏潇湘水墨图。

写风雨夜行之艰苦情景，淋漓尽致。王氏以为元剧于新文体中自由使用新言语，"在我国文学中，于《楚辞》、内典外，得此而三"。其推许元剧使用叠字，诚为有见。余观清人洪昇《长生殿·弹词》据白居易《长恨歌》"渔阳鼙鼓动地来，惊破霓裳羽衣曲"语，亦大量使用叠字如下云：

（货郎儿六转）恰正好呕呕哑哑霓裳歌舞。不提防扑扑突突渔阳战鼓。划地里出出律律纷纷攘攘奏边书。急得个上

> 上下下都无措。早则是喧喧嗾嗾、惊惊遽遽、仓仓卒卒、挨挨拶拶，出延秋西路。銮舆后携着个娇娇滴滴贵妃同去。又只见密密匝匝的兵、恶恶狠狠的语。闹闹炒炒、轰轰剨剨四下喳呼。生逼散恩恩爱爱、疼疼热热帝王夫妇。霎时间画就了这一幅惨惨凄凄绝代佳人绝命图。

写安禄山陷京，明皇与贵妃逃亡情况，文笔一气奔腾，如火如荼，显然是受元剧影响而写成之名作。

（原载《河北师院学报》1985年第2期）

说李煜的“独自莫凭阑”

宋黄昇《唐宋诸贤绝妙词选》卷一载李后主《浪淘沙》云：“帘外雨潺潺。春意阑珊。罗衾不暖五更寒。梦里不知身是客，一晌贪欢。　　独自莫凭阑。无限江山。别时容易见时难。流水落花归去也，天上人间。”词中下片，“莫”不作“暮”。明万历间吕远刻本《南唐二主词》，“莫”亦不作“暮”。清《词综》《历代诗余》《全唐诗》俱作“暮”。胡适《词选》以为“此字作暮夜解稍胜”，余以为从版本言，当从宋明刻本作“莫”，不应从清人选本改为“暮”字。若从词意言，上片已叙明五更寒夜，下片不应复出暮夜之意。且“独自莫凭阑”与下句“无限江山”呼应，上句呼，下句应，为何“独自莫凭阑”？乃因不忍见“无限江山”之故。身为俘虏，怕见江山，引起故国之思，沉痛已极。若作“暮”字，则与下文不相呼应。宋词上、下两句呼应，类似此例甚多，略举一二，以资参考。范仲淹《苏幕遮》云：“明月楼高休独倚。酒入愁肠，化作相思泪。”辛弃疾《摸鱼儿》云：“休去倚危阑，斜阳正在，烟柳断肠处。”张炎《高阳台》云：“莫开帘，怕见飞花，怕听啼鹃。”上片言自己内心愁苦，不欲倚楼凭阑开帘，下片则申说恐触景伤怀之故。

（选自《词学论丛》）

词人个性论

温韦词之比较

以时代论文学，则唐诗、宋词、元曲，最为显著。即词一端而论，宋初与仁宗后之词，气象迥异。宋初词率为小令，晏氏父子、宋子京兄弟、张子野、欧阳永叔之作，并绮丽芊绵，婉约有致。即庙堂重臣，如寇平仲、韩稚圭、范希文、司马君实等，偶有感兴，亦皆喁喁情重，四照玲珑。仁宗时，自柳耆卿衍为慢词，迄于南宋，作家如东坡、稼轩、清真、白石、梦窗，或纵横驰骋，极为豪放；或幽深杳邈，务求精绽，与宋初小词，态殊体别矣。复即宋初小词一端而论，盖犹承晚唐、五代之作风也。唐诗盛臻极点，康庄大道，幽僻细径，与夫绝壁巉岩，广漠平原，金碧辉煌之楼阁，水木明瑟之园亭，皆已有前人痕迹，豪杰之士莫能出其牢笼，于是遁而之他体，思有以解脱而别求发扬。故中唐以后，一方小说竞起，一方词即酝酿。及乎晚唐，温飞卿出，始有《金荃》《握兰》二专集，遂为千古词人之主。张惠言《词选》叙曰："自唐之词人，李白为首，其后韦应物、王建、韩翃、白居易、刘禹锡、皇甫松、司空图、韩偓并有述造，而温庭筠最高，其言深美闳约。”此虽言唐人为词者众，然离诗而有意为词，冠冕后代者，要当首数飞卿也。飞卿诗与李商隐齐名，号“温李”，开西昆之先河。其词因亦受诗之影响，雕绘艳丽，纂组纷纭。及至五代之季，韦端己白描情感，秀逸绝伦，与飞卿一浓一淡，异趣同工。故世以“温韦”并称。兹因略较其词云。

飞卿词溶情于境，遣词造境，着力于外观，而籍以烘托内情，故写人极刻画形容之致，写境极沉郁凄凉迷离惝恍之致。一字一句，皆精锤精炼，艳丽逼人。人沉浸于此境之中，则深深陶醉，如饮醇醴，而莫晓其所以美之故。试析其所写如下：

（一）写人　如《菩萨蛮》云“蕊黄无限当山额”“鬓云欲度香腮雪”，《南歌子》云“倭堕低梳髻，连娟细扫眉”“脸上金霞细，眉间翠钿深”，《女冠子》云“霞帔云发，钿镜仙容似雪”，皆写人之容貌也。《菩萨蛮》云“藕丝秋色浅，人胜参差剪，双鬓隔香红，玉钗头上风”“翠钗金作股，钗上蝶双舞”，皆写人之妆饰也。《酒泉子》云“裙上金缕凤”，《菩萨蛮》云“新贴绣罗襦，双双金鹧鸪”，皆写人之衣裙也。《归国谣》云：“双脸。小凤战篦金飐艳。舞衣无力风敛。藕丝秋色染。　锦帐绣帏斜掩。露珠清晓簟。粉心黄蕊花靥。黛眉山两点。”则全写一美人颜色服饰之态，而情酝酿其中，却无一句写出。

（二）写境　如《更漏子》云“星斗稀，钟鼓歇。帘外晓莺残月。兰露重，柳风斜。满庭堆落花”，《酒泉子》云“一双娇燕语雕梁。还是去年时节，绿阴浓，芳草歇，柳花狂”，皆全写境界，不着一意。又如《菩萨蛮》云“夜来皓月才当户。重帘悄悄无人语”“竹风轻动庭除冷。珠帘月上玲珑影”“杨柳又如丝。驿桥春雨时”“雨后却斜阳。杏花零落香”“牡丹花谢莺声歇。绿杨满院中庭月”，皆写境如画，韵味隽永。《苕溪渔隐丛话》谓飞卿之词，工于造语，极为绮丽。《人间词话》谓飞卿之词“句秀”，皆不虚也。玉田评梦窗词云：“梦窗词如七宝楼台，炫人眼目，碎拆下来，不成片段。”余则谓飞卿词亦如七宝楼台，炫人眼目，但碎拆下来，亦皆为零金剩璧，炫人眼目如故耳。

端己词抒情为主，境系于情而写，故不着力于运词堆饰，而惟自将一丝一缕之深在内心，曲曲写出，其秀气空行处，自然沁人心脾，与飞卿词之令人沉醉者异矣。其写人、写境，又自与飞卿不同，兹先述之：

（一）写人　端己写人，不似飞卿就人一一刻画，而只是为约略写出一美人丰姿绰约之状态，如《浣溪沙》云“暗想玉容何所似，一枝春雪冻梅花。满身香雾簇朝霞”，《天仙子》云“金似衣裳玉似身。眼如秋水鬓如云”，皆提空写人，潇洒出尘之态，与飞卿所写矜贵雍容之态，各不相同。

（二）写境　端己所写境界，与飞卿亦有不同。飞卿所写境，多沉着凄凉，十四首《菩萨蛮》有八首写月夜境界，此外，写落花，写孤灯，写暗雨，写更漏之处亦多。至端己写境，则有兴会标举、热闹闲适之作，如《河传》云“春晚，风暖，锦城花满”，写得何等如火如荼。又如《菩萨蛮》云“春水碧于天。画船听雨眠”，写得何等畅适。又如《应天长》云“绿槐阴里黄莺语。深院无人春昼午”，写得何等清闲。

复次论端己之抒情词，其写别离之情，最为深刻。如《应天长》云“别来半岁音书绝，一寸离肠千万结”，《上行杯》云“芳草灞陵春岸。柳烟深，满楼弦管。一曲离肠寸寸断”，《木兰花》云“千山万水不曾行，魂梦欲教何处觅”，皆能将深情写透。其写闺情，如《思帝乡》云：“春日游。杏花吹满头。陌上谁家年少，足风流。妾拟将身嫁与，一生休。纵被无情弃，不能羞。”此写少女心思，缠绵妩媚。又如《女冠子》云：“四月十七。正是去年今日。别君时。忍泪佯低面，含羞半敛眉。　不知魂已断，空有梦相随。除却天边月，没人知。”纯用白描，明晰如话，而自情深一往。此类抒情之词，求之于飞卿词中，不得而见也。

综上所述，可知飞卿写人多刻画，端己则临空。飞卿写境多沉郁凄凉，端己则有兴会闲畅之作。飞卿写情，多不显露，言下有讽；端己则深入浅出，心曲毕吐。至二人用辞之区异，亦处处可见。飞卿显用力痕迹，如《杨柳枝》云“六宫眉黛惹香愁”“袅枝啼露动芳音”，《女冠子》云“宿翠残红窈窕”，皆字字锤炼；端己则信手拈来，毫不着力，如《菩萨蛮》云“人人尽说江南好。游人只合江南老”“洛阳城里春光好。洛阳才子他乡老”，其间无一字雕琢。周止庵《介存斋论词》曰“飞卿下语镇纸，端己揭响入云”，观此愈可信矣。

（原载《东南论衡》第1卷第26期，1926年12月）

李后主评传

中国讲性灵的文学，在诗一方面，第一要算十五《国风》。儿女喁喁，真情流露，并没有丝毫寄托，也并没有丝毫虚伪。在词一方面，第一就要推到李后主了。他的词也是直言本事，一往情深；既不像《花间集》的浓艳隐秀，蹙金结绣，也没有什么香草美人，言此意彼的寄托。加之他身为国主，富贵繁华到了极点；而身经亡国，繁华消歇，不堪回首，悲哀也到了极点，正因为他一人经过这种极端的悲乐，遂使他在文学上的收成，也格外光荣而伟大。在欢乐的词里，我们看见一朵朵美丽之花；在悲哀的词里，我们看见一缕缕的血痕泪痕。王元美的《艺苑卮言》说："《花间》犹伤促碎，至李王父子而妙矣！"这大概是讲他欢乐时候的言情作品。王国维的《人间词话》说："词至李后主而眼界始大，感慨遂深。"这大概是讲他亡国后的感旧作品。他二人皆能扫除余子，独尊后主，可算是有卓识的赏鉴家。在后主之后一百多年，有女词人李易安；五百多年，有纳兰容若，他们二人词的情调，都类似后主。所以谈文学的谈到二人的词，每每联想到先前的李后主。如沈东江说："男中李后主，女中李易安，极是当行本色。"陈其年说："《饮水词》哀感顽艳，得南唐二主之遗。"现在关于李易安的《漱玉词》和纳兰容若的《饮水词》，都已有人说到；而对于这位先进的伟大作家，却尚没见人仔细谈过，因此我于吟诵之余，来讨论他一番。

李后主初名从嘉，后改名煜，字重光，别号莲峰居士，又号钟山隐士。中主李璟第六子。生于公元九百三十七年七月七日。广额，丰颊，骈齿，一目有重瞳子。他生小就禀赋天才，非常的聪慧。后来长成，各样都工。

工音律　《五国故事》记后主曾创《念家山曲破》和《振金铃曲破》。《碧鸡漫志》又载他曾和昭惠周后详定过《霓裳羽衣曲》。

工画　《太平清话》说他善墨竹，又工翎毛。江南大寺里面多有后主所画罗汉佛像。

工书　后主所用澄心堂纸、李廷珪墨、龙尾石砚，当时号称天下第一。所创书法有三种：

（一）金错刀。书法作颤笔樛曲的状态，遒劲如寒松、霜竹。

（二）撮襟书。后主写大字，卷帛作笔，能自然如意，当时号称"撮襟书"。

（三）拨镫书。即八字法，有擫、压、钩、揭、抵、拒、导、送八种字法。

他不止于郑虔的"三绝"，真可算得"南朝天子爱风流"了。他喜欢藏书画，钟、王墨迹和珍奇的图籍，充满宫中。他又喜欢结交文士，又相信佛法，时常请沙门演讲。我们看这些形迹，很像是合梁武帝、陈后主为一人的。但他的文学造诣，却高出他们之上而不可以相提并论。他父亲在时，他被封为吴王；到了宋建隆二年六月，他继续他父亲在金陵登极。在位十七年。

这十七年当中，他的生活，极为甜蜜。日日听歌看舞，左右不离珠围翠绕，到处的宫殿，都有异香细缊。他所用的香器香法，都很珍异（从此段起至“但是总挽不回敌人的野心”一段，1949年以后出版的唐先生论文集《词学论丛》等皆删。——编者注）：

香器　　　焚香之器，相传有几十种，都是拿金玉做的：如把子莲、三云凤、折腰狮子、小三神、卍字金、凤口罂、玉太古、容华鼎。

香法　　　洪刍《香谱》载李王帐中香法，用丁香、馢香、沉香、檀香、麝香各一两，甲香三两，细锉；另外鹅梨十枚，研取汁于银器内蒸三次，梨汁一干，就可用了。

至于宫嫔的妆饰，也极新奇，《南唐书》所载的几种略说如下：

北苑妆　　宫嫔涂金在面上，另外把建阳进贡来的花饼贴在额上，这便叫做“北苑妆”。

天水碧　　后主姬妾喜欢染衣碧色，就把夜间露水收来，染成碧色，当时号称“天水碧”。

扎纤弓　　后主有一宫嫔名窅娘，舞的极好。后主因为她作一金莲，高六尺，外面拿了许多珠宝缠绕起来；金莲中间，作出瑞云来，便叫窅娘拿绸子把脚缠得纤小，像新月一样，然后在莲花中舞动，真有凌云的姿态。因她一来，大家都摹仿起来。所以唐镐诗道：“莲中花更好，云里月常新。”便是咏的这回事。

还有几件奢侈的事实，也足以看出他爱风流的一斑，试说如下：

饰月宫　　后主每七夕延巧，曾拿百余匹红白罗，做成月宫天河的状态。

制洞天　　后主每当春盛时，把那些梁栋窗壁柱栱阶砌，都作成隔筒，密密地插上了无数的杂花，叫做“锦洞天”。

建密室　　后主在清晖殿后，建澄心堂为朝廷内地，与徐游等流连酣咏，更相唱和。

悬宝珠　　宋大将在江南获得后主宠姬，她夜里见灯就嫌烟气。闭了眼睛，换了蜡烛，还是嫌烟气。问她在南方是点什么的，她说甚么也不点，只悬大宝珠，光照一室，和白天一样。

后主虽然这样尽情的享乐，但是他至性过人，对于家庭，对于人民，无不以仁爱为归。我们看他的事实，便处处可以证明了。

爱亲　　《南唐书》说后主天资纯孝，事元宗极尽子道。徐铉也说元宗诸子皆孝，而后主特甚。当元宗病的时候，亲侍汤药，衣不解带。后来元宗死了，他哀毁过甚，扶杖然后能起。这也可见他的孝心了。

爱弟　　开宝初年，弟从镒出镇宣州，后主在绮霞阁饯送，并作序作诗送他。他的序说：“秋山滴翠，秋江澄空。扬帆迅征，不远千里，之子于迈，我劳如何！”他的诗也道：“君驰桧楫情何极，我凭栏干日向西。咫尺烟江几多地，不须怀抱重凄凄。”都写得黯然神伤。后来弟从善入宋不能归，他也是北望凄然，尝制《却登高文》，内有“原有鸰兮相从飞，嗟嗟季兮不来归”之句，也可见怀想之深了。

爱妻　　后主先宠昭惠周后，同定曲谱，宠嬖专房。死后，自制诔词，刻于石上，又作书数千言，语极酸楚，自称“鳏夫煜”，又把后所爱金屑檀槽琵琶与后同葬。当周后卧病的时候，周后妹即入宫中，后主有词记当时的情事，道：“花明月黯飞轻雾，今朝好向郎边去。衩袜步香阶，手提金缕鞋。画堂南畔见，一向偎人颤。奴为出来难，教君恣意怜。”后来周后成礼的时候，当朝的群臣，自韩熙载以下，都作诗讽刺他，而后主并不责备他们。小周后被宠过于昭惠后，后主尝于群花中作一红罗亭子，雕镂极华丽，但极迫小，仅能容二人，后主即与后酣饮其间。

爱子　　后主次子名仲宣，小字瑞保。仲宣四岁的时候，一天，在佛像前游戏，忽大琉璃灯被猫碰碎，堕地的声音很大，竟把仲宣吓死。后主也很伤心，常默坐饮泣，自己曾有诗悼他：“空王应念我，穷子正迷家。”读过又读，连在旁的侍臣，都感动泣下。

爱臣民　　他对于群臣，都想他们和衷共济，不想听他们有过。若是有人递章疏纠谪，他总是不予追究，犯死刑的，总是减轻。

爱物　　《江表志》说他奉佛，多不茹荤，时常买了大批禽鱼来，叫做放生。有一次后主在青龙山打猎，看见一猿猴叩头下泪，屡次看它的腹部。后主知道它是要生产了，因叫两人守它。果然当晚，就生了两个小猴。

后主虽然这样仁爱，但是总挽不回敌人的野心。

对宋朝，后主屡送金珠彩缎，动辄以万计，总想免于被征服。但是宋太祖以为天下一家，卧榻之侧，不容他人鼾睡，于是兼程并进，不稍宽假。后主初想一战，后想自焚，但终于不能自决，领了殷崇义等四十五人，肉袒出降。在围城中，曾作一词：

樱桃落尽春归去，蝶翻轻粉双飞。子规啼月小楼西。玉钩罗幕，惆怅暮烟垂。　　别巷寂寥人散后，望残烟草低迷……

此词未作成，而城已破，临行之时，又作《破阵子》词，极其哀痛：

四十年来家国，三千里地山河。凤阁龙楼连霄汉，玉树琼枝作烟萝。几曾识干戈。　　一旦归为臣虏，沈腰潘鬓销磨。最是仓皇辞庙日，教坊犹奏别离歌。挥泪对宫娥。

出降那天，正是细雨濛濛、舟渡江中的时候，后主望石城泣下沾襟，作了一首诗道[1]：

江南江北旧家乡，三十年来梦一场。吴苑宫闱今冷落，广陵台殿已荒凉。云笼远岫愁千片，雨打归舟泪万行。兄弟四人三百口，不堪闲坐细思量。

后主到了汴京，白衣纱帽见太祖，愧愤已极。居赐第中，贫病交并，曾与金陵旧宫人书道："此中日夕，只以眼泪洗面。"也可见他的苦况了。这时他念嫔妾散落，也作了几首绝妙好词，直传到现在，后来的结局，便是徐铉探问的一段惨剧。

有一次宋太宗问徐铉道：你近来看见李煜么？徐铉说："如今我是宋朝的臣子，岂敢私自见他呢？"太宗说："现在我派你去，你去无妨。"徐铉到了后主那里，有一老吏守门。老吏进报以后，徐铉站在庭中。不多时，后主戴了纱帽，穿着道袍出来，

[1] 郑文宝以为是杨溥诗。

把徐铉迎接上去。徐铉要拜，后主说："今日还行此礼吗？"后来他们相抱痛哭，过了一刻，后主叹了一口气道："从前不该把潘佑、李平两员战将杀了。"徐铉回去，把这话告诉太宗，太宗于是叫人赐他牵机药，叫他自尽。牵机药是一种毒药，服下去以后，人会前仰后合，结果头足相就而死。这一代风流糊涂天子，想不到就有这样惨酷的结局！他活了四十二岁，生于七月七日，死时亦是七月七日，这倒很是奇怪。

他死过以后，宋太宗封他为吴王，葬于洛京的北邙山。江南人听到他死的消息，多有巷哭的，也有设斋祭奠的。小周后自他死后，悲哀过甚，不久也就死了。

他的著述，相传有《杂说》百篇，当时以为可比曹丕的《典论》。又有集十卷，今皆失传。传于今的，只是一些零星的诗词，诗也很好，词在文学的领域上，尤能放出万丈的光焰来。

今传后主词的刊本，共有好几种：

毛晋汲古阁旧钞本　　朱景行《大典》本
沈宗畸《晨风阁丛书》本　　邵长光辑录本
侯文灿《名家词十种》本　　王国维补校本
金武祥《粟香室丛书》本（据侯本）　　刘毓盘校本
刘继曾校笺本（据明吕远本）　　赵万里影印明吕远本
唐圭璋汇笺本　　王仲闻校订本

现传后主的词，共有四十六首，其间还恐有他人溷入的。至其词的佳妙，历来谈论的很多，今择出尤重要的评论，以供观览：

沈去矜《填词杂说》云："余尝谓李后主拙于治国，在词中犹不失为南面王。觉张郎中、宋尚书，直衙官耳。”

纳兰成德《渌水亭杂识》云：“《花间》之词，如古玉器，贵重而不适用。宋词适用而少贵重。李后主兼有其美，更饶烟水迷离之致。”

余怀《玉琴斋词序》云：“李重光风流才子，误作人主，致有入宋牵机之恨。其所作之词，一字一珠，非他家所能及也。”

周稚圭《词评》云：“予谓重光天籁也，恐非人力所及。”

周济《介存斋论词》云：“李后主词如生马驹，不受控捉。”又云：“毛嫱西施，天下美妇人也。严妆佳，淡妆亦佳，粗服乱头，不掩国色。飞卿，严妆也；端己，淡妆也；后主则粗服乱头矣。”

谭献评《词辨》云：“后主之词，足当太白诗篇，高奇无匹。”

陈廷焯《白雨斋词话》云：“后主词思路凄惋，词场本色，不及飞卿之厚，自胜牛松卿辈……余尝谓后主之视飞卿，合而离者也。端己之视飞卿，离而合者也。”又云：“李后主、晏叔原皆非词中正声，而其词则无人不爱，以其情胜也。情不深而为词，虽雅不韵，何足感人！”

冯煦《六十一家词选·例言》云：“词至南唐，二主作于上，正中和于下，诣微造极，得未曾有。宋初诸家，靡不祖述二主，宪章正中。譬之欧、虞、褚、薛之书，皆出逸少。”

王鹏运《半塘老人遗稿》曰：“莲峰居士词，超逸绝伦，虚灵在骨。芝兰空谷，未足比其芳华；笙鹤瑶天，讵能方兹清怨。后起之秀，格调、气韵之间，或月日至，得十一于千百。若小晏，若徽庙，其殆庶几。断代南渡，嗣音阒然。盖间气所钟，以谓词中之帝，当之无愧色也。”

王国维《人间词话》云：“温飞卿之词，句秀也；韦端己之词，骨秀也；李重光之词，神秀也。”

观以上诸人的评论，可知后主之伟大，现在再分描写、抒情两项来讨论：

（一）描写　后主词有写人的，有写落花的，有写月的，有写山水的，各极其妙。写人的，如《长相思》说：

云一緺。玉一梭。澹澹衫儿薄薄罗。轻颦双黛螺。　秋风多。雨相和。帘外芭蕉三两窠。夜长人奈何。

上叠写出美人的颜色服饰，轻盈袅娜，正是一个“梨花一枝春带雨”的美人。而后叠拿风雨的愁境，衬出人的心情，浓淡相间，深刻无匹。又如《捣练子》说：

云鬓乱，晚妆残。带恨眉儿远岫攒。斜托香腮春笋嫩，为谁和泪倚阑干。

这首所写的美人，不是严妆，也不是淡妆，是一个乱头粗服的美人，有“天寒翠袖薄，日暮倚修竹”的矜贵，而加上了愁恨的态度。

写落花的如《清平乐》说：

别来春半。触目愁肠断。砌下落梅如雪乱。拂了一身还满。　雁来音信无凭。路遥归梦难成。离恨恰如春草，更行更远还生。

上半阕写落花，写花中的人，依稀隐约，情境逼真。《楚辞·九歌》的《湘君》说：“帝子降兮北渚，目眇眇兮愁予。袅袅兮秋风，洞庭波兮木叶下。”正与此有同样的妙处。下半阕写情，与写境相映，也更加生动。秦观的词道：“恨如芳草，萋萋刬尽还生。”正从后主的末句脱胎。

写月的词，如《蝶恋花》说：“数点雨声风约住。朦胧淡月云来去。”前人写月的如黄山谷诗“吞月任行云”，是说月在云外，云慢慢的把月吞进去。韦应物诗“流云吐华月”，是说月在云里，云慢慢的把月吐出来。惟有后主此词，则兼写吞吐的境界。

又有《望江梅》两首，一首写江南春时的境界，一首写江南秋时的境界。写春时的词说：

> 闲梦远，南国正芳春。船上管弦江面绿，满城飞絮混轻尘。忙杀看花人。

写江南秋时的词说：

> 闲梦远，南国正清秋。千里江山寒色远，芦花深处泊孤舟。笛在月明楼。

写江南的芳春，水绿花繁，正与白居易的《忆江南》词“日出江花红胜火，春来江水绿如蓝”相同。写江南的清秋，则是一幅山水平远的图画。

（二）抒情　所抒之情，不外在江南时欢乐之情与在宋都时悲哀之情。欢乐之情，如《浣溪沙》说：

> 红日已高三丈透。金炉次第添香兽。红锦地衣随步皱。　佳人舞点金钗溜。酒恶时拈花蕊嗅。别殿遥闻箫鼓奏。

又如《玉楼春》词说：

> 晚妆初了明肌雪。春殿嫔娥鱼贯列。笙箫吹断水云间，重按霓裳歌遍彻。　临春谁更飘香屑。醉拍阑干情味切。归时休放烛花红，待踏马蹄清夜月。

前首写早晨至日中笙歌醉舞的情形，后首写夜晚笙歌醉舞的情形，而夜分踏马蹄于清夜月之下，尤觉侈纵已极。

后主言情之作也很多，如《一斛珠》说：

> 晚妆初过。沉檀轻注些儿个。向人微露丁香颗。一曲清歌，暂引樱桃破。　罗袖裛残殷色可。杯深旋被香醪涴。绣床斜凭娇无那。烂嚼红茸，笑向檀郎唾。

这首词写人的妆饰，写人的服色，写人的狂醉，写人的娇态，并写得妖冶之至。余词如：

> 脸慢笑盈盈。相看无限情。(《菩萨蛮》)
>
> 眼色暗相钩。秋波横欲流。(《菩萨蛮》)
>
> 奴为出来难。教君恣意怜。(《菩萨蛮》)

所写也都缱绻缠绵，婉约多情。至于悲愁之情，是他亡国后的作品。屈子穷极而作《离骚》，李后主也因穷极而作他的《离骚》。他自迁宋都后，自然是事事不得自由，他看不见江南的人物风景，他也挽不回过去的青春，仅仅有自由的梦魂，时时去萦绕他的故国。他的词说：

> 往事只堪哀。对景难排。秋风庭院藓侵阶。一桁朱帘闲不卷，终日谁来。　金锁已沉埋。壮气蒿莱。晚凉天静月华开。想得玉楼瑶殿影，空照秦淮。(《浪淘沙》)
>
> 无言独上西楼。月如钩。寂寞梧桐深院锁清秋。　剪不断，理还乱，是离愁。别是一般滋味在心头。(《相见欢》)

可想见他孤独的悲哀，李易安所谓“寻寻觅觅，冷冷清清，凄凄惨惨戚戚”的生活，也正是他的写照。至于怀旧事的词，也很悲哀，如说：

> 多少恨，昨夜梦魂中。还似旧时游上苑，车如流水马

如龙。花月正春风。(《望江南》)

往事重温，惟有在片刻的梦中，此词“还似”二字直贯到底，写出当年春二三月宝马香车的盛况。其余怀念故国之词，如说：

春花秋月何时了。往事知多少。小楼昨夜又东风。故国不堪回首月明中。　　雕阑玉砌应犹在。只是朱颜改。问君能有几多愁。恰似一江春水向东流。(《虞美人》)

人生愁恨何能免。销魂独我情何限。故国梦重归。觉来双泪垂。　　高楼谁与上。长记秋晴望。往事已成空。还如一梦中。(《菩萨蛮》)

这两首词，大概是同时在汴京作的，直摅胸臆，把不堪回首的往事，尽情流露。这类词真是百转柔肠，令人无可奈何。最后他又有一首《浪淘沙》说：

帘外雨潺潺。春意阑珊。罗衾不耐五更寒。梦里不知身是客，一饷贪欢。　　独自莫凭阑。无限江山。别时容易见时难。流水落花春去也，天上人间。

一片血泪模糊之词，惨淡已极。深夜三更的鹃啼，巫峡两岸的猿啸，怕没有这样悲哀罢！宋徽宗被虏北行也作了一首《燕山亭》词，着末道：“万水千山……除梦里、有时曾去。无据。和梦也、新来不做。”这两位遭遇同等的“风流天子”，前后如出一辙。《长恨歌》结尾说：“天长地久有时尽，此恨绵绵无尽期。”我们读他的词，也有这样的感想。后来词人，或刻意音律，或卖弄典故，或堆垛色彩，像后主这样纯任性灵的作品，真是万中无一。因此我们说后主词是空前绝后，也不为过分吧。

（原载《读书顾问》创刊号，1934年3月）

屈原与李后主

屈原与李后主，并为我国伟大之文学家。今传之屈赋及后主词，纯任性灵，不假雕饰，真是字字血泪。惟二人之个性不同，环境不同，故其所表现之文学，亦各异其情，各有真价。若感人之深，影响之大，千载以来，固无异言云。

人之秉赋，不外阳刚与阴柔两类，而文学作品，亦有阳刚之美与阴柔之美两类。善乎姚姬传之言云："其得于阳与刚之美者，则其文如霆，如电，如长风之出谷，如崇山峻崖，如决大川，如奔骐骥；其光也，如杲日，如火，如金镠铁；其于人也，如凭高视远，如君而朝万众，如鼓万勇士而战之。其得于阴与柔之美者，则其文如升初日，如清风，如云，如霞，如烟，如幽林曲涧，如沦，如漾，如珠玉之辉，如鸿鹄之鸣而入寥廓；其于人也，漻乎其如叹，邈乎其如有思，暖乎其如喜，愀乎其如悲。"此虽论文，然一切文艺，无不如是。屈原为阳刚作家，后主为阴柔作家。兹就其事迹及其文学作品，论其同异，述其真谛。

况蕙风论词云："'真'字是词骨。"实则词固如此，他文亦然。惟“真”斯诚，诚则能感天地、泣鬼神。前人有读《蓼莪》之诗及《出师表》《陈情表》而堕泪者，尚有读《牡丹亭》《红楼梦》时伤心断肠者，岂非以其真情郁勃，而自起共鸣乎？屈原与李后主之作，虽刚柔有异，然其所作不朽，亦全在一“真”字。屈原外抗强敌，内斥奸佞，刚正不阿，百折不回，最后以自沉殉国。后主偏安江南，日图享乐，对敌步步退让，委曲求全，终于肉袒出降，为敌所害。今先列一目，复以次略论其同异：

	屈原	后主
（一）天性：	刚强	柔弱
（二）情感：	怨愤	哀伤
（三）精神：	奋斗	消沉
（四）生活：	痛哭	饮泣
（五）态度：	疯狂	麻醉
（六）思想：	儒家	佛家

一、二人之天性

太史公谓屈原名平，屈原自序则谓名正则，字灵均。原、平、正、均，义皆相通。以此为名字，即表其秉性刚强，疾恶如仇。《离骚》中以鸷鸟自喻，《九章》中以橘自喻，皆可见其坚贞不拔之志。《离骚》云“苟予情其信姱以练要兮，长顑颔亦何伤”，《涉江》云“苟予心其端直兮，虽辟远之何伤”，亦足见人格高超，为国尽瘁之苦心。在《离骚》中语言尤为强烈。如云：

亦余心之所善兮，虽九死其犹未悔。

宁溘死而流亡兮，余不忍为此态也。

虽体解吾犹未变兮，岂余心之可惩。

其揭示内心之所写，皆万分诚挚，万分坚决。忠言不能听，良计不能行，苦心无人识，遂决然自沉，为千古所悼念。若后主天性柔弱，则与屈原完全相反。当强邻压境之时，无坚决抵抗之志。惟宛转乞怜于敌人，称臣纳贡，无所不至，可是终不见宽于敌人，必消灭而后已。当城危之时，本欲积薪自焚，但城既破，终于不能决然自焚，以致肉袒出降。其《破阵子》云：

四十年来家国，三千里地山河。凤阁龙楼连霄汉，玉树琼枝作烟萝。几曾识干戈。　一旦归为臣虏，沈腰潘鬓消磨。最是仓皇辞庙日，教坊犹奏别离歌。挥泪对宫娥。

二、二人之情感

屈原以天性刚强，不受任何恶势力之侵逼，故其所发之感情，率为怨愤一路；后主以天性柔弱，甘受任何恶势力之侵逼，故其所发之感情，率为哀伤一路。怨则怨人，伤则自伤也。屈原所怨之人有三：一怨君，二怨党人，三怨国人。《离骚》云“惟党人之偷乐兮，路幽昧以险隘”，此怨党人之蔽君也。又云“固时俗之工巧兮，缅规矩而改错”，此怨国人之不行正道也。而怨君之情为尤甚。朱子谓屈原不甚怨君，殊非其实。太史公云：“信而见疑，忠而被谤，能无怨乎！”正言其怨。屈原亦自云“怨灵修之浩荡兮，终不察夫民心”，其他若怨君之语，随处有之。盖君乃昏愦，导致国弱民困，自有怨言随处流露。《离骚》云“初既与余成言兮，后悔遁而有他”，此怨君之反覆无常也。《惜诵》云“竭忠诚而事君兮，反离群而赘疣”，此怨君之信谗不用也。《惜往日》一章，怨君不察之语尤多。如云：

弗参验以考实兮，远迁臣而弗思。

君无度而弗察兮，使芳草为薮幽。

弗省察而按实兮，听谗人之虚辞。

此外《离骚》中尚有诘问语气，亦足见其怨愤之深。如云：

何桀纣之昌披兮，夫惟捷径以窘步。

何昔日之芳草兮，今直为此萧艾也。

《天问》一篇，纯是怨君声口。至《怀沙》则云“邑犬群吠兮，吠所怪也”，以邑犬比群小，更是怨愤已极，出之以痛骂矣。后主不怨人，但日夕自伤而已。如其《浪淘沙》云“一桁珠帘闲不卷，终日谁来”，伤终日无人过问也。《采桑子》云“欲寄鳞游。九曲寒波不溯流”，伤音书难达也。又一首《采桑子》云“细雨霏微，不放双眉时暂开”，伤愁恨难释也。至其《虞美人》一首，更是哀伤入骨，词云：

春花秋月何时了。往事知多少。小楼昨夜又东风。故国不堪回首月明中。　　雕阑玉砌应犹在。只是朱颜改。问君能有几多愁。恰似一江春水向东流。

问春花秋月何时可了，正是求速死也。但小楼昨夜东风又入，恨不得即死也。下片从故国月明想入，揭出物是人非之感。最后以问答语，吐露胸中万斛愁肠，诚令人不堪卒读。王渔洋云：“钟隐入汴后，‘春花秋月’诸词，与‘此中日夕，只以眼泪洗面’一帖，同是千古情种。较之长城公，煞是可怜。”喻其哀伤，殆三春三月之鹃声乎。若屈原，其迅雷烈风乎。屈原情怨，故音亢；后主情哀，故音坠。亢则腾天，坠则潜渊，声响不同，感人则一。

三、二人之精神

屈原以天性刚强，故积极奋斗；后主以天性柔弱，故步步退让。积极奋斗，至力竭声嘶时，惟有一死；退让至被虏被囚时，亦惟有一死。屈原为国而死，重于泰山；后主身死人手，轻于鸿毛矣。屈原尝称尧、舜、禹、汤，伊尹、吕望，齐桓、秦穆，百里奚、宁戚诸人，盖欲竭智尽忠，辅其君以成王霸之业。其文云：

忽奔走以先后兮，及前王之踵武。(《离骚》)

其欲存君兴国之意，深切已极。其后虽遭失败，但终不灰心变志。故《离骚》云“余固知謇謇之为患兮，忍而不能舍也”，明知忠言逆耳，直行召祸，仍不顾一切，奋斗到底，时盼君之能悟，俗之能改。《哀郢》云“过夏首而西浮兮，顾龙门而不见”，《抽思》云“惟郢路之辽远兮，魂一夕而九逝”，其思君之忧，一何真挚，而冀君悔悟之情，一何迫切。太史公称屈原死而不容自疏，亦可知其奋斗精神。若后主始无奋斗之志，后亦不思奋斗，平居贪欢作乐，国危则日夜感伤。其《捣练子》云“无奈夜长人不寐”，《相见欢》云“无奈朝来寒雨晚来风”，朝朝暮暮，只觉无奈，最后作《浪淘沙》云：

帘外雨潺潺。春意阑珊。罗衾不耐五更寒。梦里不知身是客，一晌贪欢。　独自莫凭阑。无限江山。别时容易见时难。流水落花春去也，天上人间。

即景抒情，沉痛万分。

四、二人之生活

屈原之中情怨愤，故被放后之生活，整日只是痛哭流涕。后主之中情哀伤，故被虏后之生活，整日只是饮泣吞声。屈原云：

岂余身之惮殃兮，恐皇舆之败绩。(《离骚》)

怀朕情而不发兮，余焉能忍与此终古。(《离骚》)

退静默而莫予知兮，进号呼又莫吾闻。(《惜诵》)

皆声泪俱下之文字。惟屈原为有声之泪，后主则为无声之泪。屈原大声疾呼，一如洪流横决，崩腾澎湃；后主凄苦生活，如古井寒潭，永久沉默，既无一丝声息，亦无一丝波纹。后主词云“无言独上西楼”“凭阑半日独无言”，可知其沉默之悲哀，难以言宣。

五、二人之态度

屈原久度此痛哭流涕之生活，故其态度，已如疯狂一般。屈原所为不遂，所遇非人，中心燃烧，已达白热程度。进退失据，去留无主，神志迷惘，不知所措，于是就女媭、灵氛、重华、巫咸等而陈词。又欲纵游县圃、咸池、扶桑、穷石、洧盘、流沙、赤水等地，以舒其怨愤之怀。又驱使诸天神灵，如羲和、望舒、飞廉、丰隆、雷师等，为之开路。又驱使鸾凤、蛟龙等，为之先导。凡此皆足见其狂热神情，浪漫气息，目眦欲裂，胸臆欲摧矣。其后问太卜，问渔父，颜色憔悴，形容枯槁，最后绝望自沉。汨罗千载，犹闻呜咽。后主态度，则异于是。当国危时，既不上下狂奔，亦不大声疾呼，但冷冷清清，惨惨戚戚，一面求佛保佑，一面望敌施惠，免其一死。其词如《望江南》云：

多少泪，断脸复横颐。心事莫将和泪说，凤笙休向泪时吹。肠断更无疑。

可见其尽日昏沉，人如麻醉情况。

六、二人之思想

屈原虽创剧痛深，而爱国爱民，肯定人生之思想，始终不变。后主以酷好浮屠，受佛家之影响甚深，故于创剧之余，则方产生人生悲悯之念。《离骚》云“长太息以掩涕兮，哀民生之多艰”，此忧民之苦也。《哀郢》云“信非吾罪而弃逐兮，何日夜而忘之”，此日夜不忘救国救民也。至《怀沙》云“重仁袭义兮，谨厚以为丰”，以仁义为重，亦明是儒家思想。若后主之《相见欢》云：

林花谢了春红。太匆匆。无奈朝来寒雨晚来风。　胭脂泪，相留醉，几时重。自是人生长恨水长东。

则根本以为人生毫无意义，人生总是苦闷的。以水是必然长东，以喻人之必然长恨，沉痛已极。又如《乌夜啼》云：

昨夜风兼雨，帘帏飒飒秋声。烛残漏滴频欹枕，起坐不能平。　世事漫随流水，算来一梦浮生。醉乡路稳宜频到，此外不堪行。

亦写足人生之烦闷。夜来风雨无端，秋声飒飒，已令人愁绝，何况烛残漏滴之时，伤感更甚。“起坐不能平”一句，写出展转无眠之苦来。下片回忆旧事，不堪回首，人世茫茫，人生若梦，无乐可寻，无路可行，除非一醉昏昏，或可消忧，不然无时无地不苦闷也。此种厌世思想，正与佛家相合。

在我国古代文学史上，屈原为最早之大诗人，李后主为后来之大词人，自思想性方面观察，后主自不能与屈原相提并论；但后主词纯以白描手法，直抒内心极度悲痛，其高超之艺术造诣，感染后来无数广大群众，影响后来词学发展，此亦其不朽之处，似未可完全否定也。

（原载《时事新报·学灯》，1943年4月）

柳词略述

一　柳词的地位

柳永是宋代第一位专业词人，是宋词昌盛的奠基人。宋初词人张先、晏殊都有诗文集百卷不传，欧阳修诗、文、词都负盛名，今尚传有一百零三卷全集，他们都非专业词人。唯有柳永，文一篇都没有，诗仅有《煮海歌》一首及散在方志里的零章断句。他的词集名《乐章集》，今传二百多首，可见他平生精力都集中在词上。宋胡仔《苕溪渔隐丛话》后集卷三十三引李清照《词论》云："逮至本朝，礼乐文武大备，又涵养百余年，始有柳屯田永者，变旧声作新声，出《乐章集》，大得声称于世，虽协音律，而词语尘下。又有张子野、宋子京兄弟，沈唐、元绛、晁次膺辈继出，虽时时有妙语，而破碎何足名家？"从此，可知柳词是始出，张词是继出；柳在先，张在后；柳是主，张是辅。

二　柳词的来源

柳永一面继承唐代民间词通俗、质朴的风格，一面吸取前代文人诗歌的优良传统，因而改变旧曲，创制新声，发展慢词。唐代民间词，我们从前是不知道的。自从敦煌资料的发现，我们才知道唐代民间词现有一百六十多首，并且其中《倾杯乐》和《内家娇》词都在百字以上，可见当时民间音乐、民间歌词流行的盛况。宋太宗灭了北汉，全国才完全统一，他本人就知律制曲。《宋史·乐志》卷一百四十二云："太宗洞晓音律，前后亲制大小曲及因旧曲创新声者，总三百九十。"柳永以其很深的文学素养，习于唐乐、唐诗，又习于本朝的新乐、新词，经常流连坊曲里巷，与乐工、歌伎往来，创制大量慢词，开有宋一代风气。

三　柳词流传情况

宋叶梦得《避暑录话》卷三云："余仕丹徒，尝见一西夏归朝官云'凡有井水饮处，即能歌柳词'，言其传之广也。永终屯田员外郎，死旅殡润州僧寺。王和甫为守时，求其后不得，乃为出钱葬之。"这里说明柳词流传之广，也说明柳永身后萧条情况。明郑麟趾《高丽史·乐志》中也有柳词，这是宋徽宗赐给高丽的宋乐，可见柳词也传到高丽的。柳词西北传到西夏，东北传到高丽，更为中原民间广大市民所喜爱。宋陈师道在《后山诗话》里，说他的词"天下咏之"；吴曾在《能改斋漫录》卷十六里，说他的词"传播四方"，也可证实柳词普遍流传的情况。宋徐度《却扫编》还记载这样一段故事：在宣和年间，刘季高侍郎力诋柳词，忽有一老宦者，拿出纸笔，跪在季高面前，请他也作一首，季高无言可答。这也说明受到人民普遍喜爱的柳词是不容抹杀的。

四　柳词的影响

北宋词坛著名作家如张先、晏殊、欧阳修直到晏幾道，他们作词，都是沿袭西蜀、南唐的词风，致力于小令；张先的《子野词》中，欧阳修的《六一词》中，虽也有慢词，但并不太多。唯有柳永创制慢词最多，因而影响了苏轼、秦观、贺铸、周邦彦这些令、慢兼长的作家。尤其他们的慢词，吸取众长，转益多师，各具特色，各放异彩，形成词学空前的盛况。即如南宋辛弃疾的《水龙吟》开头“楚天千里清秋，水随天去秋无际”，吴文英的《八声甘州》开头“渺空烟四远，是何年、青天坠长星”，又何尝不与柳词《八声甘州》开头“对潇潇暮雨洒江天，一番洗清秋”的开阔气象相似？另外，在市民阶层喜爱的基础上，也影响了宋元小说和戏剧的兴起。宋无名氏《醉翁谈录》里写的《花衢实录》和元代著名戏剧家关汉卿写的《谢天香》杂剧，也都是柳永的故事。

五　柳词的思想内容

（一）反映都市繁荣

汴京（今开封）是北宋的帝都。宋自统一天下后，经过长期的休养生息，汴京更富庶了，商业的发展，人烟的稠密，建筑的壮丽，花木的明秀，物质的充实，歌舞的盛行，都表现了承平盛世的景色，这在柳词《倾杯乐》《透碧霄》中都有具体的描绘。宋祝穆《方舆胜览》卷十引范镇语云：“仁宗四十二年太平，镇在翰苑十余载，不能出一语咏歌，乃于耆卿词见之。”这对柳词正是高度的评价。此外如杭州是东南财赋名都，全国著名的湖山胜区，柳永的《望海潮》词，也写足了杭州的豪华美丽。词中的“三秋桂子，十里荷花”甚至引起金人侵略的野心。

（二）描写青楼生活

在宋仁宗“务本向道”的统治下，柳永却流连坊曲里巷，与乐工、歌伎来往，创制新词，自然受到统治者的斥责。他在《鹤冲天》词里写道：“忍把浮名，换了浅斟低唱。”可见他对当时社会现实极端地不满。他又说“奉圣旨填词”（见《苕溪渔隐丛话》引《艺苑雌黄》），也可见他对当时达官贵人的蔑视。在对待妓女方面，柳永也有表现出真挚情感的，如《蝶恋花》云：“衣带渐宽终不悔。为伊消得人憔悴。”柳永还有同情妓女不幸遭遇的，如《迷仙引》云：“永弃却、烟花伴侣。免教人见妾，朝云暮雨。”就是希望她们能够早日脱离火坑，获得自由。不过，需要特别提出的，就是柳永为迎合市民阶层的需要，也写了不少低级趣味的冶游词，却都是糟粕，必须批判摒弃的。

（三）抒写羁旅行役

柳永功名失意，飘泊四方，怀乡、怀人、怀帝都之感，一时纷集，所写词多凄凉沉着。宋陈振孙《直斋书录解题》就指出柳词“尤工于羁旅行役”。的确，柳词在经行役地时，不仅描画出山村水驿、奇峰突出的动人景色，并且在山光水影中凝聚着他个人的离愁别恨和身世之感。这些内容多少具有一定的社会意义。在羁旅行役中，柳永写了一年春、夏、秋、冬四季的景色，四季之中，又以秋景最多而又最凄凉。《戚氏》一词，就是以宋玉自比，唱出悲秋的声音。王灼《碧鸡漫志》卷二引前辈诗云：“《离骚》寂寞千年后，《戚氏》凄凉一曲终。”他认为这首柳词，就是在《离骚》的影响下，继承《楚辞》余绪，以宋玉悲秋的笔调，抒发出个人天涯沦落的不遇之感。

六　柳词的艺术

（一）语言通俗

从宋人陈师道、胡仔、黄昇、沈伯时直到清代《四库提要》，无不以柳词俚俗为病，以为是下里巴人。其实语言通俗是唐代民间词的本色，也是柳词的本色。柳永不用浓丽的辞藻，不走雕琢的老路，而以明白如话的语言写景、抒情，广大人民是喜爱的。如《夜半乐》："岸边两两三三，浣纱游女。避行客、含羞笑相语。"语言何等明白！刻画人物，何等生动！

（二）音节响亮

我们今天不知柳词的唱法，但从他词中运用四声阴阳、去声字、入声字、去上连用、句中用韵以及双声、叠韵，还可以感到音节极其响亮。如《雨霖铃》"多情自古伤离别"一句，就是平、上、去、入四声兼用，并且是阴阳声交错运用。又如《夜半乐》"到此因念，绣阁轻抛，浪萍难驻。叹后约丁宁竟何据"，句句都有去声字，末了一句八个字就用了四个去声字。去声字远扬发调，最响亮，最警动。柳词不单领字多用，句中句末都惯用。再如双声、叠韵，也是我国诗词中常用的。柳词在这方面也特别用得多。如《竹马子》开头："登孤垒荒凉，危亭旷望，静临烟渚。"其中"荒凉""旷望""静临"都是叠韵。最后"极目霁霭霏微，暝鸦零乱，萧索江城暮。南楼画角，又送残阳去"，这里"霁霭""霏微"四个字都是叠韵，下面"零乱""萧索”“送残”都是双声，可见每句中都有叠韵或双声。在苏轼所称道达到唐人高处的“渐霜风凄紧，关河冷落，残照当楼”三句（见赵令畤《侯鲭录》），每句也都有双声。柳词《雨霖铃》一开头“寒蝉凄切”四字，“寒蝉”是叠韵，“凄切”是双声。柳词多用双声叠韵，也显出他创制新词的抑扬顿挫、铿锵悦耳。词中“对”“晚”“骤雨”“帐饮”“泪眼”“竟”“语”“暮霭”“自古”“纵有”“待与”等字去、上连用，都不是偶然的。又如《采莲令》上片“客”“轧”与下片“色”“脉”都用入声，也不是偶然的。至于《木兰花慢》中的“倾城”“盈盈”“欢情”，句中叶韵，元吴师道也以为“得音调之正”（见《吴礼部诗话》）。

（三）气魄雄伟

宋初以气魄雄伟著称的词，有范仲淹的“千嶂里。长烟落日孤城闭”（《渔家傲》）和“真珠帘卷玉楼空，天淡银河垂地”（《御街行》），但都还是小令。至于宋初慢词写出开阔的境界，显得气势雄伟的，那就不得不数柳永了。如“念去去、千里烟波，暮霭沉沉楚天阔”（《雨霖铃》）、“凝泪眼、杳杳神京路。断鸿声远长天暮”（《夜半乐》）、“更回首、重城不见，寒江天外，隐隐两三烟树”（《采莲令》），都是一气贯注、力透纸背的出色词作。宋俞文豹《吹剑录》以为柳词只适宜十七八女郎执红牙板唱他的“杨柳岸、晓风残月”（《雨霖铃》）婉约词，这还是片面的看法。可以说，柳词实兼有婉约与豪放之长。

（四）结构完整

宋王灼说柳词“序事闲暇，有首有尾”（《碧鸡漫志》），已说明柳词的结构是完整的。清周济《宋四家词选》论柳词云：“柳词总以平叙见长，或发端，或结尾，或换头，以一二语勾勒、提掇，有千钧之力。”这里既说明柳词全篇的层次井然，也说明柳词的骨力挺劲。柳永慢词有两段的，有三段的。大体两段的，是前段写景，后段抒情。三段的是前两段写景，最后一段抒情，如《夜半乐》一首三段，就是最明显的例子。第一段写千岩万壑的远景，第二段写舟行两岸的近景，最后一段写远离家乡怅惘的心情，大开大合，情景交融。清冯煦《六十一家词选·例言》论柳词云：“耆卿词，曲处能直，密处能疏，奡处能平，状难状之景，达难达之情，而出之以自然，自是北宋巨手。”这确是公允而精到的评论。

（原载《大公报·艺林》，1982年2月）

从《东坡乐府》里看苏轼和农民的情谊

苏轼是宋代伟大的现实主义文学家，他以卓越的天才、广博的学识、开朗的胸襟，写出了大量辉煌的诗、文、词，表达了自己一生的真实经历和丰富的思想情感。九百多年来，“苏东坡”的名字一直活在广大人民的心里，这与他当时热爱广大人民是分不开的。

他所作的《东坡乐府》，内容广阔，气魄雄伟，语言朴素，一反过去绮罗香泽及离情别绪的局限，而且词多有题或序，注明时间、地点、人名以及事实，这也是过去词坛所没有的，所以他的词是宋词空前的划时代的革新，也是宋词进一步的发展。清人周济以为南宋姜夔词的“小序甚可观”（《四家词选序论》）。其实，苏轼已早有很可观的小序了。如《西江月》的小序说：

> 顷在黄州，春夜行蕲水中。过酒家，饮酒醉。乘月至一溪桥上，解鞍曲肱，醉卧少休。及觉已晓，乱山攒拥，流水锵然，疑非尘世也。书此语桥柱上。

这不是一篇很好的小品文吗？他如经、史、子、集以及佛、道诸书的随手引用，也早为南宋辛弃疾开辟了写词的道路，这都可见苏词影响之大了。

他一共写了三百六十多首词，最出色的有怀子由的《水调歌头》，表现了手足深情；有悼亡的《江城子》，表现了夫妇深情；有密州出猎的《江城子》，表现了保卫祖国的雄心；有咏鸿的《卜算子》，表现了不肯同流合污的品格；而在徐州作的五首《浣溪沙》，却充分表现了他和农民的情谊。

元丰元年（1078），苏轼做徐州守。为了徐州春旱，他到城东二十里的石潭去求雨，并且一连串地写了这五首《浣溪沙》。从词里，我们看到了石潭农村景物的美好，也看到了石潭农民努力生产的情况和全村男女老幼欢欣鼓舞的热情，更看到了苏轼对农民的同情和关怀，并和农民进行了亲切的交谈。

第一首就画出一幅农村美丽而宁静的画面，并体现了苏轼物我两忘的胸怀：

照日深红暖见鱼，连村绿暗晚藏乌。黄童白叟聚睢盱。　麋鹿逢人虽未惯，猿猱闻鼓不须呼。归来说与采桑姑。

上片写鱼、乌和黄童、白叟的快乐，下片写麋鹿、猿猱和采桑姑的快乐。红日照暖了石潭，潭中的游鱼历历可数；绿树遮暗了全村，树里的啼乌声声可听；住在这里的黄童、白叟都表现了怡然自得的乐趣。这里还有不惊自去的麋鹿，不呼自来的猿猱，它们也都过着无拘无束、自由自在的生活。

第二首写的是农村妇女热烈欢迎苏轼的情况和麦收后农民参加赛神饮宴的愉快：

旋抹红妆看使君，三三五五棘篱门。相排踏破蒨罗裙。　老幼扶携收麦社，乌鸢翔舞赛神村。道逢醉叟卧黄昏。

农村妇女们排门争看苏轼，以致把罗裙踏破，可见一时欢迎的盛况。下片写农村丰收，酬神作乐，不独老幼欢腾，就是乌鸢，为了获得酬神的残食也在天空翔舞着。直到黄昏归来，路上还偶然看到醉叟，这都说明当时农村的太平景象和农民庆祝丰收的愉快心情。唐人王驾诗“桑柘影斜春社散，家家扶得醉人归”正和这种情况相似。

第三首写农村忙于煮茧并和老农谈田间生产情况：

麻叶层层苘叶光。谁家煮茧一村香。隔篱娇语络丝娘。　垂白杖藜抬醉眼，捋青捣麨软饥肠。问言豆叶几时黄。

麻叶层层，苘叶发光，正写出一个桑麻遍地的富裕农村。一路行来，既闻到农家煮茧的香气，更听到隔篱的络丝娘叫，以“娇语”形容络丝娘的声音，极细致生动。下片问带醉的老农，还有多少天就豆熟叶黄，可见关心农民生产，语言何等亲切！情谊何等深厚！

第四首仍写途中见闻和自己困顿情况：

簌簌衣巾落枣花，村南村北响缲车。牛依古柳卖黄瓜。　酒困路长惟欲睡，日高人渴漫思茶。敲门试问野人家。

开头写满头满身都是枣花，形象何等生动！枣花多也说明枣子的产量丰盛。村南村北都响起了缲车声音，更可见全村农民普遍劳动情况。卖黄瓜，还说明了自己的瓜多余，才卖给人家吃，这都写出了石潭农村的富饶和农民劳动的热情。“牛依”一作“牛衣”，又作“半依”，宋人傅幹注《东坡乐府》作“牛依”，不是没有道理的：农村古柳参天，枝叶覆盖，正是乘荫取凉的好地方；当日高气暖的时候，牛卧在柳荫下休息，人坐在柳荫下卖瓜，都是为了柳荫又风凉又可以避日，牛依古柳，还点明卖瓜的所在。下片从酒困、路长、日高、人渴想到喝茶；从敲门试问，我们也体会到苏轼到农民家是轻轻地敲门，低低地讨茶，这种体贴农民忙于缫丝的心情是极其可贵的。

第五首叙述雨后日出的农村美景，并以躬耕的愿望作结：

软草平莎过雨新。轻沙走马路无尘。何时收拾耦耕身？ 日暖桑麻光似泼，风来蒿艾气如薰。使君原是此中人。

雨后空气清新，踏在草软沙平的路上，何等舒适；偶然日出，照得桑麻发光；偶然风来，吹得蒿艾散香，这更使得苏轼有说不出来的快感，因此引起他罢官归田的念头。“使君原是此中人”，正说明他和农民打成一片的心情。他有诗赠王庆源道：“吏民莫作长官看，我是识字耕田夫。”这和词里所表达的情感是完全相同的。

后来，他被贬黄州，自营东坡躬耕。曾有《浣溪沙》道：“但令人饱我愁无。”这是何等伟大的抱负！杜甫诗“安得广厦千万间，大庇天下寒士尽欢颜”讲的是住，白居易诗“安得万里裘，盖裹周四垠”讲的是衣，而苏轼讲的是食，这三位伟大文学家都抒写了愿人人有住、人人有衣、人人有食的愿望。

元丰七年（1084），苏轼从黄州调到汝州。临走的时候，他作了一首《满庭芳》留别黄州父老，上片有“山中友，鸡豚社酒，相劝老东坡”语，下片有“仍传语，江南父老，时与晒渔蓑”语，从上片可见农民平时对苏轼的情谊，从下片又可见苏轼去后对农民的关怀。词中反映农民的现实生活很少，尤其北宋，作家如秦观、贺铸、周邦彦等所写都不外情语，没有和农民有过亲密的往还，因此，也就没有有关农民的作品；惟有苏轼和农民有着深厚的情谊，写过这一方面富有人民性的作品，这在词史上是应该特别指出的。

（原载《雨花》1958年1月号）

秦观其人其词

秦观是“苏门四学士”之一。苏轼一见他作的《黄楼赋》，就以为他有屈、宋才；王安石一见他的诗，就以为清新似鲍、谢；而蔡伯世更以为他的词是辞情兼胜，超过柳永与苏轼；后来明人张綖以为他的散文足以与贾谊、陆贽争长，可见他对于诗、文、词、赋都很擅长，只是诗、文、赋又都为他的词名所掩。

秦观字太虚，后改字少游，别号邗沟居士，学者称淮海先生，江苏高邮人，生于宋仁宗皇祐元年（1049），卒于宋哲宗元符三年（1100），年五十二岁。秦观十五岁时，父亲就死了，家里很穷。廿九岁时，在徐州会见苏轼，苏轼劝他应举养亲，直到三十七岁，才登进士第。由于苏轼、范纯仁等的推荐，除定海主簿，调蔡州教授，被召入京师，在秘书省、国史院任职。哲宗绍圣元年，秦观四十六岁，因为和苏轼的关系，被连累外调为杭州通判。御史刘拯揭发他有增损实录的错误，又贬监处州酒税，嗣后屡徙郴州、横州、雷州。哲宗元符三年五月，秦观被命放还，走到藤州就死了。高宗绍兴二年，儿子秦湛将他的遗柩改葬在无锡惠山。

秦观著作，现存《淮海集》四十卷，后集六卷，词也在里面。另外，还有单本宋代刻的词集流传至今，一为故宫所藏（原藏无锡秦氏），一为吴湖帆所藏（原藏潘氏滂喜斋），两本同出一版，都是宋孝宗乾道间杭郡所刊淮海全集本，近日有两宋本汇印的《淮海居士长短句》，又有影印日本藏乾道间高邮军《淮海词》刊本，使我们能看到宋本面目，也是快事。

在全集中，秦观的赋，除歌颂苏轼为民消灭黄河决口之害的《黄楼赋》以外，还有《郭子仪单骑见虏赋》，歌颂郭子仪的智勇兼全，使敌人“露刃者胆丧，控弦者骨惊”。这对当时与辽、夏一味屈辱求和者来说，是一种极大的讽刺。他还有三十篇进策，对于用人、理财、边防各方面都有详细而具体的改良建议，而对于防止西夏进犯，保卫国土，尤其注意。他主张“择大臣知兵者一人，以为统帅”，同时“兴屯田”以积粟，则边疆可以收复。他在诗中，如《送蒋颖叔帅熙河》云“要须定取熙河地，打鼓梁州看上元”，也说明他热烈希望蒋颖叔能够反抗侵略，收复国土；又如在《滕达道挽词》中云“心系汉廷长入梦，气吞胡虏不防秋”，对滕达道的气吞胡虏，也致以崇高的敬意和深切的悼念。这都可见秦观是具有一定的爱国思想的。

关于人民的疾苦，他在《田居四首》诗中也有反映。农民虽然一年到头辛苦，可是过不着好日子，“得谷不敢储，催科吏旁午”，可见当时官吏的凶残以及他对农民受剥削、受压迫可悯的同情。至于写他自己家庭生活的诗，有“日典春衣非为酒，家贫食粥已多时”语，可见他家中穷困的处境。还有“客无贵贱皆蔬饮，惟有慈亲食肉糜”语，又可见他日常对母亲的敬爱。另外，他写的一些自然景物的诗篇，也很清新，如《泗州东城晚望》云：

> 渺渺孤城白水环，舳舻人语夕霏间。林梢一抹青如画，应是淮流转处山。

写夕阳里的山水，宛然一幅绝妙图画。

秦观词，自来被称为婉约之宗，与苏轼的豪放词是分庭抗礼的。原来宋词自柳永发展长调以后，才形成唐词未有的盛况，秦观虽属苏门，可是词风与柳永、苏轼都不同。柳词大气磅礴，善以白描手法铺叙羁旅行役之情，色泽却不甚讲究；苏轼更是洗净脂粉，大开词境，自尚清雄，一新天下耳目。秦观词不着力，不使气，从它的音乐性来看，它不是急管繁弦的快速，也不是哀丝豪竹的高亢，它的气度缓慢和平，从容不迫，语言则是工整、凝炼，力求自然、深刻。况蕙风评他的词如“初日芙蓉，晓风杨柳”，可以想见他的词风。他兼收《花间》、南唐的词风，而以长调抒情，比起晏殊、欧阳修等仅仅局限于小令一途来，已经进了一步。

秦观词颇受民间乐曲影响，他有十首《调笑令》（王昭君、乐昌公主、崔徽、无双、灼灼、盼盼、崔莺莺、采莲、烟中怨、离魂记），每首咏一古代美女故事，一词之前，都有一诗。这便是宋代歌舞相兼的传踏体，这种体制和这类故事都是民间普遍流行的。他还有《鹊桥仙》一首，也是根据民间流传牛郎织女的故事写的：

> 纤云弄巧，飞星传恨，银汉迢迢暗渡。金风玉露一相

逢，便胜却、人间无数。　柔情似水，佳期如梦，忍顾鹊桥归路。两情若是久长时，又岂在、朝朝暮暮。

这首词写得明白、自然，情深一往，而又恰合牛郎织女一年一度相会的传说，极富有浪漫主义气息。他作的《满庭芳》，其中有云："斜阳外，寒鸦万点，流水绕孤村。"晁无咎以为"虽不识字人，亦知是天生好言语"。苏轼爱赏这首词的情景交融，因为开头一句是"山抹微云"，就称他为"山抹微云君"，而范元实当时且以"山抹微云女婿"自豪，可见此词盛传一时的情况。

由于他的身世遭贬，到处飘流，所以他词中的感伤情调特别浓厚，如"便做春江都是泪，流不尽，许多愁"，"春去也，飞红万点愁如海"，都可看出。当他被贬到郴州时，曾作了一首《踏莎行》，为苏轼所激赏：

雾失楼台，月迷津渡。桃源望断无寻处。可堪孤馆闭春寒，杜鹃声里斜阳暮。　驿寄梅花，鱼传尺素。砌成此恨无重数。郴江幸自绕郴山，为谁流下潇湘去。

前面写出孤馆独处的悲哀，后面抒发怀念故人无限的深情。苏轼最爱末尾两句，曾在扇上写道："少游已矣，虽万人何赎。"可见苏轼对他悼念之深。

秦观词中，也有一些留连欢场的作品，如赠娄婉的《水龙吟》以及赠陶心儿的《南歌子》之类，却是封建文人和市民阶层庸俗的一面。至于《河传》涉及色情，更是须要批判的了。

在词史上，秦观词既丽且清，卓然自成一派，李清照就很受他的影响，后来的词人也不断地受着他的影响。关于秦观的事迹，也是不断地流传于民间。如宋钟将之有《长沙义娼传》，元鲍天祐有《王妙妙死哭秦少游》杂剧，明代《今古奇观》中也有《苏小妹三难新郎》的小说，清李玉还有《眉山秀》的传奇，虽所述未必合乎事实，但可以说明自来人民对他喜爱的情况。

（原载《雨花》1962年2月号）

李纲咏史词

宋代伟大的爱国诗人陆游和伟大的爱国词人辛弃疾，足以和唐代伟大诗人李白、杜甫、白居易等并驾齐驱。李纲是陆游、辛弃疾的前辈，他的抗敌精神和激昂慷慨的诗文和词，正影响了陆、辛两家和其他爱国作家。在南宋词学发展过程中，他也是不可忽视的；虽然他不是词家，但他继承了苏轼豪放的词风，发抒了他的爱国思想情感，却也是极其可贵的。宋人赵彦卫《云麓漫钞》卷十四，载有他的一首《苏武令》云：

> 塞上风高，渔阳秋早。惆怅翠华音杳。驿使空驰，征鸿归尽，不寄双龙消耗。念白衣，金殿除恩，归黄阁，未成图报。　　谁信我致主丹衷，伤时多故，未作救民方召。调鼎为霖，登坛作将，燕然即须平扫。拥精兵十万，横行沙漠，奉迎天表。

前面系念徽宗、钦宗“蒙尘”，叹息自己还不能复仇雪耻；后面揭出自己救国救民的抱负和抗敌必胜的信心。“拥精兵十万，横行沙漠，奉迎天表”，这是何等伟大的英雄气概！他还有七首借古讽今的咏史词，写得豪宕沉雄，这在两宋词坛里，也是突出的。

李纲，字伯纪，福建邵武人，祖上住过无锡，父亲李夔做过龙图阁待制。他生于宋神宗元丰六年（1083），登政和二年进士第，历任朝官。徽宗宣和元年，京师大水，他上书陈消灾御患六事，除固河防、筑长堤、疏陂塘外，还请求储蓄、赈济、罢花石纲，直言敢谏，声震天下。书上，被贬沙县，后又复官。宣和七年，金人分道侵犯，宋王朝惊慌万状，不讲战守，急于逃避。李纲刺臂血上书，建议徽宗传位太子钦宗，专负抗敌责任。徽宗听了他的话，传位钦宗。钦宗以他为兵部侍郎。他首先请诛童贯、王黼、蔡攸、朱勔、李彦、高俅"六贼"，以后又屡陈抗敌计划。时金将斡离不兵已渡河，徽宗东逃，钦宗听信奸臣白时中、李邦彦的蛊惑，以李纲为东京留守，自己却忙于逃避，赖李纲阻拦车驾，力劝固守才止。敌人攻城，李纲亲身督战，杀敌数千人，敌知有备，才退师请和。钦宗命李棁议和。金人除要求大量金银绢彩以外，还要求尊其国主为伯父，割太原、中山、河间三镇，以亲王宰相为质。李纲当时力争无效。不久，种师道、姚平仲等带了陕西军队来到，李纲和他们约期用兵；但姚平仲急于要功，事先袭击敌营，结果失败，敌人前来责问，钦宗因罢李纲。太学生陈东与诸生千余人上书请复用李纲；群众数十万呼声动地，也要求复用李纲。钦宗不得已，复用李纲为尚书右丞，充京城四壁守御使。

李纲既复用，屡陈备边御敌计划，但都为奸臣耿南仲所阻。以后又被命为河北、河东宣抚使，终因钦宗听信谗言，又被贬到宁江（四川夔州）。他途经长沙时，因京城危急，又被召回领开封府事，不过他才回到繁昌，京城已破，二帝已被虏北去了。

高宗改元建炎后，召李纲为相。李纲首陈议国是、议巡幸、议赦令、议僭逆、议伪命、议战、议守、议本政、议责成、议修德“十事”，并请即诛张邦昌。以后他又荐张所为河北招抚使，傅亮为河东经制副使，宗泽为东京留守。他们共同抗敌，四方响应，敌不敢犯。李纲更建议罢和议、置帅府、修城壁、治器械、教水军、习车战。但高宗终于听信奸臣汪伯彦、黄潜善等的谗言，罢免李纲。计李纲在相位，不过七十五日，一切皆罢。嗣后又被贬到万安军（琼州）。绍兴二年二月，被起用为湖南宣抚使兼知潭州，但到十二月即罢官。绍兴十年（1140），他死于福州，年五十八岁。

李纲著作有《易传》内篇十卷、外篇十二卷，《论语详说》十卷，文章、歌诗、奏议凡百余卷。又有《靖康传信录》三卷，《建炎时政记》三卷，《建炎进退志》三卷。《四库全书》收他的《梁溪集》一百八十卷，附录六卷，但外间流传的很少。《四库提要》论他的诗文是“雄深雅健，磊落光明”。王鹏运刻他的《梁溪词》五十首，但《云麓漫钞》所载《苏武令》一首及《乐府雅词》所载《西江月》一首都不在内，可见他的词散佚很多。

他所作的七首咏史词，一是《汉武巡朔方》（《念奴娇》），二是《光武战昆阳》（《水龙吟》），三是《晋师胜淝上》（《喜迁莺》），四是《太宗临渭上》（《水龙吟》），五是《宪宗平淮西》（《念奴娇》），六是《明皇幸西蜀》（《雨霖铃》），七是《真宗幸澶渊》（《喜迁莺》）。这七首中，除第六首借明皇事讽刺当时皇帝逃跑外，其余都是歌颂前朝消灭内忧外患的英雄人物。一方面激励当时皇帝效法过去那些雄才大略的君主，大敌当前要不惧不避；同时，也隐然以谢安、裴度、寇准自比，期望获得重用，能够使国家转危为安。

汉武帝、唐太宗是汉、唐两代有名的皇帝。他们在打击敌人的侵略方面，做的是很出色的。李纲笔下，写他们亲自对付敌人，也写得声势浩大，形象生动。如写《汉武巡朔方》云：

> 茂陵仙客，算真是，天与雄才宏略。猎取天骄驰卫霍，如使鹰鹯驱雀。鏖战皋兰，犁庭龙碛，饮至行勋爵。中华强盛，坐令夷狄衰弱。　　追想当日巡行，勒兵十万骑，横临边朔。亲总貔貅，谈笑看，黠虏心惊胆落。寄语单于，两君相见，何苦逃沙漠，英风如在，卓然千古高著。

前面写汉武帝用大将卫青、霍去病驱逐匈奴出境，如鹰鹯驱雀一样。后面写汉武帝亲领十万骑兵巡视边境，吓得匈奴王心惊胆落，赶快逃往沙漠，不敢再来侵犯。又如写《太宗临渭上》云：

> 古来夷狄难驯，射飞择肉天骄子。唐家建国，北边雄盛，无如颉利。万马崩腾，皂旗毡帐，远临清渭。向郊原驰突，凭陵仓卒，知战守，难为计。　　须信君王神武。觇虏营，只从七骑。长弓大箭，据鞍诘问，单于非义。戈甲鲜明，旗麾光彩，六军随至。怅敌情震骇，鱼循鼠伏，请坚盟誓。

这首词前面写颉利猖狂入侵，后面写唐太宗亲领大军责问，使敌人震骇屈服。此外，他在《光武战昆阳》《晋师胜淝上》两首词里，写王莽和苻坚的军队都有百万之众，但结果都遭到失败，这说明了符合人民意愿的正义军队，就能以少胜多，以弱胜强。至于《宪宗平淮西》一词，也写出宪宗的英明果断，能够信任裴度，消灭了飞扬跋扈的淮西藩镇。钦宗曾把《裴度传》赐给李纲，似乎也很信任李纲，但实际是甘心屈膝求和，并没有真正信任他来反抗敌人、消灭敌人。

李纲历事徽宗、钦宗、高宗三朝，始终主张联合义军反抗侵略，保卫祖国；无奈皇帝昏愦，奸相当权，他们只图享乐苟安，一听到敌人来侵犯的消息，就只有打算逃跑，再不敢亲临前线号召抗敌。李纲《真宗幸澶渊》一词，正是举本朝故事，劝告当时皇帝。词云：

> 边城寒早。恣骄虏远牧，甘泉丰草。铁马嘶风，毡裘凌雪，坐使一方云扰。庙堂折冲无策，欲幸坤维江表。叱群议，赖寇公力挽，亲行天讨。　缥缈。銮辂动，霓旌龙旆，遥指澶渊道。日照金戈，云随黄伞，径渡大河清晓。六军万姓呼舞，箭发狄酋难保。虏情詟，誓书来，从此年年修好。

前面写敌人侵犯，朝臣纷纷建议逃避，惟有寇准力劝真宗亲征。后面写真宗渡河亲征，百姓欢呼，使敌人恐惧，愿意退兵讲和。

可是李纲抗敌的劝告、鼓励，终于无效。南宋王朝和敌人讲和，没有一次订的不是可耻的和约。敌人狂妄，动以重兵压境恐吓，无耻的君臣就只有一切听命，不敢用兵。主张用兵的将相，不被罢斥，就被杀害。我们读了李纲的咏史词，再和两宋的时局对比一下，不禁一方面崇敬李纲对敌人始终坚持抗战的爱国热情，一方面痛恨两宋昏君、奸相委曲求和的卑鄙无耻。

（原载《江海学刊》1961年第6期）

读李清照词札记

爱国词篇

一般以为李清照诗，如“南渡衣冠少王导，北来消息欠刘琨”“南来尚怯吴江冷，北狩应悲易水寒”，具有爱国思想，而词则较少。实则其《永遇乐》一词，亦富于爱国思想，后来刘辰翁读此词为之泪下，并依其声以清照自喻，可见其感人之深，而二人痛心亡国，怀念故都，先后亦如出一辙。词云：“落日镕金，暮云合璧，人在何处。染柳烟浓，吹梅笛怨，春意知几许。元宵佳节，融和天气，次第岂无风雨。来相召、香车宝马，谢他酒朋诗侣。　　中州盛日，闺门多暇，记得偏重三五。铺翠冠儿，捻金雪柳，簇带争济楚。如今憔悴，风鬟雾鬓，怕见夜间出去。不如向、帘儿底下，听人笑语。”上片写首都临安之元宵现实，景色好，天气好，倾城赏灯，盛极一时，而己则暗伤亡国，无心往观。下片回忆当年汴都之元宵盛况，妇女多浓妆艳饰，出门观灯，转眼金兵侵入，风流云散，万户流离失所，惨不可言。而己亦首如飞蓬，无心梳洗，再逢元宵佳节，更不思夜出赏灯，正是

“良辰美景奈何天，赏心乐事谁家院”。最后，从听人笑语，反映一己之孤独悲哀，默默无言；吞声饮泣，实甚于放声痛哭。后来白石词云：“笑篱落呼灯，世间儿女。”梦窗词云：“笑声转、新年莺语。”皆以旁人之笑语反衬己之悲哀，其表现手法，正与此同。

“晓来”与“晚来”

清照名词《声声慢》云：“寻寻觅觅，冷冷清清，凄凄惨惨戚戚。乍暖还寒时候，最难将息。三杯两盏淡酒，怎敌他、晚来风急。雁过也，正伤心，却是旧时相识。　满地黄花堆积。憔悴损、如今有谁堪摘。守着窗儿，独自怎生得黑。梧桐更兼细雨，到黄昏、点点滴滴。这次第，怎一个、愁字了得。”此词自明杨慎《词品》卷二作“晚来”，以后选本大多从之。案：此词上片既言“晚来”，下片如何可言“到黄昏”雨滴梧桐，前后语言重复，殊不可解。若作“晓来”，自朝至暮，整日凝愁，文从字顺，豁然贯通。《草堂诗余别集》和《词的》等均作“晓来”。清浙派朱彝尊《词综》卷二十五，亦作“晓来”，可谓有识。其后常州派张惠言《词选》，并作“晓来”，晚清梁令娴《艺蘅馆词选》、王闿运《湘绮楼词选》俱作“晓来”，则已知“晚来”之非而不从，但终未引起重视，仍有盲从明人旧说，不加更正者。观今出版之李清照词，什九仍作“晚来”，无论注清照词者或治清照词者，皆未尝认真研读，于此等不能解释处，往往避而不谈，此诚治词之一弊，必须从今改正，绝不能再以讹传讹，厚诬清照。

铺叙与顿挫

清照《声声慢》词以铺叙见长，《武陵春》词以顿挫见长，二词比较，觉《武陵春》更显得顿挫，回肠荡气，凄惋动人。《声声慢》一起下十四叠字，总言心情凄惨，以下接写晓风送寒，小饮遣愁；然后叙闻雁伤心。下片写懒摘黄花，继又写雨滴梧桐，最后结束终朝凝愁，无计消释。再看《武陵春》云："风住尘香花已尽，日晚倦梳头。物是人非事事休。欲语泪先流。　　闻说双溪春尚好，也拟泛轻舟。只恐双溪舴艋舟，载不动、许多愁。"案：此为绍兴五年，清照在金华时作，通首血泪交织，令人不堪卒读。首写花事阑珊，极目生愁，继写日高懒起，无心梳洗。下二句尤沉痛，人亡物在，睹物怀人，重重往事，不堪回首，千言万语，无从说起。下片写内心活动，正是"肠一日为九回"。"闻说"只是从旁人口中说出，可见自己则整日独处，无以为欢。"尚"字说明双溪犹有残春可赏。"也拟"是心中一霎凝思，欲往一游；"只恐"则直道心情沉哀，无法排遣，虚字转折传神，顿挫有致，如见其人，如闻其声。

《词林万选》误收清照词

明杨慎《词林万选》卷四，误收李清照一首《点绛唇》词云："蹴罢秋千，起来慵整纤纤手。露浓花瘦。薄汗轻衣透。　　见客入来，袜刬金钗溜。和羞走。倚门回首。却把青梅嗅。"据《花草粹编》，卷一收此词，乃无名氏作，非清照词。赵万里辑《漱玉集》亦以为此词浅薄，不予采录。王学初《李清照集校注》云："按1959年出版之北京大学学生编写之《中国文学史》第五编第四章，断定此首为李清照作，评价颇高，恐未详考。《词林万选》中不可靠之词甚多，误题作者姓名之词，约有二三十首，非审慎不可也。”余谓赵、王二氏之说，皆确有见地。清初贺裳《皱水轩词筌》云：“至无名氏‘见客入来，袜划金钗溜。和羞走。倚门回首。却把青梅嗅’，直用‘见客入来和笑走，手搓梅子映中门’（韩偓诗）二语演之耳。”亦以为此词非清照作。且清照名门闺秀，少有诗名，亦不致不穿鞋而着袜行走。含羞迎笑，倚门回首，颇似市井妇女之行径，不类清照之为人，无名氏演韩偓诗，当有可能。

南宋非亡于金

王学初撰《李清照集校注》于1979年由人民文学出版社出版。引书至一百六十三种，注释亦极详尽，诚为研究李清照者不可不备之参考资料，其治学态度谨严，尤堪敬仰。惟后记中谓邓光荐、刘辰翁抗金，可谓千虑一失。文云：“邓中甫名剡，字光荐，又号中斋，一直抗拒金人，到厓山覆灭时被俘，与文天祥一起被押到金陵，后来才被释放的。他与刘辰翁一样，也是时刻不忘宋朝、痛恨金人的遗民。他们都赏识李清照这一首《永遇乐》词。不言而喻，这一首词在思想内容上，必然和他们有着共鸣的地方，说出了他们的思想感情。”案：李清照痛恨金人，邓光荐、刘辰翁痛恨元人，此为历史常识，作者偶然失之眉睫，误以为邓光荐、刘辰翁亦痛恨金人，编辑者于此处亦忽略过去，未加订正，实为憾事。希望重印时予以改正，应不负作者毕生著述之苦心。

“绿肥红瘦”与孟浩然诗同妙

唐孟浩然诗云：“春眠不觉晓，处处闻啼鸟。夜来风雨声，花落知多少。”此妇孺皆知之千古名篇。诗写春晨浓睡，忽被啼鸟惊醒，想起一夜风雨，定有无数花片零落，将外界风雨与惜花内心打成一片，吐属自然，不假雕饰，可称神品。李清照《如梦令》云：“昨夜雨疏风骤。浓睡不消残酒。试问卷帘人，却道海棠依旧。知否。知否。应是绿肥红瘦。”此词与诗所写，一样浓睡初醒，一样回忆夜来风雨，一样关心小园花朵，二人时代虽不同，诗与词之体格虽不同，朴素与凝练之表现手法虽不同，但二人爱花心灵之美则完全一致，宜乎并垂不朽云。

（原载《南京师大学报》1984年第2期）

《张于湖评传》序[1]

昔人尝谓词有豪放婉约两派，而豪放一派，率举苏、辛。实则苏、辛不同，苏天性坦易，辛则有激而然。南宋之际，外有强敌，内有奸佞，风云惨淡，八表同昏。仁人志士，畴不拊膺切齿，呼号奋发，思餐胡虏之肉，斩佞臣之头；收已失之疆土，报君父之深仇，岂必待濡染苏、辛，而后始有所述造！稼轩以前，忠定、庄简、忠简、澹庵[2]诸公，忠忱郁勃，力支危局。偶为长短句，辄苍凉悲壮；而忠武弦断之音，沉哀入骨，饮恨尤深。稼轩以后，英杰之士何限，雄伟之词何限，使概以辛派目之，而不屑考其身世，原其苦心，张其绝艺，以致一代惊才，湮没无闻，宁非憾事！于湖先生先稼轩九年生，天资卓异，胸襟浩荡。年

[1] 抗战爆发后，词学家宛敏灏先生（1906—1994，字书城）自安徽西迁至重庆，撰有《抗战与天时》《抗战与地利》二书，并于1943年为南宋爱国词人张孝祥作传——《张于湖评传》，唐圭璋先生作序。

[2] 指南宋四名臣李纲（谥号忠定）、李光（谥号庄简）、赵鼎（谥号忠简）、胡铨（号澹庵）。

二十三擢进士第一，学问宏博，指陈周至，所为词二百余首，大抵感怀君国，声响彻天，真民族词人也。曩年书城兄尝撰《二晏及其词》，精密无间，兹复为先生评传，于其家世、里居、交游、学艺，政论分明，又排比时事，系以年谱。正史籍之讹，纠方志之谬。显微阐幽，激励忠义，其有功词苑，良非浅鲜。噫！岛夷纵恣，神人共愤，展读是册，庶足以坚敌忾同仇之志，而为全民抗战之一助欤！癸未[1]秋唐圭璋序于白沙。

（选自《张于湖评传》，文通书局1949年版）

[1] 癸未：1943年。

民族英雄陈龙川

宋代徽、钦二帝的蒙尘，可谓宋人的奇耻大辱。血气之伦，谁不思上马杀贼，恢复失地？可是出了高宗、孝宗，一班不肖的子孙，只耽乐“红杏香中歌舞，绿杨影里秋千”的锦绣湖山，早把君父之仇，抛在云外了。加之贪婪祸国的奸臣，蒙蔽君上，权图苟安，对于与己立异之主战派，极力摧残，或戮或流，冤满寰宇，这怎不令天下的英雄志士怒发冲冠，恨不食其肉、寝其皮呢？

宋代词学极盛，一般有志不逞的英雄，都把万斛沉恨，吐露在词章上面。像岳武穆的《满江红》，固已脍炙人口；他如胡铨、张孝祥、陆游、陈亮、辛弃疾、刘过诸人的作品，十九都是慷慨激昂、雄浑悲壮的。至今读之，还凛凛有生气呢！就中龙川陈亮一家，尤其是一代民族的大英雄。他的学问，他的眼光，他救国的方略和大无畏的精神，在南宋一代，实罕有其匹。他尝谓研究义理，不如朱熹、吕祖谦，“至于堂堂之阵，正正之旗，风雨云雷，交发而并至；龙蛇虎豹，变现而出没，推倒一世之智勇，开拓万古之心胸……自谓差有一日之长”，这也可见他的豪情胜概了。

龙川字同甫，婺州永康人，生小豪迈精干，目光炯炯射人，开口议论风生，指陈天下大势，痛快淋漓，洞若观火，下笔万言，滔滔汩汩如长江大河，不假思索，顷刻立就。而为人豪侠有胆略，不避权奸，不忧囹圄；知无不言，言无不尽，因此天下英雄，都敛手倾服。即孝宗也大奇其才，将大用他。可惜当时的大臣，百端构陷，遂致有志不骋。当孝宗隆兴初年，与金人约和，龙川以为不可，因上《中兴五论》。后又诣阙上书，请孝宗勿忘君父不共戴天之仇，勿图苟安旦夕，当以恢复中原为职志。在朝诸臣，恨其直言无讳，目为怪论。阁臣曾觌，将往见他，劝他改变宗旨，他不屑见他，逾垣而逃。后再诣阙上书，有云：

坐钱塘浮侈之隅，以图中原，则非其地；用东南习安之众，以行进取，则非其人；财止于府库，则不足以通天下之有无；兵止于尺籍，则不足以兼天下之勇怯。

可见他救国的经济。书上，帝欲官之，龙川笑曰：“吾欲为社稷开数百年之基，宁用以博一官乎。”他也明知宵小忌害，遂渡江而归，愤国事之不可为，乃日与邑之狂士痛饮。醉中语侵权臣何澹，罗织下大理狱，笞掠龙川，体无完肤。幸孝宗谅其醉后妄言，释之归田。后又以家僮杀人，重下大理。赖丞相王淮及辛弃疾、罗点诸人，极力营救，因复得不死。自此更励志读书，学益通博，学者归之颇众。直到光宗御笔亲擢为状元，似可以一展其抱负，乃仕未至建康，即卒，年五十二。可叹这一代英才，念念不忘宗邦，屡次抒陈大计，终于因满朝昏愦，呼号也无人响应。若使他上遇明君，重用其言，君臣同心，力图恢复，那也未尝不可以中兴宋室，光复旧物呢！

龙川有《龙川词》，毛氏汲古阁所刻仅三十七首。王氏四印斋本《龙川词》补二十八首，近日赵斐云复补十首，予亦从《全芳备祖》《永乐大典》续补二首。由此可知龙川词必仍有遗佚，当时所发而为词者，必不止此数。叶水心记龙川为词，“每一章就，辄自叹曰：‘平生经济之怀，略已陈矣。’予所谓微言，多此类也”，可见他的词，就是他的胸襟。毛子晋说龙川词“读至卷终，不作一妖语、媚语，殆所称不受人怜者与”，又可见他的词，决不是缘情绮靡一类的作品，而是感时抚事、真情流露的作品。看他最脍炙人口的一首《水龙吟》云：

闹花深处层楼，画帘半卷东风软。春归翠陌，平沙茸嫩，垂杨金浅。迟日催花，淡云阁雨，轻寒轻暖。恨芳菲世界，游人未赏，都付与、莺和燕。　寂寞凭高念远。向南楼、一声归雁。金钗斗草，青丝勒马，风流云散。罗绶分香，翠绡封泪，几多幽怨。正消魂，又是疏烟淡月，子规声断。

刘融斋谓“恨芳菲世界”句，直有宗留守大呼渡河之意。而黄蓼园释此词之寄托尤深。彼云：“‘闹花深处层楼’，见不事事也。‘东风软’，即东风不竞之意也。‘迟日’‘淡云’‘轻寒轻暖’，一曝十寒之喻也。好‘世界’不求贤共理，惟与小人游玩如莺燕也。‘念远’者，念中原也。‘一声归雁’，谓边信至，乐者自乐，忧者自忧也。”又《满江红·怀韩子师尚书》一首云：

曾洗乾坤，问何事、雄图顿屈。试著眼、阶除当下，又添英物。北向争衡幽愤在，南来遗恨狂酋失。算凄凉部曲几人存，三之一。　诸老尽，郎君出。恩未报，家何恤。

念横飞直上，有时还戢。笑我只知存饱暖，感君元不论阶级。休更上百尺旧家楼，尘侵帙。

此首写亡国的幽恨，肝腑如见。他也想横飞直上，扫荡狂酋，可是莽莽中原，无人同道，遂致落魄以终。当时辛弃疾也是一代的英雄，他俩倒很相契。有一次，龙川到江南去访弃疾，刚走到一小桥，龙川引马三跃，而马三退不进。龙川愤极，拔剑斩马首，徒步而行。弃疾适倚楼，看他这种壮烈的举动，晓得他是非凡的人物，遂和他订交。后来弃疾为淮帅，龙川依然贫甚，往与谈天下事，太息不置。当弃疾酒酣时，慷慨指陈南北利害云：

南之可以并北者如此，北之可以并南者如此。钱塘非帝王居，断牛头山，天下无援兵；决西湖水，满城皆鱼鳖。

这一番狂言，原是醉后误发，龙川怕他醒来，要杀之灭口，他因乘夜深无人之时，盗其骏马而逃。事后弃疾并不计较，龙川向他借十万缗救穷，他竟如数与之。可见弃疾待他的优礼，并不因小嫌而看轻了他。弃疾也是横绝六合、扫空万古的英雄，和他正是志同道合。二人抵掌纵谈，是何等人物！惜其一腔忠愤，无处发泄，尽寄之于其词，徒令后人读了，发生无穷无尽的悲感。自来论弃疾者很多，而于弃疾的好友龙川，不甚措意，这也是一件憾事。予故表彰一番。在此国难时期，倒不禁油然兴起崇拜的观念！

（原载《国衡半月刊》第1卷第6期，1935年7月）

南宋词侠刘龙洲

宋代徽、钦二帝的蒙尘，实是宋人最大的耻辱。当时稍有血气的臣民，无不慷慨奋发，图雪国耻。可是不肖的帝王子孙，却乐于杭州的三秋桂子、十里荷花，早把已失的锦绣山河，和列祖列宗的不共戴天之仇，放在一旁了。而那一般宰相、元戎，又多是些贪官污吏，不独不尽忠谏、图恢复，反而委蛇从敌，极力地压抑仁人志士，以维持他们旦夕富贵的迷梦。岳武穆那样地奋不顾身，免不了十二金牌之召，终于含恨而死。胡邦衡那样地直辞抗奏，也敌不过秦桧的威势，窜逐而死。此外如张孝祥、辛稼轩、陆放翁、陈同甫、张元幹、刘龙洲，也都是盖世的英雄。但是生在这泄泄沓沓的朝廷，又怎得施展些微抱负呢！徒赢得痛哭流涕、侘傺以死。就中如张孝祥、陈同甫都是状元，其余的人也都做过大官，惟有刘龙洲以布衣终老，身世最苦。生无养身之所，死无葬身之地，流落江湖，仅靠几个朋友资助。可是他志大心雄，学问也博，通经史百家，明古今治乱，横用黄金，雄吞酒海。一讨论国事，便怒发冲冠，恨不得借上方斩马剑，立斩奸臣秦桧的首级。好几次伏阙上书，愿复国仇，但谁也不睬他。所作诗词，也是大声疾呼、血泪迸发的文字。只可惜他这样一代的人豪，后来就奄奄地困死了。现在讨论辛、陆的人很多，而对于他，还没有人表扬，这不能不说是一件憾事。

龙洲名过，字改之，自号龙洲居士，江西庐陵人，为人慷慨重义气，好饮酒，好谈兵。陈亮、陆游、辛弃疾等人，都折节和他交好。屡次考试，皆不能中，当时宰相周必大想请他去，他也不愿意去。曾上书当局，详细说明恢复的方法，以为中原可一战而取，无奈也没有人听他的计画。有一次，朝廷要派人和金人议和，大家说他去不至于辱命。可巧他又因为生病不能去。后来光宗即位，不理孝宗，他又上书说现在国难当头，再不能内里生意见了，说得极其诚恳，皇帝也感动了，可是终不能用他。他遂漫游各处，到京口时，登多景楼，作诗道：

关河景物异南北，目断神京双泪流。

可见他忠愤的胸襟。辛稼轩帅越时，他曾作了一阕“斗酒彘肩”词，稼轩送他数百金。黄尚书帅蜀时，他曾作了一阕“缓辔徐驱”词，黄尚书也送他很多的钱。郭杲从驾，他又作了一阕“玉带猩袍”词，郭杲送他数十万钱。自己作些诗词，靠人送些金钱，这便是他的生活了。稼轩也曾送过他千缗，给他买田，但是他把钱拿来，一顿酒吃了，或是散了穷人。稼轩帅淮时，他因为母病要回去，可是身边一文也没有。稼轩又把罚都吏的万缗钱送他，临走的时候，嘱咐他道：“不要再像平常乱用了。”他也感激涕零，作了一阕《念奴娇》给稼轩。这样看来，稼轩可算是他唯一的知己了。

龙洲的性情，极其豪侠。稼轩帅浙东时，朱熹、张栻都荐他是个豪杰。进见时，稼轩正吃羊腰肾羹，叫他作诗。他说我正冷得很，要吃酒呢！稼轩就和他吃酒，酒流到怀中，就限“流”字韵叫他作诗，他立刻写了四句道：

拔毫已付管城子，烂首曾封关内侯。死后不知身外物，也随尊俎伴风流。

愤激的言语，不觉冲口而出。张栻有一次买酒请他，谈起先人为国殒身，想找他作一首诗。他也立刻给了一首道：

背水未成韩信阵，明星已殒武侯军。平生一点不平气，化作祝融峰上云。

张栻读了，不觉堕泪，这也可见感人之深了。稼轩守京口时，天大雪，登多景楼赏雪。龙洲敝衣曳履见稼轩，稼轩叫他赋雪。他脱口道：

功名有分平吴易，贫贱无交访戴难。

正是他自己落魄的写照。他目睹中原板荡，四海无家，真想航海了。走到昆山，住在故人潘友文家里。后来友文为他娶妇董氏，他就一直不再度流浪的生活了。死后他没有儿子，家里贫得不能营葬。七年后，他的友人昆山主簿赵希楙，才买了地葬他于昆山马鞍山。关于他的事迹，《宋史》无传，据后人的考证，他生于绍兴二十四年（1154），卒于开禧二年（1206），年五十三岁。关于他的学问经济和慷慨态度，在陆游、陈亮赠他的诗里，写的最明白了，兹择录警句如下：

胸中九渊蛟龙蟠。笔底六月冰雹寒。有时大叫脱乌帻，不怕酒杯如海宽。放翁七十病欲死，相逢尚能刮眼看。李广

不生楚汉间，封侯万里宜其难。（陆游《赠刘改之》）

黄金挥尽惟空囊。男儿虎变那能量。会须斫取契丹首，金印牙旗归故乡。（陈亮《赠刘改之》）

龙洲痛中原不复，痛二帝辱死，又伤光宗不能孝养以治天下，于是发为歌词，纵横跌宕，浩气盘空。

计其词集版本，可得七种：

一、《龙洲词》一卷（见《直斋书录解题》，今不传）。

二、《龙洲道人集》十五卷（宋端平中龙洲弟澥辑刻。十三、十四卷为词，今不传）。

三、《龙洲道人集》十五卷（明王朝用覆刻宋本，今藏善本书室）。

四、《龙洲道人集》十二卷（陈西畇藏旧钞本，传钞王刻而去其三卷，今藏善本书室）。

五、《龙洲词》一卷（汲古阁刊本，较王刻增补三首，共四十七首，又《长相思》一调有目无词）。

六、《龙洲词》二卷、《补遗》一卷、《校记》二卷（《彊村丛书》刊本。此本据士礼居藏旧钞本，与王本同为四十五首，后补六首，共五十一首）。

七、《龙洲词》一卷（明沈愚刊本，蟫隐庐重刊。此本为天一阁旧藏，共六十九首，其间二十一首为他本所无，他本亦有十三首为此本所无，蟫隐庐别补四首，共八十六首。但所补《玉楼春》实严次山词，故共得八十五首，较《彊村》本多三十四首）。

龙洲词最脍炙人口的，是《沁园春》“斗酒彘肩，风雨渡江”一阕。但游戏笔墨，不是龙洲的本色。《辍耕录》又称赞他的咏

《美人指甲》《美人足》二阕，但那两首体格最卑，不过刻画纤巧而已。他的好词，自以《六州歌头·题岳鄂王庙》一阕为第一：

中兴诸将，谁是万人英。身草莽，人虽死，气填膺。尚如生。年少起河朔。弓两石。剑三尺。定襄汉，开虢洛。洗洞庭。北望帝京。狡兔依然在，良犬先烹。过旧时营垒，荆鄂有遗民。忆故将军。泪如倾。　　说当年事，知恨苦，不奉诏，伪耶真。臣有罪，陛下圣，可鉴临。一片心。万古分茅土，终不到，旧奸臣。人世夜，白日照，忽开明。衮佩冕圭百拜，九泉下、荣感君恩。看年年三月，满地野花春。卤簿迎神。

词中把岳飞生平写得淋漓尽致，而怨望朝廷的旨意，也写得明透异常，和张于湖的《六州歌头》一样地使人感动。其次一阕《沁园春》，也是慷慨悲凉的文字：

万马不嘶，一声寒角，令行柳营。见秋原如掌，枪刀突出，星驰铁骑，阵势纵横。人在油幢，戎韬总制，羽扇从容裘带轻。君知否，是山西将种，曾系诗盟。　　龙蛇纸上飞腾。看落笔四筵风雨惊。便尘沙出塞，封侯万里，印金如斗，未惬平生。拂拭腰间，吹毛剑在，不斩楼兰心不平。归来晚，听随军鼓吹，已带边声。

这原是记阅兵的词，可是“不斩楼兰心不平”正是他的本心，在词里处处明白地说着。再举一些断句来看：

平生出处天知。算整顿乾坤终有时。(《沁园春》)

况自昔军中，胆能寒虏；而今胸次，气欲吞胡。(《沁园春》)

猛士云飞，狂胡灰灭，机会之来人共知。(《沁园春》)

威撼边城，气吞胡虏，惨淡尘沙吹北风。(《沁园春》)

他念念不忘恢复失地，可是他整顿乾坤，终于无时，惟有放浪江湖，痛饮高歌，以抒其无边的忧恨。词中写借酒浇愁的地方也很多：

四举无成，十年不调，大宋神仙刘秀才。如何好，将百千万事，付两三杯。(《沁园春》)

翠袖传觞，金貂换酒，痛饮何妨三百杯。(《沁园春》)

吸尽西江，醉中横笛，人在岳阳楼上头。(《沁园春》)

龙洲的狂态，在这些地方，都可以看得出来。假使皇帝真用龙洲，以他的才略，或者可以恢复中原呢！可惜那时君不君、臣不臣，弄得一个生龙活虎的英雄，不是烂醉如泥，便是歌哭无端，到死去还没有收葬的人，更没有收葬的地方。七年以后才得营葬，这是何等可怜可惜呢！宋、元、明、清以来，都有人过墓凭吊，只不知现在的昆山，可还寻得出他归骸之所？

（原载《建国月刊》第12卷第1期，1935年1月）

姜白石评传

姜白石为南宋杰出之大词家，与辛稼轩、吴梦窗分鼎词坛，各有千古。而世之知稼轩者多，知白石与梦窗者少，则以稼轩逞才使气，精光外铄，故人易知；而白石传神于虚，梦窗气潜于内，故人不易知；然学者须知，各人之禀赋不同，环境不同，兴趣不同，故其所表现之作品，亦各有异。有阳刚者，有阴柔者；有尚密者，有尚疏者；有用赋体者，有用比兴体者；有发越者，有含蓄者；有天然去雕饰者，有千锤百炼者，既恃天籁，亦借人力，各运其妙，各具真价，不可执此以议彼，入主而出奴也。且两宋之时代先后不同，词之体制长短不同，尤不能不细察源流正变，明揭各家精力之所诣。清代朱竹垞倡浙派，过尊南宋，轻视北宋，至以白石为止境；张皋文倡常州派，过尊北宋，轻视南宋，至屏梦窗而不选。此皆门户之见，不可信也。

白石原亦脱胎稼轩，周止庵所谓变雄健为清刚，变驰骤为疏宕者是也。惟大家能入能出，即脱胎一家，必不肯随人俯仰，自弃地位。稼轩既以雄健驰骤之歌词豪视一世，白石无以胜之，于是不得不变为幽邃绵丽，以自成面目。寄人篱下，豪杰耻之，唐之诗人，宋之词人，无不皆然。故文学随时代环境而变，乃自然之趋势，并非愈变愈下也。近人不知白石、梦窗，辄妄加诋毁，不曰白石无情，即曰梦窗无生气。实则二人之词，无不生动飞舞，无不一往情深，一快一沉，俨同李、杜；一疏一密，亦类温、韦。在大晟旧谱散亡、音律疏懈之际，二人慨然奋起，思所以挽救之。于是精研音律，自度新腔；细琢歌词，力求醇雅：虽异曲而同工，诚不容与稼轩强分轩轾也。兹因略述白石之生平行实，及其词之真价。

白石名夔，字尧章，鄱阳人。唐德宗朝宰相姜公辅之后。公辅原籍爱州，而家钦州。爱州属岭南道，今安南交州也。其六世孙泮，宋初教授饶州，始徙于饶，即白石之七世祖。约当宋高宗绍兴二十五年，白石生。时洪迈三十三岁，杨万里三十二岁，陆游三十一岁，范成大三十岁，尤袤二十九岁，朱熹二十六岁，楼钥十九岁，京镗十八岁，辛弃疾十六岁，叶适六岁，刘过二岁。父名噩，字肃父，绍兴三十年进士。孝宗隆兴元年，官汉阳。白石随侍在侧，时方九岁。乾道四年，白石十四岁，父卒于汉阳。其伯姊嫁汉川，遂依伯姊居汉川之山阳村。此后虽尝间归饶州，过维扬，历楚州，游濠梁，泛洞庭，客武陵，留长沙，游南岳，然以居汉阳为最久。

淳熙十二年，白石二十一岁，夫人萧氏已来归，妇翁千岩老人萧德藻，约往吴兴。是岁之冬，即发汉阳，过武昌，渡扬子。自此遂不复重返汉阳。明年元旦，过金陵。三月游杭，以德藻之介，袖诗谒杨万里，万里又以诗送之，往见范成大，皆大称赏。是年夏，依德藻居湖州，自此至宁宗庆元元年，八九年间，皆依萧居湖州。中间虽尝过吴松，客临安，寓合肥，过苏州谒范成大，至金陵谒杨万里，从张鉴游绍兴、南昌，皆往来客游，为时颇暂，未尝久离湖州也。光宗绍熙元年时，尝卜居吴兴白石洞天，潘柽字之曰白石道人。或谓白石一号石帚者，非也。乾隆间，陆钟辉、江春诸人刊《白石集》，误收梦窗赠石帚词，后人遂以为石帚即白石，实则白石并无石帚之号，而梦窗时代在后，与白石亦不相及。绍熙二年冬，载雪谒范成大时，为制《暗香》《疏影》二词，音节清婉。成大因以小红赠之。其夕大雪，过垂虹赋诗云：

> 自作新词韵最娇，小红低唱我吹箫。曲终过尽松陵路，回首烟波十四桥。

想见其风流豪迈之概。庆元二年秋，依葛天民寓武康。冬，与天民及俞灏、张鉴等，自武康诣无锡，依鉴以居。腊月岁不尽五日，归舟过吴松。得诗若干解为一卷，命之曰《载雪录》云。

庆元三年，萧时父监酒，赴官池阳，迎侍德藻以行。白石湖州眷属无依，遂移家杭州，宿张鉴别宅。时白石已四十三岁，自此遂不复重返湖州。是岁四月，上书论雅乐，进《大乐议》一卷、《琴瑟考古图》一卷，不获尽所议。越二年，又上《圣宋铙歌鼓吹十二章》。诏免解与试礼部，不第，遂以布衣终。至宁宗开禧二年，白石已五十二岁，又南游桐庐、括苍、永嘉诸地。嘉定五年，游金陵。嘉定十二年，游扬州，初识吴潜。后二年，卒于西湖，年六十七。贫不能葬，吴潜诸人葬之于钱唐门外西马塍。子二：一名琼，白石卒时，年方十七，后为太庙斋郎；一名瑛，后为嘉禾郡签判。据白石《春日书怀》诗云“兄弟各天涯”，是白石亦有兄弟，特今未详耳。又其《湖上寓居杂咏》诗云：“钩窗不忍见南山，下有三雏骨未寒。”是白石曾有三子殇于杭也。卒之日，苏泂吊以诗云：“赖是小红渠已嫁，不然啼损马塍花。”可知小红此时，已先下堂。又云：“孺人侍妾相持泣，安得君归更肃宾。”是萧夫人尚在，而侍妾当为小红嫁后之又一妾也。又云：“除却乐书谁殉葬，一琴一砚一兰亭。”又可知白石身后萧条之苦况。噫！白石一生依人，四方漂泊，怀才不遇，郁郁以终；然而高风未沫，高名千古，又觉及身之悲，不足道也。

白石人品高绝，耻于干谒，故所交虽多一时名公贵人，而不能济其穷。平生又好学，好客，好藏书，范成大以为似晋、宋间之雅士，谢采伯亦称其好学无所不通。陈郁《藏一话腴》更云：

> 白石道人气貌若不胜衣，而笔力足以扛百斛之鼎；家无立锥，而一饭未尝无食客。图书翰墨之藏，汗牛充栋。

可想见其为人。其诗、文、词、书法、音律，无一不工。今传之诗，有《白石诗集》一卷，《白石道人集外诗》一卷，《白石道人集补遗》一卷，《诗说》一集。至《宋史·艺文志》所载《白石丛稿》十卷，《书录解题》所载《白石道人集》三卷，则皆不传矣。尝有姑苏怀古诗云：

> 夜暗归云绕柁牙，江涵星影鹭眠沙。行人怅望苏台柳，曾与吴王扫落花。

杨万里极喜诵之。又有诗《送朝天续集归诚斋，时在金陵》，万里亦大称赏，谓其家嗣伯子曰：“吾与汝弗如姜尧章也。”因报白石以诗云：

尤萧范陆四诗翁，此后谁当第一功。新拜南湖为上将，更推白石作先锋。可怜公等皆痴绝，不见词人到老穷。谢遣管城侬已晚，酒泉端欲乞疏封。

赞叹之情，溢于言外矣。又绍熙二年《除夜自石湖归苕溪》诗，有十绝句，时人更以为“有裁云缝月之妙思，敲金戛玉之奇声”。今观其三绝云：

细草穿沙雪半销，吴宫烟冷水迢迢。梅花竹里无人见，一夜吹香过石桥。

千门列炬散林鸦，儿女相思未到家。应是不眠非守岁，小窗春色入灯花。

笠泽茫茫雁影微，玉峰重叠护云衣。长桥寂寞春寒夜，只有诗人一舸归。

诚清新峭拔而韵味又极隽永。盖白石诗，初曾三薰三沐师黄太史庭坚，但不肯从江西派出，亦不求与杨、范、萧、陆诸家合。一以精思独往，自拔于宋人之外。至于文，万里亦称其无所不工。京镗尤爱其骈俪之文，惜今无一篇流传。乐书有《大乐议》一卷、《琴瑟考古图》一卷，《宋史·艺文志》犹存其略。时朱熹最爱其深于礼乐，谢深甫亦爱其乐书。书学有《续书谱》一卷、《绛帖平》二十卷、《禊帖偏旁考》一篇。白石自言，学书三十年，晚得笔法于单丙文。赵孟坚称其书法精妙，过于黄、米。尝有《保母志跋》二千余字，考证精详，为书家所珍视。

白石词尤高妙，宁宗嘉泰二年壬戌至日，曾自编歌曲六卷。松江钱希武刻于东岩之读书堂，今不传。《文献通考》所载《白石词》五卷，亦不传。惟叶居仲有钞本，其后陶南村又景钞叶本。乾隆初，楼敬思得陶氏钞本，周耕馀、符药林二人又自楼氏传钞。周钞本后归华亭张奕枢，刻于乾隆己巳。是本曾经厉樊榭、黄廌堂、姚鳣卿诸家斠订，最称善本，惜原版丧失于南荡兵火中。宣统庚戌，沈曾植曾试用安庆造纸厂新造纸印白石歌曲，不言何本。郑文焯以宋庙讳缺末笔考之，知为景宋旧刻本，且疑即奕枢旧本也。符钞本后归江都陆钟辉，刻于乾隆癸亥，先于张刻六年。是本分体厘定，合为四卷，与诗集合刻。张文虎、郑文焯、吴昌绶皆讥其以意窜改，不如张氏景宋之善。惟许增谓斠勘精审，当推陆本为最。陆版后入江鹤亭家，再归阮文达，道光癸卯，竟毁于火。此外若倪耘劬、姜文龙、江春、倪鸿，诸家刻本及《四库全书》《榆园丛书》四印斋诸刻本，皆遵用陆本。《彊村丛书》用江炳炎钞本。江氏盖从符氏借钞于扬州，与陆本同一渊源。但字里行间，亦有同异，朱氏取各本校刊最精。又若汲古毛氏，尝从《花庵词选》辑刻三十四阕，尚不及原编之半。康熙甲午，陈撰又从毛刻辑其诗词，合刻于广陵。论者谓与洪陔华刻本，同一羼乱。又灵鹅阁旧藏乾隆写本《白石道人集》，附录白石佚词《越女镜心》二阕，亦沿洪本之误，实非白石词也。至今六卷本，尚有别集一卷十八阕词，则不知刻于何年，且不知何人掇拾者。计白石词，共八十四阕，皆精纯，不似他家瑕瑜互陈也。且其中十七首附有旁注工尺谱，乃七八百年前流传至今之唯一宋代乐章文献。近夏承焘尝考白石行实、白石歌曲及白石旁谱，繁博精当，远胜前贤，诚治白石词者不可不读之文也。

昔人评白石词者，不一而足。在宋时，辛弃疾即深服其词。黄昇亦谓其词之高处，周邦彦所不能及。至张炎则更比之为“野云孤飞，去留无迹”。至清代，有以为南渡一人者，有以为诗中之杜者，有以为词圣者，有以为词仙者。如朱彝尊《曝书亭集》卷四十云：

词莫善于姜夔，宗之者张辑、卢祖皋、史达祖、吴文英、蒋捷、王沂孙、张炎、周密、陈允平、张翥、杨基，皆具夔之一体。基之后，得其门者寡矣。

是朱氏以白石为南渡词坛领袖，他人皆不能及也。其后冯煦亦盛称白石，以为吴文英、周密、张炎等不如，其《六十一家词选·例言》云：

白石为南渡一人，千秋论定，无俟扬搉。《乐府指迷》独称其《暗香》《疏影》《扬州慢》《一萼红》《琵琶仙》《探春慢》《淡黄柳》等曲，《词品》则以咏蟋蟀《齐天乐》一阕为最胜。其实石帚所作，超脱蹊径，天籁人力，两臻绝顶，笔之所至，神韵俱到。非如乐笑、二窗辈，可以奇对警句，相与标目。又何事于诸调中强分轩轾也。

冯氏以为白石“天籁人力，两臻绝顶”，语极精确。陈廷焯以为不独吴文英、张炎诸人未易接武白石，即周邦彦亦有不及白石之处。其《白雨斋词话》云：

美成、白石，各有至处，不必过为轩轾。顿挫之妙，理法之精，千古词宗，自属美成。而气体之超妙，则白石独有千古，美成亦不能至。

此与黄昇之意，正复相同。至以白石如诗中之杜少陵者，则有宋翔凤。宋氏《乐府余论》云：

词家之有姜石帚，犹诗家之有杜少陵，继往开来，文中关键。其流落江湖，不忘君国，皆借托比兴于长短句寄之。邓廷桢亦谓词家之有白石，犹书家之有逸少，诗家之有浣花。若誉之为词圣者，则有戈载。戈氏有《七家词选》，其论白石词云：

白石之词，清气盘空，如野云孤飞，去留无迹。其高远峭拔之致，前无古人，后无来者，真词中之圣也。

陈廷焯评白石《八归》词，亦以为词圣。虽颂之未免过甚，然清空峭拔之致，求之两宋，实罕其俦。刘熙载誉之为仙，亦以其词清空峭拔也。刘氏《艺概》云：

词家称白石曰白石老仙，或问：毕竟与何仙相似？曰：藐姑冰雪，盖为近之。

刘氏又谓白石词“幽韵冷香，令人挹之无尽。拟诸形容，在乐则琴，在花则梅”，所评皆当。琴喻其淡远，梅喻其清高，此与张炎“野云孤飞”之喻，若合符节，诚真知白石词者。

白石词重音律，崇典雅，语语精炼，敲打俱响，虽蛾眉淡扫，然丰神独绝。情深韵胜处，似少游，亦似方回，特少游以柔笔写柔情，方回、白石，俱以健笔写柔情耳。而白石之褪尽铅华，又与方回之浓妆有异。东坡评西湖，所谓“淡妆浓抹总相宜”者，庶可以评二人之词矣。兹约区为纪游、送别、怀归、伤乱、感遇、咏物六类以论之。

一、纪游

白石胸襟爽朗，兴寄高骞。其所登临之处，辄与自然同化。尤喜月夜与雪夜之景，一棹苍茫，上下澄澈。千载以下，犹想见其豪情逸兴云。如《庆宫春》云：

双桨莼波，一蓑松雨，暮愁渐满空阔。呼我盟鸥，翩翩欲下，背人还过木末。那回归去，荡云雪、孤舟夜发。伤心重见，依约眉山，黛痕低压。　　采香径里春寒，老子婆娑，自歌谁答。垂虹西望，飘然引去，此兴平生难遏。酒醒波远，正凝想、明珰素袜。如今安在，惟有阑干，伴人一霎。

此首为白石夜泛垂虹之作。写境既空阔，写情亦放旷。初点湖天空阔、日暮天寒之境。次写盟鸥呼我之情，翩翩欲下，又过木末，写鸥飞最生动。而“呼我”二字，尤觉亲切有味。白石极爱自然，故写物每缱绻有情。如《念奴娇》云：“高柳垂阴，老鱼吹浪，留我花间住。”《淡黄柳》云：“看尽鹅黄嫩绿，都是江南旧相识。”《探春慢》云：“无奈苕溪月，又唤我扁舟东下。”皆与此有无穷之韵味。“那回”两句，回忆昔年雪夜泛湖情景，宛然在目。“伤心”三句，又折入现景，点明水色山光，俨然图画。“采香”三句，极写乐极而歌。“垂虹”三句，写孤舟远引，胸次浩然，逸兴遄飞，有翛然物外、浑忘尘世之高致，诚玉田所谓“野云孤飞，去留无迹”也。“酒醒”两句，更写乐极而饮，并酒醒后怀古之情。“如今安在”四字提唱，末两句一应，倍觉千古兴衰，犹如一梦，只余空蒙云水，令人太息而已。又如《点绛唇》云：

燕雁无心，太湖西畔随云去。数峰清苦。商略黄昏雨。　　第四桥边，拟共天随住。今何许。凭栏怀古，残柳参差舞。

此亦过吴松之作。起写“燕雁无心”，实以自况，一种潇洒自在之情，写来飘然若仙。“数峰”两句，体会深山幽静之境，亦极微妙。“清苦”二字，写山容欲活。“商略”二字，写山意欲语。白石徜徉云水，辄以陆龟蒙自许，故此词下片，亦有拟共龟蒙结邻之意。着末揭出怀古之情，与《庆宫春》作法相同。“今何许”三字提唱，“凭栏”两句一应，只就“残柳”一点上写出古今沧桑之感，令人吊古伤今，不能自止。又如《淡黄柳》末云“燕燕飞来，问春何在，惟有池塘自碧”，亦用此法。所谓神韵俱到者，皆此类也。

二、送别

自古多情，俱伤离别，况当亡国破家之会，别情尤惨矣。白石《八归·湘中送胡德华》云：

芳莲坠粉，疏桐吹绿，庭院暗雨乍歇。无端抱影销魂处，还见篠墙萤暗，藓阶蛩切。送客重寻西去路，问水面琵琶谁拨。最可惜一片江山，总付与啼鴂。　长恨相逢未款，而今何事，又对西风离别。渚寒烟淡，棹移人远，缥缈行舟如叶。想文君望久，倚竹愁生步罗袜。归来后、翠尊双饮，下了珠帘，玲珑闲看月。

通首疏密相间，一气不断。有激越处，有宛转处，曲折顿宕，哀而不伤。起写雨后静夜之莲桐，是昼景；次写雨后静院之萤蛩，是晚景，两层点景，文字凝炼细密。“送客”以下，顿开疏荡，声情激越，神似稼轩。初闻“水面琵琶”而叹，次见“一片江山”而惜，家国之感，尽寓其中。陈龙川《水龙吟》云：“恨芳菲世界，游人未赏，都付与莺和燕。”忠愤之情，溢于言外，与白石词意，先后如出一辙。换头既恨分别之速，又悲人去之远，笔力精健，深情若揭。“想”字直贯到底，运化太白之意，推想德华家人望归之切，与归后室家之乐。极写德华归家之乐，正以形己漂流之苦。余意含蓄，韵自胜绝。清真《琐窗寒》末云：“想东园、桃李自春，小唇秀靥今在否。到归时、定有残英，待客携尊俎。”白石章法，实袭清真。又白石《长亭怨慢》一首，亦写别情。词云：

渐吹尽、枝头香絮。是处人家，绿深门户。远浦萦回，暮帆零乱、向何许。阅人多矣，谁得似、长亭树。树若有情时，不会得、青青如此。　　日暮。望高城不见，只见乱山无数。韦郎去也，怎忘得、玉环分付。第一是、早早归来，怕红萼、无人为主。算空有并刀，难剪离愁千缕。

此词浑灏流转，情意亦厚。初从别时别处写起，次记水驿经历。“阅人”两句，因见长亭树而生人不如树之感，语本庾信《枯树赋》。“树若”两句，翻用“天若有情天亦老”意，语极沉痛。换头记山程经历，与离愁之繁。文字如奇峰突起，拔地千丈。清真入后，往往愈转愈深，似野隼盘空，倏然而下者；白石入后，则往往愈转愈高，似孤鹤冲天，划然而上者，二人表情之式虽异，然各极其妙。

三、怀归

白石浪迹天涯，时兴怀归之念。如《征招》云：“客途今倦矣，漫赢得一襟诗思。”《探春慢》云：“谁念漂零久，漫赢得幽怀难写。”《玲珑四犯》云：“文章信美知何用，漫赢得天涯羁旅。”皆深感客路风尘之苦，不得便归也。《杏花天影》云：“满汀芳草不成归。”《浣溪沙》云：“东风落靥不成归。”《水龙吟》

云："把酒临风，不思归去，有如此水。"更可见欲归之切，含凄之深。其《霓裳中序第一》一首，尤写得沉郁悲凉，仿佛清真。词云：

亭皋正望极。乱落江莲归未得。多病却无气力。况纨扇渐疏，罗衣初索。流光过隙。叹杏梁、双燕如客。人何在、一帘淡月，仿佛照颜色。　幽寂。乱蛩吟壁。动庾信、清愁似织。沉思年少浪迹。笛里关山，柳下坊陌。坠红无信息。漫暗水、涓涓溜碧。飘零久、而今何意，醉卧酒垆侧。

此词遍体尽是哀伤情调。起伤景物凋残，人归未得。以下伤多病，伤时速，伤燕去，伤人去，无限离愁，一时交集。下片又伤夜境幽寂，伤乱蛩吟壁，伤暗水流花，伤旧游如梦。着末"飘零久"与起处"归未得"相应，揭出而今苦况。语语怨抑，如闻幽咽之泣声。又如《一萼红》词，上片记客长沙观梅之乐，下片忽起思归之念，哀感亦深。词云：

古城阴，有官梅几许，红萼未宜簪。池面冰胶，墙腰雪老，云意还又沉沉。翠藤共、闲穿径竹。渐笑语、惊起卧沙禽。野老林泉，故王台榭，呼唤登临。　南去北来何事，荡湘云楚水，目极伤心。朱户黏鸡，金盘簇燕，空叹时序侵寻。记曾共、西楼雅集，想垂柳、还袅万丝金。待得归鞍到时，只怕春深。

前叙踏雪寻梅，笑语穿竹，呼唤登台，兴致极豪。后感南北飘流，睹云水而伤心。前后哀乐对照，倍觉警动，而语气拗怒，亦有"铁骑突出刀枪鸣"之概。"朱户"三句，又因睹岁时景物，而叹时序迁流之速。"记曾共"两句折入，回忆当年雅集西楼之乐，更觉今日不可复寻此乐，遥想楼畔之柳，依然万丝披拂也，末叹归去之迟，仍收到景物上，与《诗》之“今我来思，雨雪霏霏”作意相同。然《诗》犹实写，此则设想，韵致又各异也。庆元二年丙辰岁不尽五日，白石旅居吴松，亦尝作《浣溪沙》云：

雁怯重云不肯啼。画船愁过石塘西。打头风浪恶禁持。　春浦渐生迎棹绿，小梅应长亚门枝。一年灯火要人归。

融情于景，清新俊逸。“一年灯火要人归”句，含思尤凄极，令天涯游子读之，辄生无可奈何之感。

四、伤乱

绍兴三十年，完颜亮南侵。江淮军败，中外震骇。亮寻为其臣下杀于瓜州。白石于淳熙三年，曾过扬州。时寇平已十六年，而扬州城内，依然四顾萧条，寒水自碧。白石感慨今昔，因自度《扬州慢》云：

淮左名都，竹西佳处，解鞍少驻初程。过春风十里，尽荠麦青青。自胡马、窥江去后，废池乔木，犹厌言兵。渐黄昏、清角吹寒，都在空城。　杜郎俊赏，算而今、重到须惊。纵豆蔻词工，青楼梦好，难赋深情。二十四桥仍在，波心荡、冷月无声。念桥边红药，年年知为谁生。

千岩老人谓此词有黍离之悲，信不虚也。至文笔之清刚，情韵之绵邈，亦令人讽诵不厌。起首八字，即以重笔点明维扬昔时之繁盛。“解鞍”句，记过维扬。“过春风”两句，忽折入现时荒凉景象，只言十里荠麦，则乱后之人烟稀少，屋宇荡然，俱可知矣。此所谓虚处传神，乃白石最精妙之笔墨。“自胡马”二句，更言乱事之惨，即废池乔木，犹厌言之，则人之伤心，自不待言，借物以况人，亦深透无匹。“渐黄昏”两句，再点出空城寒角，尤觉凄寂万分。换头用杜牧之扬州诗意，伤今忆昔，不尽欷歔。“重到须惊”一层，“难赋深情”又进一层。以下就波荡冷月之景色，显出当年繁华之销歇及而今乱后之荒凉，笔力千钧，哀彻心腑。末叹无人来赏红药，亦极宛转缠绵之致。白石伤乱情深，故写来句句沉着，写来回肠荡气。参军《芜城》之赋，工部《哀江头》之诗，似不得专美于前矣。白石尚有《凄凉犯》词，系记合肥之荒凉，亦江淮乱后之作也。

五、感遇

白石落魄江湖，辄以杜牧自喻，故行迹所至，多有本事流传，所谓“东风历历红楼下，谁识三生杜牧之”语，可知其清狂之况。孝宗十六年己酉，白石寓苕溪时，曾有《琵琶仙》咏所遇云：

> 双桨来时，有人似、旧曲桃根桃叶。歌扇轻约飞花，蛾眉正奇绝。春渐远、汀州自绿，更添了、几声啼鴂。十里扬州，三生杜牧，前事休说。　　又还是、宫烛分烟，奈愁里匆匆换时节。都把一襟芳思，与空阶榆荚。千万缕、藏鸦细柳，为玉尊、起舞回雪。想见西出阳关，故人初别。

张炎谓白石《琵琶仙》、少游《八六子》，“全在情景交炼，得言外意”。白石韵胜之作，实不减少游。张炎相提并论，可谓只眼独具。惟白石清脆顿宕，更人所难能。此词起写画船远来，中载有人，因远来隐约不清，仿佛旧游之人，故曰“似”。次写画船渐近，人影分明，确似当年蛾眉，故曰“正”。“似”字传怀疑之神，“正”字传惊诧之神。扇约飞花，写景写人，俱臻美妙。“春渐远”以下，一气径转，超秀绝伦。不写人虽似实非之恨，但写出眼前境界，迥异曩时，以见旧游不堪回首、旧事不堪重提之情。下片采取唐人韩翃、韩愈、王维咏柳的诗，运化入词，仍就眼前榆荚柳花景色，写出怀人情思，笔墨层层揭响。是岁之秋，又有《鹧鸪天》，记苕溪所遇云：

京洛风流绝代人。因何风絮落溪津。笼鞋浅出鸦头袜，知是凌波缥缈身。　红乍笑，绿长嚬。与谁同度可怜春。鸳鸯独宿何曾惯，化作西楼一缕云。

前写人之丰神，后写怀人之切，亦生动而真挚。又白石淳熙十四年（1187）初自沔东至金陵时，亦有《踏莎行》感梦之作。想见白石在沔东时之所遇，其后别去，难以忘情，故思极而有梦也。词云：

燕燕轻盈，莺莺娇软。分明又向华胥见。夜长争得薄情知，春初早被相思染。　别后书辞，别时针线。离魂暗逐郎行远。淮南皓月冷千山，冥冥归去无人管。

起言梦中见人，次言春夜思深，换头言别后之难忘，情亦深厚。所谓“书辞”“针线”，皆伊人之情也。天涯羁旅，睹物如睹人，故曰“离魂暗逐郎行远”。着末写境既凄黯，写情尤哀不可抑。千山月冷，一人独去，试想象此境此情，畴不为之下一掬同情之泪哉？其后至合肥亦有所遇，有《浣溪沙》记其事云：

钗燕笼云晚不忺。拟将裙带系郎船。别离滋味又今年。　杨柳夜寒犹自舞，鸳鸯风急不成眠。些儿闲事莫萦牵。

拟将裙带系郎之船，写情痴憨已极。不必萦牵，些儿闲事，写劝慰之意亦厚。后旅杭时，此情未忘，又有元夕感梦之词云：

肥水东流无尽期。当初不合种相思。梦中未比丹青见，暗里忽惊山鸟啼。　　春未绿，鬓先丝。人间别久不成悲。谁教岁岁红莲夜，两处沉吟各自知。

词为《鹧鸪天》，写情尤浓挚。起句谓肥水无尽期，即兴言人之离恨无尽期，语即沉痛。“当初”一句，因恨而悔，悔当初错种相思，致今日有此恨。语带激切，怨抑更甚矣。“梦中”两句，写思极入梦之情。梦中所见之人，隐约模糊，不如丹青所描之真。但即此隐约模糊之梦，亦不能久做，偏被山鸟惊醒，其懊恨为何如耶。下片写分别之久，怀念之深。“人间别久不成悲”一语，尤沉痛异常，道出羁旅况味，道出迷惘心情。盖初别犹悲，别久则习于悲，纵悲亦不觉矣。“谁教”两句，点明元夕，并写出两地相思之苦，情韵胜绝。

六、咏物

白石咏物词颇多，有咏柳者，有咏梅者，有咏荷者，有咏芍药者，有咏茉莉者，有咏蟋蟀者。然咏蟋蟀及咏梅之词，尤为千古所称道。《齐天乐》咏蟋蟀云：

庾郎先自吟愁赋。凄凄更闻私语。露湿铜铺，苔侵石井，都是曾听伊处。哀音似诉。正思妇无眠，起寻机杼。曲曲屏山，夜凉独自甚情绪。　　西窗又吹暗雨。为谁频断续，相和砧杵。候馆迎秋，离宫吊月，别有伤心无数。豳诗漫与。笑篱落呼灯，世间儿女。写入琴丝，一声声更苦。

许蒿庐云：“此词将蟋蟀与听蟋蟀者，层层夹写，如环无端，真化工之笔也。”按许氏此评，不为过誉。他人咏物，多刻画形貌；

惟白石咏物，则更重神情，故较他人所写，尤为高妙。此词起言蟋蟀声，如凄凄私语，体会即细。“露湿”三句，记闻声之处。“哀音似诉”，比私语更深一层，起思妇闻声之感。“曲曲”两句，记思妇闻声之悲伤，而出之以且叹且问语气，倍见婉约。换头用“又”字承上，词意不断，夜凉闻声，已是感伤，何况又添“暗雨”，伤愈甚矣。“为谁”两句，仍用问语抒情，亦令人叹惋不置。“候馆”三句，更推及无数伤心人，闻声而悲，不独思妇也。“豳诗”两句，陡以无知儿女之欢笑，反衬出有心人之悲哀，文笔极灵动。末言蟋蟀声谱入琴丝更苦，余意亦不尽。至咏梅之作，有《暗香》《疏影》两首，寄托君国，自成馨逸。《暗香》云：

> 旧时月色。算几番照我，梅边吹笛。唤起玉人，不管清寒与攀摘。何逊而今渐老，都忘却、春风词笔。但怪得、竹外疏花，香冷入瑶席。　　江国。正寂寂。叹寄与路遥，夜雪初积。翠尊易泣。红萼无言耿相忆。长记曾携手处，千树压、西湖寒碧。又片片、吹尽也，几时见得。

此首咏梅，无句非梅，无意不深。而感怀今昔，托喻君国，尤极曲折回环之妙。起五句写旧时豪情，一气流走，峭拔无匹。月下吹笛，皆为烘托梅花而设。试思月下赏梅，梅边吹笛，何等境界，何等情致。因笛声而又唤起玉人来摘梅，其境更美。“何逊”两句，忽转入而今衰老现象，文笔顿挫悠扬，感喟何限，而今人老才尽，既无吹笛之兴，亦无咏梅之才，追维旧时，真有不堪回首之慨矣。“但怪得”两句，再转花香入席，引人诗思，虽无咏梅之才，终不能自已也。换头推开写情，用陆凯诗意，叹路遥雪深，折梅难寄，因折梅难寄，故惟有空对翠尊红萼而伤心，其相思之深，难以言宣矣。谓此为忆君之语，得骚辨之意者，亦未必绝无因也。“长记”两句，又回想当年梅开之盛，与篇首相应。末句言盛时难再，旧欢难寻，如见“白头吟望苦低垂”之情矣。《疏影》云：

苔枝缀玉。有翠禽小小，枝上同宿。客里相逢，篱角黄昏，无言自倚修竹。昭君不惯胡沙远，但暗忆、江南江北。想佩环、月夜归来，化作此花幽独。　犹记深宫旧事，那人正睡里，飞近蛾绿。莫似春风，不管盈盈，早与安排金屋。还教一片随波去，又却怨、玉龙哀曲。等恁时、重觅幽香，已入小窗横幅。

此首咏梅，寄托亦深。起写梅花之貌，次写梅花之神。梅之美，梅之孤高，并于六句中写足。“昭君”两句，用王建咏梅诗意，抒寄怀二帝之情。“想佩环”两句，用杜诗咏昭君诗意，更见想望二帝之切。换头用寿阳公主事，以喻昔时太平沉酣之状。“莫似”三句，申护花之情，即以申爱君之情。但虽爱护如此，终于随波飘流。故一闻笛里梅花吹出千里关山之怨来，又使人抱恨无穷已。末用唐崔橹诗“初开已入雕梁画，未落先愁玉笛吹”，叹幽香难觅，惟余幻影在横幅之上，语更悲痛。两词虽隶事，然用事不为事所使。运气空灵，笔墨飞舞，宜张炎以为“前无古人，后无来者”也。

以上略就六点叙论，白石为人之品格，及其词之精妙，当可窥见矣。夫两宋词家，各有面目，各有真价。若白石词之高朗疏隽，为词家一大宗，学者诚不可忽视也。

（原载《新中华》复刊第1卷第6期，1943年6月）

论梦窗词

南宋大词人吴文英，字君特，号梦窗，四明人。曾从吴潜诸公游，有《梦窗甲乙丙丁稿》。惜《宋史》无传，不能详其生平事迹，最为憾事。宋尹焕评其词云："求词于吾宋者，前有清真，后有梦窗，此非焕之言，四海之公言也。"此论即可见尹焕个人倾倒梦窗词之深，亦可见天下赞美梦窗词者之众。其词烹炼精绽，密丽幽邃；而大气盘旋，脉络井井；故能生动飞舞，异样出色。南宋词学大家，稼轩、白石皆尚疏，惟梦窗尚密，三家分鼎词坛，信乎各有千古也。

宋张炎词亦尚疏，与梦窗异趣，故有"梦窗词如七宝楼台，眩人眼目；碎拆下来，不成片段"之讥，并举梦窗《唐多令》一词，以为疏快不质实，实则炎徒眩梦窗字句之外美，而未曾见其本质之内美也。所举《唐多令》一词，亦非梦窗本色。原词起句云："何处合成愁，离人心上秋。"戏用拆字格，且邻于油滑矣。清常州张皋文《词选》，不收梦窗，是其偏见。董毅《续词选》，收梦窗词，欲以弥皋文之憾，然仍取《唐多令》一词，亦非知梦窗者。至周止庵始谓皋文不取梦窗，乃为碧山门户所限，并谓梦窗词“奇思壮采，腾天潜渊，返南宋之清泚，为北宋之浓挚”。所选《宋四家词选》，即证实尹焕之言，教人自梦窗以窥清真。近日朱古微、陈海绡，更毕生精研梦窗，遂使四明绝调，沉而复振。虽然，近日诋之者亦多，不曰堆砌，即曰晦涩，不曰饾饤凌乱，即曰毫无生气；一唱群和，罔究真际，可慨孰甚。

世之尚北宋者，往往抹杀南宋；尚小令者，往往忽视慢词；尚自然者，往往轻议凝炼，不知一时代有一时代之所胜，一体有一体之所胜。学南宋者，固不可不上窥北宋；学北宋者，亦不可不涉猎南宋，环境各异，作风各异，而真价亦各异也。一代大家，大抵不随人俯仰，转益多师，自具面目。乌有毫无生气之作，而可以蒙蔽六百年来才士之耳目心思者。又词中固有吐属自然、咳唾尽成珠玉者，李白诗所谓“清水出芙蓉，天然去雕饰”也，但此不可望之常人，常人无不从凝炼入手。不从凝炼入手，率尔执笔，岂能免于浅俗浮薄？杜甫诗所谓“语不惊人死不休”者，盖全从凝炼出也。自来学诗者，不敢学李而多学杜者，亦以李才绝高，落笔美妙，令人无从步趋，而杜则字炼句炼，处处可学也。近人反对凝炼，反对雕琢，于是梦窗千锤百炼、含意深厚之作，不特不为人所称许，反为人所痛诋，毋亦过欤？古人言治玉，须切磋琢磨，始成精品。为诗文词者，亦何独不然？即画家之配度结构，音乐家之创制腔格，雕塑家之规抚神采，何一不须积日累月，惨淡经营，而后始臻上乘也。正因未美、未真而雕琢，愈雕琢乃愈真、愈美，非愈雕琢愈无生气也。字有未安，句有未妥，法有未密，色有未调，声有未响，心之所欲言者，尚不能尽情表达，于是呕心苦思，反复雕琢；改之又改，炼之又炼，务使字字精当，务使真情毕宣。范石湖谓白石诗为“裁云缝月之妙手，敲金戛玉之奇声”，此语正可以移评梦窗词，兹因略论其美。

梦窗词之美，不一而足，难以悉举。其描摹景物，抒写情思之妙处，即于字里行间，俱可显然察知也。有凝炼处，有细微处，有曲折处，有深刻处，有灵动处。试举例言之。

一、凝炼

梦窗词字面，远取温、李，近取方回，即一字也不轻易放过。形容词、动词，尤力求凝炼，力求尽态极妍。故梦窗一句，即往往表现一种境界；而在他人，则须数句铺陈也。如其《渡江云》云：“片绣点重茵。”此一句即仿佛着色图画。“片绣”言片片锦绣，喻落花之繁也；“重茵”言重重绿茵，喻芳草之盛也。一“点”字更写出落花洒遍芳草、红绿相衬映之美景。又如《霜叶飞》云：“斜阳红隐霜树。”斜阳霜树，皆红色。一“隐”字更将二者打成一片，秋林秋山，更渲染得如火如荼。他如《宴清都》云“暗殿锁秋灯夜语”，《惜黄花慢》云“败红趁一叶寒涛”，皆以一句表现境界，警动异常。至于全章精粹之词，更无不用尽凝炼功夫。

二、细微

梦窗思路，往往细微已极。如《风入松》云：“黄蜂频扑秋千索，有当时、纤手香凝。”因西园秋千而思及当时纤手，曾执彩索游戏，因今日之黄蜂，频扑秋千彩索，遂思及索上尚有当日之纤手余香，诚情深而语痴也。又如《祝英台近》云：“玉纤曾擘黄柑，柔香系幽素。”《莺啼序》云：“记琅玕、新诗细掐，早陈迹、香痕纤指。”《西子妆慢》云：“燕归来，问彩绳纤手，如今何许。”或因黄柑而思及当日擘柑者柔香之手，或因新竹而思及当日掐诗者之纤指，或因燕归而思及当日系绳于燕足者之纤手，皆同一细微，而同有无限深情，无限怅惘也。

三、曲折

梦窗情深，故出语多委婉曲折。如《澡兰香》云：“念秦楼也拟人归，应翦菖蒲自酌。但怅望一缕新蟾，随人天角。”设想家中重午景象及家人而重午独酌，怨抑不堪。家人切望人归，而人则流转天角，终不得归，但怅望新月而怀念耳。“念”“也”“拟”“应”“自”“但”等虚字，皆能呼应，传出曲折之神。又如《瑞鹤仙》云：“试挑灯欲写，还依不忍，笺幅偷和泪卷。寄残云剩雨蓬莱，也应梦见。”欲写而又不忍写，不写只盼梦见，此中真有千回百折之情在焉。“试”“还”“偷”“寄”“也应”等字，亦极显曲折顿宕之致。

四、深刻

文字曲折，可见吞咽之情；文字深刻，则尽情吐露，力透纸背也。梦窗词如《高阳台》云：“飞红若到西湖底，搅翠澜总是愁鱼。”落花入湖，并鱼亦生愁，写来诚加倍深刻。又如《高阳台》“南楼不恨吹横笛，恨晓风千里关山”“伤春不在高楼上，在灯前攲枕，雨外熏炉”，亦皆深透之语。他如“一丝柳、一寸柔情”“春到一分，花瘦一分”，以物况人，尤觉语新情浓。

五、灵动

梦窗体会物态入细，故所写之物，皆活泼生动，似有灵性者。如《青玉案》云“梅花似惜行人老，不忍轻飞送残照”，此写梅花之灵动也。《双双燕》云“相将占得雕梁，似约韶光留住”，此写双燕之灵动也。《声声慢》云“新弯画眉未稳，似含羞低护墙头”，此写新月之灵动也。《喜迁莺》云“烟空白鹭乍飞下，似呼行人相语”，此写白鹭之灵动也。《惜秋华》云“细响残蛩，傍灯前似说深秋怀抱”，此写秋蛩之灵动也。至于《江神子》云“丁属东风，莫送片红飞”，《绛都春》云“东风须惹春云住。再莫把飞琼吹去”，与东风言语商量，尤觉真挚而灵动。

以上略就梦窗词之字句言之，庶可知其精炼之一斑。至于全章胜者亦多。有抒羁旅之情者，有抒怀旧之情者，有抒怀古之情者，有抒惜别之情者，有抒伤逝之情者，深情郁勃，笔力奇横，兹复举例言之。

一、羁旅

自来旅食他乡，辄多感慨。况乎国破家亡，飘流不定，凄苦尤甚。梦窗之《祝英台近·春日客龟溪游废园》云：“自怜两鬓清霜，一年寒食，又身在云山深处。”三句三层：人老一层，时速一层，处境一层，打并一起，百端交集矣。此类文字既疏荡，又沉着，何得谓之无生气？又如《祝英台近·除夜立春》上片云：“有人添烛西窗，不眠侵晓，笑声转新年莺语。”下片云：

“可怜千点吴霜，寒消不尽，又相对落梅如雨。”上片三句极写他人除夜之欢乐；下片三句，折到己身除夜之凄伤，两情对照，倍加警动。而词笔之重大，纯是清真法乳。清真《过秦楼》尝以“昔日笑扑流萤”之“笑”字，反衬后日之“梦沉书远”；白石《齐天乐》尝以“笑篱落呼灯，世间儿女”之“笑”字，反衬思妇之伤心。梦窗以他人之笑，反衬己之悲哀，亦类是也。

二、怀旧

梦窗泊舟葑门，感怀旧游，有《夜合花》词。上片云：“柳暝河桥，莺晴台苑，短策频惹春香。当时夜泊，温柔便入深乡。词韵窄，酒杯长。剪蜡花、壶箭催忙。共追游处，凌波翠陌，连棹横塘。”记旧游之乐，飞动已极。但下片陡转凄凉，诚有一落千丈之势。词云：“十年一梦凄凉。似西湖燕去，吴馆巢荒。重来万感，依前唤酒银罂。溪雨急，岸花狂。趁残鸦、飞过苍茫。故人楼上，凭谁指与，芳草斜阳。”揭出人去楼空，无人共眺之哀，层层深入，笔笔凝重。而以眼前之悲凉景色作收，绝似屯田。此词上盛下衰，上乐下哀，摹写两面，俱能酣畅淋漓，故倍觉精绽悠扬，动人心魄。又如《霜叶飞》上片，亦是摹写当年“醉踏南屏”之乐，而下片陡转今日之凄凉，更觉哀不可抑。如云：“尘笺蠹管，断阕经岁慵赋。小蟾斜影转东篱，夜冷残蛩语。”笺已生尘，管已生蠹，其情一何苦也。而东篱冷夜之月影蛩声，其境又何惨也。梦窗大笔濡染之处多类此，信足以媲美清真云。

三、怀古

如《八声甘州》云："渺空烟四远，是何年、青天坠长星。幻苍崖云树，名娃金屋，残霸宫城。箭径酸风射眼，腻水染花腥。时靸双鸳响，廊叶秋声。　　宫里吴王沉醉，倩五湖倦客，独钓醒醒。问苍波无语，华发奈山青。水涵空、阑干高处，送乱鸦、斜日落渔汀。连呼酒，上琴台去，秋与云平。"此首高揭入云，想见梦窗胸次之浩荡。起两句破空而来，即有苍莽气象。"幻苍崖"三句，抒吊古之情亦深。一"幻"字包含无限情事，人物霸业，皆一场梦幻而已。以下吊采香径，吊响屧廊，吊吴王，吊范蠡。"问苍波"以下，空际转身，将吊古及伤今之感，尽融入景中。前片所言一切，俱已化为乌有，只有山青水碧，乱鸦盘空。末句更转一境，与起句"渺空烟四远"相应，豪宕已极。即比之稼轩，亦何多让。

四、惜别

如《解连环·留别姜石帚》云："思和云结。断江楼望睫，雁飞无极。正岸柳衰不堪攀，忍持赠故人，送秋行色。岁晚来时，暗香乱、石桥南北。又长亭暮雪，点点泪痕，总成相忆。　　杯前寸阴似掷。几酬花唱月，连夜浮白。省听风听雨笙箫，向别枕倦醒，絮扬空碧。片叶愁红，趁一舸西风潮汐。叹沧波路长梦短，甚时到得。"起十三字写登楼怅望，已极见惜别之情。"正岸柳"二句记不忍折柳送行，亦见缱绻难分之情。"岁晚"五句，又想到花时相忆与雪时相忆之深。下片叹光阴易逝，旧欢难寻，而西风潮汐，催人急去，尤觉惘然。末不知梦可能到，情意亦极深厚。此词通体曲折宛转，笔妙如环，极离合吞吐之致。

五、伤逝

梦窗《莺啼序·春晚感怀》，即为伤逝之作。全词字字凝炼，句句有脉络，绵密醇厚，兼而有之，而转身运气之处，尤能使全篇飞动。陈亦峰谓此词全章精粹，空绝千古，信不诬也。论其内容，共分四片。第一片因春景兴起愁思，第二片逆述当日西湖旧游之乐，第三片则述生离死别之惨。此三片皆大开，而第四片则大合。收尽前事，精力弥满。其第四片词云："危亭望极，草色天涯，叹鬓侵半苎。暗点检、离痕欢唾。尚染鲛绡，亸凤迷归，破鸾慵舞。殷勤待写，书中长恨，蓝霞辽海沉过雁，漫相思、弹入哀筝柱。伤心千里江南，怨曲重招，断魂在否。""危亭"三句既抒望远之情，复自叹近日衰老。"暗点检"两句睹物伤神。"欢唾"收束第二片，"离痕"收束第三片。"亸凤"两句言欲归不得，欲舞无心。"殷勤"三句言欲寄无雁。"漫相思"一句结穴，销纳满腔烦冤。"伤心"三句，以招魂之意作结，沉哀入骨。

稼轩词光芒四射，故人多知之。梦窗词潜气内转，故人多不知之。实则二家词，途径虽异，而真价俱在。好学深思之士，固当精究梦窗词之底蕴，幸勿随声轻诋也。

（原载《读书通讯》第65期，1943年5月1日）

女词人张玉娘

“鸳鸯冢”故事的来源

谁也知道，宋代女词人，有李易安、朱淑真、魏夫人、吴淑姬这一般人。可是很少人知道，宋代还有一位女词人张玉娘，足以和她们分庭抗礼呢！从来的词选，未载她一字；从来的书目，也未著录过她的集子，所以这位一代女词人，就寂寂无闻了。清代朱竹垞、王兰泉、陶凫香所选的《词综》，最为繁博，但也还没有看到她所著的《兰雪集》。朱古微刻《彊村丛书》，还以为她是个男子，竟不知道她是个巾帼词人呢。李之鼎刻宋人甲乙丙丁四集，才据孔荭谷所藏钞本印出。从此我们知道宋代女子词集，除《漱玉》《断肠》而外，还有《兰雪集》昭著人间呢！一般文学史家，应该留出一点篇幅，叙述这已经隐埋了六百多年的女作家。

玉娘字若琼，松阳人，宋仕族女子。曾祖父名再兴，淳熙八年进士。祖父名继烨，曾由贡元做过登仕郎。父名懋，字又翁，号龙岩，做过提举官。玉娘天生丽质，而且聪慧异常；所作文章诗词，震惊一时，人比她为汉代的班大家。自号一贞居士。有侍儿两人，一名紫娥，一名霜娥，都有才色。平时又养一鹦鹉，因号闺房三清。玉娘长成，和中表沈佺订婚。沈佺是宋徽宗时状元沈晦的后人，也是倜傥风流的人物。他们订婚以后，玉娘的父母忽然反悔起来。佺因此忧病而死，她也因此郁郁不乐，时时存着死的念头，可是父母还想为她另卜佳婿呢！这实在使她死的更快些。

有一次，正是正月十五晚上，父母都出去看灯了，她独坐烛下，凄然流泪。灯影一摇动，她便仿佛看见她的沈郎，站在面前。她惊喜异常，对他说了两句必死的话，便看不见他的影子了。她经过这次幻象，不久便也得病死了，死时她才二十八岁。父母晓得她是为沈郎而死，于是得了沈家同意，把两人合葬在一处。她死后一个多月，她的侍儿霜娥病死了，紫娥也自经了。最奇怪的，她平时所爱玩的鹦鹉，也悲鸣死了。家人觉得这事太悲惨了，因把她们统同葬在一处。古往今来的人，都称这墓为“鸳鸯冢”。清初孟称舜为了这惨剧，还谱了四折杂剧呢。从这段简略的传里，我们觉得她短促的身世，比李易安、朱淑真更为悲惨。李易安是悼念伉俪，朱淑贞是哀伤所遇，而她则是有情人不能成眷属，含恨千古。她的诗词集名《兰雪集》，诗有百余首，词有十六首，十九是哀怨的部分。后来元人虞伯生、欧阳玄这一般大文学家大为赞赏。所咏除流连风光以外，大率贞节自书之词。她诗序道：“丈夫以忠勇自许，妇人以贞节自许，妾深有意焉。”可以看出她的志愿。明人王诏替她作传，说她从前所以未即死的，便是因为双亲未死，这更可以看出她的孝心了。她这种贞孝的大节，不独超过寻常女子，便是李易安、朱淑真也还逊一筹呢！相传她曾作了一首古诗道：

山之高，月出小。月出小，何皎皎。我有所思在远道。一日不见兮，我心悄悄。

欧阳玄看了，深深地叹息道：“这真可与《国风》的《草虫》媲美了。”又有一首五律道：

夜凉春寂寞，淑气浸虚堂。花外钟初转，江南梦更长。野禽鸣涧水，山月照罗裳。此景谁相问，飞萤入绣床。

虞伯生读到末句，也拍案叫绝道：“这岂是妇人所能作得到的？”至于她的十六首词，也不下于《漱玉》《断肠》。从她的词里，可以很显著地看出两方面来。

一、写日常无聊的生活

试举两首来看：

凭楼试看春何处。帘卷空青澹烟雨。竹将翠影画屏纱，风约乱红依绣户。　　小莺弄柳翻金缕。紫燕定巢衔舞絮。欲凭新句破新愁，笑问落花花不语。(《玉楼春》)

疏雨动轻寒。金鸭无心爇麝兰。庭院深深人不到，凭阑。尽日花枝独自看。　　销睡报双鬟。茗鼎香分小凤团。雪浪不须除酒病，珊珊。愁绕春丛泪未干。(《南乡子》)

这种清丽的词句，真足表出长日无聊的境界和她内心的烦闷。此外零章碎句，也尽有为人所传诵的。例如：

海棠阴，杨柳杪。疏雨寒烟，似我愁多少。

当时人无不倾服。

二、写伤离念远的情绪

在下面所引的词里，便是她憔悴的写照。竟和李易安、朱淑真的“雾鬓风鬟”，一般无二。自古红颜多薄命，这在玉娘，又何独不然呢。

玉关愁，金屋怨，不成眠。粉郎一去，几见明月缺还圆。

蓟燕秋劲，玉郎应未悬归鞍。数新鸿，欲传佳信，阁兔毫，难写悲酸。

燕子楼空，凤箫人远，幽恨悲黄鹄。夜阑漏尽，梅花声动湘玉。

何人轻驰宝马，烂醉金罍。衣裳雅澹，神仙花外徘徊。独怪我绣罗帘锁，年年憔悴裙钗。

拿别人的欢乐，来比量一己的悲哀，这悲哀觉得分外深刻。

看这些词，真是呜咽满纸，令人太息。

（原载《文艺月刊》第6卷第4期，1937年10月）

纳兰容若评传

容若，清初一大词人也。文比谊、舒，武拟颇、牧，求之历代词人中，实罕有其匹。且其天姿纯粹，学问淹通，才力强敏，识见高明，极为当时之老师宿儒所惊叹。而待人之推心腹，披肝胆，无事不真，无语不挚，尤为后世之文人才士所景仰。昔蕙风论词尝云："'真'字是词骨。"若容若者，盖全以"真"胜者。待人真，作词真，写景真，抒情真，虽力量未充，然以其真，故感人甚深。一种凄惋处，令人不忍卒读者，亦以其词真也。谢章铤谓清初词，竹垞以学胜，迦陵以才胜，容若以情胜。谭献谓清初"阮亭、葆酚一流，为才人之词；宛邻、止庵一流，为学人之词；惟三家（容若与项莲生、蒋鹿潭）是词人之词"，岂非皆以其情真、语真胜诸家耶？近人之称道容若者亦多，如王、梁二先生云：

> 容若以自然之眼观物，以自然之舌言情，此由初入中原，未染汉人风气，故能真切如此。北宋以来，一人而已。（王静安）

清代大词家固然很多，但头两把交椅，却被前后两位旗人成容若、文叔问占去，也算奇事。（梁任公）

至朱、况二先生，海内所奉为词宗者也，其于容若词，亦推崇备至，如云：

容若小令，直逼北宋，八百年来，无此作者。（朱古微）

容若词纯任性灵，纤尘不染。（况夔笙）

诸家称扬，容有过当，然感其词一往情深，真切自然，则无不同也。兹因述其生平，并论其词。

容若，姓纳兰，初名成德，后避东宫嫌名，改曰性德。字容若，别号楞伽山人，满洲正黄旗人。先世有叶赫之地，明初内附。始祖名星恳达尔汉，六传至养汲弩。养汲弩有二子，长名纳林布禄，次名金台什，分居东、西城，为明外捍。一女为清太祖后，生太宗。太祖破东、西城，金台什自焚死，以有旧恩，存其世祀。其子尼迓韩，以定鼎燕京时，著有劳绩，授云骑都尉，任郎中，卒，长子郑库袭职。次子明珠，原任保和殿大学士，数迁至武英殿大学士，屡充《方略一统志》《明史》诸总裁，累加太子太傅，晋太子太师，容若之父也。容若母觉罗氏，一品夫人。明珠三子，容若居长。次弟揆叙，字恺功，号惟实居士，康熙三十五年授侍读，历官翰林院掌院，都察院左都御史，精鉴别，所居曰谦牧堂，藏书极富，所著有《隙光亭杂识》六卷、《益戒堂诗集》十六卷、《鸡肋集》一卷。季弟揆芳和硕额驸。配卢氏，两广总督、兵部尚书、都察院右副都御史兴祖之女，赠淑人，先容若卒。继室官氏。子二，长福格，次福尔敦，一女适年羹尧，孙瞻岱，乾隆三年甘肃提督。

容若生于顺治十一年腊月十二日（1655）。年十七补诸生，十八中举人，二十二中进士。初授三等侍卫，后连晋二等，至一等侍卫。康熙二十一年三月，扈从东巡，经盛京、松花江、龙泉寺等地，四月回京。八月奉使觇梭龙羌，十二月回京。二十二年二月，扈从西巡，经五台、龙泉关、长城岭、菩萨顶、赵北口等地，三月回京。二十三年九月，扈从南巡，经济南、高邮、金山、扬州、苏州、无锡、江宁、曲阜、兖州等地。过江宁时，曾为曹子清先人所构楝亭题《满江红》词。过无锡时，登惠山贯华阁，曾留三十绘像于阁中，并有贯华阁额。是岁十一月回京。二十四年五月，得寒病，七日不汗，卒，时为三十日（1685），年三十有一，葬于皂荚屯。

容若虽生长朱门，履盛处丰，然抑然不自多，萧然若寒素。事君尽忠，事亲尽孝，其于兄弟、夫妇、师友间之情谊亦笃，故无人不敬之爱之，甚至感激涕零。初侍康熙帝，服劳维谨，虽在寒暑，亦不乞休，帝有指挥，无不在侧，故帝眷注至隆，尝赐金牌彩缎、上尊御馔、袍帽鞍马、弧矢字帖、佩刀香扇之属甚夥。逢万岁节时，又亲书唐贾至早朝七言律赐之，每令赋应制诗，皆称旨。后容若得疾，帝使中官侍卫及御医，日数辈络绎至第诊治。疾亟，帝亲处方药赐之，未及进而殁。帝极震悼，命中使赐奠，恤典有加，此容若之爱君，与君之爱容若也。容若每未明入直，必之父母所问安，晚归亦如之。燠寒之节，寝膳之宜，日候视以为常。父母偶加餐，辄色喜以告所亲，又偶有疾，则日侍左右，衣不解带，以致颜色黝黑，及父愈始复。故容若死后，父退朝，望子舍必哭，哭已皇皇然，如冀其复者。帝且每劝其父节哀，可知其父伤悼之深，此又容若之爱亲，与亲之爱容若也。

容若师事昆山徐乾学。方十八岁中举人时，尝青袍拜师堂下，师极爱其举止闲雅。次年自五月起，逢三、六、九日，过师邸讲论经史，每抵暮方去，敬师励学，雅有程门立雪之风云。故容若死后，师亦哭之恸，既为诗以哭之，并为之撰墓志铭。文中有云："其于余绸缪笃挚，数年之中，殆日以余之休戚为休戚也。"可见其师弟间之情谊矣。容若伉俪甚笃，但二十三岁以前，已赋悼亡，故词中哀戚之作，率声泪俱随，凄惋已极。其于幼弟，亦爱护备至，弟或出，必遣亲近僮仆送之，返必往视以为常。至于友情，更为世所称道，所交若无锡严绳孙、宜兴陈维崧、慈溪姜宸英、秀水朱彝尊、吴江吴兆骞、南海梁佩兰、常熟翁叔元、无锡顾贞观、无锡秦松龄、钱塘高士奇，皆年长于容若。绳孙长三十三岁，维崧长三十岁，宸英长二十七岁，彝尊长二十六岁，兆骞长二十四岁，佩兰长二十三岁，叔元长二十二岁，贞观长十八岁，松龄长十八岁，士奇长十岁，顾皆投分甚深，唱和甚密。朋友有患难者，无不慷慨援手，如翁叔元下第，作客十五年不得归，容若过从慰藉，并为之治行，使得归省坟墓。姜宸英奔母丧归慈溪，容若赋《金缕曲》赠别，并遣使厚为赙恤。顾贞观奔母丧，容若赠之以麦舟。吴兆骞徙宁古塔垂二十年，容若素昧平生，忽见顾贞观寄之《金缕曲》二首云：

> 季子平安否。便归来、平生万事，那堪回首。行路悠悠谁慰藉，母老家贫子幼。记不起、从前杯酒。魑魅搏人应见惯，总输他覆雨翻云手。冰与雪，周旋久。　泪痕莫滴牛衣透。数天涯、依然骨肉，几家能彀。比似红颜多命薄，

更不如今还有。只绝塞苦寒难受。廿载包胥承一诺，盼乌头马角终相救。置此札，君怀袖。

我亦飘零久。十年来、深恩负尽，死生师友。宿昔齐名非忝窃，只看杜陵穷瘦。曾不减夜郎僝僽。薄命长辞知己别，问人生到此凄凉否。千万恨，为兄剖。　兄生辛未吾丁丑。共些时、冰霜摧折，早衰蒲柳。词赋从今须少作，留取心魂相守。但愿得河清人寿。归日急翻行戍稿，把空名料理传身后。言不尽，观顿首。

不觉为之泣下数行曰：“河梁生别之诗，山阳死友之传，得此而三。此事三千六百日中，弟当以身任之，不俟兄再嘱也。”贞观曰：“人寿几何，请以五载为期。”容若乃恳之父，亦见许，兆骞遂得入关。他若士之走京师，侘傺而失路者，容若无不亲访慰藉，生馆死殡，挥金如土。或未一造门，而闻声相思，必致之乃已。故容若之丧，有平生未识面者，皆为之出涕。顾贞观祭文有云：

视勋名如糟粕，势利如尘埃，其于道谊也甚真，特以风雅为性命，朋友为肺腑。

可以知其人矣。或谓容若似《红楼梦》中之宝玉，良非无因。容若曾随康熙帝南巡，过金陵时，为曹雪芹之祖父子清题词。雪芹或闻其先人之称道，或读其词，而心仪其为人，以为隔世知己，感念不置，因隐将其性情，写入小说，自属可能之事。故宝玉谓之容若固可，谓之雪芹自况亦无不可。

容若幼读书，过目不忘，年十三已身通六艺，又善骑射，从康熙帝巡幸，上马驰猎，拓弓作霹雳声，无不中。或据鞍占诗，应诏立就，论者谓其诗有开、天风格。书法慕褚河南，临本禊帖，间出于《黄庭内景经》。试进士时，入对殿廷，数千言立就，点画落纸，无一笔非古人者，读卷执事各官，咸叹异焉。批评文字，有《渌水亭杂识》，十九岁时作，批评文学、哲学、史学、科学，语多精到。自亦能以意制器，为巧倕所不能。晚笃意于经史，且欲窥寻性命之学。曾刊《通志堂经解》一百四十四种，一千七百九十二卷，论经史源流及文章正变，徐乾学尝叹为老师宿儒所不及。至政绩之可称者，则有奉使觇梭龙一事。容若于康熙二十一年秋，奉使觇梭龙，羌道险远，劳苦万状，然卒得其要领还报。后梭龙输款，容若已殁，故帝遣宫使，拊其几筵哭而告之，以悯其劳。朱彝尊挽诗云："出塞同都护，论功过贰师。"即指此役也。所选《今词初集》，今尚有传本。《全唐诗选》《词韵正略》《名家绝句钞》，今皆不传。

容若词，初有《侧帽词》，取小山"侧帽风前花满路"语意。朝鲜使臣徐良崎购去《侧帽词》及《弹指词》，并题一绝云：

> 使车昨渡海东边，携得新词二妙传。谁料晓风残月后，而今重见柳屯田。

此本今亦不传。康熙十七年，顾贞观、吴绮共校其《饮水词》，刊于吴中。饮水，取佛语"如鱼饮水，冷暖自知"意也。康熙三十年，张纯修刊《饮水诗词集》于扬州，原本流传甚罕，道光三十五年，有重梓本，前有张祥河序。咸丰元年，伍崇曜刻《粤雅堂丛书》，又据张祥河本覆刻。近有万松山房本《饮水诗词集》，则仿张纯修原本覆刻，前有康熙三十年鲁超序。康熙三十年，徐乾学辑其遗著，曰《通志堂集》，序而梓之，计赋一卷、诗四卷、词四卷、经解序三卷、文二卷、《渌水亭杂识》四卷，附录碑志、哀祭二卷，共二十卷，其中词三百四首。嘉庆二年，袁通选录《饮水词钞》二百十一首，刊入《随园三十种》中。是年杨芳灿亦有钞本《饮水词》，词仅百余首。道光十二年，汪元浩又因顾贞观原辑本、通志堂原集本、杨芳灿钞本、袁通刊本、《昭代词选》《名家词钞》《词汇》《词综》《词雅》《草堂嗣响》《亦园词选》，汇辑为《纳兰词》刊之，词共三百四十二首。光绪六年，许增刻《榆园丛书》，即将此本收入。今有正书局又仿刻榆园本，中华书局《四部备要》本亦用榆园本。开明书店《清名家词》本，亦据榆园本采录，特多予续补五首耳。忆民国二十二年时，予尝据各本，分调重编，字句异同，并加校注，凡碑志、序跋、词话、词评及容若之小影、墨迹、印章，皆附及之，卷首又冠以张惠衣兄之年谱，此稿原付上海神州国光社排印，讵知社中一度被人捣毁，此稿散失于外，战前曾有友人见之于上海书肆，越数日往寻，则已售去，今亦不知落于谁手矣。

容若词，可分咏物、写景、抒情三点论之。咏物有咏红姑娘、黄葵、寒柳、秋海棠、梅、风兰、新柳、春雨、雪花诸题。有刻画外形而咏者，如《咏红姑娘》云“霞绡裹处，樱唇微绽，靺鞨红殷”，《咏秋海棠》云“仿佛个人睡起，晕红不著铅华”，《咏春雨》云“似整如欹，才著春寒瘦不支”皆是。又如《卜算子》一首《咏柳》云：

> 娇软不胜垂，瘦怯那禁舞。多事年年二月风，翦出鹅黄缕。　一种可怜生，落日和烟雨。苏小门前长短条，即渐迷行处。

所谓“不胜垂”“那禁舞”“鹅黄缕”“长短条”，亦皆就新柳之外形描写也。冯延巳尝有“一树樱桃带雨红”之句，容若亦有“深巷卖樱桃。雨余红更娇”之句，写物态真堪匹敌。他若《咏黄葵》云“为孤情、澹韵判不宜春，矜标格，开向晚秋时候”，《咏风兰》云“别样幽芬，更无浓艳催开处”，《咏梅》云“别样清幽，自然标格，莫近东墙”，则就花之神情描写而隐有寄托者。所谓“孤情”“澹韵”“别样幽芬”“自然标格”，皆一面写花，一面自道也。至《采桑子》一首咏雪花云：

非关癖爱轻模样，冷处偏佳。别有根芽。不是人间富贵花。　　谢娘别处谁能惜，飘泊天涯。寒月悲笳。万里西风瀚海沙。

所谓“不是人间富贵花”，更明言个人不慕荣利之志趣。复观其诗，亦足证此种襟抱。如《野鹤吟赠友》云：

鹤生本自野，终岁不见人。朝饮碧溪水，暮宿沧江滨。忽然被矰缴，翘首盼青云。仆亦本狂士，富贵鸿毛轻。欲隐道无由，幡然逐华缨。动止类循墙，戢身避高名。怜君是知己，习俗苦不更。安得从君去，心同流水清。

所谓“富贵鸿毛轻”，正与“不是人间富贵花”同意，高怀清操，良可钦慕。容若扈从南巡，过无锡时，尝寄顾贞观一书，极道南方山川风物之胜，颇有意栖隐。书末有云：“倘异日者，脱屣宦途，拂衣委巷，渔庄蟹舍，足我生涯；药臼茶铛，销兹岁月。……恒抱影于林泉，遂忘情于轩冕。”并可见其身虽在高门广厦，而心则常有山泽鱼鸟之想也。又《临江仙》一首咏寒柳云：

疏疏一树五更寒。爱他明月好，憔悴也相关。

借物咏怀，尤为伟大。一种体念孤寒困郁之深情，昭然若揭，宜陈廷焯、文廷式俱爱赏此首也。文氏云："此首言中有物，几令人感激涕零，容若词亦以此篇为压卷。"可见其感人之深。

写景词，有写塞外之景色，有写江南之景色。塞外之层冰积雪，塞外之衰草黄沙，塞外之寒星冷月，塞外之角声马声，皆一一实写，极沉雄豪宕之致。如其《点绛唇》一首，写黄花城早望云：

> 五夜光寒，照来积雪平于栈。西风何限。自起披衣看。　　对此茫茫，不觉成长叹。何时旦。晓星欲散。飞起平沙雁。

不假雕琢，自见荒漠之境、苦寒之情，令人慷慨生哀。范希文尝写塞外黄昏落日之景，有云"四面边声连角起。千嶂里。长烟落日孤城闭"，又云"山映斜阳天接水。芳草无情，更在斜阳外"，凄警异常。容若亦多有写塞外黄昏落日之景者，如云：

> 败叶填溪水已冰，夕阳犹照短长亭。(《浣溪沙》)
>
> 古戍烽烟迷斥堠，夕阳村落解鞍鞯。(《浣溪沙》)
>
> 一缕断虹垂树杪，又是乱山残照。(《清平乐》)
>
> 一抹晚烟荒戍垒，半竿斜日旧关城。(《浣溪沙》)
>
> 落日万山寒。萧萧猎马还。(《菩萨蛮》)

试一想象此境，宛然置身塞外，看落日苍茫之景也。有此境，尤赖有此词。拟之范作，殊未多让。至其写夜深景象，亦为千古壮观。如其《如梦令》云"万帐穹庐人醉。星影摇摇欲坠"，正似老杜之"五更鼓角声悲壮，三峡星河影动摇"境界。又如《菩萨蛮》云"塞马一声嘶。残星拂大旗"，《宿滦河》一首云"星影漾寒沙。微茫织浪花”，写星影亦凄绝。他如写夜深风雪之境，有《长相思》一首云：

> 山一程。水一程。身向榆关那畔行。夜深千帐灯。
>
> 风一更。雪一更。聒碎乡心梦不成。故园无此声。

《花间》有句云“红纱一点镫”，此言“夜深千帐灯”，境界一大一小，然各极其妙。此外如“冷逼毡帷火不红”“北风吹断马嘶声”诸句，皆能写足塞上风光。写江南景色，容若有十首《忆江南》，皆以“江南好”三字为起句，盖南来时所作。有写金陵者，如“燕子矶头红蓼月，乌衣巷口绿杨烟”；有写虎阜者，如“山水总归诗格秀，笙箫恰称语音圆”；有写梁溪者，如“一幅云林高士画，数行泉石故人题”。此外尚有写镇江，写维扬者。末首总写江南景色之美，有异于京华云：

> 江南好，何处异京华。香散翠帘多在水，绿残红叶胜于花。无事避风沙。

可见容若爱慕江南之深矣。徐虹亭有《枫江渔父图》，容若尝题《渔父》云：“收却纶竿落照红。秋风宁为翦芙蓉。人淡淡，水濛濛。吹入芦花短笛中。”写江南秋色，时人亦以为可比张志和云。

容若抒情词，皆发自真情，故感人尤深。其写浓情密意之词，如《四犯令》云：“红药阑边携素手。暖语浓于酒。”《落花时》云：“一握香荑。回头忍笑阶前立，纵无语，也依依。”又如《减字木兰花》一首云：

> 相逢不语。一朵芙蓉著秋雨。小晕红潮。斜溜鬟心只凤翘。　待将低唤。直为凝情恐人见。欲诉幽怀。转过回阑叩玉钗。

写人之姿态，既活泼生动；写人之心情，尤缱绻缠绵。然而天忌多才，福慧有限，容若此类之词，正如昙花一现，空余梦幻，追维前尘，只益泪零，平生伤心，此情为甚。夙昔虽善骑射，但病不离体，盖外则不辞辛苦，侍卫过劳；内则百不如意，愁恨交煎，小别远游，动增惆怅；花残月缺，亦感凄凉。王事之未宁，世事之可叹，心事之难宣，朋友落第、迁谪、贫病之可哀，无一不使容若愁，无一不使容若病，何况少赋悼亡，愈难永年矣。观其词云“愁似湘江日夜潮”，可知其愁之深。又云“满眼春风百事非”，可知其情之苦。又云“一春双袂尽啼痕”，更可知其日常生活，尽是以泪洗面矣。愁愈深，情愈苦，而其词愈哀。有明题悼亡之词者，如《青衫湿》数首，皆题作《悼亡》。《金缕曲》题作《亡妇忌日有感》，《南乡子》题作《为亡妇题照》。有虽未明题，而亦寄悼亡之情者，如《忆江南》题作《宿双林禅院有感》，《眼儿媚》题作《中元夜有感》。他如无题之作，亦什九为感旧、怀人之作也。如《鹊桥仙》云：“丁宁休曝旧罗衣，忆素手、为余缝绽。”则忆旧日缝衣之事。《浣溪沙》云：“被酒莫惊春睡重，赌书消得泼茶香。当时只道是寻常。”则忆旧日闺房之韵事。又如梁任公所称道之一首《蝶恋花》云：

> 辛苦最怜天上月。一昔如环，昔昔都成玦。若似月轮终皎洁。不辞冰雪为卿热。　无那尘缘容易绝。燕子依然，软踏帘钩说。唱罢秋坟愁未歇。春丛认取双栖蝶。

此亦悼亡之词，“若似”两句，极写浓情，与柳词“衣带渐宽终不悔。为伊消得人憔悴”，同合风骚之旨。“一昔如环，昔昔都成玦”，亦可见尘缘之短，怀感之深。末揭出“在天愿为比翼鸟，在地愿为连理枝”意，生死不渝，情尤真挚。长调《金缕曲·亡妇忌日有感》云：

> 此恨何时已。滴空阶、寒更雨歇，葬花天气。三载悠悠魂梦杳，是梦久应醒矣。料也觉、人间无味。不及夜台尘土隔，冷清清、一片埋愁地。钗钿约，竟抛弃。　　重泉若有双鱼寄。好知他、年来苦乐，与谁相倚。我自终宵成转侧，忍听湘弦重理。待结个、他生知己。还怕两人俱薄命，再缘悭、剩月零风里。清泪尽，纸灰起。

柔肠九转，凄然欲绝。他如《青衫湿》云：“判把长眠滴醒，和清泪，搅入椒浆。怕幽泉、还为我神伤。道书生薄命宜将息，再休耽、怨粉愁香。”亦深情一往，如闻泣诉。惠衣尝谓容若词中，用“回廊”“梨花”特多，意必于时、于地有所实指。如《青衫湿》云“到而今、独伴梨花影”，《采桑子》云“落尽梨花月又西”，《沁园春》云“趁星前月底，魂在梨花”，《唐多令》云“为梨花深掩重门”，《虞美人》云“春情只到梨花薄”，《苏幕遮》云“划地梨花，彻夜东风瘦”，《清平乐》云“黄昏只对梨花”，《昭君怨》云“又是梨花欲谢”，《金缕曲》云“任梨花落尽无人管”，《红窗月》云“犹记回廊影里誓三生”，《金缕曲》云“依旧回廊新月在”，《木兰花》云“回廊一寸相思地”，《浪淘沙》云“曾是向他春梦里，瞥遇回廊”，《青衫湿》云“教寻梦也回廊”。予谓“回廊”乃容若与所欢同游之处，而“梨花”则同游时所见之景，其后人去廊空，梨花依然，故不禁触目生愁。且观《秋千索》一首，题作《渌水亭春望》，起云：“药阑携手销魂侣。争不记、看承人处。”末云：“满地梨花似去年，却多了、廉纤雨。”则知所谓“回廊”“梨花”，皆在渌水亭也。亭在什刹海邸内，邸后改成王府，又改醇王府，水木明瑟，清幽绝尘，固容若日夕流连之胜区也。惟空亭独望，细雨梨花，又成愁境矣。

容若既笃于伉俪之情，故悼亡词最哀痛。然观其词中，似别有爱恋之作，如《减字木兰花》云：

花丛冷眼。自惜寻春来较晚。知道今生。知道今生那见卿。　天然绝代。不信相思浑不解。若解相思。定与韩凭共一枝。

所谓“寻春来较晚”，自是别有所恋。他如《浪淘沙》云“密意未曾休。密愿难酬”，悔恨之意亦甚明，脱无所恋，何以仍谓“密愿难酬”？容若已有室，而又不能忘情于他人，不忘情亦无可奈何，只得徒唤“密愿难酬”。且容若并非不爱妻而爱他人，特既爱妻而又爱他人，此种心情冲突，此种难言之隐，或为终日愁病之一因也。试复观《画堂春》云：

一生一代一双人。争教两处销魂。相思相望不相亲。天为谁春。　浆向蓝桥易乞，药成碧海难奔。若容相访饮牛津。相对忘贫。

亦可见别有所恋之实。第所恋何在？《昭君怨》一首，似亦可为探索之资。词云：

深禁好春谁惜。薄暮瑶阶伫立。别院管弦声。不分明。　又是梨花欲谢。绣被春寒今夜。寂寂锁朱门。梦承恩。

此词有“深禁”“梦承恩”之语，合之“知道今生那见卿”及“相思相望不相亲”之语，似皆为宫中而发。《金缕曲·再赠梁汾》有云：“多少殷勤红叶句，御沟深，不似天河浅。”自述情事尤为明晰。梁汾后祭容若文云“所欲言之情，百未一吐”，或即指此情也。

容若寄赠友人之词，情意亦弥厚，篇中赠荪友严绳孙、西溟姜宸英、梁汾顾贞观为多，诸人南下，思念不已，辄萦梦寐。《临江仙·寄严荪友》云“生小不知江上路，分明却到梁溪。匆匆刚欲话分携。香消梦冷，窗白一声鸡”，此梦荪友于梁溪也。《菩萨蛮·寄梁汾苕中》云“柁楼今夕梦。脉脉春寒送。直过画眉桥。钱塘江上潮”，此梦梁汾于苕中也。西溟失意，一再慰之。当时满、汉之界甚严，居朝中，颇有不学无术之满人，而高才若西溟、梁汾诸人，反沉沦于下。于是容若既怜友人之落魄，复愤当朝之措施失当，观其《金缕曲》云：“衮衮门前题凤客，竟居然、润色朝家典。凭触忌，舌难翦。”此种愤世之情，竟毫无顾忌，慷慨直陈，而为友之真诚，尤可景仰。《金缕曲·赠梁汾》一首，亦见友谊之厚，为人所传诵，词云：

> 德也狂生耳。偶然间，缁尘京国，乌衣门第。有酒惟浇赵州土，谁会成生此意。不信道、遂成知己。青眼高歌俱未老，向尊前、拭尽英雄泪。君不见，月如水。　共君此夜须沉醉。且由他、蛾眉谣诼，古今同忌。身世悠悠何足问，冷笑置之而已。寻思起、从头翻悔。一日心期千劫在，后身缘、恐结他生里。然诺重，君须记。

《词苑丛谈》谓此词“嵚崎磊落，不啻坡老、稼轩，都下竞相传写”云。汤曾辂《炙砚琐谈》尝记容若殁后，梁汾旋亦归里。一夕，梦容若至曰：“文章知己，念不去怀，泡影石光，愿寻息壤。”是夜，其嗣君举一子，梁汾就视之，面目一如容若，知为后身无疑，心窃喜甚。乃弥月后，复梦容若别去，醒起急询之，则儿已卒。此说虽离奇不可信，然二人交谊，竟有结缘他生之语，亦可知其非寻常友谊矣。

以上述容若之为人及其词竟，深觉其情真、词真，高处有宋贤意度，次则足以媲美湘真。观其词有和湘真韵，可见心摹手追，已非一夕。惟以任情抒写，少加锤炼，故长调多不叶律，短调亦有平衍之处。至陈伯弢《褒碧斋词话》谓容若词千篇一律，无所取裁，持论则未免过刻矣。予读其词，悯其遇，慕其人，亦非望人之舍唐、宋而取径于是也。

（原载《中国学报》1944年第1期）

蒋鹿潭评传

一

在太平天国的时候，上元有一位大诗人金亚匏，他对于人民所受的痛苦，有极详尽、极沉着的描写；对于当时官吏的腐败，官兵的窳惰，也有极悲愤、极刻毒的讥刺。1853年，南京城破，他在城中，经过围城的生活，所以他有那样血泪写实的文字。同时又有一位大词人，写兵事的，那便是现在所要谈的蒋鹿潭了。他对于家国的飘摇、人民流离失所的景象，也都有一种诚挚而伤痛的叙述。不过他流寓江北，没有目睹过战乱的残破，也没有身受过东逃西散的惊恐；他只听到从围城中出来的人的传说，只看到一处处寂寞萧条的境界，所以他的词，不是激烈的狂喊，而是隐忍的饮泣。一种风尘沦落之感，和无国无家的情绪，都写得深透无匹；而一腔温柔忠爱的心迹，竟与屈灵均、杜少陵如出一辙。

讲到词之一道，自从唐代兴起，经过了五代两宋的昌盛时期，到金、元、明，光彩几乎完全消失。直到清代，才又大振起来，而蒋鹿潭变风、变雅之作，尤其是杰出的大家。据谭复堂

《箧中词》说："清代二百年中，只有纳兰容若、项莲生、蒋鹿潭，是词人之词，足以分鼎三足。"而近人犹以此言为偏袒之论。如刘毓盘云："蒋春霖以常州人而从浙派，《水云楼词》二卷，其言情之作，皆感事之篇也。唐、宋名家合为一手，词至蒋氏，集大成矣。"吴梅云："鹿潭律度之细，既无与伦，文章之佳，更为出类；而又雍容大雅，无搔头弄姿之态，有清一代，以水云为冠，亦无愧色焉。"宣雨苍云："《饮水》小令，可称神妙，而慢曲啴缓，不协什之七八；其令可传，其慢不可传也。《忆云》工整，稍近梦窗，亦似肉多于骨。予所瓣香无间言者，《水云楼》而已。"看诸家推尊鹿潭，可谓尽致。平情而论，他的词确是沉郁悲深、雄浑精警，而清空之气，流走其间，格外觉得摇曳顿挫；有时揭响入云，有时咽不成声，有时像满天风雨，飘然而至，有时像一院游丝，荡漾碧空，读了使人百感交集，哀乐不能自主。他作词目无南唐、两宋，更不屑局促于浙派和常州派的藩篱。他只知独抒性灵，上探风骚的遗意，写真情，写真境，和血和泪，喷薄而出。论其词格，精致像清真，峭拔像白石。现在先谈一谈他的家世情形，然后再看他的文艺。

二

蒋鹿潭名春霖，江阴人。以嘉庆二十三年（1818），与金亚匏、薛时雨同年生。小时资性过人，看书能一目十行。父名尊典，有三子，他排行第二。他父亲做过荆门知州，他从小就跟他父亲在任上。到道光中叶的时候，天下还算清平。他那时正是翩翩年少，风流自赏，时常跟他父亲参与文酒之会，当筵赋诗，大使当时的先辈惊异，因有“乳虎”的徽号。

时间似箭地过去，他父亲一死，家道就陡然地衰落下来。他也经过了童年的幻梦，踏上了人生大道。他到京师，考过了几次功名，无奈都不能得志。于是他只好弃此而去做淮南的盐官，以便供养他的母亲。咸丰二年，但明伦运使升他做富安场大使。他做了有五六年之久，对于当世盐务的利弊，多所兴革，如恤灶利、课团丁一类的事，人都很感激他。咸丰七年，他母亲病死，他只得又去官奔丧了。

自他母亲死后，无官无禄，穷困已极。加之他慷慨好施，平日的俸钱，除养母外，其余都以济人之急，这时他更穷得不能回家了。于是他只好就住在东台，靠一些感激他的人，供给饮食。咸丰十年，兵事正急，乔松年勤恪公、金安清运使先后请他去商议大政。他慷慨指陈当世利弊，言无不尽，大为两人所重视。可惜两人不久调官，他便失所凭依，从此无人问讯了。后来又做小小的盐官，聊以维持他的生活，终日与俗人为伍。但他不如此，又有甚么方法呢？他这样混了六七年之久，也彀他忧伤了。同治七年冬，天下早定，他预备到衢州去访宗湘文。经过吴江的时候，船泊在垂虹桥，忽的为了他的妾黄婉君而死，时年五十一岁。而黄婉君当时也以死殉了他。他们二人，真是一对同命鸟。临死的时候，曾向他的好友陈百生再拜，请他将来作一佳传，然后从容而死，这也太可怜了。

他死过之后，何人埋葬，葬于何地，那就不能详知了。《潜庐挥麈录》载鹿潭死后谈词一则，很为奇怪，特录于下，以资谈助。

江阴李菊仙言：友某夜醉归，路经荒冢间，斜月冥蒙，树阴披拂，足疲坐磐石望月，忽闻二人共语。其一曰：“吾与子同游北固，今阅世廿年，子‘晕波心、月影荡江圆’，甚是名句。”一云：“吾为倚声，在离乱之际，感事之笔，故多可传，不过声律谐合耳。”一云：“本朝乐府，直接入南宋姜、张之室。潘四农好为高论，谓北宋诸老，比之诗家，妙度盛唐，盖反竹坨之论，吾意未必。”一云：“声律之义，非博观约取，不能一得。人言繁兴，诸可勿论。”一云：“白石能自度腔，脱尽畦畛，仙乎仙乎！诗家可配李白，以为何如？”一曰：“白石天才，非人力所至，弁阳、乐笑两翁，差有畦径，梦窗好为堆砌，贻误后学匪浅。”一曰：“淮海、清真，高处有不可及；大晟设官，音律总未谐合，似不及南宋诸家。东坡爱淮海‘郴江幸自绕郴山，为谁流下潇湘去’，自是诗家高语。所作《次韵章质夫杨花》‘春色三分’句，才子吐属，究竟不凡。”一云：“二百年来，主张南宋，朱先生实创斯议，所作甚高，红豆作‘恐透入茜裙，欲寻无处’，岂让杨花句。”一云：“乐府似宜清空曲折，深入音律，乾、嘉〔以〕来吾总以樊榭为正声。”一云：“樊榭为南宋所囿，未入高远，然人才难得，伊自有独到处。”一云：“成容若殊佳，短调真似南唐二主，长调稍逊。”一云：“太讲声律，不求意度，如张宛邻昆弟、凌仲子辈，读其词杳无神气，学人所为，情致终隔，吾历此数十年，深恐不逮古人。湘文刊吾续稿四十八首，皆当日删去者。词求工，实不在多，湘文意不恶，亦殊可感。子前赠吾词，吾感庋巾箧，未知有传本否？”某工为词，闻言喜，正拟究问姓氏，忽邻鸡鸣，二人扶杖去。次日访里人，言此荒冢，绝无能词者，即鹿潭葬地也。菊仙又言：“二人论词，以命意为先，次选词，选调，选韵，总要虚实兼到，婉转峭拔，第一无俗气。大抵所言，与玉田翁《乐府指迷》相仿佛。”余以为蒋词工妙，实罕俦匹，其灵气所聚，久积不化，必有异乎恒流者。其一人不知谁何矣，谅非俗士。惜忘菊仙友姓氏。

鹿潭死后，有子子瑶落拓淮上，幸亏一扬州名妓，感当年鹿潭的恩遇，替他纳粟，求得一杂职，以维持生活。鹿潭从子玉棱有《冰红词》，倒能承鹿潭的家学。

他在诗上，也很致力过。李冰叔说他的《东淘杂诗》二十首，不减少陵《秦州》之作。郑师雄也说他的《无题》诸诗，可直追李义山。不过他在中年的时候，曾经把他所作的诗统同烧掉。他对他的朋友说：“吾能诗匪难，特穷老尽气，无以蕲胜于古人之外。作者众矣，吾宁别取径焉。”他所谓别取的途径，就在于词。词名《水云楼》，是慕纳兰容若的《饮水词》和项莲生的《忆云词》而取的。生平善吹箫，每得新词，就叫黄婉君歌唱，大有白石“小红低唱我吹箫”的风韵。在他生前的时候，《水云楼词》曾刻于东台，不知若干卷，一时词人，都敛手俯首。咸丰十一年，秀水杜文澜又刻于《曼陀罗华阁丛书》中，厘为二卷，一共一百零六首。他死后，他的朋友于汉卿，搜集他的未刻之词，合之宗湘文所藏的未刻词，共四十九首，刻于严州。后江阴缪筱珊又重刻他的词，近本刊又载其未刻词九首，共得一百七十三首。其他必还有佚词。至于诗，有江阴金武祥《粟香室丛书》所刻的《水云楼剩稿》，一共还不及百首呢。

三

我们一打开他的《水云楼词》来看，就觉得满纸辛酸，伤感无限。他的词说：

愁减腰围添鬓雪。慵恋寒花，病似残秋蝶。(《蝶恋花》)

病来身似瘦梧桐。觉道一枝一叶怕秋风。(《虞美人》)

可以看出他贫病而颓废的情形。现在大概把他的词分作抒情、写境两方面来说：

一、抒情

他的抒情词，不外忆旧、伤别、怀乡一类的词，都是因乱离而发抒的。杜工部遭安禄山之乱，所写的诗是“诗史”，他遭受战乱，所写的词，可谓“词史”。

（甲）忆旧　当烽火连天的时候，人事自然是沧桑不定，一朝羁滞他方，追想当初的欢场，如烟如梦，哪能不枨触无端、百感交集呢？每值着佳节良辰，对着那破碎的山河，更引起他无限的回忆。如他癸丑除夕的《水龙吟》词说：

一年似梦光阴，匆匆战鼓声中过。旧愁才剪，新愁又起，伤心还我。冻雨连山，江烽照晚，归思无那。任春盘堆玉，邀人腊酒，浑不耐，通宵坐。　还记敲冰官舸。闹蛾儿，扬州灯火。旧嬉游处，而今安在，城闉空锁。小市春声，深门笑语，不听犹可。怕天涯忆着，梅花有泪，向东风堕。

又如《绿意》词说：

还记荷亭露坐，小池乍退暑，凉气吹烛。绕遍花阴，巧入湘帘，笑倚画罗同扑。而今一院繁星乱，但冷飐、萧萧疏竹。

写眼前人物全非，但剩他孤独无俚，受尽凄凉况味。

（乙）伤别　乱离中送客远行，正不知一去是生是死，纵然是浪迹他方，也不知以后相逢何日，相逢何处，这较承平时的离别，尤觉黯然神伤。吴梅村所说的“山复山兮水复水，生非生兮死非死”，正是这种临歧难堪的境界。鹿潭写来，更加深刻。如说：

怅春来王粲，还赋离亭。唤天涯绿遍，今夜子规声。待攀取垂杨寄远，怕杨花、比客更飘零。(《甘州》)

相逢知更甚处。鹧鸪啼不断，都是烟雨。泪点关河，军声草木，愁杀江南行旅。(《齐天乐·送周弢甫赵敬甫之杭州》)

极写出遭乱分离的怅惘。又有写千里外经年离别的故人，忽然相逢的。如《八声甘州》写晤刘梅史说：

怪西风、偏聚断肠人，相逢又天涯。似晴空堕叶，偶随寒雁，吹集平沙。尘世几番蕉鹿，春梦冷窗纱。一夜巴山雨，双鬓都华。　　笑指江边黄鹤，问楼头明月，今为谁斜？共飘零千里，燕子尚无家。且休卖、珊瑚宝玦，看青衫、写恨入琵琶。同怀感、把悲秋泪，弹上芦花。

一种说不出的悲喜交集的情况，尽情吐露纸上；而文笔的清折，更似合姜、张为一手。

（丙）怀乡　他穷老异乡，复遭离乱，举目言笑，无与为欢之人，于是他每每厌倦天涯，动秋风莼鲈之想。加之避难的惊恐，家国的飘摇，更使得他忧心如捣。如他的《满庭芳》词，便是表现这一种感慨：

黄叶人家，芦花天气，到门秋水成湖。携尊船过，帆小入菰蒲。谁识天涯倦客，野桥外、寒雀惊呼。还惆怅，霜前瘦影，人似柳萧疏。　　愁余。空自把，乡心寄雁，泛宅依凫。任相逢一笑，不是吾庐。漫托鱼波万顷，对秋风、难问莼鲈。空江上，沉沉戍鼓，落日大旗孤。

有家不得归去，落日楼头，但听戍鼓凄音，但见人旗孤影，是何等的悲凉；而相逢一笑，是又压抑了多少牢骚而发出的苦笑。至于他感怀身世之词，尤为沉痛。举两首小词，可见一斑：

叠砌苔深，遮窗松密。无人小院纤尘隔。斜阳双燕欲归来，卷帘错放杨花入。　　蝶怨香迟，莺嫌语涩。老红吹尽春无力。东风一夜转平芜，可怜愁满江南北。(《踏莎行》)

水晶帘卷澄浓雾。夜静凉生树。病来身似瘦梧桐。觉道一枝一叶怕秋风。　　银潢何日销兵气？剑指寒星碎。遥凭南斗望京华。忘却满身清露在天涯。(《虞美人》)

这种悃悃的忠诚，如怨如慕，如泣如诉，真可以感天地，泣鬼神。说他有屈原、杜甫一样的优越，也不为太过吧。其他如《木兰花慢》写金陵乱象，《扬州慢》写扬州的冷落，也都是极沉着的描写。

二、写境

他所写的境界，有江山苍莽的境界，有沙洲幽寂的境界，有池台荒凉的境界，以一腔郁勃之情，写自然界伟大的景物，所以也很悲壮动人。

（甲）江山苍莽的境界　如他的名句说："雪拥惊沙，星寒大野，马足关河同践"，这与"黄河落日圆""夜深千帐灯"的境界，真堪匹敌。苏东坡以为柳耆卿词"霜风凄紧，关河冷落，残照当楼”不减唐人高处，其实像鹿潭这种境界，亦何减唐人高处？此外，有一首写北固山的境界，有一首写金陵石头城的境界，也都是精警超拔，有上薄云霄的气概：

泊秦淮雨霁，又灯火，送归船。正树拥云昏，星垂野阔，暝色浮天。芦边。夜潮骤起，晕波心、月影荡江圆。梦醒谁歌楚些，泠泠霜激哀弦。　　婵娟。不语对愁眠。往事恨难捐。看莽莽南徐，苍苍北固，如此山川。钩连。更无铁锁，任排空、樯橹自回旋。寂寞鱼龙睡稳，伤心付与秋烟。(《木兰花慢》)

枫老树流丹。芦花吹又残。系扁舟、同倚朱阑。还似少年歌舞地，听落叶，忆长安。　　哀角起重关。霜深楚水寒。背西风、归雁声酸。一片石头城上月，浑怕照，旧江山。(《唐多令》)

融怀古与伤乱之情于境界之中，声情激越，仿佛苏、辛，而沉郁顿挫的地方，却不是粗犷一路。这种词也是该教关西大汉敲铜琶铁板唱的。

（乙）沙洲幽寂的境界　他有《台城路》一词，也可算是词中的名作。词是写他的朋友金丽生从金陵围城中逃出、躲避在沙洲的景象。兹录他的全阕来看：

惊飞燕子魂无定，荒洲坠如残叶。树影疑人，鸮声幻鬼，欹侧春冰途滑。颓云万叠。又雨击寒沙，乱鸣金铁。似引宵程，隔溪磷火乍明灭。　　江间奔浪怒涌，断笳时隐隐，相和呜咽。野渡舟危，空村草湿，一饭芦中凄绝。孤城雾结。剩罥网离鸿，怨啼昏月。险梦愁题，杜鹃枝上血。

写夜色苍茫的景色、荒江旅食的苦况，和当时愁怖的心绪，令人读了毛发悚然。

（丙）池台荒凉的境界　乱后的人烟稀少，池废台荒，到处呈现一种冷冷清清的境界。他写这类的境界也很多。

> 雪净梅根土。被琼箫、暗将残寒，一丝吹去。碎剪东风为花瓣，分散春心几许。料从此、红酣翠妩。蓦地思量虹桥月，是年时、刻意伤春处。还梦到，竹西路。　扁舟待趁寒潮渡。绕空江、鹧鸪声里，乱烟无数。歌管楼台斜阳冷，换了城西戍鼓。更不见、垂杨一树。十里深芜阴磷碧，哭青山、谁唤春魂语。云影暗，自延伫。(《金缕曲》)

> 寒枝病叶，惊定痴魂结。小管吹香愁叠叠。写遍残山剩水，都是春风杜鹃血。　自离别。清游更消歇。忍重唱，旧时月。怕伤心、又惹啼莺说。十里平山，梦中曾去，唯有桃花似雪。(《淡黄柳》)

写乱后萧条的境界，倍觉凄楚；以视白石的《扬州慢》《凄凉犯》等词，真可以乱楮叶。

以上从抒情、写境两面，约略论过，我们可以看出他的伟大，完全是咸丰年间动乱的社会所造成。所以谭复堂说“咸丰兵事，天挺此老为倚声家杜老”，这话可谓知言。至于在修词方面，炼字、炼意之深究，也很值得称述：

> 压春潮一船幽恨。
>
> 树影满地压冻月。
>
> 乱压一湖深翠。

看他喜欢用“压”字，我们便想到白石的“千树压、西湖寒碧”

的句子来。白石清空浏亮，音律最讲究，他所作多得白石神理。何咏说他“所作于九宫七始八十四调不差累黍”，也可见他的功力了。此外如：

云埋蒋山自碧。

满地青榆午梦甜。

恨西风吹淡白鸥心。

花迟春限宽。

也都炼得新隽有味。又如炼意的好句也很多，试举数首来看：

待倩他一缕东风，悄把万花吹转。

瘦腰不恨秋来早，恨秋来偏在天涯。

春心待共花争发，怕花开更易伤春。

绕船三月落花多，是千点泪痕红聚。

费尽春深春浅，把春人酿作梅子酸心。

这些句法、思路都很深刻，我们读了，只觉清畅而不滑熟，精健而不生涩。论清词以鹿潭为第一，怕也不是我一人之私言吧。

（原载《词学季刊》第1卷第3期，1933年12月）

唐宋两代蜀词

宋人黄叔旸选《唐宋诸贤绝妙词选》，以李白“为百代词曲之祖”，可知词之最初伟大创作家，即为蜀人。而《花间集》共选十八人，五百首词，编者为蜀人，作者亦多为蜀人，更可知唐、五代时西蜀词风之盛。论词以宋为极盛，然蜀人实导其先路。且宋代蜀人之为词者亦众，风流相扇，由来已久。兹因论其盛况，俾后之有意辑蜀词征者，庶有所采择焉。

论蜀词第一大作家，当推李白。白，蜀之绵州青莲乡人。其诗豪放，如天马行空；其词亦气象宏伟，后难与匹，《尊前集》共收其词十二首，《全唐诗》则收十四首。辑词者虽觉其不尽可信，然无确证，亦不得不存疑以备考。若选词以录隽为主，则《菩萨蛮》与《忆秦娥》二首已自千古独绝矣。词云：

平林漠漠烟如织。寒山一带伤心碧。暝色入高楼。有人楼上愁。　　玉阶空伫立。宿鸟归飞急。何处是归程。长亭更短亭。(《菩萨蛮》)

箫声咽。秦娥梦断秦楼月。秦楼月。年年柳色。灞陵

伤别。　乐游原上清秋节。咸阳古道音尘绝。音尘绝。西风残照，汉家陵阙。(《忆秦娥》)

前首望远怀归之词，后首伤今吊古之词，皆于落日苍茫之境界中，写出心中极凄悲之情感，沉雄豪宕，而又吐属自然，不加雕饰，诚非大天才作家不能有此。善乎蕙风之言曰："胡元瑞谓太白《菩萨蛮》四词为伪作，姑勿与辩。试问此伪词，孰能作，孰敢作者？"此盖就词风以论词，已可证明决非伪词。何况《菩萨蛮》一调，已早见开元间人崔令钦所撰之《教坊记》乎？且不独调已早有，而词亦早有。近日敦煌发现唐本《春秋后语》，其纸背有《菩萨蛮》一词云："自从宇宙生戈戟。狼烟处处熏天黑。早晚竖金鸡。休磨战马蹄。　淼淼三江水。半是儒生泪。老尚逐今才。问龙门何日开。"此词声韵与晚唐所传之《菩萨蛮》相合，只末句多一"问"字，当是加一衬字，以便歌唱者。以天才不羁之李白，既爱作长短句之古乐府，则偶拈当时民间流行长短句之曲调，以词填之，亦极可能之事，故就词风、词调与太白之才性言之，皆无可疑。且《湘山野录》记其来历，《花庵词选》采录其词，是宋人皆以太白尝作词也。北宋李之仪且有和李白韵《忆秦娥》词。惟明胡元瑞《少室山房笔丛》、清徐虹亭《词苑丛谈》，疑为伪作，殊不足信。

唐代诗盛，词仅流行于民间。一般文人咸集中精力为新兴之近体诗，而不屑填词。填词者自李白外，若韦应物、王建、白居易、刘禹锡诸人，亦偶一染指，然其风不畅。迨晚唐诗弊，词乃渐盛。时温庭筠远采乐府之旧曲，近变律、绝之体式，镂金错采，精心结撰，号为大宗。《花间》以之冠首，良有以也。斯时蜀人之为词者，则有张曙一家。曙小字阿灰，成都人，龙纪元年进士。其《浣溪沙》词云：

枕障熏炉隔绣帷。二年终日两相思。杏花明月始应知。　天上人间何处去，旧欢新梦觉来时。黄昏微雨画帘垂。

此词《花间集》作张泌词。但孙光宪《北梦琐言》有本事云："张祎侍郎……有爱姬早逝，悼念不已。因入朝未回，其犹子右补阙曙，才俊风流。因增大阮之悲，乃制《浣溪沙》……置于几上。大阮朝退，凭几无聊，忽睹此词，不觉哀痛，乃曰：'必是阿灰所作。'"光宪当时人，所言自较可信也。

五代十国之际，乱象如沸。惟蜀偏安一隅，暂得享乐。又以北接秦中，故一时文士，咸来避地。其地富饶，夙号天府之国，而锦城之万花如海，尤令人流连忘返。加之蜀主王建、王衍及孟昶皆好音乐与文学，日事歌舞，穷极豪奢。臣下复逢迎讴颂，竞创新声。于是浓丽之小词，遂沿温飞卿之余波，而蔚为大观。今王衍尚传《醉妆词》及《甘州曲》，录之如下：

者边走。那边走。只是寻花柳。那边走。者边走。莫厌金杯酒。(《醉妆词》)

画罗裙。能结束，称腰身。柳眉桃脸不胜春。薄媚足精神。可惜许，沦落在风尘。(《甘州曲》)

此外惜并不传。《北梦琐言》言衍尝宴于怡神亭，自执板，歌《后庭花》《思越人》曲，今亦无此二曲矣。至孟昶则有《玉楼春》词云：

冰肌玉骨清无汗。水殿风来暗香满。绣帘一点月窥人，欹枕钗横云鬓乱。　起来琼户启无声，时见疏星渡河汉。

屈指西风几时来，只恐流年暗中换。

此《苕溪渔隐丛话》引杨元素《本事曲》中词。但据东坡《洞仙歌序》所谓足成首两句语，与此词首句不同。故孟氏原词，究竟若何，殊难断定。至《阳春白雪》，则谓蜀帅谢元明因开摩诃池，得古石刻《洞仙歌》全词，亦显系因东坡序语而伪撰者。又孟氏所嬖花蕊夫人，姓徐氏，蜀之青城人。以才色入宫，曾效王建作《宫词》百首。其词仅传《采桑子》半首云：

初离蜀道心将碎，离恨绵绵。春日如年。马上时时闻杜鹃。

相传夫人制此词，题葭萌驿壁，才半阕，为军骑促行。其后有续成之者云："三千宫女如花面，妾最婵娟。此去朝天。只恐君王宠爱偏。"俗鄙已极，未合夫人原意。《后山诗话》记夫人《陈太祖》诗云："君王城上竖降旗，妾在深宫那得知？十四万人齐解甲，更无一个是男儿。"出语慷慨沉愤如此，岂有"只恐君王宠爱偏"一类无耻之语？不幸原词下阕失传，致遭俗子诬谤，滋可慨已！

蜀自王氏、孟氏及花蕊夫人外，臣工之词，幸赖《花间集》《尊前集》采辑。不然，亦埋没矣。《花间》所收，自唐温庭筠、唐皇甫松、晋和凝、荆南孙光宪外，余十三人皆为蜀人，或曾仕于蜀者。其间最伟大之作家，当推韦庄。庄，字端己，杜陵人。唐乾宁元年进士，入蜀为王建相。其弟蔼，曾辑其诗为《浣花集》，今且有《秦妇吟》一诗之发现。词集不传，惟《花间集》录其词四十八首，又《尊前集》录五首，《草堂诗余》录一首，共五十四首，《全唐诗》所载，即本诸此。其词与温飞卿词并称于世。温尚浓，韦尚淡，各极其妙。周止庵尝谓温词“下语镇纸”，韦词“揭响入云”。则就词之轻重以论温、韦。盖浓则凝重，淡则轻扬也。若其丰神飘洒、俊逸绝伦之处，虽温视之，亦有逊色焉。所作《菩萨蛮》五首，谭复堂至谓可当词中之《古诗十九首》。盖深厚之情，无处不流露也。如：“劝我早归家。绿窗人似花。”何等缠绵！“春水碧于天。画船听雨眠。”何等高华！“未老莫还乡。还乡须断肠。”何等哀伤！“凝恨对斜晖。忆君君不知。”何等沉郁！其余之作，大抵景真情真，一往清俊。《浣溪沙》云：

夜夜相思更漏残。伤心明月凭阑干。想君思我锦衾寒。　咫尺画堂深似海，忆来唯把旧书看。几时携手入长安。

从己之忆人，推到人之忆己，又从相忆之深，推到相见之难。文字全用赋体白描，不着粉泽，而沉哀入骨，宛转动人。南唐二主之尚赋体，当受韦氏之影响。又如《荷叶杯》云：

记得那年花下。深夜。初识谢娘时。水堂西面画帘垂。携手暗相期。　惆怅晓莺残月。相别。从此隔音尘。如今俱是异乡人。相见更无因。

此词伤今怀昔，亦是纯用白描。自“记得”以下直至“相别”，皆回忆当年之事。当年之时间，当年之地点，当年之情景，皆叙得历历分明，如在昨日。“从此”三句，陡转相见无因之恨，沉着已极。又如《女冠子》两首，写梦中之情景，亦真切生动。词云：

四月十七。正是去年今日。别君时。忍泪佯低面，含羞半敛眉。　不知魂已断，空有梦相随。除却天边月，没人知。

昨夜夜半。枕上分明梦见。语多时。依旧桃花面，频低柳叶眉。　　半羞还半喜，欲去又依依。觉来知是梦，不胜悲。

前首记去年离别之情，后首记梦中相遇之情，皆刻画细微，如见其面，如闻其声。两结句重笔翻腾，畅发尽致，尤觉哀思洋溢，警动无比。蜀自李白以还，若韦氏者，可谓第二大词人矣。其余十二家，亦并有胜处：

（一）**牛峤**　峤，字松卿，一字延峰，陇西人，唐相僧孺之后，入蜀为给事中。有集三十卷，歌诗三卷，皆不传。词今传二十三首。其《望江南》两首，一咏燕，一咏鸳鸯，曾为姜尧章所称。《定西番》及《望江怨》，一咏边塞，一咏闺怨，曾为陆放翁所称。予谓其《西溪子》咏弹琵琶尤佳，词云：

捍拨双盘金凤。蝉鬓玉钗摇动。画堂前，人不语。弦解语。弹到昭君怨处。翠蛾愁。不抬头。

起言琵琶之美，次言弹者之美。"画堂"三句，更言声音之美。末言弹者之姿态，尤为生动。一以弹者之无限幽怨，尽自弦上发出。白雨斋评此词云："字字的当，有意有笔，能品也。"其后张子野效之云："弹到断肠时。春山眉黛低。"已落此词之后，不足称矣。

（二）**欧阳炯**　炯，华阳人，仕前、后蜀，累官至门下同平章事。《花间集》载其词十七首，《尊前集》载其词三十一首，合之共得四十八首。炯曾序《花间集》，其词最艳。《十国春秋》谓其宫词淫靡，甚于韩偓，实则其小词亦然。如《浣溪沙》云：

相见休言有泪珠。酒阑重得叙欢娱。凤屏鸳枕宿金铺。　兰麝细香闻喘息，绮罗纤缕见肌肤。此时还恨薄情无。

蕙风论此词云："自有艳词以来，殆莫艳于此矣。半塘僧鹜曰：'奚翅艳而已，直是大且重。'苟无《花间》词笔，孰敢为斯语者。"其余之词，亦多类是。然其《南乡子》八首，写炎方风物，又一洗绮罗香泽之态，而能朴质真切，别有意致。

（三）顾敻　敻，字里不详，仕前蜀为刺史，后蜀为太尉。《花间集》共收其词五十五首，亦皆归于艳丽。然写情极深刻。如《诉衷情》云："换我心为你心。始知相忆深。"最为人所传诵。宋李之仪云："只愿君心似我心，定不负相思意。"徐山民云："妾心移得在君心。方知人恨深。"皆袭此词。至其《荷叶杯》九首，尤极形容之妙。兹举其一云：

一去又乖期信。春尽。满院长莓苔。手挼裙带独徘徊。来摩来。来摩来。

起言人去之久与音信之疏。"春尽"两句，画出久荒之庭院。"手挼裙带"尤写出娇痴无聊之情态。末两句重叠问之，含思凄惋，想见泪随声落之概。元曲《一半儿》，似袭此局格而为之。

（四）薛昭蕴　昭蕴，河东人，蜀侍郎。《花间集》采其词十九首，大抵清超、拔俗，雅近韦相。如其《谒金门》云：

春满院。叠损罗衣金线。睡觉水晶帘未卷。檐前双语燕。　斜掩金铺一扇。满地落花千片。早是相思肠欲断。忍教频梦见。

写睡起之情景，何等惆怅！"叠损罗衣"，可见心悲意懒已极。"睡觉"两句，传双燕之神，画亦难到。睡觉无心，故未卷帘，帘未卷，故燕不得入，燕不得入，故惟有暂栖檐前对语，似怨亦似叹也。下片“落花千片”，是睡起所见景象。所闻双燕呢喃，所见落花千片，总是令人兴感无限。“早是”两句，更尽情吐露相思之苦。寻常相思，已是肠断，何况梦中频见，愈难为怀矣。此种情景交融之作，深婉之至。

（五）**鹿虔扆**　虔扆，字里未详。后蜀进士，累官学士、永泰军节度使，进太保。与欧阳炯、韩琮、阎选、毛文锡等俱以工小词供奉后主。时人忌之者，号曰“五鬼”。国亡不仕，词多感慨之音。《花间集》仅载其词六首，较诸家为最少。然如《临江仙》一首，亦自沉着无比。词云：

> 金锁重门荒苑静，绮窗愁对秋空。翠华一去寂无踪。玉楼歌吹，声断已随风。　烟月不知人事改，夜阑还照深宫。藕花相向野塘中。暗伤亡国，清露泣香红。

全篇摹写亡国后境界，大有黍离麦秀之感。起写秋空荒苑，重门静锁，已足见景色凄凉。“翠华”三句，写人去无踪，歌吹声断，更觉黯然。下片又以“烟月”“藕花”无知之物，反衬人之悲伤。其章法之密，用笔之妙，感喟之深，实胜李后主“晚凉天静月华开”一首。“烟月”两句，从刘禹锡“淮水东边旧时月，夜深还过女墙来”化出。“藕花”句，体会尤凝重，诚不啻字字血泪也。

（六）**牛希济**　希济，峤之兄子，仕蜀，官至御史中丞，入唐授雍州节度副使。其词《花间集》收十一首，《词林万选》收三首，共得十四首。词笔清俊，亦善白描。仇山村称其《临江仙》词，“芊绵温丽极矣。自有凭吊凄凉之意，得咏史体裁”。予谓其《生查子》，写情尤深厚。词云：

春山烟欲收，天澹星稀小。残月脸边明，别泪临清晓。　　语已多，情未了。回首犹重道。记得绿罗裙，处处怜芳草。

起写烟收星小，是黎明景色。“残月”两句，写晓别情景，尤真切。残月映脸，别泪晶莹，并当时人之愁情，都已写出。下片记别时言语，倍显难舍难分、缱绻缠绵之致。着末揭出别后难忘之情。以处处芳草之绿，而联想人罗裙之绿，设想似痴，而情则极挚。

（七）李珣　珣，字德润，梓州人。王衍昭仪李舜弦兄，其先乃波斯人。《花间集》称之为李秀才，盖未尝仕蜀为显宦也。有词集曰《琼瑶集》。宋王灼《碧鸡漫志》引珣作《倒排甘州》《河满子》《长命女》三首。今宋人选本皆无之，是灼犹及见此书。尤可惊异者，则刘子庚先生尝谓少时于苏州见秀水杜氏藏有宋本李珣《琼瑶集》，不知确否。今所传者，则《花间集》中三十七首，《尊前集》中十七首，共五十四首，多感慨之音。其《南乡子》十首，均写广南风土，不下刘禹锡之巴渝《竹枝》。兹录其二首如下：

乘彩舫，过莲塘。棹歌惊起睡鸳鸯。带香游女偎伴笑。争窈窕。竞折团荷遮晚照。

倾绿蚁，泛红螺。闲邀女伴簇笙歌。避暑信船轻浪里。闲游戏。夹岸荔枝红蘸水。

所写皆生动入画。至于“愁听猩猩啼瘴雨”“骑象背人先过水”，亦皆写南方风土，开《花间集》之新境。

（八）毛文锡　文锡，字平珪，南阳人，仕前蜀至司徒，复仕后蜀。《花间集》载其词三十一首，《尊前集》载其一首，共三十二首。叶梦得云："毛词以质直为情致，殊不知流于率露。致令诸人评庸陋词者，必曰此乃仿毛文锡之《赞成功》而不及者乎。逮览其全集，而其咏《巫山一段云》，其细心微诣，直造蓬莱顶上。"实则毛词佳者，不仅《巫山一段云》。即如《更漏子》云：

春夜阑，春恨切。花外子规啼月。人不见，梦难凭。红纱一点镫。　偏怨别。是芳节。庭下丁香千结。宵雾散，晓霞晖。梁间双燕飞。

亦宛转凄怨。白雨斋词评云："'红纱一点镫'五字，五点血。"又云："'红纱一点镫'真妙，我读之不知何故，只是瞠目呆望，不觉失声一哭。我知普天下世人读之，亦无不瞠目呆望，失声一哭也。"

（九）魏承班　承班，字籍不详，为前蜀驸马太尉，官至太尉。其词《花间集》载十三首，《全唐诗》载七首，共二十首。沈偶僧论其词有"故意求尽"之病，然亦有清疏之作，如《谒金门》三首皆是。兹举其一云：

春欲半。堆砌落花千片。早是潘郎长不见。忍听双语燕？　飞絮晴空扬远。风送谁家弦管。愁倚画屏凡事懒。泪沾金缕线。

虽不刻意求胜，但自然明净，蕴藉可诵。

（十）尹鹗　鹗，成都人。仕前蜀，累官至参卿。其词《花间集》载六首，《尊前集》载十一首，共十七首。其中有《金浮图》一首，长至九十四字，五代词除唐庄宗《歌头》以外，以此为最长。王静安先生颇疑是柳耆卿、康伯可手笔。予谓此论非确。若以其体例言之，则长调固早已有之，《云谣集》所载《内家娇》一调，且一百四字也。若以其风格言之，则尹词惯用俳语，与此调风格不殊，实开屯田词派也。《十国春秋》谓鹗性滑稽，则其好作俳语，亦自然不免。惟写情处亦多佳胜。如《菩萨蛮》云：

> 陇云暗合秋天白。俯窗独坐窥烟陌。楼际角重吹。黄昏方醉归。　　荒唐难共语。明日还应去。上马出门时。金鞭莫与伊。

由未归说到醉归，由“荒唐难共语”，想到“明日”“出门时”，层层转折，与唐无名氏《醉公子》略同。“金鞭莫与伊”尤有不尽之情，痴绝昵绝。况蕙风谓鹗词以此首为最佳，良不虚也。

（十一）毛熙震　熙震，蜀人，官秘书监。今《花间集》录其词二十九首，语多新警。如《临江仙》云：

> 幽闺欲曙闻莺啭，红窗月影微明。好风频谢落花声。隔帏残烛，犹照绮屏筝。　　绣被锦茵眠玉暖，炷香斜袅烟轻。淡蛾羞敛不胜情。暗思闲梦，何处逐云行。

白雨斋论此词云：“‘暗思闲梦，何处逐云行。’似此则宛转缠绵，情深一往，丽而有则，耐人玩味。”至其缀语之浓丽，则颇似学飞卿也。

（十二）阎选　选，字里不详，蜀布衣，时人称为阎处士。其词《花间集》载八首，《尊前集》载二首，共十首。语多侧艳，意多平衍。在《花间集》中，此为最次。然如《河传》云：

> 秋雨秋雨，无昼无夜，滴滴霏霏。暗灯凉簟怨分离。妖姬。不胜悲。　　西风稍急喧窗竹。停又续。腻脸悬双玉。

几回邀约雁来时。违期。雁归。人不归。

起三句用重叠字，词气甚急。入后短柱甚缓，亦自有抑扬顿挫之致。蜀词人除《花间集》所收十三家外，《尊前集》尚收庾传素与欧阳彬二家。传素仕蜀同平章事，入后唐为刺史。所作仅《木兰花》一首。词云：

木兰红艳多情态。不似凡花人不爱。移来孔雀槛边栽，折向凤皇钗上戴。　是何芍药争风彩。自共牡丹长作对。若教为女嫁东风，除却黄莺难匹配。

所咏为木兰花，题意与调名相合。彬，字齐美，炯之弟，为后蜀尚书左丞，出为宁江军节度使。有《生查子》词云：

竟日画堂欢，入夜重开宴。剪烛蜡烟香，促席花光颤。　待得月华来，满院如铺练。门外簇骅骝，直待更深散。

宋代蜀词，以眉州为最盛。计其先后作者，有苏轼、苏辙、苏过、唐庚、程垓、杨恢、李从周、家铉翁八家，而苏轼尤为一代大宗。兹以次论其概略：

（一）苏轼　轼字子瞻，眉山人，自号东坡居士，诗文词皆工，词能别开豪放一派，影响尤大。盖唐、五代皆为小词，而又堆金叠绣，不出闺帏。即柳永大倡慢词，但内容亦不外儿女私情及羁旅行役之感，范围终窄。及东坡出，乃恢弘词体，别开新境，叙事、抒情、说理、谈禅，无不挥洒如意，水到渠成。一种逸怀浩气，直超乎尘垢之外。举其《念奴娇·赤壁怀古》一首，可见其概。词云：

大江东去，浪淘尽、千古风流人物。故垒西边，人道是、三国周郎赤壁。乱石崩云，惊涛裂岸，卷起千堆雪。江山如画，一时多少豪杰。　遥想公瑾当年，小乔初嫁了，雄姿英发。羽扇纶巾，谈笑间、樯橹灰飞烟灭。故国神游，多情应笑我，早生华发。人间如梦，一尊还酹江月。

上片即景写实，下片因景生情。起点江流浩荡，高唱入云，无穷兴亡之感，已先揭出。“故垒”以下，写赤壁景色，令人惊心骇目。“江山”两句，折到人事，换头逆入。“遥想”三句，记公瑾当年之雄姿；“羽扇”三句，记公瑾当年之筹画。“故国”以下平出，抒吊古之情。别出明月与江波相映，此境此情，真不知人间何世矣。《吹剑录》记一幕士言“学士词须关西大汉，执铁板，唱大江东去”，可知其豪雄之概。即其小词，亦超脱自然，不同凡响。如《卜算子》云：

缺月挂疏桐，漏断人初定。时见幽人独往来，缥缈孤鸿影。　惊起却回头，有恨无人省。拣尽寒枝不肯栖，寂寞沙洲冷。

山谷称此词云：“语意高妙，似非吃烟火食人语。非胸中有数万卷书，笔下无一点尘俗气，孰能至此？”今传坡词三百四十余首，其佳者更不胜数。大抵纯任性灵，不刻意雕琢，而一片神行，自臻高妙。若偶作情语，亦不减晏、欧，如其《浣溪沙》云：

道字娇讹苦未成。未应春阁梦多情。朝来何事绿鬟倾。　彩索身轻长趁燕，红窗睡重不闻莺。困人天气近清明。

如此风调，令十七八女郎，执红牙板歌之，亦未必不如柳屯田之“晓风残月”也。

（二）苏辙　辙，字子由，晚年自号颍滨遗老，有《栾城集》。词有三首：一，《调笑》，用韦应物体。二，《渔家傲·和门人祝寿》。三，《水调歌头·徐州中秋》。而以《水调歌头》一首为佳。词云：

离别一何久，七度过中秋。去年东武今夕，明月不胜愁。岂意彭城山下，同泛清河古汴，船上载凉州。鼓吹助清赏，鸿雁起汀洲。　坐中客，翠羽帔，紫绮裘。素娥无赖西去，曾不为人留。今夜清尊对客，明夜孤帆水驿，依旧照离忧。但恐同王粲，相对永登楼。

（三）**苏过**　过，字叔党，自号斜川居士，翰墨文章，能世其家，士大夫以“小坡”目之。《花庵词选》录其《点绛唇》云：

新月娟娟，夜寒江静山衔斗。起来搔首。梅影横窗瘦。　好个霜天，闲却传杯手。君知否。乱鸦啼后。归兴浓如酒。

写景物殊清俊。花庵云：“此词作时，方禁坡文，故隐其名以传于世。今或以为汪彦章所作，非也。”惟知稼翁有和彦章此作，似仍以彦章为是。辑词者两存之可也。

（四）**唐庚**　庚，字子西，眉州丹棱人，有《眉山集》。《花庵词选》录其《诉衷情》一首，盖咏旅愁者。词云：

平生不会敛眉头。诸事等闲休。元来却到愁处，须着与他愁。　残照外，大江流。去悠悠。风悲兰杜，烟淡沧浪，何处扁舟。

入后，景中见情，颇为悲凉。子西他词无传，传者仅此一首。

（五）**程垓**　垓，字正伯，眉山人，有《书舟词》。明毛子晋云：“正伯与子瞻，中表兄弟也。”此盖据杨升庵《词品》之言，自来皆无疑。近人况蕙风始据王季平《书舟词序》，定为绍熙间人，不得上与东坡为中表，其言极确。《书舟词》共一百五十七首，间有胜者。如《水龙吟》云：

> 夜来风雨匆匆，故园定是花无几。愁多愁极，等闲孤负，一年芳意。柳困花慵，杏青梅小，对人容易。算好春长在，好花长见，原只是、人憔悴。　回首池南旧事。恨星星、不堪重记。如今但有，看花老眼，伤时清泪。不怕逢花瘦，只愁怕、老来风味。待繁红乱处，留云借月，也须拚醉。

冯梦华云："程正伯凄婉绵丽，与草窗所录《绝妙好词》家法相近，故是正锋。虽与子瞻为中表昆弟，而门径绝不相入。"案程氏原不与子瞻为中表，故门径不同。冯氏知其词径有异，未见及非中表一层，使早知其非东坡中表，则当恍然于词径之异矣。至毛子晋又称其《酷相思》诸阕，以为"秦七、黄九莫及"，则浅薄之见，不足凭信。

（六）杨恢　恢，字充之，号西村，眉山人。周草窗《绝妙好词》选其词六首，又《浯溪集》载一首，共七首。其《二郎神》一首，用徐幹臣韵，极有风致：

> 琐窗睡起，闲伫立、海棠花影。记翠楫银塘，红牙金缕，杯浮梨花冷。燕子衔来相思字，道玉瘦、不禁春病。应蝶粉半销，鸦云斜坠，暗尘侵镜。　还省。香痕碧唾，春衫都凝。悄一似荼蘼，玉肌翠帔，消得东风唤醒。青杏单衣，杨花小扇，闲却晚春风景。最苦是、蝴蝶盈盈弄晚，一帘风静。

词中"燕子衔来相思字，道玉瘦、不禁春病"，《词旨》录为警句。他如《倦寻芳》之"宿粉残香随梦冷，落花流水和天远"，《祝英台近》之"都将千里芳心，十年幽梦，分付与、一声啼鴂"

及“不妨彩笔云笺，翠尊冰酝，自管领、一庭秋色”，《词旨》亦皆录为警句。惟《词旨》又录其断句云“绾燕吟莺”，今七首中皆无此句，则知其散佚犹多也。

（七）李从周　从周，字肩吾，一字子我，号蠙洲，眉州人，精六书之学，尝著《字通》，为魏鹤山之客。《绝妙好词》录其词五首，《阳春白雪》录其词五首，共十首，皆清圆宛转。其《清平乐》云：

美人娇小。镜里容颜好。秀色侵人春帐晓。郎去几时重到。　　叮咛记取儿家。碧云隐映红霞。直下小桥流水，门前一树桃花。

风趣尤胜。下片四句，《词旨》亦录为警句。

（八）家铉翁　铉翁，号则堂，眉州人。以荫补官，赐进士出身，历端明殿学士，签书枢密院事，宋亡不仕，以寿终。今《彊村丛书》刊其《则堂诗余》，但仅三首。兹录其《念奴娇》一首云：

南来数骑，问征尘、正是江头风恶。耿耿孤忠磨不尽，惟有老天知得。短棹浮淮，轻毡渡汉，回首觚棱泣。缄书欲上，惊传天外清跸。　　路人指示荒台，昔汉家使者，曾留行迹。我节君袍雪样明，俯仰都无愧色。送子先归，慈颜未老，三径有余乐。逢人问我，为说肝肠如昨。

此送陈正言归乡者，其孤忠耿耿，毕见于词。

宋代成都府属词人，有王琪、王珪、吴师孟、周纯、王道亨五人。词皆不多，并志于下：

（一）王琪　琪，字君玉，华阳人，徙舒，举进士，历官知制诰，加枢密直学士。尝为晏元献幕客，佳时胜日，宾主辄饮酒赋诗为乐。所制乐府，名《谪仙长短句》，惜不传。有《望江南》十首，传诵一时。《花庵词选》仅载其三首，合之《花草粹编》所载，幸得见全。十首系咏江南风物者，即江南柳、江南酒、江南燕、江南竹、江南草、江南雨、江南水、江南岸、江南月、江南雪是也。当时王荆公最赏其江南雨“红绡香润入梅天”之句，欧公最赏其江南燕“烟径掠花飞远远，晓窗惊梦语匆匆”之句，但其江南柳云：

> 江南柳，烟穗拂人轻。愁黛空长描不似，舞腰虽瘦学难成。天意与风情。　攀折处，离恨几时平。已纵柔条萦客棹，更飞狂絮扑旗亭。三月乱莺声。

描写灵动，亦不减雨与燕也。《山谷题跋》又引其《定风波》一首，《拙轩集》亦引其《祝英台》断句，则宋、明以来选本皆未载矣。

（二）王珪　珪，字禹玉，琪之从弟，神宗朝拜尚书左仆射门下侍郎，哲宗即位，封岐国公。有《华阳集》。集中附《导引》一首、《清平调》二首，《导引》题作《奉安真宗皇帝御容于寿星观永崇殿》，《清平调》题作《昭陵梓宫发引》，皆挽词也。其《清平调》一首云：

> 上林春晚，曾是奉宸游。水殿戏龙舟。玉箫吹断催仙驭，一去隔千秋。　游人重到曲江头。事往涕难收。空余御幄传觞处，依旧水东流。

声情凄惋，如闻呜咽。

（三）吴师孟　师孟，字醇翁，成都人，第进士，官至左朝议大夫。王安石当国，谓师孟同年生。后自凤州别驾擢为梓州路提举。其词有《蜡梅香》一首，见《梅苑》：

锦里阳和，看万木凋时，早梅独秀。珍馆琼楼，时正绛跗初吐，秾华将茂。国艳天葩，真澹伫、雪肌清瘦。似广寒宫，铅华未御，自然妆就。　凝睇倚朱阑，喷清香暗度，易袭襟袖。好与花为主，宜秉烛、频观泛湘酎。莫待南枝，随乐府、新声吹后。对赏心人，良辰好景，须信难偶。

（四）周纯　纯，字忘机，华阳人。与王寀最相亲。《梅苑》尝录其词四首。其《瑞鹧鸪》一首云：

一痕月色挂帘栊。梅影斜斜小院中。狂醉有心窥粉面，梦魂无处避香风。　愁来云梦三千里，人在巫山十二重。咫尺蓝桥无处问，玉箫声断楚山空。

较其余三首为佳。《永乐大典》卷二千八百十"梅"字韵曾载《忘机》词二首，卷二千八百十三"梅"字韵亦载《忘机》词一首，皆涉《梅苑》前首而误。《梅苑》原作无名氏，《大典》引之，即以前首名氏实之，误矣。

（五）王道亨　道亨，字逸民，郫人，初为僧，名绍祖，徽宗时，作画效周纯。《梅苑》载其《桃源忆故人》云：

刘郎自是桃花主。不许春风闲度。春色易随风去。片片伤春暮。　返魂不用清香炷。却有玉梅淡伫。从此镇长相顾。不怨飘残雨。

余词不传。《永乐大典》卷二千八百九及十"梅"字韵，皆引《梅苑》王逸民词，实则皆涉《梅苑》前首而误。成都府属广都县，尚有宇文虚中一家。《碧鸡漫志》曾载其《迎春乐》词，但虚中使金不得归，即为金掌词命，故不论之。

潼川府属宋代词人，有苏易简、苏舜钦、吴泳三家。二苏各传一首词，泳则有词集，流传至今云。

（一）苏易简　易简，字太简，梓州铜山人，太平兴国五年进士，其后参知政事。宋太宗酷爱琴曲十小词，曾命近臣十人，各探一调撰一词，易简当时即应制撰《越江吟》云：

> 非云非烟瑶池宴。片片。碧桃零落黄金殿。虾须半卷天香散。　　春云和，孤竹清婉。入霄汉。红颜醉态烂漫。金舆转。霓旌影乱。箫声远。

写宫廷富丽及笙歌之盛，最为和雅。

（二）苏舜钦　舜钦，字子美，易简孙，景祐中进士，累迁集贤校理，晚居苏州，作沧浪亭以自适。有《水调歌头》记事云：

> 潇洒太湖岸，淡泞洞庭山。鱼龙隐处，烟雾深锁渺弥间。方念陶朱张翰，忽有扁舟急桨，撇浪载鲈还。落日暴风雨，归路绕汀湾。　　丈夫志，当景盛，耻疏闲。壮年何事憔悴，华发改朱颜。拟借寒潭垂钓，又恐鸥猜鹭忌，不肯傍青纶。刺棹穿芦荻，无语看波澜。

《东轩笔录》谓子美谪居吴中，欲游丹阳，潘师旦深不欲其来，宣言于人，欲拒之。故子美此词，有“拟借寒潭垂钓，又恐鸥猜鹭忌，不肯傍青纶”之语。

（三）吴泳　泳，字叔永，潼川人，嘉定元年进士，理宗朝仕至起居舍人，兼直学士院，权刑部尚书，终宝章阁学士，知泉州。有《鹤林词》，朱氏《彊村丛书》收之，词共三十二首。朱本系用《大典·鹤林集》辑本，盖原本《鹤林集》失传已久，予复自《大典》二千二百六十五“湖”字韵辑得二首。是今传世之词，共有三十四首。其间写境界，颇有佳制。如《祝英台近》云：

小池塘，闲院落，薄薄见山影。杨柳风来，吹彻醉魂醒。有时低按秦筝，高歌水调，落花外、纷纷人境。　猛深省。但有竹屋三间，莲田二顷。便可休官，日对漏壶永。假饶是、红杏尚书，碧桃学士，买不得、朱颜芳景。

“有时低按秦筝，高歌水调，落花外、纷纷人境”数句，况蕙风极喜之。其词话谓“落花外”七字：“妙处难以言说。但觉芥子须弥，犹涉执象。”

蜀中宋词人属仙井监者，有李新、韩驹、何㮚、虞允文四家，所传词皆不多。

（一）李新　新，字元应，仙井监人。早登进士第，元符末上书夺官，谪置遂州，其后趋附新局，复得迁除。有《跨鳌集》五十卷，不传。今所传者有《永乐大典》本《跨鳌集》三十卷，附词五首。惟《洞仙歌》“雪云散尽”一首，乃李元膺之误。故今传之元应词，仅有四首。其《浣溪沙》云：

千古人生乐事稀。露浓烟重薄寒时。菊花须插两三枝。　未老功名辜两鬓，悲秋情绪入双眉。茂陵多病有谁知。

《四库提要》评其诗“气格开朗”，词亦如之。

（二）韩驹　驹，字子苍，仙井监人。尝坐苏氏党，谪知分宁，寻召为著作郎，迁中书舍人。《类编草堂诗余》载其《念奴娇·月》词云：

海天向晚，渐霞收余绮，波澄微绿。木落山高真个是，一雨秋容新沐。唤起嫦娥，撩云拨雾，驾此一轮玉。桂华疏淡，广寒谁伴幽独。　不见弄玉吹箫，尊前空对此，清光堪掬。雾鬓风鬟何处问，云雨巫山六六。珠斗斓熳，银河清浅，影转西楼曲。此情谁会，倚风三弄横竹。

风格高骞，颇有飘飘凌云之概。至《花草粹编》卷九，载子苍《水调歌头》“江山自雄丽”一首，乃于湖词之误。《词统》卷一又载子苍《昭君怨》“昨日樵村渔浦”一首，乃金主亮词之误。故子苍词，今只传一首也。

（三）何㮚　㮚，字文缜，仙井监人，政和五年进士第一，历官尚书右仆射，兼中书侍郎，死靖康之难。其词《梅苑》载一首《采桑子》，《碧鸡漫志》载一首《虞美人》。《虞美人》词云：

分香帕子柔蓝腻。欲去殷勤惠。重来直待牡丹时。只恐花知、知后故开迟。　别来看尽闲桃李。日日阑干倚。催花无计问东风。梦作一双蝴蝶、绕芳丛。

《漫志》记此词本事云：“文缜在馆阁时，饮一贵人家。侍儿惠柔者，解帕子为赠，约牡丹开再集。何甚属意，归作《虞美人》曲，曲中隐其名云。”公虽尽节名臣，而平时之风情，借此可以想见也。

（四）虞允文　允文，字彬甫，仁寿人，绍兴二十四年进士，金人南侵，参江淮军事，瓜州师捷，充川陕宣谕使官，至左丞相兼枢密使。其词惟《皖词纪胜》中载其一首《水调歌头》云：

憔悴朔家种，零落雪边枝。淡妆素艳无挑，笑面柳眉低。懒向深宫点额，甘与孤山结社，照影水之湄。不怨风霜虐，我本岁寒姿。　谢东君，开冷蕊，弄斜晖。强颜红紫，同□皎洁性难移。只好竹篱茅舍，若话玉堂金鼎，老恐负心期。歌罢饮先醉，残月堕深卮。

此赋梅和退翁之韵。“不怨风霜虐，我本岁寒姿”语，亦可见公之大节凛然也。

其在阆州之宋代词人，则有陈尧佐与蒲宗孟二人，虽流传之词不多，但今尚存其一二，亦可贵也。

（一）陈尧佐　尧佐，字希元，阆中人，端拱二年进士，历官同中书门下平章事，卒谥文惠。曾撰《踏莎行》燕词，以报吕申公之德。先是吕申公致仕，仁宗问何人可代，申公遂引尧佐。仁宗深然之，遂大拜。后尧佐极感荐引之德，遂撰燕词，使人歌之。词云：

二社良辰，千家庭院。翩翩又见新来燕。凤凰巢稳许为邻，潇湘烟暝来何晚。　乱入红楼，低飞绿岸。画梁时拂歌尘散。为谁归去为谁来，主人恩重珠帘卷。

申公闻之笑曰：“自恨卷帘人已老。”尧佐曰：“莫愁调鼎事无功。”二公相让，一时传为美谈。

（二）蒲宗孟　宗孟，字传正，新井人，皇祐五年进士，神宗朝官集贤校理。今传其词二首，皆咏梅花者。一见于《梅苑》，一见于《花草粹编》。《粹编》仍引自《梅苑》，特今本《梅苑》有缺耳。录其见《梅苑》一首：

一阳初起。暖力未胜寒气。堪赏素华长独秀，不并开红抽紫。青帝只应怜洁白，不使雷同众卉。　淡然难比。粉蝶岂知芳蕊。半夜卷帘如乍失，只在银蟾影里。残雪枝头君认取，自有清香旖旎。

调名《望梅花》，与题意相合。着末“残雪”两句，亦自然淡远，饶有韵味。

其在简州之宋代词人，则有刘泾与刘光祖二家。泾词仅传一首，光祖词则传十二首，并略述之：

（一）刘泾　泾，字巨济，简州人，熙宁六年进士。王安石荐其才，召见，除经义所检讨，迁太学博士，知处、虢、真、坊四州。词传《夏初临》一首，系咏夏景者。原词见至正本《草堂诗余》，兹录于下：

泛水新荷，舞风轻燕，林园夏日初长。庭树阴浓，雏莺学弄新簧。小桥飞入横塘。跨青蘋、绿藻幽香。朱阑斜倚，霜纨未摇，衣袂先凉。　歌欢稀遇，怨别多同，路遥水远，烟淡梅黄。轻衫短帽，相携洞府流觞。况有红妆。醉归来、宝蜡成行。拂牙床。纱厨半开，月在回廊。

写夏景自午至夜，颇有闲适自得之趣。黄蓼园谓此词从容和雅，良非虚誉。类编本《草堂诗余》又载巨济《声声慢》一首、《清平乐》一首，皆有误。《声声慢》一首，至正本《草堂诗余》不注名氏。类编本据其前首，误作巨济之词。《清平乐》一首，乃晁端礼词，见《闲斋琴趣外编》，亦非巨济之作。

（二）刘光祖　光祖，字德修，巨济之子，庆元初官侍御史，其后改司农少卿，迁起居郎，以坐谤讪韩侂胄夺职，寻起为显谟阁直学士，提举茅山崇福宫，卒谥文节，有《鹤林词》，不传。近日赵斐云辑光祖《鹤林词》十一首，间有佳者。如《洞仙歌·荷花》一首云：

晚风收暑，小池塘荷净。独倚胡床酒初醒。起徘徊、时有香气吹来，云藻乱，叶低游鱼动影。　空擎承露盖，不见冰容，惆怅明妆晓鸾镜。后夜月凉时，月淡花低，幽梦觉、欲凭谁省。也应记、临流凭阑干，便遥想江南，红酣千顷。

此词见《全芳备祖》。《绝妙好词》亦收此一首，岂非以其清丽特胜耶？末句重笔掉转，尤有韵味。

此外宋词人散见于蜀之各州府者，尚不乏人。如隆庆府有文同，崇庆府有张商英，遂宁府有王灼，重庆府有冯时行，资州有李石，叙州有程公许，邛州有魏了翁，汉州有李流谦，绵州有文及翁，并以次述之：

（一）文同　同，字与可，梓潼人，自号笑笑先生，皇祐元年进士，仕至太常博士，集贤校理，有《丹渊集》。《浙江通志》载其《天香引》二首，一首题作“拜和靖祠”，一首题作“游嘉禾南湖”。他作不传。游湖一首云：

三月三、花雾吹晴。见麟凤沧州，鸳鹭沙汀。华鼓清箫，红云兰棹，青纻旗亭。　细看来、春风世情。都分在、流水歌声。剪燕娇莺，冷笑诗仙，击楫扬舲。

写遨游湖上，颇有翛然自得之趣。

（二）张商英　商英，字天觉，号无尽居士，新津人，登进士第，为章惇所荐。绍圣初，累擢左司谏、工部侍郎。大观中，历尚书右仆射、中书侍郎，贬衡州，后复官。《宣和遗事》曾载其《南乡子》二首，其一云：

向晚出京关。细雨微风拂面寒。杨柳堤边青草岸，堪观。只在人心咫尺间。　酒饮盏须干。莫道浮生似等闲。用则逆理天下事，何难。不用云中别有山。

词语俚俗，或出小说家之傅会。

（三）王灼　灼，字晦叔，遂宁人，绍兴中尝为幕官，有《颐堂词》二十一首，见《彊村丛书》，盖犹出于乾道刊本也。其间《水调歌头》云：

长江飞鸟外，明月众星中。今来古往如此，人事几秋风。又对团团红树，独跨蹇驴归去，山水澹丰容。远色动愁思，不见两诗翁。　　酒如渑，谈如绮，气如虹。当时痛饮狂醉，只许赏心同。响绝光沉休问，俯仰之间陈迹，我亦老飘蓬。望久碧云晚，一雁度寒空。

此送客登妙高台之作，豪情可思。灼又作《碧鸡漫志》，为论词之要籍，今传于世。书中先论古初至唐、宋声歌递变之由，次论调名之缘起及其渐变宋词之沿革，精核详审，考古者所必资也。

（四）冯时行　时行，字当可，巴县人，绍兴中官奉礼郎，以斥和议坐废。隆兴初提点成都刑狱，有《缙云文集》。集中附载词十二首，予据《永乐大典》二千八百十“梅”字韵又搜得一首，共得十三首。其《和贺方回青玉案寄果山诸公》云：

年时江上垂杨路。信拄杖、穿云去。碧涧步虚声里度。疏林小寺，远山孤渚，独倚阑干处。　　别来无几春还暮。空记当时锦囊句。南北东西知几许。相思难寄，野航蓑笠，独钓巴江雨。

清超拔俗，不落下乘。

（五）李石　石，字知幾，号方舟，资阳人，绍兴二十一年进士，曾为成都倅。有《方舟集》，系《大典》辑本，其中附词三十四首，赵斐云续补五首，共得三十九首。其《长相思》云：

花深红。花浅红。桃杏浅深花不同。年年吹暖风。　莺语中。燕语中。唤起碧窗春睡浓。日高花影重。

写春景亦清隽，他作大率类是。

（六）程公许　公许，字季与，号沧洲，叙州宣化人，嘉定四年进士，累官中书舍人、礼部侍郎。有《沧洲尘缶编》。集中无词。惟《阳春白雪》载其词三首。《念奴娇》一首云：

晚凉散策，恨西风、不贷一池残绿。谁与冰轮扐玉斧，恰好今宵圆足。树杪翻光，莎庭转影，零乱昆台玉。荡胸清露，闲须浇下醽醁。　休问湖海飘零，老人心事，似倚岩枯木。万里亲知应健否，脉脉此情谁属。世虑难平，天高难问，倚遍阑干曲。不妨随寓，买园催种松竹。

上片写景，下片抒情，笔墨沉重，而能飞动，亦一时杰出之士也。

（七）魏了翁　了翁，字华甫，蒲江人，庆元元年进士。开禧初，以武学博士对策，谏开边事，御史徐相劾其狂妄，遂辞去，筑室白鹤山下，聚徒讲学。理宗时开府江州，督视江淮军马，寻召还，以资政殿学士致仕。有《鹤山词》三卷，一百八十六首，见双照楼刻词。然十九为寿词，殊无意味。其《菩萨蛮·寿江通判生日》云：

东窗五老峰前月。南窗九叠坡前雪。推出侍郎山。着君窗户间。　离骚乡里住。恰记庚寅度。搴取芷兰芳。酌君千岁觞。

较自然有气象，他多谀颂之词，不足称也。

（八）李流谦　流谦，字无变，绵竹人，以父荫补将仕郎，虞允文抚蜀，置之幕下，有《澹斋集》，不传。《四库全书》用《大典》辑本，附词二十五首。其《小重山》一首云：

轻著单衣四月天。重来闲屈指、惜流年。人间何处有神仙。安排我，花底与尊前。　争道使君贤。笔端驱万马、驻平川。长安只在日西边。空回首，乔木淡疏烟。

于闲适之中，亦有无限风尘牢落之感。

（九）文及翁　及翁，字时学，号本心，绵州人，徙居吴兴，登进士第，历官参知政事。方登第后，期集游西湖，一同年戏之曰："西蜀有此景否？"及翁即赋《贺新郎》云：

一勺西湖水。渡江来、百年歌舞，百年酣醉。回首洛阳花石尽，烟渺黍离之地。更不复、新亭堕泪。簇乐红妆摇画舫，问中流、击楫何人是。千古恨，几时洗。　余生自负澄清志。更有谁、磻溪未遇，傅岩未起。国事如今谁倚仗，衣带一江而已。便都道、江神堪恃。借问孤山林处士，但掉头、笑指梅花蕊。天下事，可知矣。

感怀君国，极为沉着。

今《诗渊》尚载有杨绘词一首、张浚词一首。

至于不知属何州府之宋词人，则有王齐愈、黄大舆、阎苍舒、李久善、石耆翁五家，但知其为蜀人而已。今亦偶有词流传，因复述之：

（一）王齐愈　齐愈，字文甫，蜀人，齐万之弟。《回文类聚》中曾载其回文《菩萨蛮》词七首、《虞美人》词一首，皆有韵致。兹录《菩萨蛮》一首：

玉肌香衬冰丝縠。縠丝冰衬香肌玉。纤指拂眉尖，尖眉拂指纤。　巧裁罗袜小。小袜罗裁巧。移步看尘飞。飞尘看步移。

（二）黄大舆　大舆，字载万，《清波杂志》谓为蜀人，与王灼友好。灼所撰之《碧鸡漫志》，谓大舆有词，号《乐府广变风》，今不传。《漫志》中但记其一首《虞美人》云：

世间离恨何时了。不为英雄少。楚歌声起霸图休。玉帐佳人血泪满东流。　葛荒葵老芜城暮。玉貌知何处。至今芳草解婆娑。只有当时魂魄未消磨。

大舆又录《梅苑》十卷，皆咏梅之词，起于唐代，止于南北宋，共五百余首，最为可贵。今尚传四百余首，其中以蜀人为多。

（三）阎苍舒　苍舒，字惠夫，蜀人，绍兴二十七年进士。官侍郎，尝北使汴京。《芦浦笔记》曾载其《水龙吟》一首云：

少年闻说京华，上元景色烘晴昼。朱轮画毂，雕鞍玉勒，九衢争骤。春满鳌山，夜沉陆海，一天星斗。正红球过了，鸣鞘声断，回鸾驭、钧天奏。　谁料此生亲到，五十年、都城如旧。而今但有，伤心烟雾，萦愁杨柳。宝箓宫前，绛霄楼下，不堪回首。愿皇图早复，端门灯火，照人还又。

写少年时京华上元之盛与如今上元之冷落，异常警动。

（四）李久善　久善，字号不详，《能改斋漫录》称之为蜀人，并举其“莺掷垂杨，一点黄金溜”之句，惜全词不传。惟《梅苑》尚载其《念奴娇》一词云：

东君试手，向南枝着意，争先时节。纵有丹青谁便忍，轻点肌肤冰雪。色借琼瑰，香分兰麝，元自标孤洁。冲寒独秀，误他多少蜂蝶。　缟练不染缁尘，算来□合是，广寒宫阙。未问阳和先占取，前村一溪风月。留取清芬，主张真态，驿使休轻折。梢头青子，异时风味甚别。

（五）石耆翁　耆翁，《夷坚志》称之为蜀人。《梅苑》录其词两首：一为《鹧鸪天》，一为《蝶恋花》。其《蝶恋花》一首云：

半夜六龙飞海峤。滉漾鳌波，露出珊瑚小。玉粉枝头春意早。东风未绿瀛洲草。　姑射仙人真窈窕。净练明妆，如伴商岩老。梦入水云间缥缈。一楼明月千山晓。

笔无纤尘，可云佳作。

此外尚有蜀妓词，如《苕溪渔隐丛话》载广汉营妓僧儿《满庭芳》一首，《花庵词选》载成都乐妓陈凤仪《一络索》一首，《齐东野语》载蜀中妓《市桥柳》一首，《绿窗新话》引《古今词话》载成都妓赵才卿《燕归巢》一首、泸南妓盼盼《惜春容》一首。《娇红记》更载眉州王通判女娇红与中表申纯酬和之词，多至二十八首。又有石刻唐、宋人词，如《蜀中广记》言唐无名氏《后庭宴》《千里故乡》二首，系宋建隆中，旭川建城时掘得之石刻。旭川，今荣县也。偶检《巴县志》与《合川志》，亦皆录宋词石刻，辑蜀词者不可不采及之也。至若陈与义、张孝祥、牟巘、牟子才诸人，其先原皆蜀人，但其后徙居他方，故不具录云。

（原载《文史杂志》第3卷第5、6期，1943年3月）

词学家述评

端木子畴与近代词坛

近世海内词家，推临桂王半塘、萍乡文芸阁、归安朱古微、高密郑叔问、临桂况夔笙五家。王氏年辈较长，影响最大。文、郑二氏俱与王氏有往还，唱酬极得。而朱氏与王氏游，始从学为词。王刻《四印斋丛书》，朱刻《彊村丛书》，后先媲美，厥功尤伟。至况氏则与王氏同在薇省，受王氏之奖掖诱导亦多。故述文、郑、朱、况四家之词，不可忘王氏。吾乡端木子畴先生，年辈又长于王氏，而其所以教王氏者，亦是止庵一脉。止庵教人学词，自碧山入手。先生之词曰《碧瀣词》，即笃嗜碧山者。王氏之词，亦导源于碧山。先生尝手书《宋词赏心录》以贻王氏。先生有作，王氏见即怀之。可见王氏倾倒先生之深。先生所论碧山《齐天乐·咏蝉》词，为世所称。幸王氏《碧山词跋》引之。《跋》云：

> 年丈端木子畴先生释碧山《齐天乐·咏蝉》云："详味词意，殆亦黍离之悲也。首句'宫魂'字点出命意。'乍咽''还移'，慨播迁也。'西窗'三句伤敌骑暂退，燕安如

故也。‘镜暗妆残’，残破满眼……修容饰貌，侧媚依然；衰世臣主，全无心肝，真千古一辙也。‘铜仙’三句伤宗器重宝均被迁夺，泽不下究也。‘病翼’三句更是痛哭流涕，大声疾呼，言海岛栖流，断不能久也。‘余音’三句遗臣孤愤，哀怨难论也。‘漫想’二句责诸臣当此，尚安危利灾，视若全盛也。”

惜先生遗文散佚，不能多见其他词论。即此释若非王氏所引，吾人亦不得知之，良可慨也。故述王氏之词者，尤不可忘先生也。况氏《蕙风词话》云：“忆二十岁时，作《绮罗香》过拍云‘东风吹尽柳绵矣’，端木子畴前辈见之，甚不谓然，申诫至再。余词至今，不复敢叶虚字。”观此一事，可见先生指导况氏之严正。况氏后刻《薇省词钞》，复引先生词序云：“古人明于音律，故所为不稍苟。亦有自制曲调者。今人既不知乐，当师古人意而慎守之。未可求自便，阳奉而阴违也。”况氏为词，守律綦严，亦未尝非受教于先生也。

（原载《中央日报》1948年1月）

回忆吴先生

先生名梅，字瞿安，一字灵鳷，晚号霜厓，长洲（今江苏苏州市）人。生于1884年（清光绪十年）七月二十二日。先生二十二岁时，即任东吴大学堂教习，以后历任苏州存古学堂、南京第四师范、上海民立中学教师。三十四岁以后，历任北京大学、东南大学（后改中央大学）、中山大学、光华大学、金陵大学教授，前后共二十余年，为海内一致推崇的曲学大师。1937年，卢沟桥事变，先生携眷避兵，历经汉口、长沙、湘潭、桂林、昆明等地；最后，从学生李一平之请，到达云南大姚县李旗屯，寓李氏宗祠。1939年3月17日，先生在大姚逝世，年才五十六岁，海内学人，无不哀悼。

近代研究戏曲贡献最大的，当推海宁王静安（名国维）先生和吴瞿安先生两人。静安先生从历史考证方面研究中国戏曲的源流与发展，作《宋元戏曲史》，开辟了研究戏曲的途径；瞿安先生则从戏曲本身研究作曲、唱曲、谱曲、校曲，并集印了很多古本戏曲，为中国文学史、戏曲史提供了极珍贵的资料。他自己不仅能作、能谱，并且能吹、能唱、能演。从前明汤显祖以惊才绝艳开“临川”一派，但音律却不讲究；沈璟特重音律开“吴江”一派，但文字又不出色。瞿安先生守吴江的音律，写临川的丽曲，实兼有文学、音乐、戏剧各方面的长处。

瞿安先生的创作，除剧本外，有文录、诗录、词录、曲录。文录未有清稿，诗录三百八十一首，词录一百三十七首，都有贵阳交通书局的印本。曲录中小令四十九首，套曲八十五首，有商务印书馆的印本。先生在遗嘱中说，为文得力于盛霞飞先生，诗得力于散原老人，词得力于彊村遗民，曲得力于粟庐先生。

先生创作的剧本有传奇与杂剧两种。最早的传奇是《风洞山》二十四出，谱瞿式耜尽节事，有《小说林》社刊本，那时先生才十八岁。后来到二十二岁时，又作《苌弘血》传奇（初名《血花飞》）十二出，谱戊戌政变“六君子”死事。先生的祖父怕以文字得祸，把这本传奇烧了。入民国后，先生又作了《东海记》《双泪碑》《绿窗怨》《白团扇》《义士记》等传奇。最早的杂剧是先生二十三岁时作的《暖香楼》（后改为《湘真阁》），二十四岁时又作《轩亭秋》，谱秋瑾事。入民国后，又作《落茵记》《无价宝》《惆怅爨》等杂剧。1932年，木刻《湘真阁》《无价宝》《惆怅爨》三种，合称《霜厓三剧》，并附有歌谱。《湘真阁》是自作的谱，《无价宝》是刘凤叔作的谱，《惆怅爨》是刘凤叔、吴粹伦、徐镜心三人作的谱。

好多书局也曾印过先生有关词曲论著的书，如商务印书馆印过《顾曲麈谈》《词学通论》《曲学通论》《辽金元文学史》等书，大东书局印过《中国戏曲概论》，世界书局印过《元剧研究》，文通书局印过《南北词简谱》。《南北词简谱》耗十年精力才编成，精密胜过沈璟的《南词谱》和李玄玉的《北词谱》。

先生藏曲共有六百种之多，曾允友人张菊生之请，先印一百五十二种，包括散曲、杂剧、传奇三类。1928年印出《奢摩他室曲丛》初集和二集。初集收嵇永仁《扬州梦》《双报应》传奇两种及沈起凤传奇四种；二集收朱有燉《诚斋乐府》二十四种及吴炳《粲花五种》传奇。可惜三集和四集都已印好，不幸遭"一·二八"之役，存书及存版都被炸毁了。校刻曲籍，在明有金陵唐氏的富春堂《演剧百种》、吴兴臧氏的雕虫馆《元曲选》、海虞毛氏的汲古阁《六十种曲》；近代又有贵池刘氏、武进董氏的《汇刻传奇》和《十段锦》《盛明杂剧》等刊本。先生继承他们，规模比他们还大，校订的精善也超过他们。最近，郑振铎校印《古本戏曲丛刊》，也是受了他的影响。

1917年，先生开始在北京大学讲词曲。那时一般学生都重经史而轻视词曲，以为词曲小道，研究它是不识时务。因此，有的学生在笑他，有的学生在议论他。先生运用直观教具进行教学，公然携笛到课堂上说明曲律，说明今传的十七宫调分隶于笛色的七调之中。这种实事求是的精神，确是难能可贵的。

先生教学认真，诲人不倦，从来不迟到，不早退，不请假。每学期课程都有计划，并能完成任务。每授一课程都有讲稿，商务印书馆所印先生的《词学通论》《曲学通论》以及《曲选》，都是平日教学时的讲稿。学生一学期有几次作业，先生都替他们一一批改。先生才思敏捷，批改得又快又好，学生们无不敬佩。板书也是先生的特色，写得纯熟、自然、匀整、秀美，和在格纸上写的一样，一板笔记写完了，令人爱不忍擦。

先生在北京大学时，许之衡也从先生研究曲学。许先生每将平日读曲疑问一一记录下来，然后到先生寓所，请先生一一解答。如此日久，许先生就写成曲学讲稿，后来就继吴先生后教曲于北京大学。当先生回到苏州时，任中敏到他家参阅曲书，先生指导他无微不至。后来中敏编著《散曲丛刊》，实得力于他的指导。当先生在东南大学时，尝为卢冀野改曲，也是一字不苟。冀野创作的散曲、杂剧、传奇等，无不有先生的润饰；后来冀野刻《饮虹簃散曲》，与先生的诱导、鼓励也是分不开的。此外，如钱南扬之辑南戏，王季思之注《西厢》，都是循着先生的指示而努力进行的。先生对学生一方面是和蔼、亲切，循循善诱；可是一方面也不宽假，不放任，不姑息，如有不当于理的，就会被严厉训斥，因此，学生既敬爱他，也畏惧他。

先生在东南大学时，曾领导学生组织词社，名“潜社”，前后达十余年。大概每月一集，拣一星期日下午，师生一同游览南京名胜，并作词和曲。题由先生出，作好也由先生改。直到傍晚，才一同归来，在夫子庙东头的“万全酒家”聚餐。有时作的是曲，先生即席订谱，擫笛歌唱，极一时之乐。席散以后，先生酒意醺醺，往往由学生扶送回寓（寓所在大石桥西头）。“万全酒家”后面临秦淮河，河下常有画舫停泊，其中有一画舫名“多丽”，有时师生也作词、聚餐于“多丽”舫中。后来学生辑印过《潜社词曲汇刊》，便是师生多年的成绩。另外，先生又与友人在南京组织词社，名“如社”，也是每月一集，轮流作东道主，后来也刊印了一集《如社词钞》。

先生唱曲谨严，不同流俗。原来先生在十八岁时，就从里老学唱曲，先生一面取古今杂剧、传奇作比较、研究；一面根据明人魏良辅的《曲律》、王骥德的《曲律》和沈宠绥的《度曲须知》作进一步的探讨。1913年，先生正三十岁，写成《顾曲麈谈》一书，内容分原曲、制曲、度曲、谈曲四章讲述，对于曲理多所阐明，对唱曲的五音（喉舌齿牙唇）、四呼（开齐合撮）、四声（平上去入）、出字、收声、归韵诸项尤其讲得细入毫芒，纠正了一般唱曲的错误，并指出了唱曲的正确方向。先生第二子涑青，第四子南青，都精于吹唱，但他们有时体会曲情，于吹唱之中加添花腔，以求美德。先生听了就极力制止，可见先生守律之严。先生对于艺人唱曲，也尽心指导，并照顾他们的生活。

先生尝以为《桃花扇》的曲文很好，可惜作者孔尚任不如《长生殿》作者洪昇谙于度声。很想多谱一些《桃花扇》曲。过去北京清华大学曾有些人组织“谷音”曲社唱曲，函请先生指导，先生曾谱《桃花扇·哭主·胜如花》二曲给他们唱，他们都以为音调悲壮，尽善尽美。他们当时很想先生以余时多为《桃花扇》曲制谱，但后来制的谱并不多。我还知道先生曾制过史可法《沉江》一出的谱，也是极其悲壮动听的。

先生为人慷慨好义，疾恶如仇，所作英雄烈士的戏剧，大都苍凉悲壮，痛快淋漓。他对秋瑾的革命史迹，尤为同情，既作《轩亭秋》（仅传《楔子》一出，载《小说林》）表扬她，又题《西泠悲秋图》哀悼她：

半林夕照。照上峰腰。小冢冬青少。有柳丝数条。记麦饭香醪。清明拜扫。怎三尺孤坟也守不牢。这冤怎样了。

土中人，血泪抛。满地红心草。断魂可招。你敢也侠气英风在这遭。

这是《越调·小桃红》套里的《下山虎》曲，一般都以为是难作的曲子，先生依据《幽闺记》的《下山虎》原文，四声一字不移，作得自然、沉痛，先生也自以为“青出于蓝”。

还有一件事可见先生高傲气概的，那就是拒绝徐树铮的任官。1921年，先生三十八岁，仍在北京大学教课，时徐树铮任西北筹边使，礼聘先生为秘书长，先生立即拒绝了他，并有《鹧鸪天》词回答他：

辛苦蜗牛占一庐。倚檐妨帽足轩渠。依然浊酒供狂逸，那有名花奉起居。　　三尺剑，万言书。近来弹铗出无车。西园雅集南皮会，懒向王门再曳裾。

充分表现了“贫贱不能移”的书生本色。

在清末曲学极衰微的时期，先生以毕生精力从文学、音乐、戏剧各方面研究曲学，集三百年来研究曲学的大成，开近代研究曲学的风气，先生的功绩是永不磨灭的。1951年，先生的家庭把先生所藏的全部善本遗书献给中央，供全国广大人民阅览，这也是完全符合先生一生阐扬文化、教育人材的意愿的。

（原载《雨花》1957年第5期）

回忆词坛飞将乔大壮

1948年秋，乔翁大壮继屈原、李白、王国维之后，自沉于苏州河。天下无论识与不识，无不同声叹惋！回忆翁之死因，殆以猝赋悼亡、饮酒过量所致。

翁之夫人善书工诗，理家井然，内助实多。抗战军兴，万户西迁，翁避地重庆花岩寺经济部宿舍，古屋寒窗，备尝艰苦。惟屋后乌桕一株，临风摇曳；门前青蔬满园，藉以维生。翁尝笑谓余曰："此皆吾妻日夕所培植者。"又出示宋晁氏《闲斋琴趣》精钞本曰："此亦吾妻所手钞者。"余以此知翁虽飘泊天涯，百不遂心，但伉俪情深，尚堪慰藉。

天祸壮翁，妻亡室毁，翁顾影凄清，怅怅无所之。今重庆万人如海，一身逼仄，乃日日杜门倾壶，夜夜和衣而卧。余偶过访，即诵东山词云："重过阊门万事非。同来何事不同归。梧桐半死清霜后，头白鸳鸯失伴飞。　　原上草，露初晞。旧栖新垄两依依。空床卧听南窗雨，谁复挑灯夜补衣。"知翁之悲痛深矣。后翁送灵归葬成都，又自作《生查子》云："舵楼东逝波，鹞首西沉月。何事一心人，竟作无期别。　　犯雾渡江来，打鼓凌晨发。君去骨成尘，我住头如雪。”至情流露，句句沉痛，可谓：“有声当彻天，有泪当彻泉。”吾举以示白匋，亦大惊叹，第念伤情过甚，究非所宜。

湘潭杨公庶夫妇，古道照人，宾至如归，又热爱文艺，求贤若渴。念翁怨怀无托，请移居沙坪坝雍园寓所。翁感其高义，从其请。所居面临歌乐山，空气澄鲜，翠色迎眉，公庶夫妇晨昏问学，并随时宽慰；然翁内心抑郁，总是醉魂愁梦相半。仆人老吴，同情翁处境，尽心照顾，亦恒以翁烂醉损体为念。一夕，翁自重庆市中乘中大校车归寓，忽醉卧车中不起，迨车停，司机始雇滑竿舁至雍园寓所。

居雍园时，有请出为高官者，翁深恶痛绝，作《菩萨蛮》以明志云：“夕阳红过街南树。燕飞不到春归处。翠羽共明珰。为君申礼防。　　东风寒食节。帘外花如雪。百折缕金裙。去年沉水熏。”以美人自喻，身分高绝。至其出语俊爽，尤类小山。此时又有《江城子》悼亡词，尝为公庶书之，惜集中未载，余亦不省记。为余书《菩萨蛮》亦散失。

翁词集名《波外乐章》，共四卷，为翁所手订。其部分词作，曾刊入《雍园词钞》中，深婉密丽，烂如舒锦。盖翁自致力于小山外，更倾服东山。宋张耒评贺词云：“盛丽如游金、张之堂，而妖冶如揽嫱、施之祛，幽洁如屈、宋，悲壮如苏、李。”翁词似亦近之。

翁素遵古老之教，力趋拙重，不涉轻薄，于严守四声之中，更求自然妥帖，如柳词《倾杯》云：“何人月下临风处，起一声羌笛。”翁依其四声云：“流莺不管兴亡恨，道六朝如昨。”又如东坡《八声甘州》词云：“有情风万里卷潮来。无情送潮归。”翁和之云：“好江山送我乱离来。依然未成归。”大气包举，固不仅以雕琢为工，盖翁深入西蜀、南唐及两宋诸家，用赋比兴诸体，融会贯通，自臻上乘。

由于翁素工六朝文、晚唐诗，故其词自然入妙。小词如《清平乐》用温体云：“画帘钩重。惊起孤衾梦。二月初还桐花冻。何处绿毛幺凤。　日日苦雾巴江。岁岁江波路长。楼上熏衣对镜，楼外芳草斜阳。”深美闳约，可比温尉。末两句对比，不着一字，尽得风流。白匋尝取此两句画扇赠翁，翁颇欣然。

翁除长于诗、文、词、赋外，书法、篆刻亦无一不工。鲁迅曾请其书联，徐悲鸿曾请其教篆刻，中大师范学院曾请其教词学，重庆文艺才士一致推为大师。曾记五十年前，余与翁随诸老结词社于金陵，翁卷词作精妙，书写秀逸，印章奇劲，一时称为“三绝”。

翁在雍园时，兼中大课，余因得朝夕过从，谈词解忧。翁尝出示墨谷词，激赏逾恒；指导峻斋刻印，亦竭尽心力。胜利后，应友人许寿裳之约，赴台任教。许死翁归，住峻斋所。余方期赴峻斋寓所访翁，不图凶问遽传，悲痛曷极！昔方回卜居苏州，有词云“凌波不过横塘路”，横塘正在苏州盘门。后梦窗亦有词云“可惜人生，不向吴城住”，是梦窗亦念念不忘苏州。晚清词人王半塘、郑叔问皆卒于苏州，今翁之自沉于苏州，岂亦爱苏州为今古词人归宿之所邪？呜呼！伤已！

（原载《大公报·艺林》1983年5月）

记任中敏《唐艺发微》

中敏自随瞿师治词曲，一直刻苦钻研，勇猛精进，除经常发表有关古典文学论文外，先后出版《词学研究法》《词曲通义》《散曲丛刊》《新曲苑》诸书，贡献颇大。解放后，专攻唐代文艺，体大思精，尤为世所称道。早期出版《敦煌曲初探》《敦煌曲校录》《教坊记笺订》《唐戏弄》诸书，新境独辟，用力特勤；近年出版《优语集》，超过王国维所著《优语录》十倍。方今渠已八十有五，雄心壮志，不减往昔，仍拟完成《唐艺发微》八种，兹著其目，以志景仰之忱：

1.《唐戏弄》 增补五万言，又附录五种。

2.《唐声诗》 创获丰富，年内可出版。

3.《唐大曲》 积稿颇多。

4.《唐短歌》 上卷选李靖《兵要望江南》，下卷选短歌。

5.《唐著辞》 酒筵上舞唱辞。

6.《教坊记笺订》 增补资料。

7.《敦煌曲研究考辨》 取消《敦煌曲初探》，另著此书。

8.《敦煌歌辞总编》 录唐曲子一千二百首，已交出版社。

（选自《词学论丛》）

赵万里对词学研究之贡献

万里初从瞿师治词曲，继在清华研究院为王国维先生之助教，后又长期主管北京图书馆之善本书室，精于版本目录之学。搜采古籍既勤，研究范围亦广，凡小说、戏曲、方志、碑刻，无不深研详校。据余所知，万里除发表大量有价值之论文以外，又辑刻《薛仁贵东征记》《大元一统志》，影印《董解元西厢记》、元刊本《苏辛词》、明刊本《南唐二主词》。另有《汉魏六朝冢墓遗文图录》《汉魏南北朝墓志集释》之作。至对词学之贡献尤巨，继承先修，启迪后学，实事求是，多所发明，开一代之风气，为学术之典范。1931年，万里自己所撰《校辑宋金元人词》七十三卷出版，计收宋词别集五十六家，金词别集二家，元词别集七家，宋元总集二家，宋人词话三种，宋金元名家补遗一卷，既补晚清诸家汇遗，又一扫明清以来词选真伪不分、妄增妄删之弊。关于宋代各地词刻之情况，所引书之版本来源，俱叙述详尽，指陈明确，有条不紊，有卷可查，丰富词学之知识，显示科研工作之谨严，其影响极其深远。万里尝自谓尚有《全芳备祖》校本及

《唐五代宋金元词录》，想亦毕生惨淡经营之作，惜均未出版。希望万里在京知友亟刊其遗稿，以惠学者。

（选自《词学论丛》）

词作简析

炼字琢句，运化无痕
——读周邦彦《满庭芳·夏日》

周邦彦为北宋末期词学大家。由于他深通音律，创制慢词很多，无论写景抒情，都能刻画入微，形容尽致。章法变化多端，疏密相间，笔力奇横。王国维推尊为“词中老杜”，确非溢美之词。兹分析他的《满庭芳》一首词，以见一斑：

满庭芳　夏日溧水无想山作

风老莺雏，雨肥梅子，午阴嘉树清圆。地卑山近，衣润费炉烟。人静乌鸢自乐，小桥外、新绿溅溅。凭栏久，黄芦苦竹，疑泛九江船。　年年。如社燕，飘流瀚海，来寄修椽。且莫思身外，长近尊前。憔悴江南倦客，不堪听、急管繁弦。歌筵畔，先安簟枕，容我醉时眠。

周邦彦于哲宗元祐八年（1093）任溧水（今江苏溧水县）令，时年三十九岁。无想山在溧水县南十八里，山上无想寺（一名禅寂院）中有韩熙载读书堂。韩曾有赠寺僧诗云：“无想景幽远，山屏四面开。凭师领鹤去，待我挂冠来。药为依时采，松宜绕舍栽。林泉自多兴，不是效刘雷。”由此可见无想山之幽僻。

郑文焯以为无想山乃邦彦所名，非是。

上片写足江南初夏景色，极其细密；下片即景抒情，曲折回环，章法完全从柳词化出。“风老”三句，是说莺雏已经长成，梅子亦均结实。杜牧有“风蒲燕雏老”之句，杜甫有“红绽雨肥梅”之句，皆含风雨滋长万物之意。两句对仗工整，“老”字、“肥”字皆以形容词作动词用，极其生动。时值中午，阳光直射，树荫亭亭如幄，正如刘禹锡所云：“日午树荫正，独吟池上亭。”“圆”字绘出绿树葱茏的形象。本词正是作者在无想山写所闻所见的景物之美。

“地卑”两句承上而来，写溧水地低而近山的特殊环境，雨多树密，此时又正值黄梅季节，所谓“梅子黄时雨”，使得处处湿重而衣物潮润，炉香熏衣，需时较久。“费”字道出衣服之润湿，则地卑久雨的景象不言自明，湿越重，衣越润，费炉烟愈多。一“费”字既具体又概括，形象臭臭，精炼异常。

“人静”句据陈元龙注云：“杜甫诗‘人静乌鸢乐’。”今本杜集无此语。正因为空山人寂，所以才能领略乌鸢逍遥情态。“自”字极灵动传神，画出鸟儿之无拘无束，令人生羡，但也反映出自己的心情苦闷。周词《琐窗寒》云“想东园桃李自春”，用“自”字同样有无穷韵味。“小桥”句仍写静境，水色澄清，水声溅溅，说明雨多，这又与上文“地卑”“衣润”等相互关联。邦彦治溧水时有新绿池、姑射亭、待月轩、萧闲堂诸名胜。

“凭栏久”承上，意谓上述景物，均是凭栏眺望时所见。词意至此，进一步联系到自身。“黄芦苦竹”，用白居易《琵琶行》中“住近湓江地低湿，黄芦苦竹绕宅生”之句，点出自己的处境与贬谪的白居易相类。“疑”字别本作“拟”，当以“疑”字为胜。

换头“年年”，为句中韵。《乐府指迷》云：“词中多有句中韵，人多不晓，不惟读之可听，而歌时最要叶韵应拍，不可以为闲字而不押，……又如《满庭芳》过处‘年年。如社燕’，‘年’字是韵，不可不察也。”三句自叹身世，曲折道来。作者在此以社燕自比，社燕每年春社时来，秋社时去，从漠北瀚海飘流来此，于人家屋椽之间暂时栖身，这里暗示出他宦情如逆旅的心情。

“且莫思”两句，劝人一齐放下，开怀行乐，词意从杜甫诗“莫思身外无穷事，且尽尊前有限杯”中化出。“憔悴”两句，又作一转，飘泊不定的江南倦客，虽然强抑悲怀，不思种种烦恼的身外事，但盛宴当前，丝竹纷陈，又令人难以为情而徒增伤感。这种深刻而沉痛的拙笔、重笔、大笔，正是周词的特色。

“歌筵畔”句再转作收。“容我醉时眠”，用陶潜语：“潜若先醉，便语客：‘我醉欲眠卿可去。’”（《南史·陶潜传》）李白亦有“我醉欲眠卿且去”之句。这里用其意而又有所不同，歌筵弦管，客之所乐，而醉眠忘忧，为己之所欲，两者尽可各择所好。“容我”两字，极其宛转，暗示作者愁思无已，惟有借醉眠以了之。

周邦彦自元祐二年离开汴京，先后流宦于庐州、荆南、溧水等僻远之地，故多自伤身世之叹，这种思想在本词中也有所反映。但本词的特色是蕴藉含蓄，词人的内心活动亦多隐约不露。例如上片细写静景，说明作者对四周景物的感受细微，又似极其客观，纯属欣赏；但“凭栏久”三句，以贬居江州的白居易自比，则其内心之矛盾苦痛，亦可概见。不过其表现方式却是与《琵琶行》不同。陈廷焯说：“但说得虽哀怨，却不激烈，沉郁顿挫中别饶蕴藉。”(《白雨斋词话》) 说明两者风格之不同。下片笔锋一转再转，曲折传出作者流宦他乡的苦况，他自比暂寄修椽的社燕，又想借酒忘愁而苦于不能，但终于只能以醉眠求得内心短暂的宁静。《寥园词选》指出：“‘且莫思’至句末，写其心之难遣也，末句妙于语言。”这“妙于语言”亦指含蓄而言。

宋陈振孙《直斋书录解题》云：“清真词多用唐人诗语，檃栝入律，浑然天成，长调尤善铺叙，富艳精工。”这话是对的。即如这首词就用了杜甫、白居易、刘禹锡、杜牧诸人的诗，而结合真景真情，炼字琢句，运化无痕，气脉不断，实为难能可贵的佳作。

（原载《文史知识》1983年第11期）

亡国之音哀以思

——赵佶词《燕山亭》鉴赏

燕山亭　　北行见杏花

裁剪冰绡，轻叠数重，淡著胭脂匀注。新样靓妆，艳溢香融，羞杀蕊珠宫女。易得凋零，更多少、无情风雨。愁苦。问院落凄凉，几番春暮。　　凭寄离恨重重，这双燕，何曾会人言语。天遥地远，万水千山，知他故宫何处。怎不思量，除梦里、有时曾去。无据。和梦也、新来不做。

宋徽宗赵佶因荒淫失国，在公元1127年与其子钦宗赵桓被金兵掳往北方五国城，囚禁至死。在北行途中，忽见如火的杏花，不禁万感交集，写下了这首词。这是他生活遭遇最悲惨的实录，也可以说是一篇血书。他不仅工书善画，而且知乐能词，足以与南唐李后主媲美。

这首词上片描绘杏花，运笔极其细腻，好似在作工笔画，由杏花的外形到它的神态，勾勒出一幅绚烂的画面。接着突然一转，描写杏花遭到风雨摧残以后的黯淡场景，从它的极盛到衰败暗示作者自身的境遇，不仅是写花，也在写人，从中表达出内心的无限苦痛。这也就是他在流徙途中见到艳丽无比的杏花时的感触，由此过渡到下片对自身遭遇沉痛的哀诉。

首三句近写、细写杏花，是对一朵朵杏花的形态、色泽的具体形容。杏花的瓣儿好似一叠叠冰清玉洁的缣绸，经过巧手裁剪出重重花瓣，又逐步匀称地晕染上浅淡的胭脂。朵朵花儿都是那样精美绝伦地呈现在人们眼前。“新样”三句，先以杏花比拟为装束入时而匀施粉黛的美人，她容颜光艳照人，散发出阵阵暖香，胜过天上蕊珠宫里的仙女。“羞杀”两字，是说连天上仙女看见她都要自愧不如，由此进一步衬托出杏花的形态、色泽和芳香都是不同于凡俗之花，也充分表现了杏花盛放时的动人景象。

“易得凋零”以下词意陡转，极写杏花由盛而衰。春日绚丽非常，正如柳永《木兰花慢》中所云：“正艳杏烧林，缃桃绣野，芳景如屏。”但为时不久就逐渐凋谢，又经受不住料峭春寒和无情风雨的摧残，终于花落枝空；更可叹的是暮春之时，庭院无人，美景已随春光逝去，显得那样凄凉冷寂。这里不仅是在怜惜杏花，而且也兼以自怜。试想作者以帝王之尊，降为阶下之囚，流徙至千里之外，其心情之愁苦非笔墨所能形容，杏花的烂漫和易得凋零，引起他的种种感慨和联想，往事和现实交杂在一起，使他感到杏花凋零，犹有人怜，而自身沦落，却只空有“故国不堪回首月明中”的无穷慨恨。“愁苦”之下接一“问”字，其含意与李后主的“问君能有几多愁。恰似一江春水向东流”亦相仿佛。

换头从上片杏花的凋零转到自己的哀感离恨，层层深入，愈转愈深，愈深愈痛。第一层写一路行来，忽见燕儿双双，从南方飞回寻觅旧巢，不禁有所触发，本想托付燕儿寄去重重离恨，再一想它们又怎么能够领会和传达自己的千言万语？但除此以外又将凭谁传递音问呢？冯延巳《鹊踏枝》亦说：“泪眼倚楼频独语。双燕飞来，陌上相逢否？”由于问燕而燕儿不会作答，因此也就难解相思之意：“撩乱春愁如柳絮，悠悠梦里无寻处。”两位作者都是借着问燕表露出音讯断绝以后的思念之情。

第二层叹息自己父子降为臣虏，与宗室臣僚三千余人被驱赶着向北行去，路途是那样地遥远，艰辛地跋涉了无数山山水水，“天遥地远，万水千山”这八个字，概括出他在被押解途中所受的种种折磨。回首南望，再也见不到汴京故宫，真可以说是“别时容易见时难”了。

第三层紧接上句，以反诘说明怀念故国之情，然而，“故宫何处”点出连望见都不可能，只能求之于梦寐之间了。梦中几度重临旧地，带来了片刻的慰安。第四层用层深之法，写绝望之情。晏幾道《阮郎归》末两句“梦魂纵有也成虚，那堪和梦无”，秦观《阮郎归》结尾“衡阳犹有雁传书，郴阳和雁无”，都是同样意思。梦中的一切，本来是虚无空幻的，但近来连梦都不做，真是一点希望也没有了，反映出内心百折千回，可说是哀痛已极、肝肠断绝之音。

况蕙风云：“‘真’字是词骨，若此词及后主之作，皆以‘真’胜者。”下片借燕与梦道出从期望到失望、由失望而绝望的内心活动。先是写因思念而企盼能通音问，再写由期望之不可能达到而转为失望，而几度“故国梦重归”又使沉重的思念和失望得到片刻慰安；但近来连梦也没有，使自己的心情终于由失望而陷入绝望，这样的心理刻画，在且问且叹、如泣如诉的低调下流露真情。也就是这一“真”字，使本词产生较大的艺术效果。

（选自《唐宋词鉴赏辞典》，江苏古籍出版社1986年版）

时彦词《青门饮》鉴赏

青门饮　　寄宠人

胡马嘶风，汉旗翻雪，彤云又吐，一竿残照。古木连空，乱山无数，行尽暮沙衰草。星斗横幽馆，夜无眠、灯花空老。雾浓香鸭，冰凝泪烛，霜天难晓。　长记小妆才了。一杯未尽，离怀多少。醉里秋波，梦中朝雨，都是醒时烦恼。料有牵情处，忍思量、耳边曾道。甚时跃马归来，认得迎门轻笑。

本词是远役怀人之作，在艺术构思方面有其独特之处，即采用对比、回忆等手法，如上片雄浑的北国风光，与下片的伤离情景形成鲜明的对比；下片别时依依难舍的回忆和想象中重逢时欣喜欢悦的对比，写来豪放和柔婉兼而有之。在题材的处理方面，亦是境界阔大而又有别出心裁的细腻描写，语言的运用极其生动活泼，流利自然，由此给人以十分新颖独特的感觉。

宋初范仲淹写边陲风光的《渔家傲》，历来受人称道，视为豪放词的前驱，其中如“四面边声连角起。千嶂里。长烟落日孤城闭”，本词上片开始几句，手法亦与之相似，在读者面前展开边地的特有风光。作者将亲身经历的旅途情景，用概括而简炼的字句再现出来。“胡马”两句，写风雪交加，在呼啸的北风声中，夹杂着胡马的长嘶，真是“胡马依北风”，使人意识到这里已离边境不远。抬头而望，“汉旗”，也即宋朝的大旗，却正随着纷飞的雪花翻舞，车马就在风雪之中行进。“彤云”两句，写气候变化多端。正行进间，风雪逐渐停息，西天晚霞似火，夕阳即将西沉。

“一竿残照”，是形容残日离地平线很近。借着夕阳余晖，只见一片广阔荒寒的景象，老树枯枝纵横，山峦错杂堆叠；行行重行行，暮色沉沉，唯有远处的平沙衰草，尚可辨认。这里写边地气候多变，时而风雪交加，时而晚霞夕照；描写是由远而近，由明亮而朦胧，意味着这天旅程的结束。

“星斗”以下，写投宿以后夜间情景。采用衬托手法，从凝望室外星斗横斜的夜空，到听任室内灯芯延烧聚结似花，还有鸭形熏炉不断散放香雾，烛泪滴凝成冰，都是用来衬托出长夜漫漫，作者沉浸在思念之中，整宵难以入睡的相思之情，由此引出下片内容。

下片以回忆和想象为主，用生活的语言和委婉曲折的笔触勾勒出那位“宠人”的形象。离情别意，本来是词中经常出现的内容，而且以直接描写为多，如“残月出门时。美人和泪辞”（韦庄《菩萨蛮》），“暗垂珠泪，泣送征轮”（韩缜《凤箫吟》）。作者却另辟蹊径，以“宠人”的各种表情和动态来反映或曲折地表达不忍分离的心情。

“长记”三句，写别离前夕，她浅施粉黛，装束淡雅，在饯别宴上想借酒浇愁，却是稍饮即醉。“醉里”三句，写醉后神情，由秋波频盼而终于入梦，然而这却只能增添醒后惜别的烦恼，真可说是“借酒浇愁愁更愁”了。这里刻画因伤离而出现的姿态神情，都是运用白描和口语，显得宛转生动，而人物内心活动却就在这看似平淡的几笔中曲曲道出。

结尾四句，是作者继续回想别时难舍难分的情况，其中最牵惹他的情思而难以忘怀的一幕，就是临行之际，她上前附耳小语的神态。这里不用一般篇末别后思念的写法，如“春欲暮，思无穷。旧欢如梦中”（温庭筠《更漏子》）、“落花犹在，香屏空掩，人面知何处”（晏幾道《御街行》），而是曲折地以对方望归的迫切心理和重逢之时的喜悦心情作为结束，这也即是耳语的内容；低声问他何时能跃马归来，是关心和期待，让他想象对方迎接时愉悦的笑容，则是进一层展开一幅重逢之时的欢乐场面。这样，就使这首伤离的怀人之作不以“黯然销魂者，唯别而已矣”的低调结束，而是以充满着期待和喜悦的心情总收全篇。

本词作者时彦是河南开封人，宋神宗元丰二年（1079）进士第一，历官开封尹、兵部员外郎、吏部尚书、河东转运使。这首词不见宋人传本，惟见明人《花草粹编》卷十一，殊属可贵。

（选自《唐宋词鉴赏辞典》，江苏古籍出版社1986年版）

纳兰性德词《蝶恋花》鉴赏

蝶恋花 出塞

今古河山无定据。画角声中，牧马频来去。满目凄凉谁可语？西风吹老丹枫树。　从前幽怨应无数。铁马金戈，青冢黄昏路。一往情深深几许？深山夕照深秋雨。

此词为容若侍从康熙皇帝出塞之作。起句抒古今兴亡之感，同情人民罹战祸之悲惨，与“一将功成万骨枯”同一襟抱，气概豪雄，仿佛苏、辛。“画角”两句为现实境地，牧马来去，扈驾巡视及出猎，备极辛劳，内心亦实有难言之隐。

“满目”二句，就直接写出丹枫吹老，无人可语，一片真情，动人心弦。

下片“从前”与起句“今古”相应。“幽怨应无数”，更深一层，既包括征人在外怀念闺中思妇，也写到闺中思妇怀念战场上征人的死活存亡。“铁马金戈，青冢黄昏路”，用杜甫《咏怀古迹》“一去紫台连朔漠，独留青冢向黄昏”诗意，突现两军交战之残酷。末两句用欧阳修“庭院深深深几许”笔调，写自己的幽怨。“一往情深深几许？深山夕照深秋雨”，共用四个“深”字，说明对夕照也生愁，对秋雨也生愁，这种无数幽怨，正如李后主所谓“别是一般滋味在心头”。

容若多情多义，忧国忧民，才高学博，从徐乾学攻读十四年，刻苦钻研，朝夕不倦。初娶卢氏，后娶官氏，两次悼亡，刺激更深，所作血泪交流，读之令人悲痛。晏小山词云：“侧帽花前风满路。”容若词集初名《侧帽词》，可见倾倒晏词之甚。冯煦云：“淮海、小山，古之伤心人也。”容若亦可谓古之伤心人。朱祖谋《望江南》词赞容若云：“兰锜贵，肯作称家儿？解道红罗亭上语，人间宁独小山词？冷暖自家知。”可谓知言。惟王国维《人间词话》云：“纳兰容若以自然之眼观物，以自然之舌言情，此由初入中原，未染汉人风气，故能真切如此。北宋以来，一人而已。”这话却不合实际。正因为他染汉化已经很深（康熙十一年，容若十八岁中举；康熙十五年，容若二十二岁中进士），所以才能写出感人肺腑的《饮水词》来。

（选自《金元明清词鉴赏辞典》，江苏古籍出版社1989年版）

蒋春霖词鉴赏

清平乐

琐窗朱户。夜定人初去。满院商声无觅处。梧叶堆中虫语。　　微寒乍掩屏纱。西风孤怯灯花。不是悲秋泪少，如今住惯天涯。

鹿潭于三十岁至四十岁之间，曾在东台为盐官达十年之久。当其初为盐官时，风华正茂，但与盐商为伍，无可谈诗词之人，且文战不利，父母又先后去世，心中甚为苦闷，因常往扬州访友寻欢，聊遣有涯之生。这首词当亦作于扬州。

起句“琐窗朱户”用宋贺铸《青玉案》词中成句。贺铸友人张耒称贺词盛丽、妖冶、悲壮、幽洁，而贺词《青玉案》结尾“试问闲愁都几许。一川烟草，满城风絮。梅子黄时雨”，至被人称为“贺梅子”。鹿潭引用此成句正切合扬州青楼繁荣景象。次句“夜定人初去”，可见宴会之久，友人与美人都散去之惆怅。“满院”两句可抵欧阳修一篇《秋声赋》。秋声就是悲伤之声。古代宋玉悲秋也是自来很著名的。他们时代不同，遭遇不同，所感不同，但当秋而悲，则是一致的。欧赋末云：“但闻虫声唧唧，如助余之叹息。”直接写虫声唧唧。而鹿潭写虫声作“虫语”，更为生动。

下片抒写不能入梦的凄凉情怀。“微寒乍掩屏纱”系化用晏殊“银屏昨夜微寒”词意，与起句之运化贺词，皆切合当筵实际，毫不着力。“西风孤怯灯花”又运化清真“但照壁孤灯相映”词意，无一字虚设。结束两句寄慨遥深，沉痛无比。明点天涯，可见经年流浪之哀。玉田词云：“三月休听夜雨，如今不是催花。”写黍离麦秀之感也极沉痛，鹿潭词中两句正亦运化玉田词意。细析全词，明朗圆润，情景交融，神似玉田。

鹧鸪天

杨柳东塘细水流。红窗睡起唤晴鸠。屏间山压眉心翠，镜里波生鬓角秋。　　临玉管，试琼瓯。醒时题恨醉时休。明朝花落归鸿尽，细雨春寒闭小楼。

咸丰二年（1852），鹿潭三十五岁，仍为东台盐官。是年正月游扬州慈慧寺及其他名胜古迹，歌楼饮肆。此词度亦为扬州欢场上所作。“杨柳”两句写门前的水阁楼台，啼鸟声声，把人惊起。“屏间”两句写人的妆饰，对仗工整浓艳，不减《花间》温、韦。温词云：“小山重叠金明灭。鬓云欲度香腮雪。”韦词云：“眼如秋水鬓如云。”都是写人的眉眼之美。

下片头两句写宴会上歌妓吹笛、斟酒，“醒时题恨”一句写与友人在宴会上唱和诗词，尽情欢乐，以至沉醉，当时已有微雨，故匆匆散会。末两句是设想，今晚已有微雨潇潇，明天定是花落纷纷，鸿飞冥冥，春寒料峭，唯有独处小楼，叹息人生离合悲欢的无常。两句名隽高华，一往情深。放翁诗“小楼一夜听春雨，深巷明朝卖杏花”，为历来脍炙人口的名诗，鹿潭此词亦有放翁诗情韵。全词浓淡配合，诚能合唐宋为一手。

虞美人

水晶帘卷澄浓雾。夜静凉生树。病来身似瘦梧桐。觉道一枝一叶怕秋风。　　银潢何日销兵气？剑指寒星碎。遥凭南斗望京华。忘却满身清露在天涯。

两军对垒，南北隔绝，欢游之境不可复寻，秋风一起，更觉凄凉。起句运化温词“水晶帘里玻璃枕”，点明欢游烟消云散，思亲怀家，情不能已。次句写夜静凉生，更为深透。“凉生树”亦从欧赋“声在树间”化出。“病来”两句，层次井然，沉痛愈甚。愁多郁结，寒暖失宜，思想又不开朗，容易招致疾病，此乃自然规律。鹿潭才气纵横，以眼前瘦梧桐实物自比，流利轻灵，如骏马奔驰，正是“不着一字，尽得风流”。

下片首两句表明鹿潭当时站在太平天国革命战争的对立面。“银潢”即银河，“销兵气”意即战争平息。“剑”表示清军，“寒星”实指太平军，“剑指寒星碎”，自然就意味着他希望清军消灭太平军了。这种观点，自应否定。但从艺术角度来看，“剑指寒星碎”语极挺劲，真可谓力透纸背。末两句一气贯注，如珠走盘。写夜深遥凭南斗星，仰望北京城，竟不知身上沾满了露水，婉转地流露出他的忧思之情。谭献极力推崇鹿潭词，谓“天挺此才，为倚声家老杜”，确非虚誉。

唐多令

枫老树流丹。芦花吹又残。系扁舟、同倚朱阑。还似少年歌舞地，听落叶，忆长安。　哀角起重关。霜深楚水寒。背西风、归雁声酸。一片石头城上月，浑怕照，旧江山。

此词融怀古与伤乱于寒秋境界之中，大气包举，悲壮激越，仿佛苏、辛，却不是粗犷一路，正宜使关西大汉用铜琶铁板高唱。而沉郁顿挫之处，又神似清真。

起两句运化白居易《琵琶行》起句“枫叶荻花秋瑟瑟”诗意。“系扁舟、同倚朱阑”，述承平时候，在东台为盐官与佳人同游之乐。“还似”二字领起下三句，回忆当年在北京听歌看舞之乐。上片枫丹芦白，朱阑同倚，无景不美，无情不深。下片一落千丈，无景不悲，无情不哀。兵连祸结，到处角声惊人，雁飞无地，酸声凄苦，与上片对照，异样出色。结尾明点南京石头城为太平军所占，运化白石“旧时月色。算几番照我，梅边吹笛”词意，写现实环境。当时，他虽然不明白战争的性质，但其忧国忧民的意愿是可以理解的。东坡曾评柳永词“霜风凄紧，关河冷落，残照当楼”，以为不减唐人高处，如鹿潭此作，亦何减唐人高处？

满庭芳

秋水时至，海陵诸村落辄成湖荡。小舟来去，竟日在芦花中。余居此既久，亦忘岑寂。乡人偶至，话及兵革，咏“我亦有家归未得”之句，不觉怅然。

黄叶人家，芦花天气，到门秋水成湖。携尊船过，帆小入菰蒲。谁识天涯倦客，野桥外、寒雀惊呼。还惆怅，霜前瘦影，人似柳萧疏。　　愁余。空自把，乡心寄雁，泛宅依凫。任相逢一笑，不是吾庐。漫托鱼波万顷，便秋风、难问莼鲈。空江上，沉沉戍鼓，落日大旗孤。

此词为鹿潭四十三岁（1860）时所作，当时他借居东台溱潼镇寿圣寺内水云楼，故词集即以楼名。该镇四面环水，赖小舟出入。海陵即泰州，当时溱潼镇属东台，故仍泛称居东台，实际上他移居过泰州的。词序云："余居此既久，亦忘岑寂。"这正如白石词所谓"人间别久不成悲"，何况兵革激烈，有家难归，自更加"怅然"了。

起三句写水云楼景色，黄叶、芦花、秋水成湖，俨然一幅绝妙水乡图。下两句叙事，因乡人偶至，故以浊酒一杯款待。"帆小入菰蒲"，"小"字贴切，"入"字凝炼。"谁识"两韵抒情，"天涯倦客"是说久居异乡，"谁识天涯倦客"化用清真"谁识京华倦客"词句。"寒雀惊呼"乃用杜甫"恨别鸟惊心"诗说明话及兵革，鸟亦多情。"还"字更进一层。此三句描绘了两人为家国忧伤的憔悴形象，脉络分明，刻画细致。

下片抒写心情，曲折回环，所用实字虚字无不传神。异乡生愁也是一场空，惟有托雁传书到江阴家乡。"寄"字用李白"我寄愁心与明月，随风直到夜郎西"诗意。自己在东台水乡，只能日日与野鸭相依为命，忽然见到乡人，自不免惊喜交集，但因"不是吾庐"，却又要黯然消魂，吞声饮泣了。李义山《路遇刘蕡》诗："万里相逢欢复泣，凤巢西隔九重门。"鹿潭这里用"笑"字正如义山诗意，抒写内心先欢后泣的真情实感。"秋风”“莼鲈”用张翰思乡之情，“漫托”“难问”都达不到张翰的心愿，也就是序中“不觉怅然”的凄苦。结尾句写他听到空江战鼓，看到落日大旗，这是清军紧急围攻景象，运化杜甫“落日照大旗，马鸣风萧萧”诗意，他希望烽烟早熄，得以还乡。

甘州

余少识刘梅史于武昌，不见且二十年。辛亥，余为淮南盐官，梅史自吴来访，秋窗话旧，清泪盈睫，其飘泊更不余若也。

怪西风、偏聚断肠人，相逢又天涯。似晴空堕叶，偶随寒雁，吹集平沙。尘世几番蕉鹿，春梦冷窗纱。一夜巴山雨，双鬓都华。　　笑指江边黄鹤，问楼头明月，今为谁斜？共飘零千里，燕子尚无家。且休卖、珊瑚宝玦，看青衫、写恨入琵琶。同怀感、把悲秋泪，弹上芦花。

南宋白石词多有佳序，鹿潭此序，说明时间、地点、经历，文笔优美，友情真挚。

起两句，总述二十年老友忽然会见，一“聚”字显见断肠人对断肠人。“天涯”点明自己羁栖苏北，无家可归。“怪”“聚”“断”“又”四字皆去声，音节响亮。下面接写，以“似”字领起下三句，比喻二人如西风落叶、平沙寒雁。“蕉鹿”用《列子》郑人得鹿覆蕉忘鹿故事，指二人“秋窗话旧”，正如一场春梦。白石惯用“冷”字，如“波心荡、冷月无声”“淮南皓月冷千山”，鹿潭用“冷”字显然是受白石影响。仇远诗：“蕉鹿梦回天地枕，莼鲈兴到水云舟。”鹿潭词集名《水云楼》，用来恰到好处。“一夜”句用李义山“巴山夜雨涨秋池”诗。“双鬓都华”，说明两人经乱飘泊，都已衰老，自不免“清泪盈睫”了。

下片回忆十五岁时与刘梅史登黄鹤楼的欢乐情景，当年欢笑与今天流泪对照，何等警动！下面五句两韵，更加层深。发端“笑”“问”“共”“燕”四字皆去声，再点无家，颇似老杜的《无家别》，沉哀入骨。篇末不云弹琵琶写恨，对芦花洒泪，而云写恨入琵琶，洒泪上芦花，语不质实，极生动活泼之致。白石咏荷词有句云“冷香飞上诗句”，可见鹿潭于琢句、用韵、取法，受白石影响很深。此词直抒性灵，纯用赋体白描，不施粉泽铅华，与白石异曲同工。

台城路

金丽生自金陵围城出，为述沙洲避雨光景，感成此解。时画角咽秋，灯焰惨绿，如有鬼声在纸上也。

惊飞燕子魂无定，荒洲坠如残叶。树影疑人，鸮声幻鬼，欹侧春冰途滑。颓云万叠。又雨击寒沙，乱鸣金铁。似引宵程，隔溪磷火乍明灭。　　江间奔浪怒涌，断笳时隐隐，相和呜咽。野渡舟危，空村草湿，一饭芦中凄绝。孤城雾结。剩罥网离鸿，怨啼昏月。险梦愁题，杜鹃枝上血。

道光三十年（1850）六月，洪秀全自广西桂平县金田村起义，与清政府斗争，势如破竹，所向无敌。咸丰三年（1853）二月二十一日攻克南京，词序云“金丽生自金陵围城出”，正是此时，鹿潭在东台，三十六岁，听到他述沙洲避雨光景，因赋此词，这是当时历史实录。

起两句重笔写居民骤经此变，惊慌万状，不知所措，有的逃往苏北，有的扶老携幼，逃往穷乡僻壤，有的甚至因恐惧而自裁。加之腐朽的清王朝赶派湘军、淮军来围攻，两军争战激烈，南京所遭的苦难也很深重。“惊飞”“魂无定”“荒洲”“残叶”写逃难居民的心情，字字深刻。以下四字对仗句多，写心情处境，也极深刻。见树影疑人来行凶，听鸟鸣疑鬼来作祟；春初冰尚未消，走起来摇摇晃晃；天上黑云密布，雨降如注；到了晚上，处处听到金戈铁马之声；只有隔溪的磷火，时明时灭地引人前行。全片一气贯串，描摹逼真。

下片推开阐述远避空江野村情景。“江间奔浪怒涌”音节响亮，有东坡“乱石崩云，惊涛拍岸，卷起千堆雪”的气概，此时听到城中隐隐画角之声，动人心弦。“舟危”“草湿”、芦丛旅食，恐怖、忧愁、辛苦一时交集。“野渡”三句，写避雨光景，何等悲惨。回顾城中，一片茫茫烟雾，自己像被系的哀鸿，暗中流泪。结尾说明这不是泪，而是杜鹃啼血。通篇情景交融，精警逾恒。

（选自《金元明清词鉴赏辞典》，江苏古籍出版社1989年版）

唐宋词简释（节选）

李　白

菩萨蛮

平林漠漠烟如织。寒山一带伤心碧。暝色入高楼。有人楼上愁。　　玉阶空伫立。宿鸟归飞急。何处是归程。长亭更短亭。

此首望远怀人之词，寓情于境界之中。一起写平林寒山境界，苍茫悲壮。梁元帝赋云："登楼一望，唯见远树含烟。平原如此，不知道路几千。"此词境界似之。然其写日暮景色，更觉凄黯。此两句，自内而外。"暝色"两句，自外而内。烟如织、伤心碧，皆暝色也。两句折到楼与人，逼出"愁"字，唤醒全篇。所以觉寒山伤心者，以愁之故；所以愁者，则以人不归耳。下片，点明"归"字。"空"字，亦从"愁"字来。鸟归飞急，写出空间动态，写出鸟之心情。鸟归人不归，故云"空伫立"。"何处"两句，自相呼应，仍以境界结束。但见归程，不见归人，语意含蓄不尽。

韦庄

菩萨蛮

人人尽说江南好。游人只合江南老。春水碧于天。画船听雨眠。　　炉边人似月。皓腕凝霜雪。未老莫还乡。还乡须断肠。

此首写江南之佳丽，但有思归之意。起两句，自为呼应。人人既尽说江南之好，劝我久住，我亦可以老于此间也。“只合”二字，无限凄怆，意谓天下丧乱，游人飘泊，虽有乡不得还，虽有家不得归，惟有羁滞江南，以待终老。“春水”两句，极写江南景色之丽。“炉边”两句，极写江南人物之美。皆从一己之经历，证明江南果然是好也。“未老”句陡转，谓江南纵好，我仍思还乡，但今日若还乡，目击离乱，只令人断肠，故惟有暂不还乡，以待时定。情意宛转，哀伤之至。

李璟

浣溪沙

手卷真珠上玉钩。依前春恨锁重楼。风里落花谁是主，思悠悠。　　青鸟不传云外信，丁香空结雨中愁。回首绿波三楚暮，接天流。

此首直抒胸臆，清俊宛转。其中情景融成一片，已不能显分痕迹。首句“手卷真珠”，平平叙起，但所以卷帘者，则图稍释愁恨也，故此句看似平淡，实已含无限幽怨。次句承上，凄苦尤甚，盖欲图销恨，而恨依然未销也，两句自为开合。下文更从“依前春恨”句宕开，原恨所以依然未销者，则以帘外落花，风飘无主耳；花落无主，人去亦无主，故见落花，又不禁引起悠悠遐思矣。换头，承“思悠悠”来，一句远，一句近，两句亦自为开合，所思者何，云外之人也，云外之人既不至，云外之信亦不至，其哀伤为何如。“丁香”句，又添出雨中景色，花愈离披，春愈阑珊，愁愈深切矣。“回首”两句，别转江天茫茫之景作结，大笔振迅，气象雄伟，而悠悠此恨，更何能已。通首一气蝉联，刀挥不断，而清空舒卷，跌宕昭彰，洵可称词中神品。

浣溪沙

菡萏香销翠叶残。西风愁起绿波间。还与容光共憔悴，不堪看。　细雨梦回鸡塞远，小楼吹彻玉笙寒。多少泪珠何限恨，倚阑干。

此首秋思词。首两句，从景物凋残写起，中间已含有无穷悲秋之感。“还与”两句，触景伤情，拍合人物。“不堪看”三字，笔力千钧，沉郁之至，较之李易安“人比黄花瘦”句，诚觉有仙凡之别。换头，别开一境，似断实连，一句远，一句近，作法与前首同。梦回细雨，凝想人在塞外，怅惘已极，而独处小楼，惟有吹笙以寄恨，但风雨楼高，吹笙既久，致笙寒凝水，每不应律，两句对举，名隽高华，古今共传。陆龟蒙诗云“妾思正如簧，时时望君暖”，中主词意正用此；而少游“指冷玉笙寒”句，则又从中主翻出。或谓玉笙吹彻，小楼寒侵，则非是也。末两句承上，申述悲恨。“倚阑干”三字结束，含蓄不尽。

李煜

清平乐

别来春半。触目愁肠断。砌下落梅如雪乱。拂了一身还满。　　雁来音信无凭。路遥归梦难成。离恨恰如春草，更行更远还生。

此首即景生情，妙在无一字一句之雕琢，纯是自然流露，丰神秀绝。起点时间，次写景物。“砌下”两句，即承“触目”二字写实。落花纷纷，人立其中；境乃灵境，人似仙人。拂了还满，既见落花之多，又见描摹之生动。愁肠之所以断者，亦以此故。中主是写风里落花，后主是写花里愁人，各极其妙。下片，承“别来”二字深入，别来无信一层，别来无梦一层。着末，又融合情景，说出无限离恨，眼前景，心中恨，打并一起，意味深长。少游词云：“倚危亭，恨如芳草，萋萋刬尽还生。”周止庵以为神来之笔，实则亦袭此词也。

破阵子

四十年来家国，三千里地山河。凤阁龙楼连霄汉，玉树琼枝作烟萝。几曾识干戈。　　一旦归为臣虏，沈腰潘鬓销磨。最是仓皇辞庙日，教坊犹奏别离歌。挥泪对宫娥。

此首后主北上后追赋之词。上片，极写当年江南之豪华，气魄沉雄，实开宋人豪放一派。换头，骤转被虏后之凄凉，与被虏后之憔悴。今昔对照，警动异常。“最是”三句，忽忆当年临别时最惨痛之事。当年江南陷落之际，后主哭庙，宫娥哭主，哀乐声、悲歌声、哭声合成一片，直干云霄，宁复知人间何世耶！后主于此事，印象最深，故归汴以后，一念及之，辄为肠断。论者谓此词凄怆，与项羽拔山之歌，同出一揆。后主聪明仁恕，不独笃于父子昆弟夫妇之情，即臣民宫娥，亦无不一体爱护。故江南人闻后主死，皆巷哭失声，设斋祭奠。而宫娥之入掖庭者，又手写佛经，为后主资冥福。亦可见后主感人之深矣。

相见欢

无言独上西楼。月如钩。寂寞梧桐深院锁清秋。　　剪不断，理还乱，是离愁。别是一般滋味在心头。

此首写别愁，凄惋已极。“无言独上西楼”一句，叙事直起，画出后主愁容。其下两句，画出后主所处之愁境。举头见新月如钩，低头见桐阴深锁，俯仰之间，万感萦怀矣。此片写景亦妙，惟其桐阴深黑，新月乃愈显明媚也。下片，因景抒情。换头三句，深刻无匹，使有千丝万缕之离愁，亦未必不可剪、不可理，此言“剪不断，理还乱”，则离愁之纷繁可知。所谓“别是一般滋味”，是无人尝过之滋味，惟有自家领略也。后主以南朝天子，而为北地幽囚；其所受之痛苦、所尝之滋味，自与常人不同。心头所交集者，不知是悔是恨，欲说则无从说起，且亦无人可说，故但云“别是一般滋味”。究竟滋味若何，后主且不自知，何况他人？此种无言之哀，更胜于痛哭流涕之哀。

浪淘沙

往事只堪哀。对景难排。秋风庭院藓侵阶。一桁珠帘闲不卷，终日谁来。　　金剑已沉埋。壮气蒿莱。晚凉天净月华开。想得玉楼瑶殿影，空照秦淮。

此首念秣陵。上片，白昼凄清状况，哀思弥切。起两句，总括全篇。“秋风”一句，补实上句难排之景。秋风袅袅，苔藓满阶，想见荒凉无人之情，与当年“春殿嫔娥鱼贯列”之盛较之，真有天渊之别。“一桁”两句，极致孤独之哀。后主入汴以后之生活，于此可见。换头，自叹当年之意气，都已销尽。“晚凉”一句，点月出。“想得”两句，因月生感，怅望无极。月影空照秦淮，画出失国后之惨淡景象。

浪淘沙

帘外雨潺潺。春意阑珊。罗衾不耐五更寒。梦里不知身是客，一晌贪欢。　　独自莫凭阑。无限江山。别时容易见时难。流水落花春去也，天上人间。

此首殆后主绝笔，语意惨然。五更梦回，寒雨潺潺，其境之黯淡凄凉可知。“梦里”两句，忆梦中情事，尤觉哀痛。换头宕开，两句自为呼应，所以“独自莫凭阑”者，盖因凭阑见无限江山，又引起无限伤心也。此与“心事莫将和泪说，凤笙休向泪时吹”，同为悲愤已极之语。辛稼轩之“休去倚危阑，斜阳正在，烟柳断肠处”，亦袭此意。“别时”一句，说出过去与今后之情况。自知相见无期，而下世亦不久矣。故“流水”两句，即承上申说不久于人世之意，水流尽矣，花落尽矣，春归去矣，而人亦将亡矣。将四种了语，并合一处作结，肝肠断绝，遗恨千古。

范仲淹

苏幕遮

碧云天，黄叶地。秋色连波，波上寒烟翠。山映斜阳天接水。芳草无情，更在斜阳外。　　黯乡魂，追旅思。夜夜除非，好梦留人睡。明月楼高休独倚。酒入愁肠，化作相思泪。

此首，上片写景，下片抒情。上片，写天连水，水连山，山连芳草；天带碧云，水带寒烟，山带斜阳。自上及下，自近及远，纯是一片空灵境界，即画亦难到。下片，触景生情。“黯乡魂”四句，写在外淹滞之久与乡思之深。“明月”一句陡提，“酒入”两句拍合。“楼高”点明上片之景为楼上所见。酒入肠化泪亦新。谭复堂评此首为“大笔振迅”之作。予谓此及《御街行》《渔家傲》诸作皆然也。又此首曰：“化作相思泪。”《御街行》曰：“酒未到，先成泪。”《渔家傲》曰：“将军白发征夫泪。”三首皆有“泪”，亦足见公之真情流露也。

渔家傲

塞下秋来风景异。衡阳雁去无留意。四面边声连角起。千嶂里。长烟落日孤城闭。　　浊酒一杯家万里。燕然未勒归无计。羌管悠悠霜满地。人不寐。将军白发征夫泪。

此首，公守边日作。起叙塞下秋景之异，雁去而人不得去，语已凄然。“四面”三句，实写塞下景象，苍茫无际，令人百感交集。千嶂落日，孤城自闭，其气魄之大，正与“风吹草低见牛羊”同妙。加之边声四起，征人闻之，愈难为怀。换头抒情，深叹征战无功，有家难归。“羌管”一句，点出入夜景色，霜华满地，严寒透骨，此时情况，较黄昏日落之时，尤为凄悲。末句，直道将军与三军之愁苦，大笔凝重而沉痛。惟士气如此，何以克敌制胜？故欧公讥为“穷塞主”也。

张 先

天仙子

时为嘉禾小倅，以病眠不赴府会。

水调数声持酒听。午醉醒来愁未醒。送春春去几时回，临晚镜。伤流景。往事后期空记省。　沙上并禽池上瞑。云破月来花弄影。重重帘幕密遮灯，风不定。人初静。明日落红应满径。

此首不作发越之语，而自然韵高。中间自午至晚，自晚至夜，写来情景宛然。首因听《水调》而愁，因愁而借酒图消，然愁重酒多，遂致沉醉。迨沉醉既醒，眼看春去，又引起无穷感伤。“送春”四句，即写春去之感。人事多纷，流光易逝，往事则空劳回忆，后期则空劳梦想，抚今思昔，至难为怀。“沙上”两句，写入夜凄寂景象。“云破”句，写景灵动，古今绝唱。“重重”四句，写夜深人静，独处帘内，又因风起而念落花，仍回到惜春送春之意。李易安“应是绿肥红瘦”句，亦袭此，然太着迹，并不如此语之蕴藉有味矣。

晏　殊

踏莎行

小径红稀，芳郊绿遍。高台树色阴阴见。春风不解禁杨花，蒙蒙乱扑行人面。　翠叶藏莺，珠帘隔燕。炉香静逐游丝转。一场愁梦酒醒时，斜阳却照深深院。

此首通体写景，但于景中见情。上片写出游时郊外之景，下片写归来后院落之景。心绪不宁，故出入都无兴致。起句，写郊景红稀绿遍，已是春事阑珊光景。“春风”句，似怨似嘲，将物做人看，最空灵有味。“翠叶”三句，写院落之寂寞。“炉香”句，写物态细极静极。“一场”两句，写到酒醒以后景象，浑如梦寐，妙不着实字，而闲愁可思。

欧阳修

蝶恋花

庭院深深深几许。杨柳堆烟，帘幕无重数。玉勒雕鞍游冶处。楼高不见章台路。　雨横风狂三月暮。门掩黄昏，无计留春住。泪眼问花花不语。乱红飞过秋千去。

此首写闺情，层深而浑成。首三句，但写一华丽之深院，而人之矜贵可知。“玉勒”两句，写行人游冶不归，一则深院凝愁，一则章台驰骋，两句射照，哀乐毕见。换头，因风雨交加，更起伤春怀人之情。“泪眼”两句，毛稚黄释之曰：“因‘花’而有‘泪’，此一层意也。因‘泪’而‘问花’，此一层意也。‘花’竟‘不语’，此一层意也。不但‘不语’，且又‘乱’落‘飞过秋千’，此一层意也。人愈伤心，‘花’愈恼人，语愈浅而意愈入，又绝无刻画费力之迹，谓非层深而浑成耶。”观毛氏此言，可悟其妙。

柳　永

夜半乐

冻云黯淡天气，扁舟一叶，乘兴离江渚。度万壑千岩，越溪深处。怒涛渐息，樵风乍起，更闻商旅相呼。片帆高举。泛画鹢、翩翩过南浦。　望中酒旆闪闪，一簇烟村，数行霜树。残日下、渔人鸣榔归去。败荷零落，衰杨掩映，岸边两两三三，浣纱游女。避行客、含羞笑相语。　到此因念，绣阁轻抛，浪萍难驻。叹后约丁宁竟何据。惨离怀、空恨岁晚归期阻。凝泪眼、杳杳神京路。断鸿声远长天暮。

此首三片，上片记泛舟所经；中片记舟行所见；下片抒远游之感。大气磅礴，铺叙尽致。起首，点天气黯淡，乘兴泛舟。“度万壑”两句，记舟行之远。“怒涛”三句，记舟行所遇。“片帆”三句，记舟行之速。中片写景如画，皆从“望中”二字生发。霜树烟村，酒旆闪闪，是远景；渔人鸣榔，游女浣纱，是近景。下片，触景生情，语语深厚。初念抛家飘泊，继叹后约无凭，终恨岁晚难归，沉思千般，故不觉泪下。“到此”以下，皆曲处密处。至“凝泪眼”三句，乃用直笔展开，极疏荡浑灏之致。

八声甘州

对潇潇暮雨洒江天，一番洗清秋。渐霜风凄紧，关河冷落，残照当楼。是处红衰翠减，苒苒物华休。惟有长江水，无语东流。　不忍登高临远，望故乡渺邈，归思难收。叹年来踪迹，何事苦淹留。想佳人、妆楼颙望，误几回、天际识归舟。争知我、倚阑干处，正恁凝愁。

此首亦柳词名著。一起写雨后之江天，澄澈如洗。“渐霜风”三句，更写风紧日斜之境，凄寂可伤。以东坡之鄙柳词，亦谓此三句“唐人佳处，不过如此”。“是处”四句，复叹眼前景物凋残，惟有江水东流。自起首至此，皆写景。换头，即景生情。“不忍”句与“望故乡”两句，自为呼应。“叹年来”两句，自问自叹，与“为问新愁，何事年年有”句，同为恨极之语。“想”字贯至“收”处，皆是从对面着想，与少陵之“香雾云鬟湿，清辉玉臂寒”作法相同。小谢诗云“天际识归舟”，屯田用其语，而加“误几回”三字，更觉灵动。收处归到“倚阑”，与篇首应。梁任公谓此首词境颇似“照花前后镜，花面交相映”，说亦至当。

晏幾道

临江仙

梦后楼台高锁，酒醒帘幕低垂。去年春恨却来时。落花人独立，微雨燕双飞。　记得小蘋初见，两重心字罗衣。琵琶弦上说相思。当时明月在，曾照彩云归。

此首感旧怀人，精美绝伦。一起即写楼台高锁，帘幕低垂，其凄寂无人可知。而梦后酒醒，骤见此境，尤难为怀。盖昔日之歌舞豪华，一何欢乐，今则人去楼空，音尘断绝矣。即此两句，已似一篇《芜城赋》。“去年”一句，疏通上文，引起下文。“落花”两句，原为唐末翁宏之诗，妙在拈置此处，衬副得宜，且不明说春恨，而自以境界会意。落花，微雨，境极美；人独立，燕双飞，情极苦。此上片文字颇致密，换头，乃易之以疏淡。“记得”两句，忆去年人之服饰。“琵琶”一句，言苦忆无已，乃一寓之弦上。“当时”两句，则因见今时之月，想到当时之月，曾照人归楼台，回应篇首，感喟无限。而出语之俊逸，更无敌手。

苏　轼

水调歌头

丙辰中秋，欢饮达旦，大醉，作此篇兼怀子由。

明月几时有，把酒问青天。不知天上宫阙，今夕是何年。我欲乘风归去，惟恐琼楼玉宇，高处不胜寒。起舞弄清影，何似在人间。　转朱阁，低绮户，照无眠。不应有恨，何事长向别时圆。人有悲欢离合，月有阴晴圆缺，此事古难全。但愿人长久，千里共婵娟。

此首中秋词。上片，因月而生天上之奇想；下片，因月而感人间之事实。挥洒自如，不假雕琢，而浩荡之气，超绝尘凡。胡仲任谓中秋词，自此词一出，余词尽废，可见独步当时之概。起句，破空而来，奇崛异常，用意自太白“青天有月来几时，我欲停杯一问之”化出。“不知”两句，承上意，更作疑问，既不知月几时有，故亦不知至今天上为何年也。“我欲”三句，盖因问之不得其解，乃有乘风归去之愿，“我欲”与“惟恐”相呼应。“琼楼玉宇，高处不胜寒”，就本意说固高妙，就寓意说亦极蕴藉。“起舞”两句，仍承上来，落到眼前情事，言既不得乘风归去，惟有徘徊于月下。自首至此，一气奔放，诚觉有天风海雨逼人之势。换头，实写月光照人无眠。以下愈转愈深，自成妙谛。“不应”两句，写月圆人不圆，颇有恼月之意。“人有”三句一转，言人月无常，从古皆然，又有替月分解之意。“但愿”两句，更进一解，言人与月既然从古难全，惟有各自善保千金之躯，藉月盟心，长毋相忘。原意虽从谢庄《月赋》“隔千里兮共明月”句化出，然坡公加“但愿”二字，则情更深，意更厚矣。

水龙吟 次韵章质夫杨花词

似花还似非花，也无人惜从教坠。抛家傍路，思量却是，无情有思。萦损柔肠，困酣娇眼，欲开还闭。梦随风万里，寻郎去处，又还被、莺呼起。 不恨此花飞尽，恨西园、落红难缀。晓来雨过，遗踪何在，一池萍碎。春色三分，二分尘土，一分流水。细看来不是杨花，点点是离人泪。

此首咏杨花，遗貌取神，压倒古今。起处，“似花还似非花”两句，咏杨花确切，不得移咏他花。人皆惜花，谁复惜杨花者？全篇皆从一“惜”字生发。“抛家”三句，承“坠”字，写杨花之态，惜其飘落无归也。“萦损”三句，摹写杨花之神，惜其忽飞忽坠也。“梦随风”三句，摄出杨花之魂，惜其忽往忽还也。以上写杨花飞舞之正面已毕。下片，更申言杨花之归宿，“惜”意愈深。“不恨”两句，从“飞尽”说起，惜春事已了也。“晓来”二句，惜杨花之经雨也。“春色”三句，惜杨花之沾泥落水也。“细看来”两句，更点出杨花是泪来，将全篇提醒。郑叔问所谓“画龙点睛”者是也。又自“晓来”以下，一气连贯，文笔空灵。先迁甫称为“化工神品”者，亦非虚誉。

秦　观

望海潮

梅英疏淡，冰澌溶泄，东风暗换年华。金谷俊游，铜驼巷陌，新晴细履平沙。长记误随车。正絮翻蝶舞，芳思交加。柳下桃蹊，乱分春色到人家。　　西园夜饮鸣笳。有华灯碍月，飞盖妨花。兰苑未空，行人渐老，重来是事堪嗟。烟暝酒旗斜。但倚楼极目，时见栖鸦。无奈归心，暗随流水到天涯。

此首述游踪，情韵极胜。起三句，点明时令景物。初言梅落，继言冰泮。“东风”一句，略束。“暗换”二字，已有惊叹之意。“金谷”三句，叙出游。“新晴细履平沙”，可见天气之佳，与人之闲适。“长记”一句，触景陡忆。自此至“飞盖妨花”，皆回忆当日之盛况。“正絮翻”四句总束，设想奇绝。“西园”三句，写当日夜饮之乐。“华灯碍月”，是灯光如昼也；“飞盖妨花”，是嘉宾如云也；“夜饮鸣笳”，是鼓吹沸天也，炼字琢句，精美绝伦。信乎谭复堂称其似“陈、隋小赋”也。“兰苑”以下，转笔伤今，化密为疏，又觉空灵荡漾，余韵不尽。今者名园犹昔，而人来已老，追想当日风流，能无嗟叹。“烟暝”三句，是目前冷落景象，正与当日西园盛况对照。所见酒旗、栖鸦、流水，皆在在堪嗟之事。末以思归之意作结，颇有四顾苍茫之感。读此词令人怅惘已极。盖少游纯以温婉和平之音，荡人心魄。与屯田、东坡之使气者又不同也。

满庭芳

山抹微云，天黏衰草，画角声断谯门。暂停征棹，聊共引离尊。多少蓬莱旧事，空回首、烟霭纷纷。斜阳外，寒鸦万点，流水绕孤村。　　销魂。当此际，香囊暗解，罗带轻分。漫赢得青楼，薄幸名存。此去何时见也，襟袖上、空惹啼痕。伤情处，高城望断，灯火已黄昏。

此首写别情，缠绵凄惋。“山抹”两句，写别时所见景色，已是堪伤。“画角”一句，写别时所闻，愈加肠断。“暂停”两句，写饯别。“多少”两句，写别后之思念。“多少”句一开，“空回首”句一合。旧事无踪，但见烟霭纷纷，感喟曷极。“斜阳外”三句，更就眼前郊景描写，想见断肠人在天涯之苦况。下片，离怀万种，愈思愈悲。“销魂”二字一顿。“香囊”句，叹分别之易。“漫赢得”句，叹负人之深。“此去”句一开，“襟袖”句一合，叹相见之难。“伤情处”三字一顿，换起下两句。“高城”两句，以景结，回应“谯门”，伤情无限。

贺　铸

青玉案

凌波不过横塘路。但目送、芳尘去。锦瑟华年谁与度。月桥花院，琐窗朱户。只有春知处。　　飞云冉冉蘅皋暮。彩笔新题断肠句。试问闲愁都几许。一川烟草，满城风絮。梅子黄时雨。

此首为幽居怀人之作，写境极岑寂，而中心之穷愁郁勃，并见言外。至笔墨之清丽飞动，尤妙绝一世。起句“凌波”“芳尘”，用《洛神赋》“美人不来，竟日凝伫”，已写出惆怅之情。“锦瑟华年”，用李义山诗，因人不来，故伤无人共度。“谁与”二字，藉问唤起，与“只有”二字相应。外则月桥花院，内则琐窗朱户，皆无人共度，只有春花慰藉，其孤寂可知。换头，另从对方说起，仍用《洛神赋》，言人去冉冉，杳无信息。“彩笔”一句，自述相思之苦，人既不来，信又不闻，故惟有自题自解耳。满纸幽伤，固是得力于楚骚者。“试问”一句，又藉问唤起。以下三句，以景作结，写江南景色如画，真绝唱也。作法亦自后主“问君能有几多愁”来。但后主纯用赋体，尽情吐露。此则含蓄不尽，意味更长。

周邦彦

瑞龙吟

章台路。还见褪粉梅梢，试花桃树。愔愔坊陌人家，定巢燕子，归来旧处。　黯凝伫。因念个人痴小，乍窥门户。侵晨浅约宫黄，障风映袖，盈盈笑语。　前度刘郎重到，访邻寻里，同时歌舞。惟有旧家秋娘，声价如故。吟笺赋笔，犹记燕台句。知谁伴、名园露饮，东城闲步。事与孤鸿去。探春尽是，伤离意绪。官柳低金缕。归骑晚、纤纤池塘飞雨。断肠院落，一帘风絮。

此首为归院后追述游踪之作，与《瑞鹤仙》《夜飞鹊》追述送客之作作法相同。第一片记地，“章台路”三字，笼照全篇。“还见”二字，贯下五句，写梅桃景物依稀，燕子归来，而人则不知何往，但徘徊于章台故路、愔愔坊陌，其怅惘之情为何如耶！第二片记人，“黯凝伫”三字，承上起下。“因念”二字，贯下五句，写当年人之服饰情态，细切生动。第三片写今昔之感，层层深入，极沉郁顿挫、缠绵宛转之致。“前度”四句，不明言人不在，但以侧笔衬托。“吟笺”二句，仍不明言人不在，但以“犹记”二字，深致想念之意。“知谁伴”二句，乃叹人去。“事与孤鸿去”一句，顿然咽住，盖前路尽力盘旋，至此乃归结，既以束上三层，且起下意。所谓事者，即歌舞、赋诗、露饮、闲步之事也。“探春”二句，揭出作意，唤醒全篇。前言所至之处，所见之景，所念之人，所记之事，无非伤离意绪；“尽是”二字，收拾无遗。“官柳”二句，写归途之景，回应篇首“章台路”。“断肠”二句，仍寓情于景，以风絮之悠扬，触起人情思之悠扬，亦觉空灵，耐人寻味。

兰陵王　柳

柳阴直。烟里丝丝弄碧。隋堤上，曾见几番，拂水飘绵送行色。登临望故国。谁识。京华倦客。长亭路，年去岁来，应折柔条过千尺。　　闲寻旧踪迹。又酒趁哀弦，灯照离席。梨花榆火催寒食。愁一箭风快，半篙波暖，回头迢递便数驿。望人在天北。　　凄恻。恨堆积。渐别浦萦回，津堠岑寂。斜阳冉冉春无极。念月榭携手，露桥闻笛。沉思前事，似梦里，泪暗滴。

此首第一片，紧就柳上说出别恨。起句，写足题面。“隋堤上”三句，写垂柳送行之态。“登临”一句陡接，唤醒上文，再接“谁识”一句，落到自身。“长亭路”三句，与前句回应，弥见年来漂泊之苦。第二片写送别时情景。“闲寻”，承上片“登临”。“又酒趁”三句，记目前之别筵。“愁一箭”四句，是别去之设想。“愁”字贯四句，所愁者即风快、舟快、途远、人远耳。第三片实写人。愈行愈远，愈远愈愁。别浦、津堠，斜阳冉冉，另开拓一绮丽悲壮之境界，振起全篇。“念月榭”两句，忽又折入前事，极吞吐之妙。“沉思”较“念”字尤深，伤心之极，遂迸出热泪。文字亦如百川归海，一片苍茫。

叶梦得

贺新郎

睡起流莺语。掩苍苔、房栊向晚，乱红无数。吹尽残花无人见，惟有垂杨自舞。渐暖霭、初回轻暑。宝扇重寻明月影，暗尘侵、上有乘鸾女。惊旧恨，遽如许。　江南梦断横江渚。浪黏天、葡萄涨绿，半空烟雨。无限楼前沧波意，谁采蘋花寄取。但怅望、兰舟容与。万里云帆何时到，送孤鸿、目断千山阻。谁为我，唱金缕。

此首纤丽而豪逸。上片，幽境幽情。起三句，言睡起时间与睡起见闻。向晚房栊，莺语花飞，是幽静之境。“吹尽”两句，更言庭院无人，惟有垂杨自舞。“渐暖霭”数句，言因暖而寻扇，因扇有乘鸾女，遂引起旧恨。下片，另从对面推论，人去远，无由重见。“江南”三句，写江天空阔之景。“无限”两句，写人远路远，深意难寄。“但怅望”三句，写千山阻隔，望亦徒然。末句，怅无人歌唱，振起全篇。

李清照

念奴娇

萧条庭院，有斜风细雨，重门须闭。宠柳娇花寒食近，种种恼人天气。险韵诗成，扶头酒醒，别是闲滋味。征鸿过尽，万千心事难寄。　　楼上几日春寒，帘垂四面，玉阑干慵倚。被冷香消新梦觉，不许愁人不起。清露晨流，新桐初引，多少游春意。日高烟敛，更看今日晴未。

此首写心绪之落寞，语浅情深。“萧条”两句，言风雨闭门；“宠柳”两句，言天气恼人，四句以景起。“险韵”两句，言诗酒消遣；“征鸿”两句，言心事难寄，四句以情承。换头，写楼高寒重，玉阑懒倚。“被冷”两句，言懒起而不得不起。“不许”一句，颇婉妙。“清露”两句，用《世说》，点明外界春色，抒欲图自遣之意。末两句宕开，语似兴会，意仍伤极。盖春意虽盛，无如人心悲伤，欲游终懒，天不晴自不能游，实则即晴亦未必果游。李氏《武陵春》云“闻说双溪春尚好，也拟泛轻舟”，亦与此同意；其下续云“只恐双溪舴艋舟，载不动、许多愁”，亦是打算一游，而终懒游也。

张孝祥

六州歌头

长淮望断，关塞莽然平。征尘暗，霜风劲，悄边声。黯销凝。追想当年事，殆天数，非人力，洙泗上，弦歌地，亦膻腥。隔水毡乡，落日牛羊下，区脱纵横。看名王宵猎，骑火一川明。笳鼓悲鸣。遣人惊。　　念腰间箭，匣中剑，空埃蠹，竟何成。时易失，心徒壮，岁将零。渺神京。干羽方怀远，静烽燧，且休兵。冠盖使，纷驰骛，若为情。闻道中原遗老，常南望、翠葆霓旌。使行人到此，忠愤气填膺。有泪如倾。

此首伤时事，在建康留守席上作。上片写陷落区域之景象，下片抒个人之忠愤。起处望远愁生，叹长淮已成关塞。次写风沙满眼，景象极冷落。“追想”六句，伤我地为敌人所侵占。“隔水”三句，写敌骑之多。“看名王”三句，写敌人猎火之明与笳鼓之响。换头，转到己之有志莫遂。“时易失”三句，言神京难复。“干羽”六句，更伤议和者之众。“闻道”两句，言遗老之望御驾亲征。末言己之悲愤，盖敌人之猖狂如此，而我之君臣泄沓如此，故不禁有泪如倾也。

念奴娇

洞庭青草，近中秋、更无一点风色。玉鉴琼田三万顷，著我扁舟一叶。素月分辉，明河共影，表里俱澄澈。悠然心会，妙处难与君说。　　应念岭表经年，孤光自照，肝胆皆冰雪。短发萧骚襟袖冷，稳泛沧浪空阔。尽吸西江，细斟北斗，万象为宾客。扣舷独啸，不知今夕何夕。

此首月夜泛洞庭作。写水光月光，上下澄澈，境极空阔。而胸襟之洒落，气概之轩昂，亦可于境中见之。“洞庭”两句，言湖中无风。“玉鉴”两句，言湖面之广。“素月”三句，月光映水之美。“悠然”两句，收束上片，言泛舟之适。下片，写月下之感。“应念”三句，言中心之纯洁。“短发”两句，言夜深湖冷。

“尽吸”三句，言湖上豪饮。末句，言湖上独啸。通篇景中见情，笔势雄奇。

辛弃疾

贺新郎 别茂嘉十二弟

绿树听鹈鴂。更那堪、鹧鸪声住，杜鹃声切。啼到春归无寻处，苦恨芳菲都歇。算未抵、人间离别。马上琵琶关塞黑，更长门、翠辇辞金阙。看燕燕，送归妾。　将军百战身名裂。向河梁、回头万里，故人长绝。易水萧萧西风冷，满座衣冠似雪。正壮士、悲歌未彻。啼鸟还知如许恨，料不啼清泪长啼血。谁共我，醉明月。

此首送茂嘉十二弟，尽集古人许多离别故事。如文通《别赋》，妙在大气包举，沉郁悲凉。起五句，一气奔赴，如长江大河。连用“鹈鴂”“鹧鸪”“杜鹃”三鸟名，如温飞卿《南歌子》之运用鹦鹉、凤凰、鸳鸯三鸟名然。“算未抵”一句，束上起下，由景入情。“马上”三句，即用昭君、陈皇后、庄姜三妇人离别故事。下片，更举苏李、荆轲离别故事，运化灵动，声情激越。“正壮士”一句，束上起下，由情入景，与篇首回应。末句，揭出己之独愁，是送别正意。周止庵谓此首“前片北都旧恨，后片南渡新恨”。观其前片所举之例极凄惨，而后片所举之例又极慷慨，则知止庵之说精到。

水龙吟 登建康赏心亭

楚天千里清秋，水随天去秋无际。遥岑远目，献愁供恨，玉簪螺髻。落日楼头，断鸿声里，江南游子。把吴钩看了，阑干拍遍，无人会，登临意。　　休说鲈鱼堪脍，尽西风、季鹰归未。求田问舍，怕应羞见，刘郎才气。可惜流年，忧愁风雨，树犹如此。倩何人、唤取红巾翠袖，揾英雄泪。

此首上片写景，下片抒情。起句浩荡，笼照全篇，包括山水空阔境界。“水随”一句，分写水；“遥岑”三句，分写山。“秋无际”从“水随天去”中见，“玉簪螺髻”从“远目”中见，皆用倒卷之笔。“落日”三句，写境极悲凉，与屯田之“霜风凄紧，关河冷落，残照当楼”同为佳境。“江南游子”，亦倒卷之笔。“把吴钩”三句，写情事尤不堪，沉恨塞胸，一吐之于纸上，仲宣之赋无此慷慨也。换头，三用典，委曲之至。“休说”两句，用张翰事，言不得便归。“求田”两句，用刘备事，言不屑求田。“可惜”两句，用桓温事，言己之伤感。“倩何人”两句，十三字，应“无人会”句作结，豪气浓情，一时并集，如闻垓下之歌。

史达祖

绮罗香　咏春雨

做冷欺花，将烟困柳，千里偷催春暮。尽日冥迷，愁里欲飞还住。惊粉重、蝶宿西园，喜泥润、燕归南浦。最妨他、佳约风流，钿车不到杜陵路。　　沉沉江上望极，还被春潮晚急，难寻官渡。隐约遥峰，和泪谢娘眉妩。临断岸、新绿生时，是落红、带愁流处。记当日、门掩梨花，剪灯深夜语。

此首咏春雨，层次井然，清俊无比。起写雨中花柳，将春雨画出。“尽日”两句，刻画春雨尤细切。“惊粉重”两句，写雨中燕蝶，一惊一喜，亦是传神妙笔。“最妨他”两句，荡开，说到雨妨钿车，秀美之至。换头，写雨中江景，用韦苏州诗意。“隐约”两句，写雨中峰峦。“临断岸”两句，写雨中落红新绿。末句，用李义山诗意，忽地推开，回忆当日雨中情事。情景融会，逸趣横生，无怪白石之称赏也。

吴文英

夜合花　自鹤江入京泊葑门有感

柳暝河桥，莺晴台苑，短策频惹春香。当时夜泊，温柔便入深乡。词韵窄，酒杯长。剪蜡花、壶箭催忙。共追游处，凌波翠陌，连棹横塘。　十年一梦凄凉。似西湖燕去，吴馆巢荒。重来万感，依前唤酒银罂。溪雨急，岸花狂。趁残鸦、飞过苍茫。故人楼上，凭谁指与，芳草斜阳。

此首泊舟葑门，感怀旧游之作。“柳暝”三句，记泊舟上陆，点明题面。“当时”以下，逆入，记旧游之乐。“词韵窄”三句，极写当时之狂欢。“共追游处”三句，更承上申说当时遨游水上、岸上之乐，文字极生动飞舞。换头，平出今情，陡转凄凉，“似西湖”两句，言人去。“重来”两句，言重来之感。“溪雨急”三句，点出眼前之景。“故人”三句，仍以景收，揭出人去楼空、无人共眺之哀。下片，一气贯注，笔力排奡，绝似屯田。

霜叶飞 重九

断烟离绪。关心事，斜阳红隐霜树。半壶秋水荐黄花，香噀西风雨。纵玉勒、轻飞迅羽。凄凉谁吊荒台古。记醉踏南屏，彩扇咽寒蝉，倦梦不知蛮素。　聊对旧节传杯，尘笺蠹管，断阕经岁慵赋。小蟾斜影转东篱，夜冷残蛩语。早白发、缘愁万缕。惊飙从卷乌纱去。漫细将、茱萸看，但约明年，翠微高处。

此首咏重九词。起点题前之景，因断烟而触起离绪，融景于情。“关心事”三字，隐摄下文。“斜阳”句，写秋林如画。“半壶”两句，点重九景物。秋水作雨，黄花噀香，殊觉景物感人，无以为欢，而西风骤起，更觉凄苦。“纵玉勒”两句，言无心登高吊古，突出悲凉，大笔挺劲。“记醉踏”三句，逆入，述当年重九登高之乐。当时醉踏南屏，歌咽寒蝉，迨倦极入梦，竟不知蛮素之在侧也。换头，欲图消遣，终难消遣。“聊对”句，只是无聊应景，哀不可抑。以下层层推阐，愈转愈深，纯是清真法乳。人去经岁，尘已封笺，蠹已生管，故虽断阕亦慵赋也。“小蟾”两句，点出夜境，“东篱”反映“南屏”，“残蛩”反映“蛮素”，凄寂已极。“早白发”两句，倒装句法，盖因帽落而见白发也。“漫细将”两句，翻用杜诗“明年此会知谁健，醉把茱萸仔细看”之意。言今年无心登高，或者明年有兴登高，实则今年如此，明年可知。语似宽解，意实沉痛。“但约”二字，与“聊对”两字同意，皆足见强乐无味之情。

风入松

听风听雨过清明。愁草瘗花铭。楼前绿暗分携路，一丝柳、一寸柔情。料峭春寒中酒，交加晓梦啼莺。　西园日日扫林亭，依旧赏新晴。黄蜂频扑秋千索，有当时、纤手香凝。惆怅双鸳不到，幽阶一夜苔生。

此首西园怀人之作。上片追忆昔年清明时之别情，下片入今情，怅望不已。起言清明日风雨落花之可哀，次言分携时之情浓，“一丝柳、一寸柔情”，则千丝柳亦千尺柔情矣。“料峭”两句，凝炼而曲折，因别情可哀，故藉酒消之，但中酒之梦，又为啼莺惊醒，其怅恨之情，亦云甚矣。“料峭”二字叠韵，“交加”二字双声，故声响倍佳。换头，入今情，言人去园空，我则依旧游赏，而人则不知何往矣。“黄蜂”两句，触物怀人。因园中秋千，而思纤手；因黄蜂频扑，而思香凝，情深语痴。此与因黄柑而思及“柔香系幽素”相同。梦窗《莺啼序》云：“记琅玕、新诗细掐，早陈迹、香痕纤指。”《西子妆慢》云：“燕归来，问彩绳纤手，如今何许。”或因竹而思及掐诗之纤指，或因燕而思及彩绳系绳之纤手，皆同一思路。“惆怅”两句，用古诗意，望人不到，但有苔生，意亦深厚。

张　炎

高阳台　西湖春感

接叶巢莺，平波卷絮，断桥斜日归船。能几番游，看花又是明年。东风且伴蔷薇住，到蔷薇、春已堪怜。更凄然、万绿西泠，一抹荒烟。　当年燕子知何处，但苔深韦曲，草暗斜川。见说新愁，如今也到鸥边。无心再续笙歌梦，掩重门、浅醉闲眠。莫开帘：怕见飞花，怕听啼鹃。

此首西湖春感，沉哀沁人。“接叶”三句，平起，点明地时景物。“能几番”两句，陡转，叹盛时无常，警动之至。“东风”两句，自为开合，寄慨亦深。“更”字进一层写景，“万绿”八字，写足湖上春尽，一片惨淡迷离之景。换头承上，提问燕归何处。“但”字领两句，叹春去、燕去，繁华都歇。“见说”两句，以鸥之愁衬人之愁。“无心”两句，实写人之愁态。江山换劫，闭门醉眠，此心真同槁木死灰矣。末以撇笔作收，飞花、啼鹃，徒增人之愁思，故不如不闻不见也。

（选自《唐宋词简释》，上海古籍出版社1981年版）